STACEY MARIE BROWN

LOUCURA FEROZ

Traduzido por Wélida Muniz

1ª Edição

2024

Direção Editorial:	**Arte de Capa:**
Anastacia Cabo	Jay Aheer
Tradução:	**Adaptação de Capa:**
Wélida Muniz	Bia Santana
Preparação de texto:	**Diagramação:**
Ligia Rabay	Carol Dias

Este livro segue as regras da Nova Ortografia da Língua Portuguesa.

CIP-BRASIL. CATALOGAÇÃO NA PUBLICAÇÃO
SINDICATO NACIONAL DOS EDITORES DE LIVROS, RJ
Meri Gleice Rodrigues de Souza - Bibliotecária - CRB-7/6439

B897L

Brown, Stacey Marie
    Loucura feroz / Stacey Marie Brown ; tradução João Pedro Lopes. - 1. ed. - Rio de Janeiro : The Gift Box, 2024.
    420 p. (Winterland tale ; 4)

    Tradução de: Beast in his madness
    ISBN 978-65-85939-02-7

    1. Romance americano. I. Lopes, João Pedro. II. Título. III. Série.

24-87904   CDD: 813
              CDU: 82-31(73)

Fique à vontade...
Somos todos loucos aqui

Capítulo 1

Eu nunca acreditei em destino. Pensava que as pessoas estivessem em pleno controle da própria sina e fizessem as próprias escolhas. Mas, no momento, era difícil não acreditar. Não importavam as decisões que eu tomasse, tipo apagar Winterland da minha realidade. o destino ainda me levava de volta para lá.

À parte bela da morte e da destruição.

À verdadeira fera.

Meus dedos agarraram a caixa. Sentia o poder colidindo lá dentro, querendo escapar feito um animal encurralado. Ela devia estar sentindo o sabor da liberdade a cada passo que dava em direção à minha irmã e à dela.

Jessica Winters.

Eu me lembrava dela. Eu me lembrava de tudo.

A parede de névoa e escuridão que havia me assombrado por dois anos se dissolveu no momento em que abri a tampa da caixa. O poder enfim se revelou, mostrando cada detalhe de quando Alice caiu na loucura desde que aquela mulher pôs o pé na nossa casa.

Ela era casada com Matt e tinha um filho. Jessica se tornou psicóloga da Alice. A mesma pessoa que a internou em um hospital psiquiátrico, nos virou contra ela e afastou minha irmã de todo mundo.

De algum modo, a memória que eu e minha família tínhamos dela foi apagada, ou pelo menos restringida, deixando apenas remendos e lembranças difusas. Eu não fazia ideia de como todas as peças se encaixavam, de como Alice ou Jessica se encaixavam em Winterland, nem de como essa mulher acabou na caixa. Eu sabia que agora tinha em mãos a alma de Jessica Winters, e ela estava apodrecida e envolta de amargura, fúria, ganância e ódio.

Passei correndo pelos brinquedos, meus lábios se abriram em um grito. A infelicidade deles me arrancou de mim. Minhas pernas bambearam.

Não!

— Alice.

Forcei o nome dela a passar entre os meus dentes, enchendo minha mente com imagens dela sangrando e morrendo lá fora por causa da desgraça dessa brinquedolândia às avessas.

— Ela precisa de você. — Empurrei para longe um daqueles carros que viram robôs quebrado e me agarrei à caixa, me obrigando a me manter erguida e a seguir em frente.

Parei repentinamente

Alinhados, os brinquedos se agruparam como se estivessem bloqueando alguma coisa.

A saída. Meu estômago se contorceu. Notei a atmosfera ao redor deles oscilando e ondulado. *Aquela era a saída.*

— *Vocês duas continuam escapando de mim. Mas não vou te deixar passar dessa vez.* — Uma voz esganiçada meio de bruxa sibilou na minha mente. Meu sangue congelou quando os brinquedos formaram um corredor. Uma boneca antiga flutuou entre eles, como se fosse uma rainha. A boneca demoníaca, a que tinha o rosto de porcelana rachado e um olho que girava, queria sugar minha energia como se fosse uma vampira.

Filha de um quebra-nozes.

Quanto mais a boneca se aproximava, mais eu sentia a raiva e a escuridão dela. A ganância. Eu não seria o bastante; ela ia querer mais, destruir mais.

— *Você e sua irmã são especiais. Tanta, tanta magnitude* — a voz dela gralhou. — *É o que eu mais quero. Você mantém a sua escondida, trancada, mas eu a sinto aí dentro. Você é poderosa.*

Olhei para os lados, notando a gangue de brinquedos ao meu redor, me prendendo. A infelicidade e o ódio deles sugavam a minha pele e a minha mente, fazendo sumir todo o propósito de estar lá.

Merda. O que eu estava fazendo? Por que eu estava ali? Segurando essa caixa?

Um movimento no meu bolso arrancou um grito da minha garganta. Olhei para o ratinho minúsculo saindo do meu bolso; os dedos dele voavam.

Levou um instante para o meu cérebro compreender que eu o conhecia. Chip. Certo. Tinha esquecido.

As mãos dele se moviam freneticamente, e passou mais um minuto até eu perceber que entendia o que aquilo queria dizer.

— *Não se esqueça, srta. Dinah. Lembre. Lembre-se da srta. Alice. Agarre-se a ela com toda a sua força. Concentre-se, porque, estamos no seu coração e na sua alma, nos agarrando a você também.*

Minhas pálpebras tremularam de emoção, balancei a cabeça.

Você é minha, Dinah. A boneca sibilou, e estendeu a mão assustadora de porcelana para mim.

— Segure firme, Chip. — Meus braços apertaram a caixa com força. — Literalmente.

Um grito estourou da minha boca quando saí em disparada, e, feito um quarterback de futebol americano correndo para a linha final, meu corpo atingiu a boneca, jogando-a para trás.

Dor e agonia me rasgaram, me deixando sem forças e me fazendo cair de joelhos. Os brinquedos vieram em linha reta até mim.

Levanta, Dinah. Não os deixe vencer.

Grunhindo, voltei a ficar de pé. O exército de brinquedos partiu para cima de mim, distribuindo trombadas e arranhões. Fiquei sem ar. Eu me curvei e gritei de pura agonia enquanto eles arrancavam minhas lembranças e me levavam.

Resista, Dinah! Lembre-se! Gritei comigo mesma. Respirei fundo, e me embrenhei ainda mais na multidão, empurrando e dando cotoveladas, meu aperto na caixa foi ficando mais fraco.

Eu queria morrer. Fechar os olhos e me entregar.

— *Não! Ela é minha!* — O berro da boneca ecoou na minha cabeça. A ordem fez seus soldados recuarem no mesmo instante, permitindo que a caolha chegasse mais perto. Eles me rodearam, não havia para onde correr. — *Eu vou primeiro. Se eu julgar vocês dignos, podem ficar com o que sobrar dela.*

Algo se movimentou no meu bolso. Uma tentativa de afago me trouxe segurança.

Como uma âncora.

Chip.

— *Lembre. Lembre-se da srta. Alice. Agarre-se a ela com toda a sua força.*

Meus dedos afagaram o pelo dele, suas palavras me fizeram jogar os ombros para trás, determinada. A saída estava a poucos metros. Eu não desistiria. Minha irmã estava lá do outro lado. A vida dela estava nas minhas mãos.

A boneca estendeu os braços para mim, o vestido amarelo velho flutuava como se ela fosse uma assombração. Enquanto a vestimenta roçava a minha pele, sua mão arranhava a minha têmpora. Uma dor excruciante

STACEY MARIE BROWN

pressionou a minha cabeça, quase me cegando. Um soluço arranhou a minha garganta, minha mente ficou em frangalhos.

— Nããããào — grunhi, avançando em meio à agonia. Agarrei a caixa com mais força. — Vai se foder, resto de bazar da igreja. — Avancei feito um rolo compressor, empurrando os brinquedos, cada um deles arrancando mais energia e lembranças de mim. Eu não entendia mais nada.

O que era alto. Baixo.

Certo. Errado.

Minhas pernas se moviam por instinto, um grito rompeu o ar enquanto eu avançava. Uma eletricidade percorria a minha pele, estalando e friccionando, indo direto para os meus nervos. Voei para a frente e caí de cara na neve, ficando sem ar nos meus pulmões.

Meus sentidos me atingiram com tudo. Eu conseguia sentia a neve, ouvi-la ser esmagada sob mim, sentir seu gosto gelado. Memórias me inundaram tão rápido que eu me encolhi com aquela abundância me mantendo consciente.

— Ela conseguiu. — Ouvi uma mulher arquejar enquanto eu erguia as pálpebras.

— Dinah — a voz de um homem soou em seguida. Passos atingiram a terra congelada, o corpo dele se agachou ao lado do meu. Olhos cor de mar me encaravam com preocupação. Era Blaze. — Você está bem?

Estava? Pisquei, sentindo como se tivesse sido atropelada por um trenó e um rebanho de renas.

— Me deixe te ajudar. — Blaze segurou o meu braço, me ajudou a me virar e sentar enquanto eu agarrava a caixa preta com toda a minha força.

Jessica…

— Alice! — Lutei para ficar de pé, me afastando do toque de Blaze. A traição dele ainda estava fresca na minha memória.

A sra. Miser estava ao lado da minha irmã, com o punhal de bengala doce na garganta de Alice, enquanto ela bambeava sobre os próprios pés. O sangue ainda escorria lentamente dela, drenando sua energia. Seus olhos castanhos encontraram os meus, e os ombros relaxaram de alívio, sabendo que eu estava bem. Seu foco foi para as minhas mãos, e o alívio virou angústia, não por ela mesma, mas por causa do que eu segurava.

A destruição que eu vi, ela também deve ter sentido.

— Você conseguiu! — O olhar ávido da sra. Miser se fixou na caixa. — Traga-a para mim.

A cabeça de Alice se moveu de um lado para o outro, um grito irrompeu pela mordaça.

Sinto muito, disse com o olhar enquanto me aproximava da dra. Bell, com a caixa em mãos. Virei a atenção para a minha antiga psicóloga.

Jessica tinha sido a terapeuta de Alice. A irmã dela foi a minha.

Nosso destino estava atado a esse lugar com os fios da mentira, nos controlando feito marionetes.

— Abra — a sra. Miser ordenou, embora eu jurasse ter detectado ali certa hesitação. Medo.

— Mãe. — Blaze apareceu, balançando a cabeça. — Não faça isso. Você não sabe o que vai acontecer.

Uma emoção que eu não consegui identificar surgiu na expressão dela, mas sumiu rapidamente, virando indiferença.

— Pelo amor da noz-moscada! Você é um inútil — ela rosnou, dando um peteleco no medo como se ele fosse um inseto. — Acho que a coragem foi toda para o seu irmão.

Blaze sugou o ar, inflou o peito e raiva queimou em seu semblante simpático.

— Pelo menos eu ainda estou aqui. Está vendo seu precioso Frost em algum lugar, mãe? Está? — Ela abriu bem os braços e olhou ao redor, demonstrando que não tinha mais ninguém lá.

Ira se alvoroçou no rosto da mulher antes de ela pressionar os lábios.

— E eu vou te recompensar por sua lealdade. Você vai ter seu lugar ao sol. Melhor não desperdiçá-lo. — Ela estendeu a lâmina para ele. — Fique de olho nelas.

Blaze encarou o punhal por um instante, parecendo estar lutando pela própria alma. Então, ele respirou fundo, pegou a arma e agarrou de novo o braço da minha irmã, mantendo-a erguida.

As ações dele me magoaram profundamente. Meu amigo de infância tinha se voltado contra mim. Mas nada era mais importante do que proteger a minha irmã.

— Eu trouxe a sua caixa. Agora solte Alice. Ela precisa de ajuda. Por favor.

— Não é mais problema meu. Além do que, você ainda não concluiu a sua tarefa. — A sra. Miser nem sequer olhou para Alice enquanto vinha na minha direção, mas também não estendeu as mãos para a caixa. — Abra.

Eu ainda poderia mudar de ideia. Ainda poderia impedir que o desastre sobreviesse.

Meus olhos foram para a minha irmã. Apesar da pele pálida e das

STACEY MARIE BROWN

costelas sangrando, ela ainda balançava a cabeça, tentando falar. Lutar. Alice era uma guerreira. Não importavam as probabilidades ou o que ela enfrentaria. Ela se erguia e lutava. Nunca desistia. E eu sabia que ela jamais deixaria que algo acontecesse comigo. Não importava o sacrifício que tivesse de ser feito, ela o faria. E eu sentia o mesmo por ela.

Desviei o olhar de Alice e encarei a sra. Miser.

— Vai deixar a gente ir?

A dra. Bell me observou por um instante antes de um sorriso malicioso repuxar a sua boca.

— Claro que sim. Trato é trato.

Ignorando os gritos abafados de Alice, fechei os olhos, como se eu soubesse o que estava fazendo. Na verdade, eu não tinha ideia. O incidente de quando eu era criança simplesmente aconteceu. Eu não tinha feito nada.

Pelas bolas do biscoito de gengibre, tomara que não tenha sido coincidência.

Lá no fundo, eu sabia que não tinha sido. Algo dentro de mim clamava para ser usado. Um poder escondido há tanto tempo que parecia distante, um pedaço de mim mesma que eu havia negado.

Meus dedos traçaram o fio impenetrável. A corda tremulou sob o meu toque como se estivesse com medo; então, se desenrolou e caiu no chão com um baque. A energia dentro da caixa ricocheteou nas laterais, ansiosa para se libertar, espalhando-se pelos meus braços.

Sinistra. Sedutora. Cruel.

Ela me envolvia e me afligia com a mesma intensidade. Algo no fundo do meu ser se deleitou com o poder, com a escuridão.

Isso, Dinah, deixe entrar. Seu poder vai superar o da sua irmã. Você foi feita para ficar conosco. O yang da sua irmã. Ela confina, você liberta. A voz de Jessica deslizou em meu ouvido, seu rosto estava tão vívido na minha mente que eu praticamente a via diante de mim. *Esqueça as regras. Todas as correntes que pôs em si mesma. Sinta-se viva e livre, pelo menos uma vez. Você colocou grilhões em si mesma porque lá no fundo sabia... sabia que tinha magnitude em abundância. Um ícone, uma governante. Não está cansada, Dinah? Cansada de lutar para esconder quem você realmente é?*

Sim, eu me ouvi responder.

Não está cansada dessa vida simples e medíocre?

Sim. Eu me senti assentir. Eu estava... tão cansada das listas, da rotina.

Junte-se a mim. Eu vou te dar tanto poder e liberdade... você será extraordinária. Si...

— Dinah! — A voz abafada de Alice me despertou do meu torpor, e eu arquejei ao abrir as pálpebras, cruzamos olhares. — Não… na… cabeça. — Suas palavras mal eram coerentes, mas eu consegui entender o bastante.

Santo sininho! Que merda deu em mim?

— Pare de desperdiçar o meu tempo. — Bell perdeu a paciência. Sua fúria se avolumava, mas, ainda assim, ela não tocava na caixa.

Estava com medo. Do que aconteceria se eu conseguisse ou de quem estava lá dentro? Eu não sabia, mas uma ideia se formou na minha cabeça.

— Abra!

Eu me concentrei na tampa, passei a palma por cima dela. Minha mão estava suada, meus músculos se preparavam.

— Agora!

Abri. Ouvi um sibilo e o selo se rompeu quando joguei a caixa para ela. A tampa virou no chão.

Ela correu para a caixa, um grito de medo estrangulou sua garganta.

Bum!

Uma onda de energia caiu sobre nós, nos jogando no chão como se fôssemos bonecos. Meus ossos estalaram quando atingi a neve dura, arrancando o oxigênio dos meus pulmões. Orbes saíram da caixa, girando na neve como um tornado, indo na direção da dra. Bell.

— Não, Jessie! — ela gritou, tentando recuar, observando as luzes girarem antes de mergulharem em sua boca aberta.

Seu grito rasgou o ar, indo do terror à profunda agonia.

O lugar ficou tomado pela comoção e caos, deixando tudo confuso.

— Mãe! — Blaze gritou, se arrastando até ela, os gritos da mulher só ficavam mais altos. Meu olhar pousou no punhal que ele deixou para trás.

— Alice! — Disparei para a minha irmã. Ela se esforçava para se sentar, mesmo com os braços amarrados às costas. Eu me agachei e arranquei a fita de sua boca. — Você está…

— Faz isso parar! Nããão! Está doendo! — A sra. Miser se debatia no chão como se estivesse sendo possuída. — Pare, Jessie. Por favor, pare!

— Porra, Dinah… você tem ideia do que acabou de fazer? — Os olhos de Alice se arregalaram de pavor.

Eu não tinha, nenhuma. O que vi foi um pequeno vislumbre. Na verdade, devia ser mil vezes pior.

— Você consegue se levantar?

Ela assentiu. Eu a ajudei a ficar de pé enquanto ela grunhia de dor.

STACEY MARIE BROWN

Peguei o punhal, cortei as amarras que prendiam suas mãos. Ela gemeu quando elas caíram, e tentou sacudi-las para longe.

— A gente precisa ir. — Ela pressionou a ferida e se virou para mim.

A gritaria parou de repente, e um arrepio desceu pelo meu corpo.

— Mãe? — Blaze a sacudiu. Ela choramingou e abriu os olhos, suas sobrancelhas estavam franzidas em confusão. — Mãe! Você está bem?

— Sim. Sim. Estou bem. — Ela debochou, afastando as mãos dele com um tapa. — Me ajude a levantar.

Blaze a pegou pelos braços e a colocou de pé.

— Obrigado, Papai...

— Não se atreva a dizer a porra do nome desse homem!

— Ah, cacete — Alice murmurou ao meu lado, com os olhos arregalados, seu sussurro ficou rouco. — A gente tem que ir... agora.

— O quê?

— Não faça perguntas, só corra. — Alice agarrou o meu braço e nos virou.

— Para que a pressa? — A voz da sra. Miser me partiu em duas, meus pés estancaram, puxando Alice para trás.

Seu tom de voz estava estranho... muito mais forte que o da mulher que havia bancado a minha psicóloga. Até mesmo o modo como ela se portava estava diferente.

Régia.

Como uma rainha.

— Onde vocês duas pensam que vão?

— Eu... eu fiz o que você pediu. Você falou que poderíamos ir.

— Falei? — Ela arqueou uma sobrancelha. — Minha irmã pode ter falado, mas eu com certeza não. Não é mesmo, Alice?

Meu estômago despencou, minha atenção se voltou para a minha irmã, o peito dela arfava de medo por aquela mulher.

Eu tive certeza que não era mais a dra. Bell.

Era Jessica.

— Merda — sussurrei.

— Estamos nela. Até o pescoço — Alice respondeu, ficando menos firme sobre as pernas. Mesmo se tentássemos correr, será que chegaríamos longe?

— Blaze, faça um favor para a sua tia e amarre as duas. Elas vão voltar com a gente. — Jessica moveu a mão na nossa direção.

— A... a minha mãe ainda... — Blaze empurrou os ombros para trás.

— Está viva?

— Minha querida Maribell está sã e salva. — Jessica tocou o próprio peito. — Só precisa descansar um pouquinho.

Maribell. Dra. Mari Bell.

— Agora faça o que eu disse — ela ordenou a Blaze.

Ele cerrou a mandíbula e estreitou os olhos.

— Não sou seu empregado. Sou parte disso. Somos parceiros, iguais. Tínhamos um trato.

Jessica jogou a cabeça para trás e soltou uma gargalhada estrondosa.

— Foi o que ela te disse? — Ela colocou a mão na bochecha dele e lhe deu tapinhas. — Ah, meu menino, você nunca foi o mais inteligente. Iguais, nós não somos. Darei ao verão mais influência e poder por você ter sido um menino tão bonzinho, mas, criança, lembre-se do seu lugar. Posso tirar tudo de você com a mesma rapidez com que te dei.

Um nervo ao longo do pescoço de Blaze se contraiu.

— Agora, vá buscá-las. — Ela suspirou dramaticamente para nós. — Mal posso esperar até não ter mais utilidade para essas irmãs Liddell. Elas têm sido uma pedra no meu sapato. Bem, aquela ali, pelo menos. — Ela apontou para Alice. — Você, por outro lado — ela apontou para mim —, pode ser muito útil. Os espíritos do passado e do futuro. O outro lado da moeda. Bonzinhos e travessos. Luz e escuridão.

— Quê? — Eu me sobressaltei.

— Você não sente, Dinah? Bem lá no fundo? Você andou escondendo, bancando a boazinha, mas sabe que não é nada disso. Nem mesmo sua família tem noção da verdade... que você tem sido parte de Winterland há muito mais tempo que a sua irmã.

A cabeça de Alice se virou para mim, os olhos buscaram os meus, tentando entender.

— Mesmo o homem que você deseja, se é que podemos chamá-lo assim, reside na escuridão.

Blaze olhou para mim também, seus olhos rogavam para aquilo não ser verdade.

— Não minta. Eu estive dentro da sua cabeça, vi o que você quer de verdade. Você pode ter tudo, basta se entregar.

Rilhei os dentes, e minhas narinas se dilataram.

— Vai se foder.

Os lábios dela se abriram em um sorriso maligno.

— Você vai mudar de ideia.

— Nunca.

— Já mudou, Dinah. Você poderia ter me deixado lá. Sacrificar um pelo bem dos outros, mas não fez isso. O que você queria era mais importante.

— Pare, sua escrota calculista — Alice disse entre dentes. — Eu teria feito o mesmo.

— Talvez. — Jessica deu de ombros. — Mas Dinah sabe que não é a mesma coisa. Sua irmã tenta negar a verdade ao levar uma vida restrita e rígida.

— E que verdade seria essa? — Alice fez pouco.

— Uma de vocês tem cara de boazinha, e uma de vocês realmente é. — Ela deu um sorrisinho malicioso e se aproximou. — Toda moeda tem dois lados.

Alice envolveu os dedos ao redor do meu pulso.

— Engraçado, porque quando eu vejo você e a sua irmã só enxergo duas escrotas.

— Sinto que Alice está precisando de um outro passeio pelo hospício. Que devastador será para os seus pais quando virem que você regrediu… e que Dinah ficou louca também. Acha que ela vai gostar de receber o mesmo tratamento que você recebeu, Alice? — Os lábios dela se franziram de prazer. — Acho que vou precisar de um quebrador de gelo novo.

Alice ficou imóvel, e o pavor deixou sua respiração trêmula. Minha adrenalina disparou com a reação dela, com medo do que Jessica estava insinuando. Por que ela nos odiava tanto?

— Ponha um dedo da minha irmã, e farei o mesmo que fiz com o dr. Cane. — Alice retrucou, apertando a minha mão.

— Blaze, pegue-as. Estou cansada dessa conversa.

Ele titubeou, os olhos se moveram entre nós.

— Blaze! — Ela apontou para a gente.

— Prepare-se — Alice murmurou.

— O quê? Não… você não consegue correr.

— Eu não vou voltar.

Blaze bufou. Seus olhos estavam cheios de dor e raiva ao se aproximar de mim.

— Corra! — Alice se virou, me puxando com ela.

Por instinto, minhas pernas começaram a se mover pela neve, nós duas estávamos correndo.

Blaze gritou, eu olhei para trás e o vi sacar da parte de trás da sua calça o que parecia ser uma arma de bengala doce.

Pow!

Uma bala atingiu uma árvore perto de nós, um grito vacilou na minha garganta. Alice estava tentando, mas a dor a fazia ir devagar.

— Vamos. — Tentei apressá-la, com o braço ao redor dela.

— Esse foi um plano bem ruim — ela resmungou. — Você sabe que eu sou péssima nisso.

Blaze se aproximava, mas eu nos movi com tudo para o bosque.

— Dinah! Saia, eu não vou machucar você — ele gritou.

Passei os braços ao redor da minha irmã com mais firmeza enquanto ela se curvava mais, sangue fresco escorria dela.

— *Dinah! Por aqui.* — Ouvi um timbre profundo e familiar na minha cabeça, me puxando em uma determinada direção. Alice e eu disparamos morro abaixo. Blaze não estava muito atrás de nós. Não conseguiríamos ser mais rápidas que ele.

— *Dinah... respire fundo* — a voz do homem disse.

E, naquele momento, o chão se partiu sob meus pés, um grito ficou preso na minha garganta. Uma sensação de déjà vu me atingiu, e me lembrei de cair por uma neve que parecia areia movediça.

— Dinah? — Alice gritou enquanto nós duas caíamos. — Você também tem poder. *Faça um desejo!*

Desejo? De que merda ela estava falando?

Tudo desapareceu, e a neve me envolveu em escuridão.

STACEY MARIE BROWN

CAPÍTULO 2

O gelo envolveu o meu corpo, invadindo meu nariz e minha boca, me impedindo de respirar direito. Pânico me fez me engasgar, e meus membros perderam as forças enquanto eu lutava para subir. Mas eu só consegui me afundar mais.

— *Faça um desejo, Dinah.* — A voz do homem repetiu as palavras da minha irmã.

O que isso queria dizer? Desejo? Tipo, desejo que a neve não me sufoque até a morte? No momento em que pensei naquilo, o cheiro de biscoito de gengibre soprou nas minhas narinas, cobrindo minha língua com a essência do doce quentinho e saboroso.

Seria a mesma coisa de pessoas que sofrem um derrame e sentem cheiro de torrada queimada? Meus últimos pensamentos antes de morrer asfixiada seriam biscoitos de gengibre?

Minha cabeça ficou pesada com a falta de ar, e o apego que eu mantinha à consciência foi se afrouxando. Esse lugar seria mesmo a minha morte.

Tudo bem. *Desejo sair daqui e respirar. Me ajude, fada-madrinha...*

Algo tocou meus lábios. Por instinto, minha língua passou pela coisa enquanto eu lutava para puxar as últimas golfadas de ar. Dulçor explodiu nas minhas papilas gustativas, derretendo aquela delícia açucarada.

Eu não sabia se estava ou não tendo alucinações sobre a minha última refeição. Nem me importava. A doçura apetitosa de especiarias se derreteu na minha boca, levando uma onda de adrenalina ao meu cérebro. Soltei um gemido, minha mente se libertou enquanto meu corpo relaxava, me embalando em um sono eterno.

Aguente firme, Dinah. A voz profunda e calmante sussurrou enquanto eu me entregava ao sono, no qual o bonequinho de biscoito de gengibre fazia uma pirueta no último ato de *O Quebra-Nozes* seguida de uma reverência.

As cortinas se fecharam.

Mas, lá no fundo, eu conseguia me sentir sendo erguida e puxada na neve. Meus pulmões se expandiam enquanto ar entrava, preenchendo-os com o valioso oxigênio.

Meu corpo se dobrou ao meio quando me sentei, minhas pálpebras se abriram de supetão junto com um arquejo rouco. Suguei o ar, puxando golfadas dele, levando-o com voracidade aos meus pulmões doloridos.

Viva.

Eu estava viva.

Pera.

Pisquei, reparando nas estrelas brilhando no céu e na cama de neve me abraçando. Eu estava fora do buraco… como era possível? Quem me tirou de lá? Eu tinha mesmo uma fada-madrinha? Ou, nesse caso, um fa-da-padrinho?

Movimentos e uma tosse seca fizeram meu foco voltar para a situação atual, e me virei em direção à comoção.

— Alice! — Fiquei de joelhos, rastejei até o corpo arquejante e ajudei minha irmã a se sentar. — Você está bem?

Ela puxou o ar, a mão foi para o peito. Parecia atordoada, mas assentiu.

— Sim. — Meus dedos seguraram os dela, e eu tentei controlar minha respiração. Meus olhos a percorreram, e me certifiquei de que ela estava inteira. Quando cheguei ao local da punhalada, vacilei.

— Vo-você sarou — gaguejei, chocada. Puxei o buraco na blusa de frio dela que mostrava a marca vermelha na pele, mas a ferida da punhalada não existia mais.

— Oi? — Ela tocou as costelas. — Essa é nova.

— O que é nova?

— O biscoito me sarou mesmo.

— Como assim o biscoito sarou você?

— É. — Ela riu e se virou tossindo e arquejando. — Eu meio que tenho uma fada-madrinha em forma de biscoito de gengibre que tem salvado minha pele mais vezes do que posso contar, com frascos de "coma" e "beba". Parece que ela ajudou você também.

Eu me sentei sobre os tornozelos, lambi o dulçor que ainda cobria meus lábios, me lembrando da memória difusa de um homenzinho de gengibre que tinha a palavra "coma" presa nele quando os esquilos comedores de carne me devoravam. Depois que o comi, acordei em casa, em segurança.

STACEY MARIE BROWN

— Embora eu possa jurar que tenha ouvido...

— Ouvido o quê? — Eu queria saber se ela tinha ouvido a voz estranha na cabeça dela também. Seria a minha própria fada-madrinha?

— Nada. — Pesar tremulou nas feições de Alice. — Foi só uma ilusão.

Ao ouvir um guinchado perto de mim, curvei a cabeça para baixo, para o carinha sinalizando:

— Chip — minha voz saiu rouca. Estendi a mão para a bolinha de pelo perto da minha perna e o coloquei na palma aberta.

— *Você está bem, srta. Dinah?* — Ele sinalizou. — *Fiquei tão preocupado.*

— Estou bem. E você? — Suspirei de alívio.

Ele assentiu.

Notei Alice me olhando com curiosidade.

— Chip, essa é minha irmã, a Alice. — Estendi a mão para mais perto dela. — Ele te ouve, só não consegue falar.

Os dedos de Chip se moviam descontroladamente; os olhos se arregalaram ao encarar Alice.

— O que ele disse?

— Que ouviu falar muito de você, que você é uma lenda, e que é uma honra te conhecer.

Alice sorriu.

— Digo o mesmo de você, Chip.

Ele curvou a cabeça, como se estivesse envergonhado.

Chip tinha ouvido falar da minha irmã? Ela era uma lenda?

— O que é que está acontecendo, Alice? — Coloquei Chip no ombro. — Como é possível você estar aqui?

— Eu ia te perguntar a mesma coisa. — Alice usou meu braço como alavanca para se levantar e nós duas ficamos de pé. Seu olhar foi para além de mim. — Precisamos dar o fora daqui primeiro. Chegar ao chalé.

— Chalé? — respondi. — Tipo o chalé do Papai Noel?

— Isso mesmo. — Ela sorriu. — Mas não é o mesmo que você está pensando.

Fumaça espiralava de uma chaminé enquanto descíamos a colina, um brilho caloroso vinha de uma cabana pequenina postada de modo idílico na montanha. Ao lado dela, havia um celeiro de estrutura parecida que parecia uma pintura natalina.

— Preciso te avisar. Matt não é quem... — Alice começou a falar enquanto nos aproximávamos.

— Dê. O. Fora. Da. Minha. Propriedade! — Ao som da arma sendo engatilhada, meu coração saltou para a garganta. Um corpo enorme saiu das sombras, empunhando-a.

— Puta merda — eu gritei, minha atenção se voltou para o coroa nu usando apenas um quimono de seda aberto e botas desamarradas.

— Porra — Alice resmungou, e bateu a mão na cara. — É nessas horas que sinto mais saudade da barba longa.

Meu olhar disparou dela para o homem de barba branca. Reconhecimento bateu levemente lá no fundo da minha mente, mas a arma apontada para a minha cabeça me impediu de atender.

— Eu disse para sair da minha propriedade antes que eu atire em vocês — o homem berrou, com todas as suas partes sacudindo. Virei a cabeça para o lado, sem querer olhar.

— Nick — ela gritou, também olhando para o lado. — Feche seu robe e abaixe a arma.

— Ah... é *você* — ele disse entre dentes e baixou a arma.

— É, sou eu.

— Você armou uma confusão, menina, trazendo todo mundo para cá. Acabou com a minha paz e tranquilidade. — Ele bufou, e não cobriu nenhuma das partes expostas. Sua barriga balançava feito... *ah, pelos sinos de Natal...* uma tigela de gelatina.

— É o... é o... — Meu queixo caiu, e virei a cabeça para Alice. — Papai Noel?

— Humm — ela vacilou.

— Rá! — Ele bufou. — Bem que aquele bolo fofo desejaria ser eu. — Fiquei confusa, mas meus olhos ainda observavam tudo, menos o homem nu e enrugado. — E por que eu deveria me cobrir? Ela nem está de calça. — Ele apontou para mim. Eu ainda usava só moletom e shortinho.

— Dinah, esse é o Nicholas... a... como posso dizer... pior parte do Papai Noel. — Ela apontou para o homem na varanda.

— Eu... eu não entendi.

— Ótimo, você trouxe outra imbecil junto. Tudo que essa casa precisava... — Nick abaixou a arma e cruzou os braços, bufando. — *Quem* é você?

— Eu... eu sou a Dinah.

Ele exalava poder. Estando cara a cara com um ícone universal, me senti trêmula sob seu olhar.

— É, isso ela me disse. — Ele revirou os olhos. — Mas *quem* é você?

Olhei para Alice, sem saber como responder.

— Só ignora.

— Srta. Alice! Srta. Alice! — Algo do tamanho de uma criança pequena saiu feito um raio pela porta e passou deslizando por Nick. O pinguim vinha correndo e batendo as barbatanas. — Meu desejo de Natal foi concedido. Você voltou!

Observei o pinguim com aparência de desenho animado que corria para Alice, saltitando de felicidade. Ela agachou, o pegou no colo e abriu um sorriso.

— Eu sempre vou voltar para você, Pen.

Ele soltou risadinhas, saltitando no colo dela. Mesmo depois de ter conhecido Quin, eu ainda não conseguia deixar de encarar os dois, abismada.

— Srta. Alice, Lebre fez um deliciosíssimo salame de chocolate para mim. Nhami. Nhami. — O pinguim parou de repente, como se enfim tivesse me notado, e o bico dele se abriu, maravilhado. — Ahhhh, você é tão linda também. Como outro enfeite brilhante para colocar no topo da árvore de Natal.

— Obrigada? — Pisquei para ele.

— Você trouxe um amigo. Desculpa. Foi falta de educação não dizer oi. — Pen se inclinou para a frente e olhou para o rato minúsculo escondido no meu cabelo. Chip saiu do esconderijo, torcendo o narizinho e movendo os dedos.

— Eu sou o Pen. Prazer em te conhecer, Chip.

— Você sabe língua de sinais? — Inclinei a cabeça para o pinguim.

— O que é língua de sinais?

— Alice! — A voz de uma menina deu um gritinho, chamando minha atenção para os elfos que saíam em disparada da casa, dando cambalhotas pelas escadas e batendo um no outro enquanto iam até ela. Eu não tinha dúvida de que eram gêmeos: tinham o mesmo cabelo e olhos castanhos brilhantes, bochechas rosadas e sorrisos parecidos.

— Oba! Você voltou — o menino explodiu de alegria, com os braços erguidos. Notei que ele usava o chapéu de lado, mas aquilo não escondia o fato de que uma das suas orelha estava faltando. — Agora você pode dizer a Dee para parar de ser mandona.

— Eu não estava sendo mandona — ela gritou. Sob a luz vindo da sala, eu conseguia ver cicatrizes profundas em um lado de seu rosto bonito.

Reconheci a voz dele. Um pequeno arquejo ficou preso na minha garganta quando me lembrei de como a conhecia. No dia que fui ver Alice em Nova Iorque, eu a ouvi conversar com o que eu pensei ser uma criança ao telefone. Mas ela estava falando com um espelho; ela estava falando com ele!

— Puta merda. — Minha mente deu voltas agora que todas as peças estavam se encaixando. Há quanto tempo Alice fazia parte desse mundo? Há quanto tempo ela escondia isso de mim?

— Pelos pãezinhos de creme, você voltou! — Mais alguém saiu pela porta, com uma concha de servir na mão. — Você acha que eu tenho tempo de correr por essa casa atrás desses otários? Para onde vocês foram, caralho?

Pisquei e me fixei no coelho falante de uma perna só que usava um avental de estampa natalina cheio de babados. O toco da perna batia no deque de madeira, impaciente.

— Você está me devendo uma quantidade indecente de hidromel. Eu tive que vir para cá para ter certeza de que essas crianças descerebradas não estavam machucando a si mesmas. Você me deve no mínimo uma hora ininterrupta na minha cozinha. — Ele fincou o toco no deque.

— Nem pensar. Temos regras sanitárias por uma razão. — Alice colocou o pinguim no chão. — Você não pode mais lamber o fogão.

— A cozinha é minha!

— Na verdade, guisado de coelho, ela é minha — Nick resmungou.

— Vocês estão sendo tão mal-educados… temos convidados. — Pen apontou para mim, e cada cabeça se virou na minha direção.

— Abram alas! Abram alas! — Os elfos bateram um no outro, correndo em círculos. — Temos visita!

— Quem é ela? A sua irmã? Vocês são tão parecidas. — A menina elfo pulou para mim. Senti Chip se enterrando ainda mais no meu pescoço, escondendo-se no meu cabelo. — Você é tão bonita. Dá pra ver que tem tanta magnitude quanto a nossa Alice.

Nossa Alice? O que estava acontecendo ali?

— Pessoal, essa é a minha irmã, Dinah. — Alice apontou para mim. — Dinah, esses são Pen, Dee, Dum, Lebre e, no momento, esse babaca é o Nick. — Ela apontou o grupo. — Vamos torcer para você conhecer o lado bom dele mais tarde.

— Srta. Dinah! É um prazer conhecer você. Trouxe um presente para a festa? — Pen dançou ao redor como uma criança animada. Ele parecia muito jovem e ingênuo, como se olhasse para o mundo de um jeito diferente dos outros.

— Cadê o Scrooge? — Alice olhou ao redor.

— Scrooge? — Minha testa enrugou, ainda com dificuldade de entender tudo aquilo. Ela se referia a Ebenezer Scrooge? O velho muquirana e ranzinza de *Um conto de Natal*?

— Ah, puta que pariu. — Lebre balançou a cabeça. — Ele ficou meio maluco quando descobriu que você sumiu. Quer dizer, agora ele ficou completamente maluco.

— Ahhh, srta. Alice, você deveria ter visto. — Os olhos de Dee se arregalaram.

— Onde ele está? Para onde ele foi?

Dum deu de ombros.

— A gente não sabe. Ele saiu, gritando que tacaria fogo no mundo inteiro até te encontrar e coisas assim.

Alice respirou fundo e esfregou o rosto.

— Ahhhh, o sr. Scrooge ama uma boa lareira. — Pen bateu as nadadeiras. — Precisamos arranjar castanhas.

— Alice? — De repente, me senti exausta. Meu corpo ainda estava tenso por causa de tudo pelo que tinha passado. — O que está rolando?

— Vem. Precisamos conversar, e você pode descansar lá em baixo também. — Ela passou um braço ao meu redor.

— Ah, mas de jeito nenhum! — Nick bateu a bota. — É o meu canto. Fique longe de lá.

— Nick, você está me irritando. — Alice me levou na direção do celeiro.

— Posso bater nele de novo? Por favor? — Lebre saltitou atrás de nós. O resto, incluindo Nick, veio também. — Por favoooor?

— Não.

— Eu faço rum amanteigado com canela fresca e creme para você.

Alice fez uma pausa.

— Bem…

Cara, parecia uma delícia.

— Acabei de fazer uma fornada de biscoitos amanteigados com cobertura de avelã e caramelo.

Eu consegui ouvir minha irmã hesitar, mas ela balançou a cabeça.

— Não. No mais, é minha vez.

— Estraga-prazeres. — Lebre bufou, e entrou saltando no celeiro.

— Aonde a gente está indo?

— Você vai ver. — Ela me conduziu até o celeiro. Lebre já estava de pé em um velho trenó vermelho, como se estivesse esperando.

Alice me direcionou até o veículo, o resto do grupo saltou na parte de trás.

— Aonde a gente vai? Não precisa de renas para puxar? — Eu estava muito confusa. Fui para o lado de Lebre, prestes a me sentar.

— Eu não sentaria aí se fosse você. — Ele balançou a cabeça.

Deslizei ainda mais.

— É, eu também não me sentaria lá… — Ele apontou para o banco inteiro e para o painel. — Nem ali… na verdade, não toque em nada.

— Por quê?

— Lebre. — Alice olhou feio para ele.

— Quê? — ele rebateu. — Não é o creme das minhas nozes que está espalhado pela coisa toda.

Alice respirou fundo e bateu a mão na cara.

Antes que eu pudesse sequer pensar, o trenó se moveu. Em vez de ir para frente, ele foi para baixo, afundando-se no chão.

— Mas que porra? — Agarrei o console, e meu queixo caiu enquanto nos afundávamos mais ainda. Chip guinchou na minha orelha, agarrando meu cabelo. — O que está acontecendo?

"A sleigh ride together with you…" Pen cantava alto lá atrás sobre dar um passeio de trenó com alguém.

Foi nesse momento que percebi a mudança brusca que minha vida tinha sofrido.

As minhas caixas, tão seguras, não só tombaram… foram destruídas. E eu só podia segurar firme.

Boquiaberta, encarei o imenso abrigo subterrâneo. Era um cômodo gigante com área de entretenimento, jogos, bar e cozinha gourmet.

Até mesmo eu senti inveja, e olha que eu odiava cozinhar. Lebre correu na direção da mesa coberta com formas e mais formas de delícias. Havia uma lavanderia e um banheiro mais para o canto.

Nick foi pisando duro até a televisão imensa, se jogou na poltrona e pegou um fone e os controles do videogame. Zumbis encheram a tela. Era o jogo que Scott jogava. O choque entre a vida real e o Papai Noel jogando o mesmo jogo nesse mundo explodiu no meu cérebro.

— Estou enlouquecendo — murmurei para mim mesma. Chip afagou meu pescoço como se tentasse me tranquilizar.

— Dee, eu sei que você e Dum precisam voltar para a oficina. — Alice foi até a cozinha. — Veja se conseguem encontrar o Scrooge e avisar que estou aqui.

O comportamento de menina de Dee sumiu. Seu rosto cheio de cicatrizes ficou mortalmente sério enquanto ela puxava até os lábios o comunicador que estava perto do ouvido.

— Ahhh, montinhos de purpurina. Lá vai ela. — Dum jogou os braços para cima.

— Dum, volte ao seu posto. Agora! Temos menos de oito dias até a Operação Saco de Brinquedos. — Ela fez sinal para ele se mover.

— Eu odeio você. — Dum olhou feio para Alice, o que só a fez rir.

— Anda! Anda! Anda! E passa para pegar o Happy. — Dee apontou para ele, conduzindo-os através de um espelho no canto. O espelho ondulou como se fosse água e ela desapareceu em um piscar de olhos.

— Não vá me culpar se encontrar Dee embrulhada com a boca amordaçada com fitas. — Dum pegou alguns doces na mesa antes de entrar no espelho atrás da irmã.

— Pãozinho de canela! Pãozinho de canela! — Pen comemorou, tentando pular na cadeira enquanto Lebre se movia pela cozinha.

— Não toque em nenhum deles. — Lebre pegou panelas e potes enquanto Alice ajudava Pen a subir na cadeira, pondo um dedo na frente dos lábios enquanto colocava um pãozinho na frente dele, que riu e dançou, engolindo parte do quitute.

— Chip! Junte-se à festa. Lebre faz os doces mais gostosos do mundo.

O nariz de Chip apareceu em meio ao meu cabelo, movendo os bigodes. Com cuidado, eu o peguei e o coloquei na mesa, enquanto Alice cortava um pedaço de pão e o colocava diante dele, que deu uma mordida e saltitou, com as mãos sinalizando.

— É, não é? Os melhores! — Pen se agitou enquanto engolia mais, parecendo entender Chip. — Você precisa provar a torta dele de chocolate, avelã e caramelo.

Ergui a cabeça de supetão, pisquei para Alice antes de percorrer a mesa com o olhar, dessa vez prestando mais atenção no que havia no balcão.

Levei a mão à cabeça, meu corpo bambeou. Reconheci cada doce ali, cada um que minha boca devorou e pelos quais ansiou. Os que Scott e eu estávamos comendo há dois anos… antes mesmo de a confeitaria abrir.

— Ahhhh. — Outra peça se encaixou.

— Você não queria conhecer meu confeiteiro? — Alice sorriu e olhou para o coelho quebrando ovos em uma tigela. — Bem… — Ela apontou para ele.

Agora entendi por que ninguém sabia quem ele era e por que ele não queria ser reconhecido.

Minha cabeça parecia que ia explodir com todas aquelas informações novas e as situações bizarras que tentavam se enfiar no meu cérebro e fazer sentido.

— Sei que deve ser demais pra absorver. Acredite se quiser, mas eu ainda não consegui aceitar que você está aqui. — Alice ficou séria, como se finalmente entendesse o que tinha acontecido naquela noite.

— Alice, isso é *loucura*. — Acenei ao redor.

— Eu sei, mas, no momento, preciso que você deixe essa parte um pouco de lado. Temos muito a conversar.

Bum!

Uma porta bateu, e eu me virei com um arquejo.

Olhos azuis queimaram da passarela lá em cima. O peito dele estava estufado; a expressão indicava que tinha dominado o mundo.

Bolinhos de Natal…

Matt Hatter.

Meu queixo caiu quando o vi. Ele também era parte desse mundo? Quanto mais eu pensava, mais fazia sentido, como se esse tempo todo eu soubesse, lá no fundo, que ele nunca se encaixou na Terra. Ele era *demais*; sua presença não cabia no nosso mundinho comum.

Eu me lembrei de Jessica, Matt e do filho deles indo à nossa festa de Natal quando nos conhecemos. Eu me lembrei da reação de Alice. Será que ela sabia na época? Como ele e Jessica se encaixavam nisso tudo? E o que aconteceu com o garotinho dos dois, o Timmy?

A conexão tangível entre ele e Alice se espalhou pelo espaço, o olhar

STACEY MARIE BROWN

dos dois se prendeu. O maxilar do homem se contraiu enquanto ele descia as escadas, sua intensidade demolia o ar da sala no que ele ia na direção dela.

— Scrooge! — Pen balbuciou de boca cheia, acenando as barbatanas de animação.

Scrooge? Do que Pen estava falando?

Alice deu a volta na mesa.

— Srta. Liddell... — Matt rosnou o nome dela, sem ver mais ninguém ali. Alice foi na direção dele, com a cabeça erguida, desafiando a fúria que o homem sentia. — Eu te avisei.

— Avisou. — Ela ficou na ponta dos pés e a boca deles colidiu. Suas mãos a agarraram pelo pescoço e costas, devorando-a e reivindicando-a, enquanto pressionava seu corpo contra o dela.

Eu tinha visto bastante da intensidade dos dois, mas aquilo parecia ainda mais extremo. A magia entre eles estalava de ardor e desejo.

— Ei, cães no cio... saiam de perto da mesa. Já tem cobertura de creme o bastante por aqui. — Lebre acenou, enxotando os dois.

Matt e Alice se afastaram, mas não deixaram de se olhar. As mãos dele vagaram por ela, detendo-se ao ver a blusa cheia de sangue.

— Que porra aconteceu? — Os ombros dele se ergueram, tensão vibrava em seu corpo. — Por que você estava sangrando? Para onde você foi?

Alice estremeceu.

— Você vai precisar de uma bebida. Talvez da garrafa toda.

Ele enrijeceu.

Alice se afastou, com o foco em mim. Matt seguiu o seu olhar, a cabeça dele se moveu de surpresa quando enfim me viu ali.

— Dinah? — Ele franziu suas sobrancelhas, confuso. Olhava de mim para Alice. — O quê... como...?

— É, foi basicamente como eu reagi também. — Alice mordeu o lábio. — Mas isso não é importante no momento.

— E o que é importante então, srta. Liddell? — Matt resmungou, o corpo indo para a defensiva.

— Bem, esquecer que minha irmã está aqui e que isso já faz um tempo. E que nós duas fomos sequestradas pela sra. Miser...

— Sra. Miser? Maribell? — Matt deu um passo para trás, surpreso. — Por que ela sequestraria vocês?

— Ela ainda está por aqui? Não tenho notícias dela há anos. — Lebre enfiou uma panela no forno. — Engraçado, ninguém nunca se lembra dela.

— É, não vamos nem discutir o fato de vocês nunca terem me contado sobre ela. — Alice apontou de Lebre para Matt. — Que Jessica tinha uma irmã.

— Ela é uma ninguém. Vive longe daqui, perto do lado do verão... por que isso importa? O que ela poderia fazer? — Matt respondeu.

— Muita coisa. — Olhei para Matt, que usava jeans e camiseta, parecido com o jeito como ficava na confeitaria. Mas havia algo a mais nele, como se o modelito não servisse direito nele naquele lugar. — Você a subestima.

A atenção de Matt foi de Alice para mim, ele franziu as sobrancelhas.

— Sabe o jeito que consigo fazer as coisas aqui? E que o Papai Noel me chamou de espírito do Natal futuro?

— Sim. — Matt estreitou as pálpebras.

— Bem. — Alice apontou para mim. — Parece que é coisa de família.

— Do que você está falando? — Matt estava perdendo a paciência.

— Os poderes de Dinah são ainda mais fortes que os meus.

— Vá direto ao ponto. E rápido. — Matt cruzou ou braços.

— Acho mesmo que você vai precisar de uma bebida.

— Alice... — ele rosnou em aviso.

Ela abriu a boca.

Mas em vez disso, minha voz saiu.

— Eu libertei a Jessica... Fui eu que a deixei sair.

CAPÍTULO 3

O silêncio tomou conta da casa. A encarada de Matt abriu um buraco em mim, o maxilar dele estalava como se fosse o ponteiro de um relógio.

— Como é que é? — ele respondeu, seco. Seu corpo se curvou na minha direção, me fazendo lamber os lábios com nervosismo. — Por favor, repita, porque não é possível que eu tenha entendido direito.

— É verdade. — Alice colocou o cabelo longo atrás das orelhas. — Jessica está à solta.

A cabeça dele se virou com tudo para ela, estufou o peito e ficou mais ofegante.

— Como é possível? Ela não deveria nunca ser capaz de se libertar. Papai Noel se certificou disso. Ele a amarrou e a acorrentou às raízes da Terra das Almas Perdidas.

O olhar preocupado de Alice me atingiu junto com o de Matt, ambos me encaravam como se eu fosse alguma bruxa malvada.

— Eu... eu não sei como... eu só consigo. — *Já fiz isso antes, com outro monstro.*

— Por quê? — Matt veio com tudo na minha direção, me fazendo sair tropeçando para trás até atingir a mesa. — Por que você a libertaria?

— Pare, não foi culpa dela. — Alice tentou segurá-lo, mas ele continuou avançando.

— Por que você a libertaria, porra? Sabe o que ela fez a este mundo? Às pessoas daqui? À sua irmã? O que ela fez com a sua família?!

— Sei. — Minha garganta se apertou. — Eu me lembro de tudo agora. As lembranças voltaram assim que a libertei. Sei que foi ela quem pôs Alice no hospital psiquiátrico. Sei que ela mentiu e enganou a nossa família de algum modo.

— Acha que foi só isso? — Ele rosnou, os olhos azuis ardiam. — Você pelo menos sabe quem ela é?

— Pare. — Alice parou ao lado dele, pondo-se milimetricamente entre nós. — Não foi culpa dela.

— Não foi culpa dela? — ele rebateu. — Ela libertou a Rainha Vermelho-Sangue... a pessoa que tirou tudo de mim: minha esposa e meu filho, a que tentou te tirar de mim e quase destruiu este reino.

— E o meu pé. — Lebre balançou a perna. — Vaca.

— Quantos de nós sangraram e morreram para que ela fosse trancada? — A ira de Matt atiçou o ar. — E em uma única noite, tudo foi desfeito?

— Foi necessário. — Alice não recuou ante a raiva dele e respondeu no mesmo tom.

— Por quê? — ele gritou.

— Para me salvar — ela gritou também.

Matt levou um susto e piscou.

— Do que você está falando?

O foco de Alice foi para o rasgo na blusa de frio, a marca vermelha ainda maculava sua pele lá embaixo.

— Era eu ou a Jessica.

As narinas de Matt dilataram, o peito dele bombeou.

— Você me conhece bem demais... sabe o que eu teria escolhido. — Todo o corpo do homem pareceu crescer de fúria, um som gutural saiu de sua garganta.

— Na verdade, você deveria agradecer a ela. — Alice acenou para mim. — Eu não queria que Dinah fosse adiante.

— Alice... — Ele disse o nome dela tão baixo que mais pareceu uma ameaça. As emoções de Matt vieram à superfície: medo, pânico e profunda devastação. Como se até mesmo a ideia de perder a minha irmã pudesse enlouquecê-lo.

Ele se aproximou de Alice, dor visceral estava gravada em seus olhos.

— Eu praticamente destruí este lugar, e você só tinha sumido. Eu te avisei do que aconteceria se algo acontecesse com você... se eu te perdesse.

Ela estremeceu, mas não de medo, ardor aquecia seu olhar.

— E eu te falei que faria o mesmo. — A boca de Alice roçou a dele, quase como se ela lembrasse a ele de que estava ali e que estava bem. — Agora, deixe de lado a raiva pela forma como ela saiu. Precisamos lidar com o fato de que ela saiu.

— Eu ainda não entendo. Ela não tem mais um corp... — Ele parou e se afastou de Alice. — Puta que pariu.

— Pois é. — Alice suspirou, e franziu o nariz.

STACEY MARIE BROWN

— O quê? — Lebre saltitou para perto deles. — O que isso quer dizer?

— Toma essa, snowflurry77! — Uma voz rimbombou da área da televisão. Nick estava de pé, apontando para a tela, gritando no headset. — Eu te matei. Chupa meus biscoitinhos açucarados, filho da puta.

— Parece que o Papai Noel e o Nick vão sair em um encontro duplo com a esposa e a cunhada. — Matt inclinou a cabeça para trás e respirou fundo.

— O que você... ah, porra... — O nariz de Lebre se contraiu, ele pegou uma garrafa no balcão e virou metade do que havia lá. O cheiro de canela, baunilha e outras delícias roçaram o meu nariz.

— Esposa? — repeti, sem entender nada.

— A mulher que você libertou, Jessica Winters? — Alice se virou para mim. — Ela também é a Rainha Vermelho-Sangue que passou décadas tentando destruir Winterland porque, na verdade, ela odeia o marido.

— Mas ela tem um nome diferente por aqui... — Matt zombou do comentário.

— Qual? — perguntei.

— Sra. Noel.

Tenho certeza de que apaguei por um momento, minha bunda bateu na cadeira com um baque alto. Eu conseguia sentir minha mente variando, pronta para pirar. Esse dia tinha sido demais... ainda mais para alguém como eu, que não queria as coisas fora de sintonia.

— É, você quebrou essa aí. — Lebre tomou um bom gole ao apontar o polegar para mim. — Ela parece prestes a sair lambendo a mobília.

— Quem faz isso é só você — Matt resmungou. — Inclusive, nada de lamber o fogão de novo.

— Eita nozes. — Lebre se soltou na cadeira ao meu lado e empurrou a garrafa para mim.

Uma risada enlouquecida subiu pela minha garganta enquanto eu a pegava da pata dele.

— Obrigada. Estou sentada aqui com um coelho que fala e cozinha.

— Ei... isso é arte para o paladar. — Ele apontou para os doces, e eu tinha que admitir que eram mesmo.

Sem pensar, tomei um bom gole direto do gargalo. O sabor explodiu na minha língua. Tinha gosto de felicidade natalina. Se conseguissem engarrafar o Natal, teria esse gosto. Um gemido subiu pela minha garganta, e eu bebi mais.

— Ôpa, calma aí. — Lebre tomou a garrafa. — Sua irmã também pensou que daria conta.

— Ei. — Alice abriu as mãos. — Posso encher a cara sempre que quiser.

Lebre gargalhou.

— Vamos falar da noite em que você tomou isso aqui pela primeira vez? Acho que você teria trepado em uma árvore se *ele* não estivesse lá fora.

Alice o fulminou com o olhar, mas um leve rubor coloriu suas bochechas.

— Ok, então me deixa ver se entendi. A sra. Miser, Maribell, é irmã da sra. Noel, que é a Rainha Vermelha *e* a Jessica Winters?

— Isso mesmo. — Alice assentiu.

— E agora elas são a mesma pessoa? — Abri os dedos sobre minhas pernas nuas. Geralmente, estar meio despida me incomodaria. No momento, não parecia importante. — Como isso sequer é possível?

— Bem, minha querida, é tipo ter um transtorno dissociativo de identidade. — Uma voz cálida veio da poltrona reclinável. Nick se levantou e atou o roupão. Seu olhar estava suave e bondoso, e eu soube naquele momento que não estava olhando para o Nicolau, e sim para o Papai Noel em pessoa.

Como se eu tivesse voltado a ter cinco anos, meus olhos se arregalaram, sentindo o poder e a bondade dele me invadirem, e eu o encarei, maravilhada.

— A cada momento, um deles estará no comando, embora possa ser um pouco diferente, já que, na verdade, são duas pessoas, e não uma alma dividida. — Ele veio direto para mim e pegou a minha mão. — Perdoe-me por minha aparência e a falta de educação de mais cedo por não ter te recebido como deveria. — Minha pele vibrou de alegria e calidez ao seu toque, tudo parecia ser luz e esperança. — É um prazer enfim te conhecer, Dinah.

— O senhor sabe quem eu sou?

— Eu te conheci ainda pequena. Mas já faz tempo. — Ele inclinou a cabeça, e eu quase o senti ver através de mim. — Hummmm.

— O quê?

— Assim como com a sua irmã, consigo sentir muitíssima magnitude em você. É uma história que não previ. Um espírito que não considerei. Você tem magnitude, mas não consigo ver onde ela se encaixa.

STACEY MARIE BROWN

— Como assim?

Ele piscou e balançou a cabeça.

— Perdoe este velho. — Ele soltou as minhas mãos e se voltou para o corpinho parado perto do meu cotovelo. — Olá. — As mãos do Papai Noel sinalizaram, cumprimentando Chip. — É um prazer te conhecer também, pequeno.

Chip guinchou ao meu lado, os olhos dele quase saltaram das órbitas de tão arregalados. Ele tombou, caindo de cara na mesa, desmaiado.

— Ah, minha nossa. — O Papai Noel se endireitou. — Acho que o assustei.

— Não... acho que ele está chocado pelo senhor ter falado com ele na língua dos sinais. — Peguei Chip, e o guardei no bolso.

— Todas as criaturas, grandes e pequenas, são importantes. A voz delas precisa ser ouvida, mesmo quando não podem falar. — Papai Noel esfregou o robe de seda. — Agora, se me derem licença, preciso me vestir.

Eu o observei ir para o banheiro.

Santo pirulito. Eu acabei de conhecer o Papai Noel.

O ícone.

O conto de fadas.

A lenda.

Era real... tudo isso.

— Só espera até ele ficar pelado de novo e gritar obscenidades para você. — Alice apertou o meu braço.

— Jesus, Alice... isso é tudo loucura. Minha cabeça vai estourar.

— Scrooge? Você a encontrou? — Uma voz de homem veio da entrada. Passos ressoaram nas escadas de metal. — Pedi para Trovão e Cupido saírem para procurar.

— Meu. Santo. Sininho. De. Natal — falei para mim mesma, ao observar um homem belíssimo descer as escadas correndo. Tinha o peito largo, era alto e estava sem camisa, vestindo só uma calça cargo larga. Tinha o nariz protuberante com a pontinha preta, e os olhos pareciam não ter pupilas. O cabelo castanho parecia macio feito pelo. Mas não foi sua beleza extraordinária que me desorientou. Foram os chifres que saíam por trás das orelhas longas.

— Rudy. — Alice correu para ele.

— Alice! — Ele a pegou e a abraçou apertado. — Ah, graças ao Papai Noel, você está bem. Ficamos tão preocupados!

— Estou bem. — Ela o apertou antes de se afastar. Dava para ver que eram muito amigos. — Embora Winterland não esteja mais.

— Como assim? — Ele inclinou a cabeça.

— Para começar... — ela apontou para mim — Rudy, essa é minha irmã, Dinah. Dinah, esse é o Rodolfo.

Uma risada insana escapou da minha boca.

— É claro que é. Porque não é possível o Papai Noel existir sem a rena de nariz vermelho, Rodolfo, um gostoso do cacete conduzindo o trenó pelo céu... — Outra gargalhada escapou. — Suuuuuuper normal.

— É, piradinha de tudo — Lebre murmurou.

Rodolfo me analisou por um instante, andando devagar, seu foco dissolveu a minha sensação de embriaguez.

— Você. — Seu olhar me percorreu, mas não foi nada sexual; foi mais como se ele tentasse me desvendar ou algo parecido.

— O que tem? — Alice parou ao meu lado, franzindo a testa para Rodolfo.

— Não sei. — Ele franziu a dele. — Mas sinto nela a mesma *vibe* que senti contigo.

— O que isso quer dizer? — Alice perguntou.

— Que... há mais do que uma *ela*.

Mais de uma ela?

De que merda ele estava falando? Eu quis perguntar, mas um barulho às minhas costas me fez virar a cabeça para o espelho, e vi Dee e Dum saltitarem pelo vidro.

— Scrooge! — Dee disparou para Matt. Ele se abaixou e a pegou no colo.

— Que bom que o Happy conseguiu te encontrar. — Ela apertou os braços ao redor do pescoço dele. — Ficamos preocupados com você também.

— Estou bem. — Ele a colocou no chão.

Abri e fechei os olhos devagar. Outra peça se encaixou enquanto eu olhava o homem que conhecia como Matt.

— Ah, meu Deus... — Acompanhei com perplexidade o fato de a

minha mente não conseguir ter mais nenhuma epifania. — Você... você é o Ebenezer Scrooge. — Balancei a cabeça, incrédula. A imagem do velho feio, ranzinza e ganancioso estampada nos livros e nos filmes contrastava demais com o jovem gostoso que estava na minha frente.

— Não é o que imaginou? — Ele inclinou uma sobrancelha para mim. Aquele olhar deixaria calcinhas molhadas em qualquer reino.

— Não. Não... — Meu rosto encontrou minhas mãos.

Aquela parecia ser a última gota. Quase nada do que acreditamos enquanto crescíamos se encaixava com a realidade. Isso se desse para chamar esse lugar de realidade. Blaze e Frost também não eram nada parecidos com os personagens da animação... e Rodolfo? Cacete. — Não dá... não dá.

— Parabéns, galera. A gente quebrou mais uma. — Lebre ergueu a garrafa em um brinde. — Todos fizeram um bom trabalho.

— Di? — Alice se agachou na minha frente. — Sei pelo que você está passando... pode acreditar, sei mesmo.

— Você escondeu isso de mim? — Abaixei as mãos, falando alto o bastante para que apenas ela ouvisse.

— Você acreditaria se eu contasse? Ou teria sido mais rápida ainda para buscar ajuda para mim?

Eu me encolhi, olhei para o lado, sabendo a verdade. Na época, eu não teria acreditado nela. Mesmo porque, lá no fundo, eu teria sentido algo incômodo... uma verdade que eu não estava pronta para encarar.

— E não fui só eu. Você também não me contou. — Ela afastou o cabelo do meu rosto. — Por muito tempo, pensei que estava enlouquecendo. Mas quando descobri que não, todo mundo acreditou que eu estava.

Franzi os lábios, odiando a ideia de ter deixado que a internassem naquele hospital.

— No dia que você foi me visitar na loja?

Concordei, sabendo a que ela se referia.

— Senti que algo estava diferente. Errado. Pensei que você tivesse se lembrado do que Jessica tinha feito vocês esquecerem. Não percebi que havia mais. Desculpa... eu deveria saber. Ter insistido mais.

— Não. — Balancei a cabeça. — Não foi culpa sua. Eu precisava ver você, mas assim que cheguei lá, não consegui contar. Estava com medo. Pensei que se dissesse em voz alta, você saberia que eu era louca.

— Você está certa. Eu teria feito isso mesmo. — O sorriso de provocação se insinuou nos lábios dela. — Mas me deixe te contar um segredinho... todas as melhores pessoas são. Ainda mais aqui.

Minha testa se apoiou na dela enquanto eu soltava um suspiro, um peso saiu dos meus ombros. Todos tínhamos tanto pelo que entrar em pânico e pirar no momento, mas, pela primeira vez em dois anos, eu não me sentia sozinha nem assustada. Minha irmã estava ali, e, se eu enlouquecesse, paciência. Poderíamos ser doidas juntas.

— Temos muito papo para pôr em dia, mas, no momento, Jessica é mais importante. — Alice me deu um último apertão antes de se levantar, então se virou para o grupo. — Ela não usou a minha irmã só para saracotear por Winterland. Ela veio terminar o que começou, e duvido que dessa vez vai deixar que algo a impeça.

— Não. Jessie vai acabar com a minha raça dessa vez.

Todas as cabeças se viraram para o Papai Noel, que voltara ao recinto. Dessa vez, ele usava calça de moletom cinza e um casaco com capuz, e sua aura demandava atenção.

— E sinto que Dinah está certa. Nós subestimamos Maribell... ela... — A garganta dele se moveu, uma lasca de remorso piscou em suas feições. — Ela também tem suas razões para estar brava comigo.

Matt se remexeu e cruzou os braços. Embora eu ainda pensasse nele como Matt, por mais estranho que parecesse, Scrooge combinava bem com ele ali.

— E por quê?

Papai Noel balançou a cabeça, as sobrancelhas brancas se uniram em uma única taturana.

— Eu era jovem e descuidado, mas não importa no momento. Jessica agora está no corpo de Maribell. Minha alma foi dividida em duas devido ao trauma, mas ainda é uma única alma. No caso delas, há duas habitando o mesmo corpo. Não faço ideia das repercussões que isso pode causar. Ou das vantagens.

— Você quer dizer que talvez ela seja mais poderosa que você no momento. — Scrooge cerrou a mandíbula.

Papai Noel soltou um suspiro carregado e balançou a cabeça.

— Ai, meu cogumelo. — Lebre deslizou ainda mais na cadeira, vertendo mais hidromel em sua garganta. — Estamos liquidados. *Finito*. Tipo geleia de frutas vermelhas... mas sem os pedacinhos.

— Quê? Mas o Natal é daqui a oito dias. — Dee girou freneticamente. — E as crianças? Estão contando com a gente. Não podemos decepcioná-las. O que a gente vai fazer? É uma tragédia!

— Qual é, Dee. — Dum puxou a irmã para o sofá e ficou de ponta-cabeça, com os pés erguidos para o teto. — Não é tão ruim daqui.

Ela fez beicinho, mas por fim fez igual, ficando de cabeça para baixo.

— Viu? — Ele a cutucou com o cotovelo. — É diferente, né?

Ela bufou, mas, aos poucos, começou a relaxar, e deu uma risadinha.

— É, você tem razão. Eu estava sendo boba. Vai ficar tudo bem. Juntos, podemos enfrentar qualquer coisa.

Eu os encarei, meu cérebro não estranhava mais aquela loucura.

— Tudo é uma questão de perspectiva. — Alice deu batidinhas na boca, e seu olhar encontrou o de Scrooge. Mesmo que de forma tácita, eu conseguia senti-los se comunicando. A conexão dos dois era tão forte que ele sabia exatamente o que ela estava pensando.

— Não. — Os ombros dele relaxaram, e seu rosto pareceu irritado.

— Não temos alternativa. — Alice rebateu. — É todos a bordo. Não vamos conseguir sozinhos. Como Dee disse, se ficarmos juntos...

Scrooge esfregou o rosto.

— Precisamos reunir a Resistência Noturna, e isso quer dizer... — Alice encarou Matt. Ele respirou fundo e assentiu.

— Ah, porra. — Lebre colocou os pés sobre a mesa, suas palavras saíram um pouco arrastadas. — Aquela raspadinha de cocô estará de volta.

CAPÍTULO 4

Vozes saíam em saraivadas ao meu redor, fazendo planos e discutindo como proceder, mas eu não conseguia me concentrar em nada. Alice impedia qualquer um de me fazer perguntas, sempre os fazendo voltar a como lidariam com Jessica/Maribell, e não por que ela estava à solta.

Meu corpo e mente tinham se fechado, e eu me sentia dormente. Olhei para o chão, meu polegar acariciava de leve o pelo de Chip. Seu corpinho estava enrodilhado no meu bolso.

— Di? — O rosto de Alice surgiu na minha linha de visão. — Ei… quer que eu te leve para casa?

— Casa. — Bufei. E onde era isso? Tudo tinha mudado, e nada mais parecia seguro ou firme sob os meus pés.

— Você não pode desaparecer. Scott vai notar que você não foi para casa.

Outra risada seca escapa da minha garganta.

— Não, não vai.

— Você não está falando coisa com coisa. Aquele garoto repara até nas suas piscadas.

— A gente terminou.

— Quê? Vocês terminaram? — Alice se sobressaltou, chamando minha atenção para ela.

O cômodo estava praticamente vazio. Quando todo mundo foi embora? Como eu não notei?

Esqueci que não cheguei a contar para ela nem para a minha mãe. Aconteceu tudo tão rápido, mas, ao mesmo tempo, pareceu ter sido há tanto tempo. Em outro mundo. Em outra época.

— Que merda aconteceu, Dinah? Vocês estão juntos desde sempre.

O que aconteceu? Esse lugar aconteceu. Frost aconteceu.

Fechei as pálpebras, tentando parar de pensar nele.

Jack. Frost. Krampus.

Menino. Homem. Fera.

A sensação do toque dele. O sabor dele... o medo que ainda se agitava em minhas veias.

Scott mal passava pela minha cabeça ultimamente, mas Frost estava gravado a fogo no meu cérebro, sempre lá... me assombrando.

— Não quero falar disso agora.

— Que merda, maninha. Sinto muito.

Alice me abraçou apertado e me puxou de pé. Queria sentir o luto, a dor por perdê-lo, como eu deveria. Como todo mundo pensaria ser o caso.

Não me entenda mal, doía tanto que me tirava o fôlego. Ele era meu melhor amigo, e tinha sido parte da minha vida por muito tempo. Mas eu não sentia a devastação de ter perdido uma alma gêmea. Ao ver como Matt reagiu ao sumiço de Alice, não tive dúvida nenhuma de que ele reviraria o mundo até encontrá-la. A paixão deles, o amor deles... eu queria aquilo.

Alice se afastou, triste por mim.

— Quer que eu fique contigo hoje?

— Não — respondi e me afastei. — Quero ir para casa dormir. Ficar um pouco sozinha. — Apontei para os doces. — Além do mais, sei que você tem muito o que fazer no momento.

A vida na Terra não parava só porque estávamos em outro reino.

— É. — Ela gemeu. — Temos uma tonelada de pedidos, tanto na chapelaria quanto na confeitaria. Malditas festas. Não dava para a Jessica planejar conquistar Winterland em uma época mais conveniente?

Eu ri, sentindo o peito um pouco mais leve.

— Eu te amo. — Abracei minha irmã de novo.

— Eu te amo também. — Ela me puxou para si. — É estranho, mas agora que passou o choque de você estar aqui, é interessante ver o quanto você se encaixa.

— Para ser sincera, acho a mesma coisa. — Eu a abracei mais forte. — Fico feliz por você estar aqui comigo.

— Eu também. — Ela suspirou. — Desculpa não ter contado. Aconteceria em algum momento, mas eu não sabia como abordar o assunto.

— Eu entendo. — Eu a soltei e me afastei. Meu corpo bambeou.

— Temos muito a conversar, mas você precisa de descanso. Está prestes a desabar. — Ela pegou o meu braço e olhou para trás. — Vou levar a Dinah para casa. Já volto.

Scrooge foi até ela, e a beijou com paixão.

— Anda logo... ou vai pagar caro, srta. Liddell.

— Esse é o tipo de dívida que gosto de pagar. — Ela deu uma pisca-dinha e me levou até o espelho.

Ao bater no vidro, tudo girou e revirou. Nossos corpos caíram na escuridão.

Mas, dessa vez, eu me soltei.

Acordei assustada. Medo e confusão percorriam meus membros, eu não me lembrava de onde eu estava. O quarto ainda estava escuro, encoberto em sombras. Meu olhar disparou para todos os lados, reparando em tudo.

Cômoda. Espelho. Cama. Colcha branca. O relógio piscando 3h05.

Casa.

Eu estava na cama.

Como cheguei aqui? Minha mente revirava a lama, vasculhando as me-mórias.

Eu me sentei com um sobressalto, meu fôlego ficou preso na garganta.

Sequestro.

Jessica.

Alice.

Scrooge...

Krampus.

Tudo se chocou na minha cabeça e me gelou o sangue. Aconteceu mesmo? Ou foi só um sonho muito vívido?

Olhei para o casaco que eu vestia, um que não era meu.

Blaze.

Algo roçou o meu braço e me fez pular da cama feito um raio, com um grito preso na garganta. Em meio às sombras, meus olhos captaram um corpinho se deslocando para o meu travesseiro.

— Chip? — Minha mão foi para o peito, e eu soltei um suspiro carre-gado. — Que susto!

Os dedos dele sinalizaram:

— *Desculpa, srta. Dinah. Não quis assustá-la.*

— Está tudo bem. — Voltei a me afundar no colchão e o encarei.

— Merda. — Esfreguei a cabeça. — Então tudo isso aconteceu.

— *Eu conheci o Papai Noel* — ele sinalizou, com absoluta adoração e com um tom de sonho nas palavras. A língua de sinais tinha nuances como sarcasmo, raiva ou alegria, assim como era com a entonação. — *Ele falou comigo na língua de sinais!*

— Foi, sim. — O Papai Noel fez isso. Mas eu tinha a sensação de que Nick só conhecia um único sinal...

A vaga lembrança de Alice me trazendo e me colocando na cama surgiu levemente na minha memória. Ela me trouxe através do espelho do banheiro, não pelo da cômoda.

O espelho que me conectava ao mundo deles...

Ao mundo dele.

Eu me levantei da cama, e meu foco se fixou na moldura dourada que me chamava como o canto de uma sereia. Sempre foi assim, mesmo quando eu não tinha consciência disso. Sempre ali. A conexão que eu não podia, nem queria mais negar.

Uma vibração chamou minha atenção para o celular na cômoda, o que me trouxe de volta a este reino. Quanto tempo fiquei fora? Faltei no trabalho? Na aula?

Peguei o telefone, vi seis chamadas perdidas e dez mensagens. As quatro primeiras eram de Lei, querendo saber o que aconteceu com Trevor e Jacob, dizendo que estavam rolando rumores pela faculdade de que Trevor e eu estávamos ficando.

Aff. Esfreguei a cabeça, me sentindo nauseada, porque na verdade... meio que foi o que aconteceu.

Duas eram da minha mãe, mas foram as últimas quatro que apunhalaram meu coração.

Scott.

A gente precisa conversar.

Estou com saudade.

Enviada ontem.

E a última, enviada há poucos minutos.

> Por favor, diz que não é verdade.

> Como você foi capaz? Com ele?

Um soluço ficou preso na minha garganta, sabendo, sem dúvida, que ele tinha ouvido os rumores também.

Sem nem pensar, liguei. A reação de ligar para Scott era automática em mim depois de cinco anos e meio. Mas me arrependi na mesma hora, e estava prestes a desligar.

— Oi — ele atendeu, frio e conciso.

— Oi. — Mordi o lábio, a emoção queimava meu nariz e meus olhos. Silêncio tomou a linha, nenhum de nós sabia o que dizer.

— Scott...

— Me diz que não é verdade. Por favor... — O tom dele estava cheio de dor, e minhas pálpebras se fecharam em agonia. — Não ele.

— Não... não foi... — O que eu poderia dizer? Não foi bem por aí? Não importa quem eu achava ter beijado no escuro, ainda era o Trevor... e não o meu namorado.

— Não — ele me interrompeu. — Só me diz... é verdade? Você deu pro Trevor Curtis em uma festa há poucas noites? Um cara disse que viu vocês dois encostados em uma casa mandando ver.

— Não! — Tecnicamente, eu não dei para ele. Frost se certificou disso. — Não fiz isso. — Minha voz estava estrangulada, sentindo a mentira. Mesmo sendo verdade, só aconteceu por causa de Frost.

Scott suspirou, aliviado.

— Trevor veio atrás de mim hoje, para se gabar. A gente quase saiu na mão porque eu sabia que não era do seu feitio. Você nunca faria isso. Não comigo... e especialmente não com ele.

Culpa e vergonha me fizeram franzir a testa, apertei o nariz. Chip se enfiou na minha coxa, o pelo macio me acalmou, passei o dedo pelo corpinho dele.

— Scott... — A verdade estava na ponta da minha língua.

— Merda, Dinah. Estou com saudade. Não durmo desde que saí daí.

— Eu também estou com saudade — respondi.

— Posso ir aí? Para a gente conversar?

Eu estava com saudade dele. De verdade. Mas eu não sabia mais o que queria. Frost me envolvia tão rápido, me convencendo a fazer coisas que não fazia mais nem com o meu namorado.

STACEY MARIE BROWN

— Eu quero ir para casa. Dormir do seu lado. Abraçar você.

Senti um aperto no estômago, o que não era a resposta "certa" quando seu namorado quer fazer as pazes.

— Já passa das três da manhã.

— E daí? Está óbvio que nenhum de nós dois está dormindo direito.

Mas minha falta de sono não é por sua causa. O pensamento foi como um soco, pela percepção de como as coisas eram diferentes agora. Eu tinha um ratinho que falava na língua de sinais enrodilhado ao meu lado. A sra. Noel estava me usando para destruir Winterland. Eu tinha uma relação conturbada com dois personagens natalinos. Um monstro mítico me caçava, um em que eu não conseguia parar de pensar. Minha irmã estava em um relacionamento com Ebenezer Scrooge, e eu tinha certeza de que estava com uma quedinha por Rodolfo, a rena de nariz vermelho.

A gente não estava mais nem no mesmo universo. E o que mais me metia medo era que eu não queria estar.

Meu olhar foi para o espelho, sentindo o empuxe. Eu queria ir atrás dele.

— Scott. — Engoli em seco. — Eu amo você… sempre vou amar. Só não sei o que quero no momento. — *Que mentira.*

— O que você está dizendo?

— Eu… eu… — Porra, era difícil. — Eu não quero voltar para você.

— O quê? — Foi como se eu tivesse dado um soco na boca do estômago dele, Scott perdeu o ar. — Como você pode dizer isso? A gente fez planos: casa, família, casamento. A gente ainda se ama. Sempre fomos eu e você.

— E talvez isso seja parte do problema. A gente nunca ficou com mais ninguém. Nunca viveu outras experiências, viajou, explorou. Éramos um casal de velhos desde o início, e é tudo culpa minha. Pensei que fosse o que eu queria. Cautela. Segurança. Previsibilidade.

— Você não quer cautela e segurança? — Ele ergueu a voz. — Por favor. Você não é assim, Dinah. Não está pensando direito.

— Como assim?

— Está tomando seus remédios?

Ah, não, ele não fez isso.

— Acho bom você estar de brincadeira agora.

— Dinah, eu te conheço. Você ama listas e que tudo esteja no seu devido lugar. É por isso que eu sabia que você jamais treparia com um otário em uma festa. Como se você sequer fosse a alguma festa. Você não é assim. É por isso que eu te amo. Eu posso confiar em você. Você não é imprudente nem impulsiva para fazer uma coisa dessas.

A ideia dele até podia ser me lisonjear com aquela declaração, e talvez em outra época teria sido o caso. Mas eu não era mais quem tinha sido poucos dias atrás. Meu mundo tinha virado de pernas para o ar, e em vez de isso me dar medo, me fez sentir viva.

Doida, mas viva.

Eu não queria mais sexo medíocre e indiferença ao toque um do outro. Eu queria o que minha irmã tinha. Desejo. Paixão. Um homem que, ao pensar que te perderia, arrasaria o mundo.

— Estou indo aí. — Scott interrompeu meus pensamentos.

— Não.

— Sim. Isso é loucura. Eu amo você e você me ama. A gente pertence um ao outro.

— Scott...

— Chego em quinze minutos.

— Scott! — gritei. O desespero para impedi-lo fez sair a dura verdade: — Eu fiquei com o Trevor na festa.

Por um instante, foi apenas silêncio.

— Quê?

— Eu não dei para ele, mas fui para a festa e a gente ficou. — Eu senti que o chicoteava com a língua, causando dor, mas sabia que só assim ele ouviria.

Scott merecia a verdade, mesmo que não fosse completa.

— Não. — O tom dele mudou para um de negação raivosa. — Você não faria isso comigo... — A voz dele continuou se alterando, furiosa. — Você faria essa merda comigo?

— Você pode beijar a Leanne e tudo bem?

— Não é a mesma coisa — ele rebateu. — Além do que, eu te contei e me senti péssimo. E tinha acabado antes mesmo de começar.

— Você só me contou depois de eu te forçar.

— Você só beijou o cara...? — *Ou aconteceu algo mais?*

— Não. — Engoli em seco, odiando magoá-lo, mas ele mereceria saber a verdade antes de ouvir da boca dos outros. Como da de Trevor.

— Não o quê? Você não beijou o cara?

— Não, eu fiz mais que beijar.

Um som estrangulado veio pelo telefone.

— O. Que. Você. Fez?

— Scott.

— Me diz — ele exigiu saber.

— Não! — gritei em resposta. — Você não precisa de detalhes. Mas isso de termos ficado com outras pessoas não mostra que...

— É por isso? Para se vingar? Para me magoar?

— Não... não foi. Scott, eu jamais te magoaria de propósito. E se quiser que eu seja sincera, quando você contou que beijou a Leanne... eu não fiquei chateada. — Meus olhos começaram a marejar. — Eu não fiquei chateada. — Enfatizei. Uma tristeza fez meus ombros se curvarem. — O que isso quer dizer?

Um som veio de Scott, como se ele também estivesse lutando com as lágrimas.

— A última coisa que eu queria era que daqui a alguns anos a gente acabasse se ressentindo um do outro por não termos curtido a vida. Nunca quis que você me odiasse nem que eu odiasse você.

— Dinah... — ele soluçou.

— Quero que você seja feliz. — As palavras seguintes se prenderam à minha garganta feito caramelo. — E acho que não será comigo. Não mais. Talvez não agora, mas sinto que um dia você perceberá isso... seja com Leanne ou com outra pessoa.

— Por favor, Dinah.

Lágrimas escorreram pelo meu rosto, a gente até podia ter "terminado" da última vez, mas agora parecia real. Derradeiro.

— Eu amo você. — Não consegui conter o soluço. — Desculpa.

Um barulho estrangulado veio do outro lado da linha.

— É... — Ele desligou.

Fiquei lá, o celular caiu da minha mão para o chão... e chorei.

Abrir mão dele era como me livrar da última âncora que me prendia a este mundo. À velha Dinah. Uma parte do meu coração o amaria para sempre.

Ainda me apavorava não ter ao que me agarrar. Mas, pela primeira vez na vida, eu me deixaria à deriva...

E permitiria que a loucura entrasse.

CAPÍTULO 5

Depois que as lágrimas acabaram, pensei que o sono me reivindicaria, já que a exaustão me doía até os ossos. Mas não foi o que aconteceu. Um fio desencapado de consciência chiava e me atraía para o outro lado do quarto. Meu olhar foi para o espelho repetidas vezes.

Para ele.

Era como se eu pudesse senti-lo lá, com os olhos cravados em mim, me fisgando como um peixe e puxando a linha. Mesmo quando éramos crianças, Frost sempre teve esse fascínio estranho, um escuridão escondida. Ele me metia medo agora tanto quanto na época, mas eu não podia negar que uma parte minha se sentia intrigada. Ao ponto de não conseguir conter o impulso de ver onde aquilo ia dar.

E se Blaze e Maribell/Jessica fossem atrás de mim? Tipo, Frost precisava saber o que o irmão e a mãe fizeram comigo, né?

Era o certo a se fazer.

Enfiei Chip no bolso, seu corpinho vibrava com roncos baixinhos, e fui até o espelho.

E se ele for parte disso? E se ele ainda for o monstro?

Bufei ao pensar naquilo. Frost, fosse como Krampus ou ele mesmo, sempre era uma fera. Do tipo que não só arrancaria sua pele, mas te deixaria nua, à deriva, aos pedaços.

Mordi o lábio ao dar outro passo adiante. Eu tinha trabalho e aula mais tarde. Deveria ser responsável. Confiável. Era semana de provas, e eu deveria estar estudando, escrevendo artigos. O chalé do Papai Noel ficava com um movimento insano nessa época.

Dei outro passo em direção ao meu reflexo.

Tudo o que eu levava tão a sério, escola, trabalho, planos, listas, economizar dinheiro... tudo isso não parecia ter mais sentido. Eu nem mesmo sabia o que eu queria da vida. Sem Scott, sem o "plano", tudo ficava rodando ao meu redor, igual aos brinquedos da Terra dos Perdidos e Despedaçados. Só que, dessa vez, eram os *meus* sonhos e ideais que estavam despedaçados, e eu me sentia vazia assim como a maioria daqueles brinquedos.

Metade da minha consciência me mandava ficar onde eu estava, escrever os artigos, ir à aula e trabalhar feito uma boa menina. A parte travessa me fazia me aproximar mais da cômoda, trazendo à minha mente lembranças da forma como ele me prendeu na parede daquela casa, no sabor dele na minha língua.

Tinha sido tudo tão real. Cada toque. Cada beijo. Toda vez que tentei tachar tudo como sonho, fui lembrada de que aquilo não tinha sido coisa da minha cabeça.

— É idiotice. Você está sendo idiota. Frost é perigoso. — Ralhei comigo mesma, mas minha curiosidade, minha necessidade de vê-lo, me compeliu a subir na cômoda. Trêmula, espalmei o espelho.

Nada.

— O quê? — Eu o toquei de novo, nada mudou. Decepção preencheu meus pulmões, mas a lógica a afastou.

Era melhor assim. Eu não deveria ir lá.

— *Dinah...* — Ouvi uma voz sibilar de lá. — *Bem-vinda de volta... fique à vontade.*

Então, eu estava caindo.

Meus dedos descalços desceram os degraus de pedra, o fôlego parecia preso no peito e o coração batia forte.

Que idiotice. Mas eu parei e dei meia-volta? Tinha algo muito errado com o meu cérebro. Era tudo demais. Ele explodiu sob tanta pressão, e agora eu estava agindo igual à menina burra dos filmes de terror. Pelo menos aquela garota tentava fugir do monstro.

Eu estava correndo para ele.

Chip colocou a cabeça para fora do meu bolso, os olhos se moveram para os meus quando notou onde estávamos.

— Não me julgue — murmurei.

Ele moveu o nariz, mas não respondeu.

Fui até o mesmo quarto onde os encontrei da outra vez, mas estava vazio. Ainda havia comida e bebida lá. Era como se ninguém tivesse voltado desde aquele dia.

Chip se remexeu ao sair do meu bolso, desceu pela minha perna e foi até o prato deixado no chão.

— *Queijo* — ele sinalizou, animado, enfiando-o na boca, os pezinhos dançavam enquanto ele o devorava, revirando os olhos de prazer. — *Ah, santo enfeite e caramelos de Natal. Eu amo, aaaaamo, queijo.*

Ri da profunda alegria dele.

— Queria eu gostar tanto de algo quanto você gosta de queijo…

— Tem certeza de que não gosta, pequenina? — Lábios roçaram a parte de trás da minha orelha. Uma voz arranhou e fincou garras nas minhas vértebras, fazendo calor e medo correrem nas minhas veias. Eu me virei, e o ar ficou parado em meus pulmões, os músculos estremeceram de pavor.

Frost se assomava sobre mim, o olhar intenso me fazia refém. Seu corpo estava a um sopro do meu: sangrando, cortado, cheio de cicatrizes, sarado, tatuado e… *meu santo pavê de chocolate…* nu.

— Ai, meu Deus. — Virei a cabeça para o lado. Meu amiguinho nos olhava, sem parar de enfiar queijo na boca, como se estivesse assistindo a um filme.

— *Pode nos deixar a sós, Chip?* — Frost sinalizou para Chip, que tentou carregar o que restava do queijo, mas mal foi capaz de sair sem deixar cair um pedaço a cada passo.

Frost ficou parado. Sua presença me atingia como morcegos em pleno voo, me deixando ofegante. Tentei resistir, mas não consegui impedir que meu olhar deslizasse por ele, indo cada vez mais para baixo. Meus lábios se abriram, meu corpo pulsou de desejo.

O corpo dele era como ter atendido cada pedido de aniversário e Natal que eu já fiz na vida. Um parque de diversões em que você pode brincar. Minhas mãos o exploraram muito pouco da última vez, mas, mesmo então, eu sabia que seu corpo era diferente de tudo que eu já tinha visto.

Muitos homens da Terra não chegariam nem perto daquilo. Os músculos eram bem-marcados e ele tinha os ombros largos e uma tatuagem no peitoral direito que parecia um floco de neve. Linhas geométricas se entrelaçavam sobre seu ombro. Não havia nada suave ou feminino ali.

Meus olhos foram para seu abdômen, e mais para baixo.

STACEY MARIE BROWN

Puta que pariu.

Fogo abrasou as minhas pernas, me tostando igual a um punhado de castanhas. Em plena ereção, seu pau era tão grande e grosso que eu não tinha nem ideia de como coube na minha boca. Não consegui parar de desejar repetir a dose. Reunir mais informações.

— Dinah. — Um rosnado subiu por sua garganta, levando minha atenção para cima, os olhos azuis se dilataram. O peito estufou quando ele se aproximou. — Pare de me olhar assim.

— Assim como? — Virei a cabeça para o lado, tentando negar, e muito mal, o que o rubor nas minhas bochechas e o latejar entre as minhas coxas diziam.

— Como se quisesse que eu fodesse essa sua boca de novo. — Ele passou o polegar pelo meu lábio inferior. Todo o meu corpo tremeu sob seu toque, me forçando a respirar bem fundo.

Não era normal, era? Essa vibração no meu corpo e no meu peito, como se um pote cheio de vaga-lumes agitados fizesse eletricidade correr por toda a minha pele.

— Fo-foi um erro. — Eu me afastei dele, precisando me reestabelecer. Eu não era do tipo que perdia a razão perto de um homem, bonito ou não. Meu tipo eram os nerds. Então por que esse homem me deixava tão perturbada?

— Quer que eu ponha essa teoria à prova? — Ele debochou.

Não, na verdade, não queria.

— O que você está fazendo aqui? — Ele se aproximou, e eu dei um passo para trás. — Você não deveria ter voltado.

— Eu voltei porque... porque... — Ele se inclinou para baixo, o nariz roçou o meu cabelo, fazendo um gritinho se abrigar na minha garganta. Sua proximidade roubou minhas palavras, e seu cheiro, uma mistura de nevasca e madeira, preencheu o meu nariz. — Eu me lembrei — sussurrei.

Sei o que fiz com você.

— Está com medo de mim agora, pequenina? — ele disse entre dentes, avançando até minhas costas baterem na parede. — Agora se lembra do que eu sou? Do monstro dentro de mim? No que *você* me transformou?

Senti a culpa envolvendo minha garganta, e o receio se enroscou nos meus membros como se fosse arame-farpado.

— Diga em voz alta. O que você fez, Dinah? — Ele sorriu com desdém, chegando mais perto de mim.

— Eu... eu...

— Diga. — Ele bateu as mãos de cada lado meu e se inclinou, o calor de seu corpo deslizou pela minha pele. — Em que você me transformou?

— Kra-Krampus. — Eu gaguejei, as palavras estavam presas na minha garganta.

— Mais alto — ele exigiu, o corpo nu me engolfou, acorrentando medo e desejo em mim.

— Krampus. — Pigarreei, e a lembrança daquele dia, de quando eu era criança, me fez tremer. Os gritos dele, os rugidos do demônio o possuindo. Quando tudo mudou. — Eu libertei Krampus.

— Foi tão difícil assim? — ele respondeu, frio. — Há doze anos, você abriu uma caixa que *ninguém* deveria conseguir abrir. E, em segundos, tirou *tudo* de mim. — Ele balançou a cabeça, como se as lembranças o tivessem atacado também. — Eu te odiei por tanto tempo… ansiei por vingança. Eu só queria destruir você.

Eu merecia.

— Desculpa. — O pedido saiu quase inaudível.

— Desculpa? — ele zombou, os lábios se repuxaram, cotovelos se curvaram para mais perto. — Seu amigo Jack morreu naquela noite, a alma dele foi devorada, e eu me tornei isto. — Ele apontou para si mesmo. — É tarde demais para pedir desculpas. Eu merecia muito mais.

— O-o que você quer?

Ele inclinou a cabeça, os olhos azuis me prenderam à parede como se ele estivesse cravando uma picareta no meu peito. Ele me segurou pelos punhos, puxou meus braços para cima e me prendeu à parede, todo o seu corpo me pressionou.

— O. Que. Eu. Quero? — Não foi bem uma pergunta; mas uma ameaça. E contra todo o meu bom senso, peguei fogo ao sentir meu peito pressionado pelo seu torso nu. Medo atingiu a parte de trás das minhas pernas com força, fazendo minhas coxas se apertarem.

— Como eu já te disse, eu quero punição. — Ele envolveu a mão em torno do meu pescoço e o afagou, a sensação era mais sinistra do que sensual. — Acabar com você. Mas não vou te dar o privilégio de acabar com tudo rápido. — Sua boca roçou a minha orelha. Respirei fundo, meu corpo respondeu contra a minha vontade, me deixando com raiva. — Aos poucos, vou destruir tudo em que você acredita, cada moralismo. Vou extinguir cada uma das convicções a que você tanto se apega…

Minha boceta latejou quando seu polegar pressionou nas minhas vias aéreas, a sensação de nojo e ódio por mim mesma me atingiu com brutalidade. Eu detestava a reação que ele causava em mim. Eu me sentia vulnerável. Fraca.

STACEY MARIE BROWN

Fúria fez meu peito arfar com violência.

— Vai se foder.

— Engraçado, a gente já teria feito isso... mas ambos sabemos que fui *eu* que impediu que acontecesse naquela noite. — Ele empurrou os quadris, roçando o comprimento rijo na minha calcinha fina. Rilhei os dentes, contendo o gemido que estava para sair. — Não é tão boazinha assim, não é, Dinah? Você bancou uma por tanto tempo que deve ter se convencido disso. Coitado do seu namoradinho... se ele soubesse por onde essa boca andou...

Tentei empurrá-lo, meus lábios se ergueram.

— Como eu disse. Um *grande* erro.

— E, como eu disse, você não quer que eu ponha a teoria à prova. Não vai gostar do resultado.

— Eu estava bêbada e confusa.

— É a desculpa que você dá a si mesma por trair o seu namorado?

— Eu não traí.

Frost ergueu as sobrancelhas.

— A gente terminou.

— Mesmo? — Os dedos dele traçaram meu ombro, parando no zíper do casaco vermelho. Como se enfim o notasse, seu olhar seguiu o *"É melhor ao sol"* estampado no peito, com um boneco de areia usando um gorro de Papai Noel. Ele se inclinou, cheirou a peça, e um rosnado vibrou na sua garganta. Frost virou a cabeça para mim, os olhos estavam escuros e os ombros tensos.

— O quê? — Eu me fiz de desentendida. Nem precisei perguntar a que conclusão ele tinha chegado. Um sorrisinho surgiu em meus lábios.

— Por que você está usando a porra da blusa de frio do meu irmão? — Suas narinas se dilataram quando ele reparou na calcinha, percebendo que eu não usava mais nada. Fúria expandiu seu peito já estufado.

Eu cheguei mais perto, e ele arfou à minha súbita proximidade.

— De que outra forma uma garota má retribuiria ao herói que a salvou de um monstro sádico? — Minha voz soou tão cruel e deturpada quanto a dele. Apaixonada. Como se quisesse arranhá-lo e prender suas garras nele.

— Não me provoque, Dinah. Eu te avisei... Estou por um fio. A fera está logo abaixo da superfície. — Ele me empurrou com mais força para a parede. — Se Blaze tocou em você...

— E daí? O que você faria se tivesse tocado? — Inclinei o queixo em desafio, uma sensação sinistra correu pela minha espinha. — Estou recém-solteira. Posso ficar com quem eu quiser. Dar para quem eu bem entender.

Essa pessoa não parecia eu. Nunca proferi palavras assim, querendo fazer alguém perder o controle. Acabar com a pessoa também.

— Dinah. — Um som vibrou em seu peito.

Foi o único aviso que recebi.

Seus dedos rasgaram o zíper, disparando adrenalina pelas minhas veias. Ar roçou os meus mamilos quando ele arrancou a peça, me expondo, me deixando só de calcinha.

Nunca me senti desconfortável com o meu corpo. Eu sabia que era pequena e tonificada, mas percebi que nunca me senti erótica e sensual de verdade até aquele momento. Poderosa.

Eu era musculosa e meus seios estavam mais para menores por causa do tanto que eu corria. Era controlada demais. Reprimida demais. Ser sexual e descontrolada me dava medo.

Eu me refastelei no modo como seus olhos me percorreram. Famintos. Sexuais. Ávidos. Seu olhar me consumia, me devorava. Ele me fez querer fazer coisas que jamais imaginei. Esquecer tudo e me sentir desgovernada, feroz, imprudente.

Havia tanto que precisávamos discutir, mas eu não conseguia pensar em porra nenhuma, só desejava o seu toque... ansiava por ele ao ponto da dor.

Era como se eu tivesse passado anos morta e vazia. Tão fechada que parei de sentir, parei de desejar. E agora estava à solta, o sabor da vida fluía por minhas veias.

— Eu falei que você era minha. — Os dedos dele roçaram meus mamilos, minhas costas se curvaram. Ele segurou os meus seios e apertou, os polegares brincaram com os mamilos. O ataque de sensações me tirou o ar, um som escapou da minha garganta.

— E eu disse que não sou de ninguém.

A boca dele veio com tudo, cobriu o meu seio, a língua lambia e chupava. Inclinei a cabeça para trás e gritei. O fogo atiçou os meus nervos quando seus dedos roçaram meu mamilo até um pouco de dor disparar pelo meu corpo, me consumindo.

Eu era uma mentirosa do cacete.

— Eu não quero mais te possuir. — A língua dele se curvou ao redor da marca de mordida, disparando mais desejo no meu ventre. — Você não deveria simplesmente ser trancafiada e contida, mas...

— O quê? — Minhas mãos se afundaram em seu couro cabeludo enquanto ele se movia para o outro seio, brincando com ele. Esfreguei meu quadril no dele, só a calcinha o impedia de entrar em mim… e eu desejava que ele rompesse aquela última barreira e me preenchesse.

Seu rosto estonteantemente brutal encontrou o meu, a mandíbula se contraiu.

— Eu vou possuir cada porra de pedacinho seu.

Suguei o ar com tudo, suas mãos apertaram meus quadris, me erguendo. Minhas pernas o circundaram, minhas costas atingiram a parede.

— Você vai encarar o que criou. — As íris dele bruxulearam, os músculos sob a minha palma se contraíram, como se ele fosse se transformar a qualquer momento. — Fazer você pagar… punir você.

Um gemido zumbiu na minha garganta quando suas mãos enormes deslizaram pelo meu corpo. O ataque de gelo e fogo me inundou como se eu estivesse sendo eletrocutada.

— Eu não sou o menino que você conheceu, Dinah. Ele está morto. Não sou mais atencioso, responsável nem bonzinho.

Ele se moveu em mim, a ereção imensa roçando o tecido da minha calcinha, criando mais atrito. Minhas costas arquearam com desejo desesperado. Eu me sentia ensandecida. Descontrolada. Frenética.

— Não importa a minha aparência exterior, o monstro está sempre aqui ao lado agora. Pronto para assumir. Não está mais satisfeito em sair só uma vez ao ano. Ele está lutando pelo domínio, querendo mais do que fazer advertências. Mas percebi que, quando você volta, Krampus não é a ameaça. *Eu sou.* Eu sou a verdadeira fera.

— Por que você diz isso?

— Porque sou eu quem quer acabar com você, te aniquilar. Eu *gosto* de me render a isso. Esse anseio pela escuridão combina comigo. Não posso colocar essa culpa *nele.* Você pensa que é ele quem deseja marcar a sua carne, tomar tudo e te deixar aos pedaços. — Suas mãos foram para o meu cabelo, puxando com força, fazendo mais umidade inundar o meio das minhas coxas. — Mas sou eu.

Eu estava com medo, mas a sensação me excitava. Como os viciados em esportes de aventura, eu estava fissurada em emoção.

— Não estou com medo. — Cravei as unhas na sua nuca, trazendo-o para mais perto da boca, meus quadris se esfregaram nele.

Por tempo demais, eu me mantive dentro da caixa certa, com medo de me aventurar. E tudo por causa do que eu fiz a esse homem. Bloqueei esse mundo, me escondi. Eu merecia a raiva dele, a punição.

— Deveria estar. — Sua boca atacou a minha com tanta ferocidade que só consegui me agarrar a ele. Pressionei os seios em seu peito e me envolvi com força ao seu redor. Ele me ergueu enquanto em empurrava mais para a parede, sua boca exigiu tudo. Ele partiu meus lábios e os tomou. O homem ateou fogo em mim. Seu beijo atingiu cada nervo do meu corpo, cada pulsação, e me deixou feroz. Desesperada.

— Porra... *pequenina*. — O rosnado foi profundo, a voz mais grave que antes, me lembrando da voz na floresta. Unhas se cravaram nas minhas coxas, dentes pontiagudos pressionaram meu lábio inferior, mordendo com tanta força que senti gosto de sangue. O pau engrossou e pulsou na minha boceta.

Eu o queria tanto dentro de mim que ouvi um lamento escapar de meus lábios.

— Frost — roguei. Implorei.

Seus dedos puxaram a minha calcinha, a costura começou a rasgar.

— Frost! — Uma voz chamou mais abaixo do corredor, nos assustando. Ah, puta que pariu.

— Espero que ele esteja de volta. Meu pelo não aguenta nem mais um minuto lá fora. Ah, não... tem sujeira debaixo das minhas unhas. — A voz profunda de PB chegou até nós.

— Que tragédia — Dor respondeu, mordaz.

— Eu acabei de fazê-las. Agora vou ter que marcar outro horário.

— Frost? Você está aí, amigo? — Dor gritou.

Frost rosnou no meu ouvido, os dedos envolveram a minha calcinha, ainda pulsando contra mim, como se em dúvida entre ignorá-los e continuar.

— Eu vou matar esses dois — ele murmurou bem quando Dor e PB atravessaram a porta.

— Não parece que ele... Ah, strudel de bosta. — Dor estancou, o queixo dele caiu antes de um sorriso contorcer a sua boca. — Errei. A casa *goza* pela presença dele.

— Vaza. — Frost disparou por cima do ombro, me apertando com mais força, sem me deixar me mover. Vergonha cobriu todo o meu corpo, enquanto eu tentava esconder minha nudez por trás dele.

— Esse é o quarto do PB. — Dor se apoiou na perna do urso polar, tentando disfarçar o sorriso. — Não é, PB?

— É o *meu* castelo — Frost rosnou em resposta.

— Parece que alguém não gosta de dividir os brinquedos... — Dor deu uma piscadinha, minhas bochechas queimaram de vergonha. Nunca fui flagrada assim, nem quando era adolescente.

— Ah, meu torrão de açúcar! — A cabeça de PB ia para todos os lados, tentando não nos encarar, seus pés começaram a dançar, em pânico. — Ah, não! No meu quarto? Como vou conseguir dormir aqui de novo? Está maculado! Vou fechar os olhos e sempre ter essa visão. — Ele apontou para a bunda nua de Frost. — Estou tão traumatizado. E você sabe o que acontece quando fico agitado? Eu como. Ah, eu não posso comer... meu corpinho. — Ele se aproximou da comida que Chip havia mordiscado. — Quer dizer, eu não *deveria*... — PB se abaixou, enchendo a boca com o que ainda tinha lá.

— Olha só o que vocês fizeram. — Dor apontou o polegar para ele. — Você sabe o que acontece quando ele fica "chateado". Se ele for para a cozinha, a culpa é toda sua. — Dor começou a ir na direção de PB, mas parou. — É o casaco do Blaze?

Frost rosnou baixinho, me deslizando pelo seu corpo. Meus seios rasparam o seu peito, me forçando a morder o lábio. Um som vibrou em sua garganta, puxando meu foco para o seu olhar faminto, a intensidade quase me fez me esquecer de que havia gente ali.

— Ei, Tarado e Peitinho, vão se vestir. As crianças chegaram. E valeu, babaca. Você poderia ter dito para a gente que tinha voltado ao normal. Passamos boa parte da noite cavando armadilhas. — Dor se deixou cair ao lado de PB, pegou uma bebida e começou a sugar. — Eca! — Ele cuspiu e bateu na língua. — Açúcar dos demônios. Essa merda verde é pavorosa.

PB pegou a bebida dele e virou o resto enquanto enfiava outro biscoito na boca. Os ombros se curvaram, um lamento profundo veio dele.

— Você sabe que dizer a mim é o mesmo que dizer a ele. — Frost esfregou a cabeça e se afastou. Estendi a mão para o casaco, para me cobrir. — Mas nem fodendo. — Frost o arrancou dos meus dedos, rasgou-o ao meio sem nem se esforçar, e o tecido fino se desfez.

— Frost! — exclamei enquanto ele acabava com as minhas roupas. Meu braço cobriu os meus seios.

— Nada dele nunca mais vai tocar o seu corpo. — Ele se curvou, apanhou um cobertor no chão antes de se virar para mim. Os dedos traçaram a minha pele enquanto ele me envolvia na peça. — Entendido?

— Ei, homem das cavernas, você não me dá ordens. — Puxei o cobertor com mais força, e ergui a cabeça em desafio. Apesar que ele não tinha que se preocupar com aquilo no momento. Eu ainda precisava contar o que aconteceu. Deveria ter sido a primeira coisa a fazer, mas tudo ia pelo ralo quando eu estava perto de Frost. — Mas já que estamos falando do seu irmão… — Eu estremeci.

— Não estou gostando do rumo dessa conversa. — Frost curvou o lábio.

— Então você não vai querer mesmo ouvir o que eu tenho a dizer.

CAPÍTULO 6

Como é que eu abordo o assunto? Tanta coisa aconteceu nas últimas vinte e quatro horas que parecia que minha cabeça ia explodir. Eu mal conseguia assimilar que Frost dividia o corpo com um monstro. E não um fofinho e leve como o Grinch, mas um verdadeiro demônio assassino. Um sobre o qual faziam filmes de terror.

E era do lado dele que eu estava. Espero que sim. Ele podia estar envolvido no que aconteceu, e eu seria a vítima idiota que se apaixonou por um rosto bonito. Tipo, tem muito serial killer gato à solta por aí.

Será que Frost sabia dos planos de Blaze? O relacionamento dos dois sempre foi turbulento, mesmo quando crianças. Eram gêmeos, mas o oposto um do outro.

Gelo e fogo.

— Dinah? — Ouvir a voz de Frost me fez virar a cabeça para o homem enquanto ele envolvia um cobertor em torno da cintura. Meu olhar desceu pela barriga tanquinho, os braços musculosos e aquele bendito V que matou todos os meus neurônios. — *Di-nah*.

— Desculpa. — Balancei a cabeça, me forçando a desviar o olhar. Um comichão de dúvida começou no meu cérebro. — Então, depois do… hum… encontro na floresta. — Meus olhos zanzaram rapidinho na direção de Frost, tentando encontrar a fera no homem que eu via diante de mim. A que me perseguiu. Que me caçou.

Mas ele não te feriu, feriu? Uma voz assinalou na minha cabeça. Na verdade, pareceu que ele estava me protegendo, o que era uma idiotice completa. Devia ter sido só um truque para me atrair antes de me destruir.

— Blaze me levou para a casa dele.

Um rosnado profundo soou no peito de Frost, as pálpebras dele se estreitaram para mim.

— Eu estava machucada por causa do veneno da urtiga e quase morri em uma daquelas coisas de areia movediça.

— O quê? — Frost ergueu a cabeça de supetão.

— Você caiu em um ENL? — O queixo de Dor caiu. — Como conseguiu sair?

— ENL? — inquiri.

— Escoador de Neve Liquefeita — Dor respondeu.

Por que aquilo me parecia familiar? Como se eu já tivesse ouvido antes?

Um fio de sonho, de um homem falando comigo e seus olhos brilhantes cor de âmbar me puxando dos braços da morte.

— Você foi atingida por urtigas? As árvores atacaram você? — Frost cerrou as mãos, fúria irradiava dele. — Na *minha* floresta?

— Não importa no momento...

— Não importa. — Ele zombou. — Elas poderiam ter te matado.

— E como o ENL não fez isso? — Dor piscou para mim. — Como você saiu? Não há como.

Dei de ombros.

— Fada-madrinha? — Ou mais provavelmente um fada-padrinho com a voz e o rosto tão lindos que daria para se afogar neles. — E por que você se importa se tivessem me matado? Não é exatamente o que você quer?

Frost foi até mim, com o peito se expandindo de fúria, mas eu nem me movi. Inclinei a cabeça para olhar o rosto dele, sentindo seu poder como se tivesse sido atingida por uma bomba.

— Para começar, pequena Liddell, ninguém vai tomar o que eu esperei doze anos para ter. Você e sua vida são minhas para eu fazer o que bem entender. — Ele se inclinou até ficar a um sopro dos meus lábios. O calor deles me provocava, me lembrando da sensação deles, do sabor, e de como, apesar de tudo, eu os queria de novo.

Um sorrisinho convencido apareceu em seus olhos, como se ele tivesse lido meus pensamentos. Ele se aproximou demais, só para ver meu corpo ficar rígido.

— E, em segundo lugar, eu não disse que mataria você... seria fácil demais. Para você. — Ele sussurrou com a voz rouca bem no meu ouvido e se afastou, deixando o ar guerreando em meus pulmões.

— Preciso lembrar às árvores quem manda aqui. — Frost cruzou os braços, atraindo meu olhar para o peitoral musculoso e a tatuagem.

Porra, Dinah, foco. Que merda há de errado contigo? Você nunca agiu assim antes.

Balancei a cabeça e me afastei mais ainda dele, odiando o modo como sua presença me afetava.

— Pulando a parte de como você sobreviveu à urtiga e ao ENL, você falou que o meu irmão te deixou nua, só com o casaco dele, na cama *dele*, e ficou cuidando de você.

Frost não precisava saber que foi a Quin que cuidou de mim, que mudou as minhas roupas. Ele podia acreditar no que bem entendesse.

Nervosa, engoli em seco por causa do que eu ainda tinha a dizer.

— Ele não era o único que estava lá quando eu acordei.

Frost apertou ainda mais os braços sobre o peito, como se pudesse sentir o que estava por vir, resguardando-se.

— Sua mãe estava lá.

— Minha mãe? — Ele franziu a testa. — Impossível. Ela está morta — ele praticamente cuspiu. — Ela morreu não muito depois de você ter parado de vir para cá.

Minhas mãos torceram o nó que segurava o cobertor sobre o meu peito, ansiedade se aglomerando na minha boca.

— Dinah? — Meu nome saiu como uma pergunta, uma ordem e um aviso, tudo em um só. — Por que você está mentindo para mim?

— Não estou.

De repente, ele estava diante de mim, arrancando meus dedos do cobertor. A raiva queimava em seus olhos azuis como a mais quente das chamas.

— É alguma piadinha de mau gosto? O Blaze te envolveu nisso? — Ele vociferou. — Achei que vocês já tinham parado com essas pegadinhas de criança. Ao que parece, algumas coisas nunca mudam.

— Frost. — Estendi a mão para ele.

— Não. — Ele empurrou minha mão para longe, como se estivesse infectada. Dava para ver o ódio que ele pensou sentir por mim mudando para aversão. — Não toque em mim, porra. — Ele se afastou.

— Eu não estou mentindo! — Avancei os passos que ele recuou. — Me ouça, ela está viva e...

— Para! — Frost berrou, sacudindo até os meus ossos. O peito dele arfava, e, como na vez do corredor, eu observei os sinais sutis da fera brilhando na superfície. A pele dele empalideceu, o cabelo preto foi se entrelaçando com branco, os dentes afiaram. — É melhor você fugir, Dinah. — A voz dele estava mais grossa e difícil de entender. — Não sei o que ele vai fazer.

Tudo em mim se petrificou, tremeu de medo, mas rangi os dentes e resisti ao impulso de sair correndo. Eu me aproximei de Frost com uma estranha convicção.

LOUCURA FEROZ

— Não estou com medo.

— Mas deveria estar.

— É… acho que a gente deveria dar um tempo. — Dor se levantou e bateu palmas, tentando agir como se tudo estivesse normal. — Vamos tomar uma bebida… ou dezessete. Relaxar.

Eu o ignorei, e me aproximei de Frost até os dedos dos meus pés tocarem os dele.

As narinas do homem se dilataram, a bochecha se contraiu.

— Dinah…

— Não tenho medo dele. — De onde aquilo saiu? Como era possível eu não ter medo de um monstro? — Tenho medo de você, mas não dele.

Frost franziu as sobrancelhas, os olhos dispararam para a minha mão enquanto eu a colocava em seu peito.

— Krampus não me machucaria. — Mesmo tremendo, eu sabia que era verdade.

— Não tenha tanta certeza — ele disse, entre dentes, mas ainda sem se mover.

Inclinei a cabeça e olhei dentro de seus olhos. Vi Krampus ali, selvagem e indômito.

— Fui eu quem o libertou. A única que conseguiu quebrar o feitiço que o prendia. Ele não me machucou naquela noite há doze anos, e não me machucou na floresta. Ele não me machucaria agora.

O lábio de Frost se ergueu em um sorriso feroz, mas eu sabia que era a fera se infiltrando.

— Pequenina. — Um som gutural se envolveu ao redor do apelido. Percebi que sempre era ele quem me chamava disso. — *Você é diferente, pequenina. A única que pode me libertar.*

Jack nunca tinha me chamado daquilo, mas Frost o fazia desde que voltei. Quanto da fera havia assumido o corpo dele?

— Não é nenhuma pegadinha, nem é mentira. Sua mãe está viva. — Meu tom não abriu espaço para dúvidas. — Dor? — Virei a cabeça para trás. — Vamos precisar de provisões.

A expressão de Dor se iluminou, os olhos brilharam de animação e esperança.

— Hidromel…?

Eles tinham hidromel? Isso aí, porra.

— Sim, bastante.

— PB! — Ele apontou para mim. — Você ouviu o que ela disse?

— Você não pode. — PB achou farelo de biscoito no chão e o lambeu da pata. — Além do mais, está trancado.

— Então você não vai comer mais biscoito. Nem bolo. Nem fudge.

— Mas... — O queixo de PB caiu. — Mas eu estou traumatizado.

— Eu vi o pau dele. — Ele apontou para Frost. — Estou traumatizado também.

— Não foi o que você disse da última vez. — PB abaixou as pálpebras. — Se me lembro bem, você falou que era a maior fera do reino e...

— Cala a boca! — Ele fez um aceno para o urso. — Ela disse que precisamos de álcool. Você pode saquear a cozinha na volta... pode até mesmo comer o meu queijo *especial*.

— Ah... tudo bem. Mas só porque preciso de queijo para pegar no tranco. Não tenho mais forças para continuar. — PB resmungou e ficou de pé.

— É isso aí. — Dor saltou nas costas dele, como um caubói no rodeio. — Adiante, meu bom homem, e conquistaremos o armário de bebidas.

Aos bufos e suspiros, PB se arrastou do quarto.

— Por que você acabou de mandar o viciado em comida e o alcóolatra para saquear meu bar e a minha despensa? — Frost puxou os braços de volta para o peito e rosnou.

— Por causa de tudo que eu tenho para te contar. — Mordi o lábio. — Piora muito, e é melhor estarmos todos bêbados.

— Dinah. — O tom raivoso me seguiu pelo quarto como uma sombra, deslizando pela minha pele. A intensidade do seu olhar me deixou abalada. — Dinah, pare. — Ele entrou na minha frente enquanto eu andava para lá e para cá, e me segurou pelo pulso. — Me conta.

— Acho mesmo que é melhor você estar bêbado.

Ele rosnou algo que pareceu o meu nome.

— Tirando o fato de que minha mãe esteve morta por doze anos, por que você acha que ela está aqui?

— Não acho. Eu sei. — Pressionei os lábios e olhei para ele. — Ela e Blaze mentiram para você esse tempo todo.

Ele recuou, como se eu tivesse lhe dado um soco.

— Blaze sabe?

— Sabe. Eles estão nessa juntos, eu diria. — Embora ele não parecesse ter embarcado no mesmo plano maligno que ela.

— Juntos? — ele repetiu. — Explique.

— Ele quer que o Natal no verão seja o tradicional. Quer tirar a importância do inverno que há no feriado.

— Ele sempre teve inveja do inverno, mas isso não faz dele um traidor.

— Mas a sua mãe é. — Cacete, eu precisava arrancar o band-aid de uma vez. — Ela me sequestrou, me levou para a Terra dos Perdidos e Despedaçados, para pegar algo da Terra das Almas Perdidas.

— O quê? — Ele sugou o ar, os olhos ficaram escuros, como se soubesse aonde a história estava indo.

— Lembra da vez que eu desmaiei na praia e acordei aqui dizendo que estive na Terra das Almas Perdidas? Foi ela… na minha mente. Ela está de olho em mim há muito tempo. Me controlando. Até mesmo se passou por minha psicóloga na Terra. Esse tempo todo, ela tentava me fazer lembrar, entrar na minha cabeça, para que, assim, eu pudesse dizer o que fiz quando criança.

A cabeça de Frost balançou para cá e para lá.

— Não.

— Frost.

— Não! — Ele agarrou a cabeça, um som animalesco atingiu as paredes. — Você está me dizendo que não só minha mãe estava viva todo esse tempo, me enganando, mas que meu irmão sabia e escondeu de mim? — Ele acenou ao redor. — E ela te levou para *aquele* lugar. Outro lugar a que você não deveria ter sobrevivido.

Mas sobrevivi. Minha irmã e eu.

— Há uma única coisa na Terra das Almas Perdidas. — Frost rilhou os dentes. — E minha mãe ficaria feliz em deixá-la apodrecer lá. Ela jamais…

— Ela fez. — Minha garganta travou, senti meus olhos encherem de lágrimas. — Ela está a solta.

Tudo congelou, como se ele fosse capaz de parar o tempo. O ar saía com força dos seus pulmões, e os nervos saltavam ao longo de seu maxilar.

— O quê…? — Ele disse tão baixo, que foi como uma sombra percorrendo a minha alma.

STACEY MARIE BROWN

— Sua tia está livre. Jessica foi libertada.

Seu olhar me destroçou.

— E como isso aconteceu, Dinah? — A voz dele estava baixa. Cruel. Perigosa. — Há apenas uma pessoa que conheço que tem o poder de abrir uma caixa dos condenados. — Ele se aproximou mais, sua fúria cobriu o ar dos meus pulmões. — E não consigo imaginar por que essa pessoa libertaria o mal, a menos que também estivesse do lado do meu irmão.

Abri a boca para negar.

— Você estava sempre correndo para o Blaze, escolhendo a ele. Por que isso mudaria?

— Não... Frost.

— É melhor você correr rápido, pequenina, porque dessa vez eu não vou segurar a fera. — Os lábios dele se ergueram, mostrando os caninos pontiagudos; o corpo se curvou, pronto para me pegar.

— Para! — gritei em resposta. — Você tem o direito de me odiar por tudo o que eu te fiz. Eu mereço. Mas não me acuse de ser traidora. Fui forçada a ajudá-la. Eu não tinha escolha.

— Não tinha escolha? — Um bufo brutal se acendeu em sua garganta. — Sempre há escolha.

Lógica e instinto de sobrevivência pareciam ter fugido, porque eu fui até ele e o empurrei pelo peito.

— Ela estava com a minha irmã!

Frost se sobressaltou e piscou ao compreender o que eu disse.

— Ele me traiu também. — Falei, entre dentes, me sentindo tão selvagem e enlouquecida quanto o homem diante de mim. — A sua mãe sequestrou a Alice. Deixou minha irmã sangrando... ela ia morrer. Sei melhor do que ninguém o que libertei. Tive um vislumbre, um gostinho do que Jessica é capaz, mas eu não ia deixar a minha irmã morrer. Ela é tudo para mim. Não havia alternativa. — Eu o empurrei de novo, tomada pela raiva. — Jessica já atormentou a minha família, fez minha irmã ser trancafiada e torturada. Eu não tinha nem ideia do que tinha acontecido a ela quando Jessica nos prendeu em sua bruma e bloqueou nossas memórias. Mas eu me lembro agora. Então, sim, eu soltei Jessica de novo em Winterland. Eu me odeio por isso. Vou ficar devastada se ela machucar ou matar alguém por minha causa. Eu odeio que minha irmã e eu tenhamos poderes. Os dela parecem ser do bem, já os meus só causam mais dor e devastação.

— Eu o empurrei de novo; emoções que eu vinha ignorando até o momento rugiam. — Mas se eu tiver que escolher entre ela e este lugar, vou escolher ela *todas* as vezes. Não me arrependo nem por um segundo.

Fiquei na ponta dos pés, bem diante do rosto dele. Frost me fulminou com o olhar, os ombros se alargaram e giraram.

— Então... advinha quem é o verdadeiro mostro aqui. — Finquei o dedo em seu peito. — Eu.

Eu esperava que ele fosse me deixar ter um último momento.

Dar um último suspiro.

Antes de acabar com a minha raça.

CAPÍTULO 7

Raiva. Ódio. Desejo.

Uma mistura de todos esses sentimentos explodiu dentro de mim quando a boca dele tomou a minha. Implacável e cruel, suas mãos envolveram a minha nuca, inclinaram meu rosto para o seu e não me deram chance de fazer qualquer coisa senão me agarrar a ele.

Frost me tomou e me devorou, reivindicando minha boca com voracidade. A sensação da sua língua se curvando na minha despertou o demônio que existia dentro de mim, arrancando um rosnado.

Ele se afastou, com as mãos ainda no meu rosto. Seus olhos penetraram os meus com intensidade, como se o gemido que soltei tivesse acordado algo dentro dele.

O homem me observou por um instante. Alguma coisa no meu olhar fez cair por terra sua última decisão. Um rugido baixo bateu no meu peito quando suas mãos me ergueram, minhas pernas abraçaram seus quadris no que seus lábios me consumiam. Minhas costas bateram na pedra e formigaram, fazendo o desejo me dominar por completo. Ele rasgou o cobertor que me cobria, puxou-o do meu corpo ao se empurrar em mim, eletricidade fulminou a minha pele.

— Porra, Dinah — ele murmurou, os dentes arranharam meu pescoço. Joguei a cabeça para trás e gemi. — Por que eu sinto você? Por que sempre teve que ser você?

— Como assim?

— Não consigo sentir o calor do toque. De ninguém. Todo mundo é frio e gelado. Mas, quando você me toca, eu consigo te sentir, como se fosse fogo nas minhas veias.

Ele não consegue sentir toques? Que coisa mais solitária e triste. E conseguia sentir meu calor? Por quê? E por que eu sentia seu toque mil vezes mais intenso do que o de qualquer outra pessoa, deixando meus nervos à flor da pele?

Eu me ergui sem falar nada e o empurrei, suas pálpebras se estreitaram, confusas. Corri as mãos pelo seu peito, traçando a tatuagem antes de seguir pelo seu torso, fazendo-o estremecer com o meu toque. *Esse homem deveria viver nu.* Ele ficou ofegante; as íris, mais dilatadas.

— Você consegue sentir?

— Sim. — Deu para vê-lo engolir em seco. Um nervo saltou em seu pescoço no que continuei a minha jornada, a ponta dos meus dedos traçou o alto das linhas do V.

— Dinah…

— O que você sente? — Deixei meus dedos se afundaram por baixo do tecido que estava amarrado na sua cintura. Eu era extremamente confiante em muita coisa, e pensei que no sexo também. Tipo, era fácil ser confiante com o Scott. Ele tinha gostos simples. Sem graça.

Frost era vermelho e preto e roxo. Ele era naturalmente misterioso e sensual. Um caçador, e todo mundo era sua presa. Ele me tirava muito da zona de conforto, me transformava em alguém que eu não reconhecia. Sensual. Carnal. Petrificada, mas com o desejo de me jogar mesmo assim.

— Gostoso pra caralho. — Os ombros dele subiram, a língua deslizou sobre o lábio enquanto os quadris rebolavam na minha mão. — Mesmo quando éramos crianças, você era a única, mas agora é intenso pra cacete.

Meus dedos desfizeram o nó do cobertor, que caiu no chão. O olhar dele disparou para o meu, fazendo uma pergunta silenciosa. Respondi ao envolver sua grossura e mover minhas mãos por ela, punhetando. Ele estava quente, pulsante e macio. Senti a umidade escorrer de mim, e fiquei excitada com a sensação dele e o poder que o meu toque tinha sobre esse homem.

— E isso?

— Porrraaaa. — Todo o corpo dele se sobressaltou, suas mãos foram para a parede perto da minha cabeça, nos mantendo erguidos. — Não tenho nem palavras para descrever a sensação. — Ele se apoiou nos cotovelos, a um suspiro de mim. — Sua boca quase me matou naquela noite. Não posso nem imaginar como vai ser me afundar em você. — Seus lábios saquearam os meus em um beijo profundo e voraz, me fazendo parar de pensar.

Eu não conseguia resistir ao que estava por vir. Ele era como uma nevasca violenta, levando minha mente até as nuvens e deixando meu corpo na enxurrada, para em seguida me arrastar para a tempestade com uma paixão feroz. Mordendo. Rasgando. Puxando. Mordiscando. Mordendo. Arranhando.

Ele possuía. Eu reivindicava.

Ele devorava. Eu consumia.

Fogo e gelo.

Aquilo queimava em nós. Feria e machucava.

E eu queria mais.

— Frost... — Gemi quando ele se arrastou pelas minhas dobras, enviando arrepios quentes e frios pelo meu corpo. Minha boca se abriu em um grito mudo e meus braços o envolveram com força, tentando escalar essa fera sexy, precisando que ele pusesse fim à dor entre as minhas coxas, a esse desejo arrebatador que me fazia choramingar. — *Por favor.*

Quem era essa garota?

— O quê, pequenina? — Ele mordiscou minha orelha, deslizou por mim de novo, arrancando sons do meu peito. — Não seja tímida nem se reprima. Não agora. Não comigo. Se quer alguma coisa, *diga.*

— Por favor. — Minhas unhas cravaram em suas costas, minha cabeça girava tanto que eu sentia como se estivesse em uma montanha-russa.

Seus dedos seguraram o meu queixo, os olhos fitaram os meus, invadiram minha carne e destroçaram minhas defesas. Seu olhar punha fim e trazia à vida ao mesmo tempo. Exigia e tomava.

Não havia espaço para palhaçada.

Nem recusas nem regras.

Éramos só nós dois.

Livres para sermos monstros.

— Agora me diz... — Ele empurrou o polegar entre os meus lábios, eu o envolvi com a língua, sugando. Suas pálpebras tremularam, o pau engrossou, me fazendo tentar subir mais um pouco de novo, precisando que ele se afundasse em mim.

Sua mão pressionou meu quadril para a parede, me segurando.

Dizendo não.

Lágrimas nasceram nos meus olhos, minhas emoções estavam tão altas, o desejo tão intenso, que me tornei uma selvagem.

— Você, de todas as outras, precisa dizer. Reivindicar. Tomar posse. — Uma mão traçou a minha barriga, parando acima do feixe de nervos, então fez movimentos circulares. Um grito engasgado se libertou dos meus pulmões. — Seja safada, Dinah. Deixe esse seu lado sair.

— Me come — rosnei, desesperada demais para me importar com as palavras grosseiras. — Reivindica minha boceta, Frost, toma posse dela.

Um rosnado feroz ecoou quando ele me atacou, a língua envolveu a minha, sugando até eu me sentir encharcada. Ele me levantou, e a sua ponta se insinuou na minha abertura.

— Ah, Deus. — Eu não podia esperar mais. Ergui os quadris e me afundei nele.

Chamas.

Neve.

Dor.

Êxtase.

Correntes elétricas disparavam pelos meus nervos, deixando-os em frangalhos, arrancando oxigênio dos meus pulmões. Minha boca se abriu em um grito silencioso.

Um rugido trovejou pelas paredes. Ele inclinou a cabeça para trás e congelou, como se as sensações também fossem demais para ele.

— Porra! — Frost rilhou os dentes e cravou os dedos nos meus quadris. Ele se afastou e meteu ainda mais fundo. — Porra, Dinah.

Gemi, me ajustando ao tamanho dele, indo de pontadas de dor ao êxtase profundo quando ele estocou de novo.

Ah. Deus. Eu já estava tremendo, tão imersa nesse desejo que sabia que estava ferrada.

— Você não tem ideia do quanto sentir você é inacreditável. — Ele meteu em mim sem nenhuma restrição, arrancando gritos da minha boca.

Eu não ligava mais para ter controle. Para o certo e o errado.

Sexo tinha sido bom antes… eu achava. E estava errada. Percebi que era café-com-leite. Sorvete de flocos.

Frost sequer estava no cardápio; era um item secreto do qual pouca gente sabia. Misterioso, sensual, mordaz e gostoso, com calda derretida coberta com caramelo, nozes, pedacinhos de chocolate e ingredientes secretos que nunca descobriríamos, apenas desejaríamos nos afundar naquilo.

— Frost. — Minhas unhas arranharam suas costas, arrancando sangue, o que pareceu excitá-lo mais ainda. — Ah, Deus… mais forte. Fode com força.

Ele rosnou, segurou minhas mãos e as prendeu acima da cabeça. A boca mordiscou e chupou meus seios saltitantes enquanto ele ia mais fundo. Mais forte.

Foi como se eu tivesse sido eletrocutada. Meu corpo congelou pelo ataque. Arquejei e pinoteei sobre ele, com a mesma paixão que ele. Ele rosnou e passou a língua pelo meu mamilo. O som dele me comendo, nosso prazer ressoando pelas pedras, me deixou com mais tesão ainda.

Frost latejou dentro de mim, e eu me senti pulsar ao seu redor, sentindo meu orgasmo se aproximar.

— Ah, porra — ele sibilou, saiu de mim, fazendo meus pés baterem no chão.

— Mas que…?

Ele me puxou para as almofadas e cobertores no chão.

— Fica de quatro.

Era uma posição de que Scott gostava, mas eu, não. Só que, por alguma razão, nem pestanejei, me arrastei para o chão. Seu joelho afastou as minhas pernas enquanto ele se abaixava atrás de mim, os dedos me penetraram. Minha pele pareceu explodir quando ele me deu um tapa na bunda.

— Puta que pariu! — gritei, despreparada para a ferroada que senti direto na minha boceta. Eu pensei mesmo que ia odiar… que acharia humilhante… merda. Eu adorei.

A mão dele bateu mais baixo, me arrancando um gemido profundo, estimulando cada nervo.

— Ahhh, Deus. Frost. — Curvei a coluna, minha bunda se empurrou em sua mão, exigindo mais.

— Porra, pequenina… eu queria brincar com você, torturar você, mas, cacete, não consigo agora. — Ele afastou a mão.

— Me torture mais tarde. — Eu precisava tanto dele. — *Por favor.*

Ele meteu com tanta força, me encheu de um jeito, que eu caí nas almofadas, seu corpo seguiu o meu.

Eu tremia violentamente de desejo. Não que eu tivesse muita experiência com homens, mas eu sabia que nada jamais se compararia à sensação dele dentro de mim. Aquele êxtase absoluto estilhaçava tudo o que eu sabia e entendia.

Eu era feroz. Nova. Selvagem.

Ele colocou um travesseiro sob meus quadris, empinando-os, indo mais fundo ainda.

Eu não estava mais no controle do meu corpo nem da minha mente enquanto nós dois corríamos para o clímax.

— Mais forte! — Eu acompanhei sua selvageria, exigindo mais da sua violência com a minha. — Não ouse parar.

— Claro que não, porra. Nunca. — Ele me abriu mais, seus testículos batiam na minha pele enquanto ele ganhava ritmo. O travesseiro roçava meu clitóris. Comecei a ter espasmos, sons se engasgaram na minha garganta. — Não, ainda não... não quero parar de comer você. Nunca.

Eu não conseguia parar. Eu me sentia possuída pelo desejo, o êxtase já me afastava do meu corpo, meu sexo pulsava, faminto por alívio.

— Porra! Dinah! — Ele se soltou.

Puniu.

Fiquei rígida quando meu corpo se fechou em torno dele.

Gritei. Alto.

Uma luz rebentou por trás das minhas pálpebras enquanto choques elétricos tomavam cada molécula do meu corpo, arrancando toda a lógica.

Eu estava quebrada. Estilhaçada. Obliterada.

Frost acabou comigo: me arruinou e destruiu.

Um uivo estrondoso soou às minhas costas. Ele foi tão fundo que atingiu algo dentro de mim que me fez gritar feito um animal selvagem. Ao gozar dentro de mim, senti sua reivindicação, quente e pulsante, me afogando em êxtase. Meus músculos bambearam e eu caí flácida sobre os travesseiros.

Seu corpo caiu sobre o meu, nossa pele suada se esfregou, nós dois arquejávamos.

Minha santa guirlanda...

— Puta que pariu... — Frost rosnou no meu ouvido, sua respiração deslizou pelo meu pescoço.

Tentei responder, mas nada saiu. Um sentimento ficou preso na minha garganta, que estava em carne viva, dolorida de tanto gritar. Eu não conseguia me mover, mas o ar entrava e saía como se eu tivesse corrido uma maratona. Na verdade, eu poderia fazer aquilo tranquilamente, mas sexo com Frost? Era puta que pariu mesmo.

Frost respirou fundo de novo, ainda cravado em mim, o movimento me fez agarrar o travesseiro. Eu ainda queria mais, meu sexo pulsava ao redor dele.

— Pelo amor do Papai Noel — ele sibilou, as mãos apertaram as minhas, e ele ergueu o peito.

Depois daquele orgasmo, eu achei que só conseguiria ter outro dali a um ano... mas, quando o senti enrijecer dentro de mim, revirei os olhos e fiquei ofegante. Não era simplesmente querer mais. Era *precisar*.

— Eu não consigo me fartar. — Ele gemeu no meu ouvido, os quadris começaram a se mover de novo. Dessa vez, devagar, mas, como se fosse possível, ainda mais fundo, atingindo cada nervo.

STACEY MARIE BROWN

Eu me empurrei nele com um gemido rouco. Seu pau se alargou e ficou mais duro, roçando as minhas paredes.

— Pelo ajudante do Papai Noel… — Minha cabeça caiu para frente, nosso corpo se movia junto, o travesseiro roçava entre as minhas dobras, fazendo a luxúria me percorrer. — Como é possível?

— Não faço ideia… Eu nunca… gozei desse jeito. Mas a sensação de você… santo inferno, Dinah, eu não consigo parar. Você é apertada pra caralho, molhadinha e *quente*.

— Então… as outras com quem você transou…

— Com ciúme? — Ele provocou.

— Não. — Eu super mordi a isca.

— Claro. — Ele debochou. — Eu trepei com elas, Dinah. Nada mais.

— Nenhuma te fez sentir?

— Tecnicamente, eu consigo sentir toques como você os sente por cima da roupa. Eu podia sentir tranquilamente o desejo delas pulsando ao meu redor, mas é só com você que sinto o calor. Não consigo nem explicar qual é a sensação. Não quero parar nunca. — Ele rosnou, estocando de um jeito que atingiu cada nervo meu, impiedosamente. Comecei a tremer de novo. Emoção preencheu os meus olhos. Eu estava sobrepujada com o que ele conseguia fazer comigo, com o que mais eu queria que ele fizesse.

Era meio vergonhoso. Nunca fiquei emocionada por causa de sexo. Ou por qualquer outra coisa, para ser sincera. Mas ele se movendo dentro de mim causava sensações tão intensas, e eu não sabia como lidar com elas. Ele estava me deixando em frangalhos, me estilhaçando como um navio batendo nas pedras, junto com tudo que eu conhecia. Ele estava torcendo e esmagando cada princípio e convicção que eu tinha.

— Isso, pequenina. — Ele entrelaçou os dedos no meu cabelo, puxou minha cabeça para trás, cravando mais a minha bunda nele. — Liberte-a. — Ele puxou com mais força, me empurrando mais para o travesseiro, me arrastando para cima e para trás. A fricção fez minhas pálpebras tremularem, outro orgasmo queimou dentro de mim. — Ela é sacana, imprudente e safada. Deixe-a sair. — Dentes afiados cravaram na curva do meu ombro, me dizendo que o monstro dele estava prestes a sair.

Ele partiu algo dentro de mim. Aos trancos e barrancos, me entreguei, sem me importar com os sons que eu fazia nem com as ordens que saíram de meus lábios.

Ele se sentou sobre os calcanhares, agarrou meus quadris, me puxou para trás e me abriu ainda mais quando me encaixou nele. Acho que apaguei por um segundo, minhas juntas se curvaram no cobertor. Sons que nunca me ouvi emitir dispararam dos meus lábios.

Meu orgasmo chegava como uma bomba.

— Não. Você não pode gozar ainda. — Ele me virou e meteu de novo. A gente não conseguia mais ir devagar. Seria enlouquecedor como foi da primeira vez. Ele ergueu a minha perna, e eu o observei entrar e sair de mim. — Você gosta de me observar — Seus olhos brilhavam enquanto ele metia em mim.

— Gosto. — Assenti, meus dentes se afundaram no lábio. Eu nunca parei para observar Scott desse jeito; aquilo nem nunca passou pela minha cabeça. Agora era tudo o que eu queria… queria ver cada flexionar de seus músculos, o meu desejo o cobrindo, a veia pulsante que corria pelo seu pau bombeando em mim. Dava um tesão do caralho.

Desesperada para perder o controle, para deixar Frost me tomar por inteiro, estendi os braços acima da cabeça, querendo que ele visse meu corpo sacudir e pular com o seu ataque implacável.

— Porra. Dinah… você vai me matar. — Frost subiu em mim, a boca tomou a minha. Ele empurrou meu joelho ainda mais alto, atingindo um lugarzinho bem lá no fundo, me fazendo perder o controle do meu orgasmo.

— Meeerda — gritei, e minhas costas se curvaram. Fazendo barulhos que só ouvi em filme pornô, algo explodiu na minha cabeça, me deixando cega.

Estrelas. Poeira. Nada. Tudo.

Minha boceta foi impiedosa ao aproveitar o momento, apertando com tanta força que eu consegui sentir por todo o meu corpo, ordenhando-o sem o menor pudor.

— Porrraaaa! — Frost esmagou nossos quadris até machucar, me preenchendo de novo, me reivindicando ainda mais.

Outro grito saiu pela minha garganta dolorida, e escuridão se infiltrou nas minhas vistas.

— Dinah? Pequenina?

Foi a última coisa que ouvi antes de tudo ficar preto.

CAPÍTULO 8

— Dinah? — A voz de um homem me despertou de um sono profundo. Minhas pálpebras ainda estavam fechadas. Eu sorria e um ronronado escapou dos meus lábios. Eu estava serena, feliz, dolorida e desesperada por mais.

— Ei, linda, acorda. — O sorriso se transformou em careta, franzi as sobrancelhas enquanto me enterrava mais no travesseiro. O timbre dele estava estranho, errado até, de certa forma. A sensação de seus lábios me fez vincar a testa, a cama se moveu. — Vou tomar uma ducha.

Abri os olhos quando a porta fechou, meu cérebro lutava para entender onde eu estava. Uma luz fraca se infiltrava pelas persianas, colorindo o lugar com um tom cinzento. Pisquei de novo, e reparei no cômodo familiar.

Meu quarto.

Eu me sentei no susto, pânico agitou meus pulmões. Olhei para todos os lados, e reparei na calça cáqui masculina pendurada na cadeira do canto e no meu gorro de elfo em cima da penteadeira, perto de uma blusa de frio dobrada que eu ainda não tinha guardado. Era tudo familiar. Normal. Mas meu coração estava acelerado, me fazendo me sentir assustada e insegura.

Como se eu não devesse estar aqui. O pensamento passou pela minha mente. Mas quanto mais eu tentava entender, mais pânico se enroscava dentro de mim, e mais ele se espalhava, correndo pelos meus dedos como água.

— Que bom que você finalmente acordou.

Virei a cabeça para o lado e vi Scott andar a passos lentos, com uma toalha em torno da cintura enquanto ele esfregava outra no cabelo molhado.

— Quer dar um pulo na cafeteria do fim da rua, tomar café antes do trabalho? — ele perguntou ao abrir o closet e pegar suas roupas. Eu o encarei com receio e me sentindo confusa. — Não se esqueça da festa da empresa essa noite. Quero muito causar uma boa impressão no sr. Evans.

O aumento nos ajudaria muito a comprar nossa casa no ano que vem. — Ele vestiu a cueca e uma calça cáqui limpa e passada.

— Sr. Evans? — repeti, sentindo um gatilho desencadear algo em mim. — Festa de Natal?

Lampejos de estar em uma festa reviraram como neblina na minha mente, me deixando ainda mais inquieta.

Esfreguei a testa, minha nuca pinicava.

— A-a gente já foi nessa festa. — Por que eu estava com essa sensação estranha, esse aperto no coração por causa daquela noite?

— Já fomos? — Ele vestiu a camisa polo, foi até a cama e inclinou a cabeça, preocupado. — Você está bem, linda?

— Sim... — Estava? Por que tudo parecia tão desencaixado? Será que eu estava me esquecendo de algo?

— Sei que prefere não ir, mas quero muito que você vá. Acho que o sr. Evans vai te adorar.

Com certeza ele adorou, aquele nojento. Fiquei sobressaltada com o pensamento. Por que eu pensei naquilo? Eu nunca o vi na vida...

— Desculpa... eu devo ter sonhado. Tive um monte de sonhos estranhos essa noite. Eu me sinto... esquisita. — Movi ombros, tentando afastar a sensação.

— Deve ter sido por causa do quinto shot de ontem à noite. — Ele riu. — Os outros sonhos foram sobre o quê?

— Foram... eu... — Minha boca parou quando meu cérebro tentou reunir cada detalhe, mas como se houvesse uma bruma, não consegui ver nada claramente, só tinha a sensação. — Eu não lembro.

— Bem, comece a se arrumar enquanto vou pegar seu latte de menta. Ele sempre faz você se sentir melhor. — Scott se inclinou e beijou minha cabeça antes de voltar para o banheiro.

Eu me sobressaltei. As palavras se formaram na minha língua e saíram sem que eu parasse para pensar:

— Eu detesto menta.

— Desde quando? — Ele riu lá do banheiro. — Você tomou dois ontem! Sério, já chega de fazer apostas com o Marc de quem bebe mais. Eu precisei te pôr na cama ontem.

Ontem? Bebida? Tentei me lembrar do dia anterior, e tudo parecia vago e distante. Como era possível eu não me lembrar de ter bebido com o Marc? Ou com qualquer um deles? Fiquei tão bêbada assim? *Será que é por isso que não me lembro?*

STACEY MARIE BROWN

— Eles vieram ontem à noite?

— É, você voltou da faculdade, e a gente estava jogando videogame. Você e Leanne apostaram com Marc que ele perderia. Não lembra mesmo? — A testa de Scott se franziu de preocupação.

— Ah, sim... é claro — menti. Por alguma razão, eu não queria que ele achasse que tinha algo errado comigo. — Dã. Bebi demais.

Scott balançou a cabeça e riu, os olhos foram para o relógio na mesa de cabeceira.

— Ah, merda, é mais tarde do que eu pensava. Tenho que ir. — Ele correu até mim, e me deu um estalinho.

Não. Virei a cabeça como se não quisesse que ele me beijasse.

De onde isso saiu, Dinah? Ele é seu namorado.

— O café fica para outro dia. — Scott me beijou de novo antes de sair correndo do quarto, e eu só ouvi o barulho dele pegando suas coisas.

— Ah, o pessoal vai se reunir aqui lá pelas 17h30, então esteja pronta para ir. Tchau, amor! Bom trabalho hoje.

A porta bateu, e tudo ficou sinistramente silencioso. Eu não conseguia me livrar da sensação de que estava num episódio de *Além da imaginação*, mas não conseguia dizer exatamente por quê. Empurrei o edredom para longe, saí da cama e meu olhar capturou o reflexo do espelho barato com moldura de madeira.

Meu olho se contraiu enquanto eu o estudava. A gente sempre teve aquele espelho? Por que ele parecia fora do lugar? Apesar que ele combinava perfeitamente com o quarto simples e sem graça.

Era como se fosse eu que não me encaixasse.

Uma dor forte entre as minhas pernas me chamou a atenção. Eu não me lembrava de ter feito sexo com Scott ontem à noite, mas estava óbvio que foi o caso. Embora a gente transasse já há quatro anos, eu *nunca* tinha me sentido assim no dia seguinte. Nunca. Eu estava tão dolorida que a sensação era a de que ele tinha me comido a noite toda sem parar, o que eu sabia que não tinha acontecido. Primeiro, porque eu teria me lembrado *disso*, e segundo, porque Scott dava uma e dormia. Se ele estivesse com muito tesão, começaria de novo de manhã, mas não era nem de longe do tipo que transa a noite inteira, o que nunca tinha sido um problema para mim.

Passei os dedos pela pele sensível, afagando o algodão da calcinha. Desejo disparou por mim como um raio. Eu estava faminta demais, mesmo me sentindo dolorida. Meus mamilos enrijeceram sob a regata, minha pele formigava, a boceta se contraía. Excitada. Na espera. Finalmente acordada de um sono vigoroso.

Cacete, eu estava com tesão.

Ao ponto de não conseguir respirar. Puxei a calcinha e me afaguei. Uma pontada de dor me fez respirar fundo. Mordi o lábio inferior, mas isso só me encorajou.

Dor. Prazer.

Arquejei ao fazer movimentos circulares no feixe de nervos, um impulso feroz me fez me sentir como um animal selvagem.

Mas que porra?

Eu tive a fantasia de estar curvada sobre a cômoda, me olhando no espelho enquanto alguém me comia implacavelmente por trás. Minhas unhas cravaram a madeira, meu corpo se curvou, minhas pálpebras se fecharam enquanto meus arquejos ficavam mais e mais altos.

— *Com mais força. Não ouse parar!*

— *Claro que não, porra. Nunca.* — Tive um lampejo de alguém sem rosto metendo em mim sem parar. Foi muito rápido, como se fossem vislumbres após uma noite de bebedeira, mas eu sabia que não era o Scott. — *Não, ainda não… eu nunca quero parar de comer você. Nunca.*

Era como se eu conseguisse senti-lo dentro de mim, sua respiração no meu pescoço, os dedos cravando a minha pele. O êxtase indescritível para o qual ele me conduzia.

— Pelo amor do Papai Noel! — berrei, rouca, meu corpo reagiu à fantasia, minha garganta doía como se eu tivesse gritado a noite toda. Meu orgasmo me fez tombar sobre a cômoda, recuperando o fôlego.

Culpa e vergonha começaram a dar as caras. Podia até ser normal fantasiar com alguém além do seu parceiro, mas era diferente. Minha mente não encarou aquilo como uma fantasia comum.

Eu sentia como se o tivesse traído. E o trairia de novo.

Eu amava o Scott…

Mas você não sentiu nada quando ele te beijou. Você se afastou. Gemi por causa dos meus próprios pensamentos traiçoeiros. O que havia de errado comigo? Por que eu estava toda às avessas essa manhã?

Cerrei as mãos. Eu odiava me sentir fora de prumo. Nada se encaixava conforme deveria. A caixa do quebra-cabeça mostrava a imagem perfeita, mas as peças lá dentro não casavam com as de fora.

— Tome um banho, coma alguma coisa, beba um café, e você vai se

STACEY MARIE BROWN

sentir melhor — murmurei para mim mesma, e peguei meu uniforme de elfo antes de seguir para o chuveiro.

— Tudo vai voltar ao normal.

Era mentira.

Tipo, tudo estava "normal": quase vomitei várias vezes, limpei vômito, comida e bebida derramada, levei chutes na canela e dois pais, um solteiro e um casado, passaram a mão na minha bunda. No Chalé do Papai Noel, foi um dia como qualquer outro.

Era eu que ainda não tinha conseguido voltar para a terra.

— Ei, garota. — Lei fechou a porta dos fundos, puxou o casaco e se juntou a mim lá fora. — Não está com frio? Cadê o seu casaco?

A neve caía devagar, o sol se punha, escurecendo a tarde nublada. As temperaturas despencavam, mas eu estava tão perdida nos meus pensamentos que nem notei. Por alguma razão, meus olhos se fixaram no bosque além da fazenda de árvores.

— Jesus, está frio aqui fora. — Ela esfregou os braços e se encolheu. — Tudo bem contigo? — Ela se recostou no chalé. — Você parece estar no mundo da lua hoje. Não é nada do seu feitio.

Bufei e balancei a cabeça. Eu me sentia muito pouco eu mesma naquele dia.

— Você já teve a sensação de que não pertence a este mundo?

— Todos os dias. — Ela riu, mas eu sabia que ela não tinha entendido exatamente o que eu queria dizer. Eu não me referia a não se encaixar, mas a não *pertencer* a este mundo. Isso desencadeava a minha necessidade de resolver as coisas, de entender como um lugar que conheci a vida inteira, que era do jeitinho que sempre foi, poderia parecer tão estranho para mim.

— Ei? — Ela cutucou meu ombro com o seu. — Tem certeza de que está bem?

— Tenho. — Assenti, forçando um sorriso. — Só estou tendo um dia daqueles.

— Bem, pelo menos você não vai ter que ficar até fechar. — Ela se envolveu ainda mais no casaco e apontou a cabeça para a porta. — Gabe quer que você abasteça as prateleiras antes de ir.

— Pode deixar, eu já vou.

Ela assentiu e entrou.

Respirei fundo mais uma vez, na esperança de me livrar do peso que senti no peito o dia todo e o formigamento na nuca. Eu só queria ir para casa, pedir uma pizza, assistir a filmes sentada no sofá e esquecer o dia de hoje. Em vez disso, teria que ir à festa do Scott e jogar conversa fora com gente que eu não conhecia.

Ser a namorada perfeita.

Esfreguei o nariz, meus ombros caíram ao pensar naquilo.

Eu já não tinha feito isso?

Eu me afastei da parede e me virei para entrar. O movimento que captei pelo canto do olho de duas formas pequenas saltitando para o bosque me fez olhar para o lado.

Não tinha nada lá.

Mas a retroimagem do que pensei ter visto ainda brilhava na minha retina. Um estranho déjà vu. Dois meninos usando roupa de banho em um tom berrante de vermelho e verde listrado. Um era baixinho e gordinho; o outro, esguio.

— Você está ficando doida, Dinah — resmunguei. Fui batendo os pés até a porta e segurei a maçaneta. — Doida de tudo.

— *Mas as melhores pessoas são, minha querida. Relaxa!* — A voz foi capturada pelo vento e chicoteou o meu ouvido, me fazendo me virar com um arquejo. Por um instante, pensei ter visto um boneco de neve deslizar para dentro do bosque, mas, quando pisquei, não havia mais nada lá.

Medo cobriu a minha pele, o formigar no fundo da minha mente crescia. Eu me virei e corri para dentro, deixando o salão quente me envolver. O cheiro de baunilha, canela e menta pairava no ar. Meu nariz se enrugou por causa do último, que arrancava à força o bem-estar que os outros traziam. Eu odiava muito menta. Mas não fazia ideia da razão.

Os sonhos deveriam desaparecer no decorrer do dia, diminuindo o aperto no peito de não conseguir lembrar conforme a vida real acontecia. Mas eu me sentia pior, como se as sombras dos meus sonhos fossem me consumir.

Eu nunca funcionava bem quando não tinha resposta para as coisas. Puxei a minha mãe. Eu precisava de dados confiáveis, de um plano. O cansaço pesou os meus ombros. Eu não tinha respostas, nenhuma explicação.

Mas poderia ter um plano. Um que afastaria tudo aquilo até as coisas ficarem normais de novo.

Como era mesmo que diziam? "Finja até conseguir."

Eu sorriria e cumpriria o meu papel.

Seria a Dinah de novo.

— Você está tão linda, Dinah. Que vestido maravilhoso. — Leanne apontou para mim. Um pouco de tristeza e o que pareceu ser inveja tremulou em seus olhos antes de ela abrir um sorrisão. — Você está sempre estonteante.

— Obrigada. — Puxei o tecido do vestido evasê de costas nuas que vestia e olhar para o que ela usava, um vermelho, curto e que mostrava suas pernas. Senti que já tinha visto Leanne com a peça. Essa era a primeira festa de Natal da empresa, mas talvez eu a tenha visto em outra ocasião? — Você também.

Ela corou e balançou a cabeça.

— Levei mais de uma hora para ficar assim, e você ficou pronta em quanto tempo? Dez minutos?

— Você está gostosa, Grodsky. — David apontou a cerveja para ela e tomou um gole. — Nem te reconheci.

— Palhaço. — O rubor dela se aprofundou. Foi rápido, mas vi os olhos da garota dispararem para Scott. Os meus seguiram, indo de um para o outro. Scott a fitava, reparando na sua aparência. Seu rosto estava inexpressivo, mas consegui sentir a intensidade.

Só que, em um instante, sumiu.

— É, está bonita. — Ele pigarreou, pegou uma cerveja e parou de olhar para ela, seu foco veio para mim enquanto ele caminhava na minha direção. — Você está belíssima.

Um sorriso se curvou no meu rosto quando ele se aproximou, e eu ergui os dedos para ajustar sua gravata.

— Gostou? — Scott olhou para baixo, alisando a gravata. — Decidimos ir como nos velhos tempo. Escolhi os irmãos Miser.

Eles não são nada parecidos com isso. O pensamento passou pela minha cabeça e eu congelei. Senti o frio escorrer pela minha coluna conforme calor queimava minhas orelhas e bochechas. Minhas mãos ficaram imóveis, e imagens difusas tremularam na minha cabeça, mal chegando à superfície, mas meu corpo reagiu. Meu sexo pulsou no mesmo instante.

— *Seja safada, Dinah. Deixe esse lado sair.*

— *Me come. Reivindica minha boceta, Frost... tome posse dela.*

— *Frost. Ah, Deus... mais forte. Fode com força.*

Eu fiquei toda vermelha, ofegante, meu sexo reagiu com a sensação avassaladora, quase como se eu pudesse sentir alguém dentro de mim, seu rosnado profundo arrepiando a minha pele, dedos apertando meus quadris.

— Ei, tudo bem? — Scott pegou o meu braço, e meu corpo estremeceu sob a investida dele.

— Tudo. — Toquei minha testa úmida. Os vislumbres se derreteram na minha língua, deixando só um resíduo. Nada a que eu pudesse me agarrar e guardar. — Só fiquei um pouco tonta.

— Você comeu hoje?

— Na verdade, não. — Estava sem apetite.

— Dinah, você sabe como fica. — Scott suspirou e soltou o meu braço. — Você precisa comer, ainda mais porque vamos beber essa noite.

— O-pen bar! — David cantarolou, erguendo a cerveja. — Isso aí!

Todos os caras trocaram um toca aqui, comemorando.

— O carro chegou. — Leanne ergueu o celular, um sorriso iluminou o seu rosto. — Vamos!

Marc, David e ela foram os primeiros a atravessar a porta e ir para o carro.

— Tudo bem? — Scott me ajudou a vestir o casaco, meio atrapalhado, como se estivesse nervoso. Eu sabia que ele queria causar uma boa impressão no chefe, mas nunca ficou desajeitado assim. — A gente pega algo para você comer lá.

— Sim. — Assenti, e saímos do apartamento.

Eu estava longe de estar bem. Mas, naquela noite, eu fingiria e seria a melhor namorada do mundo e daria mais apoio do que Scott poderia esperar.

Naquela noite, eu seria a Dinah sã.

Esfreguei a testa ao pensar naquilo.

Meu déjà vu parecia um déjà vu.

CAPÍTULO 9

A Dinah sã tinha um sorriso grudado no rosto, na tentativa de fingir que estava tudo bem. Talvez se eu continuasse mentindo para mim mesma, aquilo acabaria se tornando verdade.

Quando eu era pequena, a universidade onde meu pai trabalhava também dava festas para o corpo docente ali no Glastonbury Boathouse. Mas voltar àquele lugar não me trouxe lembranças divertidas de Alice e eu roubando biscoitos a mais ou correndo para lá e para cá com os filhos dos professores. Não. Eu só sentia um medo de gelar o sangue, uma sensação de que algo horrível estava prestes a acontecer, e eu sabia lá no fundo que já tinha estado ali recentemente.

— Open bar! — Marc jogou os braços para cima, e foi saltando por entre as pessoas, indo em direção ao bar.

— Vamos. — David pegou a mão de Leanne e a puxou. Por um breve instante, eu a flagrei olhando para Scott com uma certa tristeza refletida em seus olhos, antes de ela se virar, deixando David guiá-la. Reparei no modo como Scott a observava mesmo sem perceber, enquanto ela estava espremida entre os dois amigos no balcão.

Não era segredo nenhum que Leanne tinha uma quedinha por Scott, mas eu nunca pensei que ele tivesse uma por ela também.

Meu estômago revirou.

Não por dúvida, ciúme ou mágoa por ele sentir algo por Leanne… mas porque eu *não* sentia essas coisas. Na minha cabeça, aquilo só tinha lógica.

Scott pegou as minhas mãos, me virou para si e me fez parar de pensar naquilo. Meu olhar encontrou o seu.

— Tem certeza de que está bem?

Não.

— Estou. — Assenti. — Tudo certo.

— Eu quero muito, muito mesmo…

— Impressionar o seu chefe hoje, eu sei. — Terminei a frase, como se já soubesse o que ele diria. — Pode contar comigo.

Suas pálpebras baixaram antes de ele rir.

— Acho que estamos juntos há tanto tempo que você até consegue ler meus pensamentos.

— Não é o sr. Evans ali? — Olhei para trás, acenando a cabeça para o homem no meio do salão, parado feito um imbecil convencido.

Doug Evans não era nada fora do comum, mas ele tinha uma arrogância intimidadora. A esposa estava ao seu lado, mas poderiam estar em países distintos pelo modo como estavam de costas um para o outro. Ela conversava com colegas, e ele esquadrinhava o salão atrás de um rabo de saia.

— Dinah! Como você sabe? — A voz chocada de Scott me fez arregalar os olhos. — Você nem conhece o cara.

Puta merda, eu falei em voz alta?

Scott franziu a testa e sacudiu a cabeça, confuso.

— Como você sabia que era ele? Já o conheceu?

— Hummm… no site. — Como eu sabia que era ele? Nunca olhei o site da empresa. — Devo ter visto o cara no site da empresa.

— Ah, claro. — Ele passou o braço ao meu redor. Era o que ele sempre fazia, mas, mesmo sendo algo tão familiar, minha coluna ficou rígida com o contato, como se não fosse o toque dele que eu queria. Espantei aquele pensamento e me aconcheguei mais em Scott. — Quero apresentar você. Ele vai te amar.

É… eu não duvido. Debochei na minha cabeça. *Dinah! Para. Por que você está sendo maldosa? Você nem conhece o homem.*

— Quero que essa noite seja perfeita. — Scott beijou a minha mão no que íamos até o chefe dele. A cada passo, parecia que minha mente estava sendo pressionada, a enxurrada de déjà vu quase me fez dobrar os joelhos.

Cientificamente, entendi o que estava acontecendo de forma lógica e usando o senso comum. Era apenas uma descarga elétrica epilética no meu cérebro que criava a forte sensação de que aquele evento ou experiência já tinha acontecido. Mas o formigar na minha nuca, aquela coceira lá no fundo do meu ser me fazia sentir como se eu estivesse presa dentro de mim mesma sem ter como escapar.

— Preciso de uma bebida — murmurei, música e conversa engoliram minhas palavras antes de chegarem aos ouvidos de Scott. Aquela falta de lógica dentro de mim me deixava agitada.

Recomponha-se, Dinah. Você ama o Scott. Você está feliz. Vocês têm planos para o futuro. A vida será perfeita.

— Sr. Evans? — Scott abordou o patrão e estendeu a mão. — Que prazer ver o senhor.

—Sim, é um prazer vê-lo também, Scott. — O homem apertou a mão dele, soando neutro durante a abordagem.

— Essa é a minha namorada, a Dinah. — Scott curvou a cabeça para mim, fazendo seu olhar ir do tédio à luxúria em um segundo.

— Dinah. — Doug ficou mais ereto, estufou o peito, deixando-o mais largo. Ele pegou a minha mão, e os dedos apertaram os meus. — É um grande prazer conhecer você. — Ele estava prestes a roçar os lábios nas juntas dos meus dedos.

Dessa vez, não, otário.

Puxei a mão. Ele arqueou as sobrancelhas como se eu o estivesse bancando a recatada, em vez de estar com vontade de vomitar nos sapatos dele.

— Faz seis meses que Scott trabalha conosco, e só agora te conheci? — Ele inclinou a cabeça, seu escrutínio pesado se arrastou pelo meu corpo de modo não solicitado. — Precisamos remediar isso.

Ele era tão nojento quanto pensei que seria, mas mantive a boca fechada, tentando demonstrar apoio a Scott. Ele queria muito aquela promoção.

— Seria ótimo, senhor. — Scott não entendeu as insinuações nada sutis, seus olhos estavam arregalados e afoitos. — Talvez a gente possa sair para jantar qualquer dia desses.

O olhar de Doug vagou por mim, um sorriso brincou em seus lábios.

— Vamos sim.

—Para ser sincero, eu queria falar sobre a vaga que está para abrir. —Scott jogou os ombros para trás, desembuchando antes que perdesse a coragem.

— É um cargo sênior.

— Eu sei, senhor, mas acho que me darei muito bem na função.

A expressão de Doug estava cheia de dúvida. Eu já conseguia sentir a recusa saindo da boca dele.

— Scott? — falei antes que o homem pudesse estraçalhar suas esperanças e me deixar mais puta ainda. — Por que você não vai pegar uma bebida para mim e para o sr. Evans? — Mantive o foco em Doug. — Me dê um tempinho para me gabar de você.

Scott abriu a boca, olhou de mim para o patrão, nada acostumado com uma ousadia dessas vinda da minha parte. Nem eu sabia de onde aquilo tinha saído, mas senti que a minha "cota" de boazinha do ano inteiro já tinha acabado.

Não me entenda mal… eu era controladora e autoritária quando queria que algo acontecesse no meu mundo e com a minha família. Mas não fazia isso com estranhos e muito menos com alguém com uma personalidade dominante igual a de Doug. Aí eu tendia a recuar, ficar na minha e não causar rebuliço.

— É. Acho que ela pode ser bastante convincente. Vou ficar sabendo mais de você. — Doug não tirou os olhos de mim. — Uísque com gelo.

— Claro. Volto já.

Scott não tinha nem noção de que esse homem estava dando em cima de mim. No instante em que ele se afastou, Doug se aproximou, os dedos roçaram minha perna nua.

— Dinah…

— Vamos direto ao ponto. — Peguei os dedos dele e os torci até suas pernas se curvarem e um grito sair abafado de sua garganta. — Ponha a mão em mim de novo, dê em cima de mim desse jeito descarado ou desrespeite a mim ou ao meu relacionamento, e eu não vou pensar nem duas vezes antes de contar à sua esposa o tipo de homem que você é.

— Acha que isso é jeito de ajudar seu namorado a conseguir o cargo? Muito pelo contrário, agora ele não vai conseguir nem aumento. — Um sorriso cínico curvou a sua boca, e ele puxou a mão da minha. — E quem disse que minha esposa vai se importar?

Talvez ele estivesse certo em ambos os casos, mas me mantive firme.

— Sua esposa talvez não se importe e, para ser sincera, nem a julgo. Mas você também tem um chefe… Chefes não costumam gostar muito de queixas de assédio sexual, e eu tenho a sensação de que apareceriam várias delas, caso abrissem sindicância contra você. — Arqueei uma sobrancelha, com a certeza de que eu tinha razão.

O pomo de Adão dele se moveu de nervosismo, as narinas se dilataram, o que só comprovava o que eu disse.

— Você não só vai considerar a candidatura de Scott porque ele é incrível, dedicado, provavelmente o mais inteligente da equipe e fará um trabalho excelente. Você vai indicá-lo para o cargo. Não é possível que você não enxergue o quanto ele vem se esforçando. Ninguém vai trabalhar mais duro para você.

— Por que eu faria isso? Acha que pode me ameaçar assim, *garotinha*? Me chantagear? Você não faz ideia de com quem está lidando.

Comecei a rir, mas parei logo que me aproximei dele.

STACEY MARIE BROWN

— Faça-me o favor, *garotinho*, você não faz ideia de com quem está lidando. Já enfrentei monstros bem mais assustadores que você. Do tipo que te faria mijar nas calças. — *De onde isso veio?* — E, é isso, chantageei mesmo. Você parece adorar uma sujeira, e eu sei jogar esse jogo se for necessário. — Ergui o queixo, desdenhosa. — Vou direto ao topo, falo com o dono da companhia, e, como eu disse, acho que vai ter um monte de mulheres para reforçar o que eu disse, ao ponto de eles não conseguirem simplesmente varrer para debaixo do tapete nem esconder nada. Estou errada?

Doug me fuzilou com o olhar, mas não negou.

— Oi, amor. — Scott chegou, os olhos dele foram de mim ao chefe, preocupados. Eu me afastei de Doug, com um sorrisão curvando minha boca no que eu pegava a bebida.

— Obrigada. — Fui para o lado dele. — Doug e eu tivemos uma conversa bem bacana.

— Mesmo? — A esperança de Scott era tão ingênua, tão boa. *Ele é bom demais para mim.*

— Foi, sim. — Doug assentiu, pigarreou e pegou o copo com Scott. — Foi uma conversa muito esclarecedora. — Antes, o olhar dele me cobriu de luxúria, agora era puro ódio. — Estávamos comentando o quanto você é perfeito para a vaga.

— Sério? — O rosto de Scott se iluminou feito uma árvore de Natal.

— Sério. — Doug tossiu ao responder e recuou. — Vou te recomendar para o sr. Maurice.

— Obrigado! — Scott exclamou quando o sr. Evans me lançou um último olhar antes de sair, murmurando algo sobre ir já providenciar isso.

— Puta merda, Dinah! — Scott me abraçou, alegria explodia em seu rosto. — Eu nem acredito! O que você falou para ele?

— Nada que não fosse verdade. — Sorri.

— Caramba, eu amo você. — Seus braços me envolveram em um abraço de esmagar os ossos, sua alegria era como ver coelhinhos saltitantes.

Uma imagem de um coelho com uma pata faltando e um avental de babados atravessou minha cabeça por um segundo.

Oi?

O que me preocupava era que eu ainda não tinha bebido uma gota de álcool, e nem não podia dizer que estava chapada com o cheiro dos baseados do Gabe.

— Vamos, quero contar para o pessoal! — Ele praticamente foi saltitando para o bar, parecendo estar leve e feliz, me lembrando do cara que conheci há quase cinco anos, no segundo ano do Ensino Médio. O nerd pateta e alegre que não se importava com meus microplanos e com a minha persistência intensa. O cara que passaria o dia comendo pizza, tomando cerveja e jogando videogame, e aí sairia comigo no dia seguinte para uma caminhada de quinze quilômetros.

Ele abraçou David e Leanne, dava para ver a animação de onde eu estava enquanto eles se fechavam no seu grupinho. Leanne deu saltinhos e abraçou Scott quando ele contou, os olhos da garota estavam arregalados, e o sorriso, enorme; o orgulho que sentia emanava dela em ondas. David deu um tapinha no ombro dele, e Marc pediu bebidas.

Ele não se virou para mim.

Fiquei lá por um instante, como uma forasteira. Eu sempre fui uma estranha no grupo, mas, dessa vez, foi como um balde de água fria. Como se estivesse voltando à consciência e enxergando a verdade, vi o quanto eles eram próximos. Não senti ciúme, só alegria por ele. Só que aquilo mexeu comigo. *Seu lugar não é aqui.* Uma voz insistia no fundo da minha cabeça. *Acorde!*

— Dinah! — Marc acenou me chamando, erguendo o copo. — Vem.

Meu nome atraiu o foco de Scott para mim. Ele se afastou de Leanne e me abraçou.

— Não teria acontecido se não fosse pela minha garota.

— Teria, sim. Você é brilhante, incrível. — As bochechas de Leanne estavam coradas por causa da bebida. — Ele tinha que notar. Tipo, você é perfeito. — O olhar de David e de Marc deslizou para ela. As bochechas da garota ficaram ainda mais vermelhas quando ela percebeu como aquilo soou. — Para a vaga. Eu quis dizer perfeito para a vaga — ela falou toda atabalhoada.

— Se saiu bem — David murmurou na bebida enquanto Marc dava uma cotovelada nele.

— Um drinque ao nosso futuro chefe. — Marc ergueu o shot. — Que não vai me dar esporro quando eu chegar atrasado nas reuniões.

— A vaga ainda não é minha. — Scott riu, e ergueu o shot. Ele pode até ter dito aquelas palavras, mas eu o conhecia bem. Ele sabia que estava no papo.

— Um brinde ao nosso futuro chefe! — Marc e Leanne disseram juntos, e brindamos antes de virar a tequila.

Tomamos mais algumas, Scott estava ficando cada vez mais animado, brilhando mais que todos os pisca-piscas. Ele olhou para mim, meio bêbado, mas muito feliz, me puxou para si e seus lábios encontraram os meus.

Normal.

Familiar.

Sem tempero.

Ele se afastou, um sorriso nervoso e exultante se espalhava por sua boca.

— O quê?

— Tudo bem, eu não planejava fazer isso antes da véspera de Natal com a sua família. — Ele se virou para mim, por inteiro.

— Ouuhnnn, porraaaa. — David arregalou os olhos, começou a saltar feito um pinball e deu um tapa em Marc. — Ele vai fazer o pedido agora.

— Sério, cara? — A expressão de Marc foi do choque ao entusiasmo quando Scott o olhou de soslaio. — Ahhh, porra, isso aí!

— O quê? — Pânico surgiu nas feições de Leanne, como se ela tivesse esperança de que os garotos não estivessem falando do que ela pensava.

— Alguém pode me dizer o que está acontecendo? — Olhei para eles. Mas Marc e David ficavam se batendo um no outro... o que me lembrava de algo, alguém, alguma coisa...

Com um sorriso travesso, Marc apontou para Scott, e eu voltei o foco para ele.

De novo, tudo parou, tempo e espaço se expandiram e deram voltas pelo meu cérebro, parecendo um disco arranhado. Meu peito congelou, ar ficou preso em meus pulmões. Meus ouvidos começaram a zumbir, queimando por causa da adrenalina, e minha garganta parecia estar sendo estrangulada.

Não... ah, por favor, não.

Scott segurava uma caixinha de joias enquanto se ajoelhava, chamando a atenção de todos ao nosso redor.

Ah, meu Papai Noel, isso não pode estar acontecendo.

— A gente tem um plano — sussurrei, rouca. A gente planeja se casar aos 23... não agora.

— Por que esperar? Estamos juntos há cinco anos, e planejamos passar o resto das nossas vidas um ao lado do outro. Por que não começar agora?

Ele abriu a tampa, mostrando o anel de diamante lindo e pequeno que eu tinha escolhido há um tempo. Eu não queria nada ostentoso. Queria que fosse simples e economizar para coisas mais importantes.

— Dinah Isabelle Liddell, você aceita se casar comigo?

A música parou enquanto todo mundo olhava, esperando pela minha resposta. Meu coração batia acelerado, suor escorria por minhas costas.

Scott tirou o anel da caixa e pegou minha mão esquerda.

— E se tornar Dinah Gaston?

Pelas rolinhas de Natal e os elfos do Papai Noel...

LOUCURA FEROZ

CAPÍTULO 10

Casar com Scott fazia parte dos meus planos há tanto tempo que nunca temi o momento. Estava na minha lista. Desde novinha, eu sabia que a gente se casaria. Falávamos disso como falávamos do clima. Talvez fosse por isso que o noivado tinha perdido o encanto. A gente agia como se estivesse casado desde que se conheceu, então, na verdade, nada mudaria. Só haveria um pedaço de papel nos atando pela lei, e meu nome seria alterado de Liddell para Gaston. Eu amava meu sobrenome, mas sabia que, se tivéssemos filhos, queríamos que eles tivessem apenas um sobrenome.

Até aquele momento, eu nunca tinha pensado muito no pedido. Como eu disse, também imaginei que Scott o faria na minha casa, na época do Natal, com toda a minha família reunida. A imagem clichê dele ajoelhado diante da árvore de Natal enquanto eu o olhava com lágrimas nos olhos cheios de amor e adoração. Minha família comemoraria e aplaudiria, enquanto eu assentiria freneticamente quando ele deslizasse o anel no meu dedo, me beijando e me abraçando. Eu me sentiria feliz, segura, contente e animada.

Mas o momento chegou… e aquelas *não* eram as sensações percorrendo o meu corpo.

Terror.

Pânico.

Minha cabeça se inclinou, como se quisesse se balançar para lá e para cá, fazendo o "não" que vibrava na minha língua feito uma abelha, o que causou um arroubo de mais medo e ansiedade. Eu não entendia a minha reação. Deveria ser fácil dizer sim para Scott. Não seria questão de pensar no caso nem de hesitar. Ele era o meu para sempre…

Minhas mãos tremiam, mas não era de felicidade. Meus olhos dispararam para os rostos que me encaravam. Marc e David saltitavam e batiam um no outro, animados, mas foi o olhar de Leanne que me fez parar.

Era de agonia.

Devastação.

Ela tentou esconder as lágrimas que brotavam em seus olhos e o coração se partindo em seu peito, mas a garota parecia ter sido eviscerada.

A dor dela me atingiu em cheio. Eu sabia que Leanne tinha uma quedinha por Scott, mas aquilo ia além. A garota estava completamente apaixonada por ele. E, em vez de estar cautelosa, brava ou puta da vida, eu quis abraçá-la, entregá-la a ele como se aquilo fosse alguma peça shakespeariana na qual os amores haviam sido embaralhados.

— Dinah? — A voz de Scott me trouxe de volta ao presente. Seus suaves olhos verdes me encaravam, mas pareciam errados. Eu ansiava por olhos que lembravam uma nevasca, branco-azulados com borda cinza, que me prendiam no chão com sua intensidade.

Você está sendo idiota, Dinah. Isso não passa de uma fantasia maluca. Scott é a realidade. Scott é o seu futuro. É o que você queria, tudo pelo que você se esforçou até o momento.

Fosse qual fosse a esquisitice que tinha se abatido sobre mim desde que acordei de manhã, ela precisava acabar. Estava tudo certo. Aquilo era real, era do que eu precisava: meus pés firmes no chão.

Abri a boca, minha resposta ficou presa na garganta quando meus olhos captaram um objeto se movendo atrás de alguém.

— Acorda, srta. Dinah. — Um boneco de neve deslizou entre as pessoas, seu sorriso de carvão se esticou. — Sanidade é um estado de espírito... e a sua se firmará na insanidade da sanidade. — Ele deslizou por trás de alguém e sumiu.

Eu me sobressaltei com a rajada de ar nos meus pulmões. Pisquei, não havia nada lá.

Balancei a cabeça de leve, tentando afastar o aviso que soava profundamente no meu ser. Devia ser só estresse e a tensão pelas coisas da faculdade e do trabalho. Aquela fantasia só me fez me virar de novo para Scott.

— Sim. — Engoli em seco, minha garganta se apertou quando a palavra passou pelos meus lábios. — É claro que aceito.

Vivas e assovios soaram ao redor como se fossem sinos. Sorrindo, Scott colocou o anel no meu dedo. Ele ficou de pé, me deu um beijo carinhoso e me puxou para os seus braços. Então, aconcheguei o queixo em seu ombro, tentando reunir a animação que eu sabia que deveria estar sentindo. *É por que a gente já sente que está casado.*

Pessoas se aproximaram, nos separando para nos parabenizar. Marc e David saltitavam, pediram mais bebidas para comemorarmos, já enchendo a paciência de Scott e planejando a despedida de solteiro.

— Parabéns. — O sorriso de Leanne falseava, não importava o quanto ela tentasse mantê-lo no lugar. Ela me deu um abraço rápido, depois foi para o melhor amigo, os braços o envolveram. — Estou tão feliz por você.

Ele a abraçou forte, e eu vi o segundo que tudo ruiu, que a parede desabou. Agonia a fez engasgar. Ela deu um passo para trás, se virou para longe, para que Scott não visse seu rosto, e desapareceu em meio à multidão.

Ele a observou sumir. Foi breve, mas vi a contração na bochecha dele, como se estivesse vendo o amor da sua vida indo embora, mas aquilo logo desapareceu. A felicidade voltou para o seu rosto e seus braços me envolveram, me puxando para o seu lado enquanto agradecíamos as felicitações.

Sorrimos e conversamos. Mostrei o anel para todo mundo que pedia para ver, enquanto Marc e David continuaram trazendo bebidas. Tudo parecia surreal. Forçado. Como se estivéssemos seguindo um roteiro, atuando, mesmo não sendo o que queríamos, enquanto o diretor invisível nos movia pelo cenário.

Como se fôssemos marionetes.

Encarei a tela do computador sem nem piscar, os códigos se moviam como se fossem hieroglifos, e, distraída, eu girava o objeto novo e esquisito ao redor do meu dedo.

Cinco dias se passaram desde o noivado, desde que eu estava com aquela sensação estranha, que só piorava, crescendo pelas minhas veias como erva daninha. Eu estava irritada e inquieta, como se buscasse por algo que eu não tinha perdido.

Toda vez que eu pensava em falar com Scott, admitir que estava com mais medo do que pensava que estaria a essa altura do nosso relacionamento, ele fazia algo tão atencioso e fofo que eu esquecia o assunto. Ontem à noite, ele me preparou um banho com velas e vinho e uma lasanha caseira, todas coisas que ele nunca fez. Nunca.

Não sou do tipo que gosta de banho de banheira. Não curto relaxar na minha própria sujeira, e era estranho ele não se lembrar disso, mas a ideia foi fofa. Uma parte mais obscura de mim estava cética com as ações dele, e eu me odiava por achar que era forçado, como se fosse um filme de romance. Eu as achava tão bregas, tão clichê, tipo dar flores e chocolates no Dia dos Namorados. Eu não era disso.

A gente contou para os meus pais, e eles, claro, ficaram contentes por nós. Minha mãe já estava fazendo planos, preparando listas do que precisava ser feito. Eu não tinha pressa, mas todo mundo ficava me perguntando: por que esperar?

— Qual é a diferença de ser agora ou daqui a três anos? — Minha mãe afastou minhas preocupações. — Isso estava fadado a acontecer desde que vocês se conheceram.

— É?

— Dinah. — Ela pareceu surpresa. — Como você pode sequer pensar nisso? Claro que estava. Não dá para olhar para você e Scott e não pensar que é um amor eterno. Alice e eu estávamos falando disso logo antes de você ligar.

— Alice? Sério? — Passei a mão na minha testa franzida. Meus pais nunca gostaram disso de casar cedo. Meu pai achava que, aos vinte e três, eu era nova demais para algo assim, e Alice era anticasamento. Ela sempre me encorajou a ver o mundo antes.

Então por que a mudança de ideia do nada?

— Sim, ela disse que deveríamos ir a Nova York para ver vestidos. Também falou que pode arranjar um desconto nos doces, se vocês se decidirem por eles.

— Na Coelho Branco?

— Não, na Rei de Copas Biscoitos. Onde ela trabalha. O que é essa Coelho Branco?

Eu não fazia ideia.

— Rei de Copas Biscoitos? Mas ela não trabalha mais lá.

— Do que você está falando, Dinah? Eu acabei de falar com ela. Sua irmã estava no horário de almoço, com o Martin. — Confusão coloriu a resposta dela. — Acho que o relacionamento deles está ficando sério.

— Aff. — Não consegui conter o desgosto. Martin era o chefe/namorado. Ele sabia que era um cara encantador e bonitão. Até já tinha atuado em filmes. Um baita nojento. E eu o odiava. Ele a tratava mal pra cacete, sempre olhava para alguém mais novo enquanto dava a ela o mínimo, só para ela não ir embora. O cara sempre tomava o crédito do que ela fazia para si. Alice odiava trabalhar lá, mas, por alguma razão, ficava.

Pressão latejou nas minhas têmporas, vendo imagens difusas do nome de Alice acima de uma chapelaria ou cafeteria, um cara gato atrás do balcão a encarando com desejo e amor implacáveis. Eles sumiram tão rápido quanto apareceram, e minha cabeça doeu mais ainda.

— Dinah, você e Scott virão domingo para jantar? A gente pode falar do casamento. Até lá já vou ter terminado as listas.

— Tá. — Suspirei, me sentindo exausta. — A gente se vê domingo.

A conversa com a minha mãe ainda perdurou na minha cabeça dias depois. Mais uma vez, algo parecia estar faltando. Uma peça de um quebra-cabeça que não se encaixava direito, que coçava meu cérebro e entrava na minha pele.

— Srta. Liddell? *Parecer* estar trabalhando não equivale a trabalhar.

Saltei no meu assento, virei a cabeça e vi o professar se avultando sobre mim.

— Sr. Cogsworth! Eu… eu…

— Estava viajando — ele concluiu por mim. — Conheço bem esse olhar. Vejo-o muitas vezes por dia.

Eu abaixei a cabeça, sentindo uma pontada de culpa.

— Desculpa.

— Dinah, você é minha melhor aluna. Sua ética é impecável. Tudo bem descansar um pouco de vez em quando. — Um sorriso suave se insinuou entre sua barba bifurcada. — Às vezes, é bom dar um tempo da *loucura*, para a mente *se soltar*.

Meu olhar disparou para ele, a frase despertou algo na minha cabeça. Parecia tão distante, como um grito vindo de dentro de um caixão.

— Você se esqueceu do que conversamos? — Ele enfiou as mãos gordinhas no colete.

— Do que conversamos?

— Não tenha um pensamento tão linear. A certeza não habita um plano meramente simples. O que você percebe pode não ser, mas o que você não vê pode ser a única realidade verdadeira.

— O que isso quer dizer? — Lutei para respirar. Senti um peso no peito com as suas palavras. Parecia que ele não estava falando coisa com coisa, mas não consegui afastar o nó que se formou no meu estômago.

— Nem tudo é o que parece, minha querida. Como eu disse, às vezes vale a pena arriscar tudo por algo que a gente não consegue ver, só sentir. — Ele se inclinou para perto. — Olhe com atenção, Dinah, e encontre as rachaduras. As peças que não se encaixam. — Com uma piscadinha, ele se virou e saiu andando, indo conversar com outro aluno.

Mas que porra foi essa?

Sem nem pensar, peguei as minhas coisas e corri para a porta. O ar frio atingiu a minha garganta e expandiu os meus pulmões enquanto eu respirava fundo. Parecia que eu estava enlouquecendo, meus dedos cravavam minha cabeça como se houvesse formigas no meu cérebro.

Eu odiava aquilo. Eu só queria que tudo voltasse ao normal.

— *Não, você não quer. Não mais, pequenina.* — Uma voz rouca e profunda rosnou na minha cabeça, me deixando toda arrepiada. Era tão comum… uma rocha no mar em que eu estava me afogando. Era como se milhares de fios me conectassem a ela, me puxando para mais perto. E eu só queria segui-la até o fim. — *Solte-se, Dinah.*

— Me soltar do quê? — sibilei, frustrada, sentindo lágrimas pinicarem minhas pálpebras.

Silêncio.

— Não! — eu berrei. — Não me deixe aqui. Me diz!

— Dinah? — uma voz me fez me virar, e vi alguém caminhando, nas sombras, mas eu conhecia aquela voz.

O Rei do Basquete.

Ele era muito bonito. As meninas babavam por ele, sem se preocupar por ele ter um caráter duvidoso. Ele me chamava para sair a cada oportunidade que tinha, não importava quantas vezes eu dissesse ter namorado.

— Trevor. — Revirei os olhos. Ajeitei a mochila no ombro e encarei meus pés enquanto ele vinha na minha direção.

— Então você sabe o meu nome.

Hã? Que engraçado. Eu sempre o chamei de Rei do Basquete.

— Isso quer dizer que estou conseguindo quebrar esse seu gelo. — A voz dele era rouca, o que fez meu coração acelerar, minha cabeça se levantar de supetão. Tive um vislumbre dele me empurrando em uma parede, os dedos cravados dentro de mim, seu rosto nas sombras enquanto ele ficava de joelhos, empurrava minha saia para cima e me chupava.

Mas. Que. Porra.

Minhas bochechas ficaram coradas de nojo e vergonha com aqueles pensamentos abomináveis. *Que nojo, Dinah. Por que você imaginou algo assim?* Ralhei comigo mesma, mas meus olhos mais uma vez foram para a boca e as mãos dele. Por que eu sentia que o conhecia intimamente, como se a gente tivesse ficado em uma noite de bebedeira?

A gente não tinha. Nunca. Eu mal falava com ele na aula. Eu não ia a festas e, quando ia, estava com Scott. Eu não tocaria nesse cara nem com uma vara de três metros.

Mas...

— Bom ver você. — Ele sorriu, convencido, sabendo que aquilo fazia as meninas se derreterem.

— Não posso dizer o mesmo. — Eu precisava ir embora e me afastar dele. Eu quis vomitar só de pensar que sequer imaginei o cara fazendo alguma coisa comigo, mas um calor continuou a correr pelo meu corpo, a ideia dele... embora os olhos castanho-esverdeados e a voz estivessem errados.

Enquanto me afastava, ele agarrou o meu punho.

— Qual é, não precisa ser assim.

— Me solta.

— Que tal ir a uma festa comigo na sexta-feira? — ele propôs.

— Mas nem a pau. — Ergui a mão, mostrando a aliança. — Está vendo isso aqui? Significa que eu estou noiva, então fique bem longe.

Eu sabia o que estava por vir, como se aquilo já tivesse acontecido, mas ainda arquejei quando ele me segurou, me empurrou para a parede e seu corpo pressionou o meu, arrancando o ar dos meus pulmões. Adrenalina fez meu coração disparar, medo fez subir um grito pela minha garganta. Ele abaixou a cabeça até a minha orelha, rosnando:

— Quer apostar, *pequena Liddell?*

Aquela voz. Profunda. Grave. Familiar. Dançou pelos meus nervos, despertando cada sensação em mim. Das profundezas da minha alma, cada fibra do meu ser a reconheceu, ansiou por ela. Desejou-a.

Lar.

— Há uma corda em seu pescoço te prendendo a esse lugar — ele rosnou no meu ouvido. Fechei as pálpebras, arqueei a coluna; o desejo tomou conta de mim sem a minha autorização, me fazendo abandonar qualquer moral, qualquer lógica. — Você é minha, pequenina. E sabe disso. Sente em cada fibra do seu ser. Essa aliança é só um meio de te manter obediente, na linha. Não é quem você é de verdade, Dinah. Minha garota é feroz, desenfreada, exigente, sombria e não abaixa a cabeça para ninguém. — Ele

STACEY MARIE BROWN

passou o polegar pelo meu lábio inferior antes de sua boca reivindicar a minha, como se ele estivesse faminto. Foi profundo e intenso, mas acabou tão rápido quanto começou. Ele se afastou, seus dedos puxaram o meu lábio. — Encontre um jeito de voltar para mim, pequenina.

Olhos azuis brilhavam sob o gelo me encarando, e então, em um piscar de olhos, ele se foi. Desceu a trilha e virou a esquina.

Não… espera… não… Aflição gritou em mim com a ideia de vê-lo indo embora, como se tivessem tirado a minha âncora, me deixando à deriva em meio à tempestade.

— Espera! — Fui atrás dele, que estava alguns passos na minha frente, e o segurei pelo braço, fazendo-o se virar para mim.

Olhos castanho-esverdeados assustados me encararam. Trevor inclinou a cabeça, um sorriso lento e convencido se formou em seu rosto.

— Eu sabia que você mudaria de ideia. Decidiu que vai à festa, então? Voz errada. Olhos errados.

— Seu namorado, ah, desculpa, noivo, não precisa saber do que vai acontecer lá. Sou bom guardando segredos. Última chance de sentar em mim antes de se prender ao mesmo pau pelo resto da vida.

Aquilo soou tão familiar, como se eu estivesse repassando palavras que já tinha escrito. Minha cabeça girou, dando voltas e voltas, e eu tropecei para o lado, me sentindo perdida. Como se estivesse sozinha de novo.

— Dinah? — Ele franziu a testa e estendeu a mão para mim.

— Não. — Puxei o braço. — Desculpa. Eu me enganei. Pessoa errada. Foi mal. — Fui correndo na direção do estacionamento, entrei no carro e saí em disparada de lá.

Eu estava ficando louca. Talvez fosse o estresse com tudo o que estava acontecendo, ou talvez alguém na minha árvore genealógica tenha ficado louco e a gente não sabia que aquilo corria pela família.

— *Nem tudo é o que parece, minha querida. Como eu disse, às vezes vale a pena arriscar tudo por algo que a gente não consegue ver, só sentir. Olhe com atenção, Dinah, e encontre as rachaduras. As peças que não se encaixam.*

— *Encontre um jeito de voltar para mim, pequenina.*

Ter uma falha na minha mente parecia mais sensato do que o que eu sentia dentro de mim.

Talvez eu não estivesse nada louca.

CAPÍTULO 11

— Oi, mãe, pai, a gente chegou. — Scott cantarolou ao entrar na casa dos meus pais, tirando o casaco acolchoado e os sapatos. Ele estava ainda mais animadinho que o normal, o que seria de se esperar, por causa do noivado. Mas o formigar na minha nuca não passava.

Desconfiança.

Como uma erva daninha, assim que começa a crescer, não importava quantas vezes a gente achava que tinha posto um fim àquilo, ela voltava, ainda mais vicejante. E eu me odiava por isso.

— Dinah! Scott! — Minha mãe veio correndo da cozinha, com os braços abertos, e envolveu Scott primeiro em um abraço apertado. — Estou tão animada e feliz por vocês. Parabéns.

— Obrigado, Carroll. — Ele a abraçou também.

— Já está quase oficializado. Você já pode nos chamar de mãe e pai. — Scott estava tão arraigado na família que já os chamava assim há anos, o que sempre me pareceu normal antes. Então por que me incomodava agora?

— Fiquei sabendo que talvez tenhamos mais motivos para felicitações em breve. — Minha mãe se afastou, olhando Scott com orgulho.

— É. — Animação esfuziante veio dele. — Lá pelo dia 18, eles vão anunciar quem foi promovido. Não consigo nem acreditar que estou no páreo! — Scott me olhou com adoração. — Tudo graças à sua filha. Não sei o que ela disse para o meu chefe, mas ele me recomendou para o dono da empresa.

— Foi fruto do seu esforço. Eu só dei um empurrãozinho. — E o chantageei até ele ceder, algo que eu ainda não acreditava ter feito. Eu jamais teria me atrevido a fazer algo assim antes. Era tão arriscado. Como foi possível eu sequer saber que ele era um nojento? Eu nunca tinha visto o cara na vida.

— Bem, acho que está no papo. Como eles poderiam não querer você?
— Minha mãe ficou toda boba. — As coisas estão dando tão certo para vocês.

— É verdade. É o que sempre desejamos. Está tudo perfeito — Scott respondeu, e algo no tom dele me deu coceira nos ombros.

— O jantar já, já fica pronto. Lewis está assistindo ao jogo. Talvez ele precise de um pouco de apoio; a universidade está perdendo. — Minha mãe deu um tapinha no braço dele e observou Scott seguindo até a sala para se juntar ao meu pai. Então ela se virou para mim: — Ahhhh, me deixa ver! — E me abraçou e pegou a minha mão. — É *perfeito*. — Aquela palavra estava na moda esses tempos? — Simples, elegante, lindo, a sua cara.

— É. — Assenti, encarando o anel. Era todas essas coisas.

— O que foi? — Minha mãe franziu a testa para mim.

— Nada. — Larguei a bolsa e tirei os sapatos e o casaco.

— Di-nah. — Ela usou o tom de aviso de mães. — Você vai se casar! Por que não está saltitando de felicidade? É tão emocionante!

— Jura? Sempre acreditei que você e o papai pensavam que éramos jovens demais para sequer morar juntos...

— Não, não vocês dois. Vocês são perfeitos. Jovens e *apaixonados*. Esta é a vida que você quer, Dinah.

Aquilo me soou estranho. Estreitei as pálpebras para ela, com uma resposta na ponta da língua.

— Ei, pessoal! — A porta se abriu, e Alice apareceu, batendo as botas cheias de neve no tapete.

— Alice! — Minha mãe foi em linha reta até a minha irmã quando ela entrou, carregando um monte de sacola. A maioria era de roupa suja. Só havia duas lavadoras no prédio horroroso em que ela morava, e sempre estavam estragadas. — Me deixa te ajudar.

— Pode deixar, mãe. Não esquenta — ela falou, mas largou tudo no chão, tirou o gorro e sacudiu o cabelo úmido, então se virou para mim. — Oi, maninha.

Ao vê-la, senti que ela era a única pessoa do mundo que me entenderia, meu coração e meu corpo correram para ela.

— Alice. — Eu a abracei apertado. — Senti saudade.

— Eu também. Parabéns! Estou tão feliz por você! — Ela me abraçou e então se afastou e tirou a blusa de frio. — Cadê o noivo?

— Assistindo ao jogo com o papai. — Minha mãe entrou na sala, o som de futebol americano e dos caras gritando para a televisão chegou até nós. — Cadê o Martin? Pensei que ele fosse vir contigo.

LOUCURA FEROZ

Alice fez careta e moveu os pés.

— Trabalhando. Algo de última hora.

— Claro. — Bufei baixinho, mas alto o suficiente para minha mãe me olhar feio.

Era interessante a quantidade de vezes que Martin ia vir para o jantar ou que meus pais iam à cidade para conhecê-lo, mas algo surgia na última hora e ele não podia comparecer. Nas duas vezes que vi o cara, ele meio que deu em cima de mim, fazendo piadinhas sobre a "irmã mais nova" da Alice. Nojento. Eu não conseguia acreditar que ela estava com ele há dois anos.

Olhei para Alice, e tive vontade de sacudi-la. Ela era tão forte, engraçada e inteligente... Não era do seu feitio deixar um mulherengo otário pisar na cabeça dela.

E não era mesmo. Essa não é a Alice, e você sabe disso. Outra erva daninha brotou na minha cabeça, mordiscando meu subconsciente.

Minha mãe fechou a cara, retendo o que ela gostaria de falar dele.

— Bem, venham. Vocês podem me ajudar a terminar os docinhos de menta.

— Eca. — A resposta saltou da minha boca, e franzi o nariz.

No caminho para a cozinha, minha mãe e Alice me olharam como se eu fosse uma alienígena.

— Como assim *eca*? Você que me pediu para fazer. — Minha mãe fez careta. — É o seu sabor preferido.

Certo. Era, mas então por que só de pensar em menta eu já sentia vontade de vomitar?

Alice me encarou de um jeito estranho.

— Você não está grávida, né?

— Alice! — Minha mãe exclamou.

— Bem... — Alice deu de ombros. — Não é como se não fosse acontecer em breve.

— Ah, mas nem a pau. — Balancei a cabeça, taxativa. Scott e eu estávamos nos adiantando com esse casamento. Eu não tinha planos para ter filhos tão cedo. Para ser sincera, eu não conseguia nem me lembrar de quando foi a última vez que transamos, embora não conseguisse me esquecer do dia em que acordei dolorida, como se tivéssemos sido selvagens depois de uma bebedeira.

Merda.

Não, não podia ser.

STACEY MARIE BROWN

Eu tomava anticoncepcional.

Mas...

— Não. Não estou. — Engoli em seco, de repente sentindo vontade de vomitar. Suor molhava a minha testa, meu estômago dava voltas.

— Vou ao banheiro antes de começarmos. — Apontei para o corredor, corri para o lavabo e ouvi Alice cumprimentar nosso pai e o Scott.

Eu me inclinei sobre a pia e respirei fundo. Eu estava quase entrando em pânico. E se fosse essa a razão para eu estar tão estranha esses tempos?

Santa-noite-feliz-do-caralho.

— Não. — Puxei a toalha, enfiei debaixo da água fria e a bati perto do cabelo. — Não, não, não, não. — Não era possível, embora a gente ouvisse histórias de meninas engravidando mesmo usando contraceptivo.

Assim como o casamento, pensar em ter filhos com Scott nunca me assustou. A gente já tinha falado muito do assunto, então o pânico profundo que eu sentia não fazia sentido. Mas justificava minha esquisitice essa semana, porque tudo estava estranho. Seria essa a razão?

Olhei para cima e encarei meu reflexo no espelho. Não havia nada diferente, mas a menina me encarando parecia quase vazia. Uma versão de mim, mas não era eu.

Uma sensação de estar presa me tomou, algo que pensei que jamais sentiria quando me imaginei constituindo família com Scott ou ficando velhinha com ele. Mas a falha técnica no meu cérebro me fez me sentir como se já tivesse passado por aquilo. Eu me encarei e senti nos meus ossos como se eu estivesse presa em uma caixa.

Encarei o espelho, e tive um sobressalto quando algo ondulou nas beiradas do objeto, distorcendo a imagem.

— *Dinah...* — Como uma rajada de vento, meu nome roçou meus ouvidos. Arquejei e tropecei para trás. Pisquei, e tudo sumiu. Eu tinha imaginado aquilo? Respirei bem fundo, com as mãos nas costelas.

— Cadê a Dinah? — Ouvi meu pai falar. — Ainda não vi a minha garotinha! Cadê a noivinha?

— Já vou! — gritei, tentando recuperar a compostura. Meu olhar voltou para o espelho. Uma inquietação profunda vibrou nos meus membros. Geralmente, eu abafaria tudo e me esforçaria ao ponto de quase desmaiar. Então por que tinha esse desejo de atravessar o espelho, me fundir a ele e me soltar? Esquecer da gaiola em que sentia que estava e sumir?

Era estranho, não era?

Eu estava grávida? Enlouquecendo? Ambos?

— Dinah! — Meu pai berrou de novo.

— Estou indo. — Respirei fundo de novo. Se fosse o caso, Scott e eu precisaríamos lidar com isso. Ajustar nossos planos.

Lá no fundo, eu não acreditava que um bebê estivesse causando a minha loucura. O que estava se passando era mais grave que um súbito desgosto por menta.

— Olhe com atenção, Dinah, e encontre as rachaduras. As peças que não se encaixam. — A declaração misteriosa do sr. Cogsworth deu voltas pela minha cabeça, despertando a detetive em mim. Precisava desvendar esse mistério antes que ficasse louca de verdade.

Eu me recompus e fixei um sorriso, segurei a maçaneta e apaguei a luz.

Como um fantasma sussurrando no meu ouvido, uma lufada de ar gelou a minha espinha. Eu não sabia se aquilo estava na minha cabeça ou se era real. *"Volte para mim, pequenina."*

Eu me sobressaltei e saí correndo do banheiro.

Embora uma boa parte minha quisesse dar meia-volta e fazer exatamente o que ele pediu.

— Ah, Dinah, você está linda. — Minha mãe secou os olhos, tentando não chorar, mas uma lágrima escorreu mesmo assim.

— É verdade, maninha. — Alice se inclinou para a minha mãe e encostou a cabeça na dela enquanto me encaravam com amor e reverência.

Eu precisava de mais champanhe. Não conseguia entender como as deixei me convencer a vir para a loja de vestidos de noiva em Nova Iorque. Sério, eu não me lembrava de concordar, mas ali estávamos, e agora eu estava de pé em uma plataforma diante de uma parede de espelhos, suando feito uma porca. E, Alice, logo ela, gostou do vestido. Será que minha irmã já estava bêbada?

Levei as mãos à seda e tule bege, a peça cascateava até o chão, igual à bunda de um filhote de shar-pei. O tecido caía a esmo pelos meus braços, parecendo aquelas cortinas que só serviam para juntar poeira. A coisa brilhava

STACEY MARIE BROWN

e resplandecia com pedrinhas minúsculas de strass, o que me fazia estreitar os olhos quando o vestido se movia sob a luz. Não me leve a mal, ele era perfeito… para uma princesa da Disney. Não para mim.

— Só um minuto! — A vendedora, Beth, foi até mim com um véu. O rosto dela tinha uma expressão permanente de *ai, meu Deus, você está tão linda*, não importava o que eu experimentava. — Vai fazer parecer real. — Ela enfiou o negócio na minha cabeça antes que eu tivesse a oportunidade de responder. Os dentes do pente do véu arranharam meu couro cabeludo ao ponto da dor. Ela o ajustou e o afofou em torno dos meus ombros. — Viu? Não estou certa?

— Ah, Dinah. — Minha mãe cobriu a boca, sua voz estava estrangulada. — Você está tão crescida, tão linda. Minha menininha vai se casar.

Mesmo Alice, que não chorava nunca, estava secando as bochechas. Sério, que porra estava acontecendo com ela? Minha irmã era ousada e destemida, sarcástica e real. Franca ao ponto de cada homem que caía aos seus pés sair correndo feito cachorrinho ferido, porque nenhum deles conseguia lidar com a mulher extraordinária por trás daquela aparência de modelo da Victoria Secret.

Eu não reconheci a garota parada ali. Ela era uma sombra da Alice que eu idolatrava quando pequena. Mesmo quando ela era volúvel e meio perdida, ainda era forte, com uma atração a que a gente não conseguia resistir. Quando isso tinha mudado? Ou ela nunca foi a mulher poderosa que eu pensei que fosse?

Eu esperava que Alice fosse rir até morrer do meu vestido, que o compararia a um monte de creme cheio de purpurina. Um topo de bolo de aniversário de uma criança de quatro anos.

— Sério? — Movi os braços, o volume da coisa os deteve feito um paraquedas. — Você não acha que eu pareço…

— Uma princesa? — a vendedora se intrometeu.

— Nos anos 1980, talvez. — Tirei o véu e o joguei para a mulher, com a sensação de que tudo estava tentando me sufocar. Suor escorria pelas minhas costas. — Eu me sinto um merengue de baunilha.

— Como assim? Está *perfeito*. — Minha mãe apontou para mim. De novo essa porra de palavra. — É *o* vestido.

De novo, eu poderia apostar que Alice estaria rindo histericamente, como se tudo aquilo fosse uma pegadinha, mas ela assentiu junto com a minha mãe, sendo super sincera. O que me confundia era que aquele também não era o estilo da minha mãe. Como eu, ela preferia simplicidade e tecidos elegantes. Não babados e coisas espalhafatosas.

Então... que merda estava acontecendo?

— Quanto vocês beberam? — Eu me remexi para tentar tirar aquela coisa pesada, querendo-a fora do meu corpo e talvez atear fogo naquilo. — Vocês estão de sacanagem comigo, não é?

— Para de drama. Se quiser experimentar outro, vá em frente. — O comportamento da minha mãe mudou, como se ela tivesse ficado irritada, como se estivesse cumprindo um papel do qual estava farta.

— Ah, eu concordo que esse não é o vestido ideal. — A vendedora veio na mesma hora até mim, abriu o fecho e deixou a peça cair no chão. — Vou trazer o outro. Vai ser ele, tenho certeza. — Ela o apanhou e voltou para as araras.

Observei minha mãe e minha irmã pelo espelho, e senti um calafrio no peito. Por fora, elas pareciam normais. Nada de errado.

Mais minha intuição me dizia outra coisa.

Encontre as rachaduras, Dinah.

— Tome, talvez isso acalme os ânimos. — Alice colocou outra taça de champanhe na minha mão. — Está bem gostoso.

— Não como um bom hidromel. — A resposta saiu no automático.

— O que você falou? — Alice se virou para mim, e abaixou as pálpebras.

De onde aquilo tinha saído? Mas, mesmo assim, ansiei por algo que não me lembrava de ter bebido.

— Nada. — Eu me fiz de doida, virei metade da taça enquanto Beth voltava com outro vestido, ainda mais brilhoso.

— Não. — Balancei a cabeça. — Não vou nem experimentar.

Nervosa, a vendedora olhou para a minha mãe, como se eu não estivesse no comando.

Minha mãe suspirou.

— Por que não damos um tempo? A gente pode almoçar e voltar quando você estiver menos mal-humorada e sem fome.

— Ótima ideia. — Eu nem pensei duas vezes, vesti o jeans e a blusa de frio. Eu não queria nem estar ali. Provas finais e Natal se aproximavam, e, com os planos do casamento, era coisa demais. Por que tanta pressa, por que eu não podia opinar em nada?

Scott queria acelerar o casamento. Eu sempre quis que a cerimônia fosse no Natal ou no inverno, mas pensei que seria no ano seguinte,

STACEY MARIE BROWN

ou até mesmo depois, e eles estavam todos insistindo para ser neste. "Por que esperar?", eu não parava de ouvir isso.

— Tem um restaurante francês badalado mais à frente da rua. É muito gostoso. — Alice abotoou o casaco e fez sinal para que a seguíssemos.

No quarteirão abaixo da loja de vestidos de noiva, em Greenwich, ao lado de uma loja de antiguidades, havia um pequeno café.

Como se eu tivesse entrado numa realidade paralela, tudo o que vi diante de mim foi uma placa. *Alice e o Chapeleiro*, escrito em uma letra que parecia líquido sendo vertido em uma cartola de cabeça para baixo, debruada com um cachecol vermelho.

— Fofo, né? — A voz de Alice me fez voltar a atenção para ela, e, quando olhei de novo, não havia mais chaleira, só uma placa simples sobre a porta dizendo *"Seja bem-vindo – cozinha francesa"*.

Francesa. Não era a minha preferida.

— *Entre, meu bem. Sinta-se à vontade...* — Uma voz cantarolou na minha cabeça, acompanhada por imagens de um espelho dourado, olhos azul-gelo profundos e uma sensação de queda. Eu vacilei.

— Dinah? — Alice agarrou o meu braço. — Você está bem?

— Sim. — Assenti, e me forcei a sorrir. — Deve ser só fome.

— Parece aconchegante. Vamos entrar. Eu estou morrendo de fome. — Minha mãe e Alice entraram e foram falar com a recepcionista. Meu olhar disparou para a porta do antiquário. Um desejo arrasador de entrar me fez ir na direção dele. Eu não consegui resistir ao empuxo; era uma força que eu não conseguia controlar.

— *Dinah...* — Meu nome pareceu vir de um sonho enquanto eu me aproximava da loja. — *Dinah...*

Sim, estou indo.

— Dinah! — A voz da minha irmã cortou o meu transe como se fosse uma faca e me fez me virar. Ela estava parada com os braços para cima. — Aonde você vai? Conseguimos uma mesa.

— Tá. — Assenti, ainda encarando a loja.

— Vem — ela gritou.

— Tá. — Suspirei e me virei para Alice. — Comida. Eu preciso comer. — Murmurei comigo mesma. — Talvez Alice tenha as tortas de chocolate, avelã e caramelo do Lebre.

Só depois que percebi o que tinha dito.

CAPÍTULO 12

A corda em torno do meu pescoço ficava mais apertada, junto com a sensação de estar vivendo à beira da realidade. A cada olhada ao redor, eu via objetos que um instante depois não estavam mais lá.

Chaleira fazendo lugar de lustres, arte maluca de festas de chá e personagens espalhada pela parede, Alice sentada na minha frente com o sorriso mais feliz que eu já vi. Então eu piscava, e tudo sumia. Alice ainda estava diante de mim, mas fazendo careta para o telefone, movendo os dedos pela tela enquanto suspirava.

— Martin? — Levei outra colherada de sopa de cebola à boca. Só tive estômago para isso. A intuição me dizia que eu estava grávida, só que era de nervos, mas algo me impedia de fazer o teste. Sempre que eu pensava, acontecia alguma coisa. Talvez eu estivesse com medo demais de descobrir, mas senti que era mais que isso, como se estivesse sendo conduzida em outra direção.

Scott até comentou de comprar uma casa agora em vez de mais tarde, para a família que formaríamos. Falava que estávamos adiando os filhos por causa de dinheiro, mas que não precisávamos mais fazer isso. Essa era a hora "perfeita" para tudo se realizar. Nosso plano. Nossa vida. Nossos sonhos.

Era verdade. Em uma época, tinha sido todas essas coisas. Mas cuidado com o que deseja, porque, agora que estava se realizando, parecia errado. Algo havia mudado em mim. Algo que eu não conseguia descrever. Uma vida em outro lugar...

Meus dias estavam sendo assombrados por uma voz profunda sussurrando no meu ouvido, chamando meu nome. As minhas noites, por olhos azul-gelo. Eu sentia meu corpo sendo reivindicado por um homem imaginário. O que me assustava era que ele parecia real: o toque, a respiração no meu pescoço... Eu me sentia como uma daquelas pessoas malucas que diziam fazer sexo com fantasmas.

STACEY MARIE BROWN

— Martin ia vir, mas parece que agora ele vai ter que ficar e lidar com a estagiária nova.

Só um palpite… devia ser uma universitária bem novinha.

— Alice, por que você suporta esse cara? Você merece coisa melhor.

— Nem começa. — Ela bufou. — Ele não é perfeito, mas é o homem que eu amo. Outro dia, ele me disse que quer se casar em breve.

Minha sopa de cebola saiu voando pela mesa quando eu me engasguei.

— Quê?

— Dinah! — Minha mãe chamou minha atenção e pegou guardanapos para limpar a bagunça, mas meu foco continuou em Alice.

— Você não acredita em casamento.

— Eu nunca disse isso. Falei que precisava conhecer a pessoa certa.

— E *ele* é a pessoa certa? — exclamei, alto, o que me garantiu outra reprimenda da minha mãe.

— É. — Alice assentiu, mas ela não conseguia me olhar nos olhos. — Acho que ele é. Eu amo o Martin.

— Ama nada. Você ama o Scrooge!

De onde aquilo saiu? Tanto Alice quanto minha mãe se viraram para mim, com a expressão quase zangada.

— Do que você está falando? — minha mãe perguntou entre dentes, olhando ao redor, e vendo que estavam encarando a gente. — O que há de errado contigo ultimamente?

— Sério, Dinah, você está começando a me dar medo. Está parecendo uma maluca. — Alice balançou a cabeça e manteve a voz baixa. — Como se estivesse enlouquecendo mesmo.

Como um raio, uma cena surgiu diante de mim: minha irmã e eu em uma sala estranha. Ela lá, sangrando e toda durona, falando comigo:

— *Eu estava com medo. Pensei que se dissesse em voz alta, você saberia que eu estava ficando louca.*

— *Você está certa. Eu teria mesmo.* — Um sorriso provocador se insinuou em sua boca. — *Mas me deixe te contar um segredinho… todas as melhores pessoas são. Ainda mais aqui.*

— Dinah! — Meu nome me arrancou do devaneio, me trazendo de volta para o rosto irritado da minha mãe e da minha irmã. Medo tremulou em minhas costelas como se fossem asas de borboleta. Tinha parecido tão real. Eu conseguia lembrar do sabor de algo doce nos meus lábios, do cheiro da baunilha e da canela no ar. Eu conseguia sentir a ansiedade, a culpa e o pavor circulando por minhas veias.

LOUCURA FEROZ

Algo tinha acontecido, e foi importante. Minha mente tropeçava sem parar no nome Jessica. Quem era ela?

— Dinah? — Minha mãe tocou o meu braço. — Você está bem?

— Estou. — Eu me forcei a sorrir, e vi um garçom colocar um prato de macarons na nossa frente. — Acho que é o estresse. Estou me sentindo sobrecarregada.

— Tudo vai se acalmar depois que vocês estiverem casados. Eu me lembro do quanto me senti sobrecarregada e meio maluca antes de me casar com o seu pai. — Minha mãe pegou um macaron para ela e para Alice, e empurrou o prato para mim. — Mas valeu a pena, e vai ser bom para vocês também. Você vai ser tão feliz, Dinah. Feliz para sempre!

— É — respondi, distraída, e encarei aqueles doces coloridos. Minha garganta se fechou quando li o que estava escrito no meio do prato, com uma letra muito bonita: "Coma". Meu coração começou a bater forte, ar rareou nos meus pulmões, gelo aqueceu a minha face. Não havia explicação para a reação, mas ela estava ali.

— Vai comer algum? — Alice pegou outro, o que me fez olhar para cima. Quando voltei os olhos para o prato, não havia mais nada lá. Peguei o doce e o enfiei na boca, mastigando sem pensar demais.

— Talvez seja melhor voltarmos para o hotel e relaxar um pouco. Recomeçar a compra do vestido amanhã, quando estivermos descansadas. — Minha mãe acenou para a garçonete trazer a conta.

A pequena choça que Alice chamava de apartamento mal cabia uma cama de casal, então minha mãe sempre reservava um hotel quando vínhamos de visita. Felizmente, ficava a poucas quadras dali.

Saímos do restaurante, indo na direção do hotel, e meu olhar disparou para o antiquário, como se fosse um ímã. Meu estilo era mais moderno, mas algo naquela loja fazia meus pés quererem ir até lá... como se ela me chamasse.

— Anda, está congelando — Alice gritou para mim.

Comecei a me afastar da loja, mas um movimento na vitrine chamou a minha atenção. Estreitei os olhos, sem acreditar no que via.

Um ratinho cinza minúsculo com orelhas imensas, uma delas tinha um rasguinho. Mas foram as mãos dele que chamaram a minha atenção, os dedos se moviam. Meu peito se afundou, medo escorreu por minhas veias enquanto minha mente traduzia os gestos dele em palavras.

"Acorde, srta. Dinah. Não deixe que ela te capture... você não pode se esquecer de nós."

STACEY MARIE BROWN

— Dinah, anda! — Alice berrou. Eu me virei sobressaltada e soltei um gritinho, minha cabeça voltou para a vitrine.

Nada.

Engoli o nó na minha garganta, respirei fundo várias vezes antes de correr para a minha família, fingindo que não tinha acabado de ver um rato sinalizando comigo na língua de sinais.

Para qualquer um, mesmo para mim semanas atrás, teria sido um indício claro de que eu deveria buscar ajuda.

Algo cintilou na minha cabeça, a voz de Alice.

"Por muito tempo, pensei que estava enlouquecendo, então, quando descobri que não estava, todo mundo acreditou que fosse o caso."

— Que tal um spa? Massagens? Fazer as unhas? — Minha mãe sugeriu depois de voltarmos ao quarto. Alice estava esparramada na cama que dividíamos, trocando mensagens com Martin.

— Claro — ela respondeu, distraída. Mais uma vez, olhei para as duas, descrente. Minha mãe geralmente relaxava levando a gente para a biblioteca de Nova Iorque ou para um museu. Nunca na vida fomos a um spa enquanto estávamos lá. Reservar um quarto na cidade já era caro o bastante para a minha família. E ainda spa para as três? Não.

— Na verdade, acho que vou sair para correr.

— Está congelando lá fora. — Minha mãe apontou para a janela.

— Eu sei. Prefiro assim.

— Doida. — Alice resmungou sem nem olhar para cima.

— Eu sei, mas é o meu jeito de relaxar.

— Mais doida ainda.

Ri, peguei as roupas de correr e fui para o banheiro. Eu me troquei rapidamente, fiz um rabo-de-cavalo no cabelo e peguei o celular e os fones.

— Tchau.

— Volte antes de escurecer, por favor — minha mãe gritou enquanto eu saía, com a música já bem alta nos meus ouvidos.

O ar frio estalou na minha pele e nos meus pulmões, e o bater dos meus passos na calçada seguia o ritmo da música. Era a primeira vez na semana que eu me sentia eu mesma. Correr me fazia esquecer de tudo, e viver o momento; não o futuro, nem o passado, só pensava no som dos meus pulmões lutando por ar e na sensação dos meus músculos queimando.

A neve derretida e as pessoas transformaram minha corrida em uma rota com obstáculos, mas meu cérebro não estava prestando atenção para onde ia. Só dei por mim quando parei lá na frente, na calçada, e a encarei como se meus pés soubessem que me levariam ali. Escrito com letras cursivas acima da porta estava o nome do lugar: *Antiguidades da sra. Potts.*

Puxei golfadas de ar, tirei o fone, sequei o suor da testa. O empuxo para entrar estava ainda mais poderoso.

Sem resistir, avancei até a entrada e empurrei a maçaneta. A porta guinchou, o assoalho rangeu. Eu esperava sentir o cheiro bolorento de objetos e tecidos velhos, mas, por incrível que pareça, o perfume era de neve e pinho com uma pitada de dulçor, parecido com o de biscoitos. Aquilo me atingiu como um raio.

Familiaridade.

Lar.

Ele.

Meu peito zumbiu com a verdade, embora eu não tivesse ideia do que aquilo queria dizer.

— Você conseguiu. — O sotaque britânico me fez segurar o peito pelo susto. Virei a cabeça e vi uma mulher mais velha, com cabelo louro curto e suaves olhos castanhos. Ela era baixinha, curvilínea e emanava simpatia e sabedoria. Parecia uma vovó que te daria bons conselhos. — Ah, desculpa, eu te assustei, meu bem?

— Está tudo bem. — Eu respirei fundo e bati no peito. Seria ela a sra. Potts, a proprietária?

— Estou tão feliz que você veio! Temi que não fosse conseguir. E então estaríamos presos. Para sempre.

Fui entendendo as palavras dela aos poucos, e fiquei alerta.

— Como assim? — Olhei ao redor, com nervosismo.

— Você tem tanta magnitude, Dinah. Eu sabia que descobriria tudo. Que resistiria a ela.

— Como... como você sabe meu nome? — Recuei para a porta. — Quem é você?

— Não tema, meu bem. Mas o tempo é curto. Você precisa encontrar o caminho de volta antes que seja tarde demais. — Ela bateu as mãos e avançou enquanto eu recuava. — Ele está chamando por você. Não ouve?

Lá longe, eu poderia jurar ouvir um rugido vibrar no chão. O impulso de segui-lo bateu no meu coração.

— Está pronta para ir?

— Ir? — Mal era um sussurro, e fiquei sufocada com a sensação de saber e não saber.

O chão vibrou de novo sob meus pés.

— O que é isso? O que está acontecendo?

Ela apontou para os fundos da loja.

— Sua consciência, Dinah. É tudo você. Você está despertando. Não o ouve chamar? Não se sente responder?

Ótimo, entrei numa loja que tinha um desses gurus espirituais da *new wave*.

— Estou de boa. — Dei outro passo para a porta. — Obrigada. Desculpa o incômodo. Melhor eu ir.

Ela franziu os lábios, decepcionada.

— Você é alguém que busca verdade e conhecimento, Dinah. — Ela deu um toquinho na têmpora. — As peças estão aqui. A verdade espera.

— Eu... eu não entendi.

— Entendeu sim, meu bem. — Ela abriu um sorriso amoroso, sua voz era quase música. — Há algo lá que não havia antes.

— O quê?

— Amor — respondeu. — Um poder que *ela* jamais vai entender. Mas você precisa se apressar, meu bem. O tempo está passando.

— Para o quê?

— Para você. Para a fera. — A declaração me acertou em cheio. Sentia que as palavras dela serem verdadeiras, o que me aterrorizou, porque não faziam sentido.

Fera.

Minha mente deu voltas com vislumbres de chifres, dentes pontiagudos, garras arranhando minha pele, mas também com o fôlego quente no meu pescoço, olhos azuis me olhando profundamente, garras cravando nos meus quadris.

Eu não estava com medo, eu me senti...

Ah, Deus.

Eu me virei com tudo e disparei porta afora, sem olhar para trás, lágrimas escorriam pelo meu rosto. Eu estava enlouquecendo, doente da cabeça. Por que reagi assim com a imagem de um monstro? Que tipo de pessoa eu era?

Corri para o hotel a toda velocidade. Suor escorria pelo meu rosto, e meus pulmões doíam quando cheguei ao saguão. Eu me curvei, arquejando; minha pele pinicou por causa do calor ali quando comecei a descongelar.

— Dinah! — Meu nome ribombou pelo saguão, e eu ergui a cabeça. Pisquei ao ver a pessoa caminhando na minha direção, com os braços abertos. — Aí está você! Estava prestes a mandar uma equipe de buscas.

— Scott? — Eu me endireitei, boquiaberta enquanto ele me abraçava. — O-o que você está fazendo aqui? — Minha pele ficou toda arrepiada pelo susto.

Um sorriso travesso cresceu em seus lábios.

— Dinah! — Outra voz chamou, e virei a cabeça para o bar. Marc, David e Leanne estavam lá, dois deles sorrindo para mim.

— O está rolando? O que vocês estão fazendo aqui?

— Vá lá para cima e se arrume. Eu amo quando você usa aquele vestido amarelo. — As mãos de Scott foram para a minha lombar e me empurraram para o elevador.

— Mas o que vocês estão fazendo aqui?

— Não posso vir à cidade fazer uma surpresa para a minha linda noiva? — Scott me deu um beijo na bochecha e me direcionou para os elevadores. — Primeiro, vá se arrumar. Eu conto quando você voltar.

A porta do elevador se fechou, não me dando tempo para responder, e fui levada lá para cima, como se mais uma vez estivesse sendo obrigada a seguir um determinado caminho.

STACEY MARIE BROWN

CAPÍTULO 13

Meia hora depois, já usando o vestido cor de mostarda de decote profundo que Scott mencionou, cheguei ao bar no hotel. Meu cabelo escuro passava dos ombros, os lábios estavam brilhantes, e as bochechas, rosadas. Eu me sentia como se estivesse desempenhando um papel.

— Amor! — Scott gritou, fazendo sinal para eu ir até eles. Alice estava lá, digitando no celular sem parar de fazer careta.

— Dinah! — Marc e David me sanduicharam em um abraço, saltitando animados ao meu redor, como se a energia deles tivesse tomado anabolizante.

— Oi, pessoal. — Olhei além deles, para Leanne. Ela sorriu como se alguém tivesse pintado o gesto em seu rosto, a garganta engolindo em seco sem parar, como se ela estivesse tentando segurar o choro.

— Linda como sempre. — Ela me deu um abraço rápido, com os lábios tensos. Não senti despeito, e, se não estivesse ligada no que acontecia, não teria notado que havia algo errado. Mas vi, entre as frestas a verdade, o que estava escondido naquele sorriso.

— Obrigada, você também. — Leanne era alguém que, se a gente parasse um instantinho para prestar atenção, veria o quanto ela era linda. Tinha a pele de alabastro e as sardas no nariz, o cabelo cor de cobre e os olhos castanhos. Não era uma beleza óbvia, mas ela era muito bonitinha.

— Shots! — David gritou, indo até o bar. Scott e eu não tínhamos idade para beber, mas eu duvido que notariam se os outros nos dessem a bebida. Eu poderia até mesmo usar a identidade de Alice, ninguém sequer pestanejaria.

— Você ainda não me contou por que vocês estão aqui — falei quando Scott me puxou para si e beijou a minha cabeça. Ele estava mais bem vestido do que o normal, de terno e gravata. — Você está bonito.

— Parece que hoje é meio que a minha despedida de solteiro. — Ele deu uma piscadinha para mim e puxou a gravata. — Que lugar poderia ser melhor para isso do que em Nova Iorque, com você?

— Despedida de solteiro? A gente ainda nem marcou a data... não é um pouco precipitado?

— Quanto a isso...

— Pronto, pessoal — Alice interrompeu Scott, empurrou copos de shot e drinques para a gente, e esperou que David entregasse a Leanne e Marc os deles. — Um brinde à minha irmãzinha e meu novo cunhado e ao felizes para sempre deles! — Captei uma leve amargura no tom dela quando brindamos. A atenção da minha irmã voltou para o telefone no instante em que ele tocou, e ela saiu com ele no ouvido. — Oi, amor...

Amor? Felizes para sempre? Sério... que porra está errada com a Alice? Essa não era a pessoa que eu venerava. A garota ousada, forte e que não deixava nenhum cara pisar na cabeça dela nem o chamaria de amor.

"Você é alguém que busca verdade e conhecimento, Dinah. As peças estão aqui. A verdade espera."

— Mais um! — David trocou meu shot por outro, e não parou até eu ter bebido mais três. Minha cabeça girava por causa da falta de comida e o excesso de álcool.

Scott, Marc, Leanne e David começaram uma conversa animada sobre um videogame novo, e se fecharam em sua própria bolha, como sempre faziam. Minha irmã tinha sumido, minha mãe só Deus sabia onde estava, então eu me vi vagando até o balcão, esperando pegar algo para forrar o estômago. O bar do hotel era escuro e sensual; a música combinava com a ambientação.

Um bartender se aproximou e empurrou uma bebida para mim. O cheiro de baunilha, canela e rum amanteigado subiu até o meu nariz, estourando na minha língua como uma memória, o que fez minha boca encher d'água como se eu conhecesse e ansiasse pelo sabor daquele drinque.

— Eu não pedi isso.

O sorriso dele se curvou bem alto, cheio de travessura, o que me trouxe uma estranha familiaridade.

— Com os cumprimentos do cavalheiro ali.

Meu olhar foi mais abaixo, mas tudo o que consegui ver além da multidão reunida no bar e das sombras foram as costas de um cara alto. Algo naqueles ombros largos e no físico fizeram meu coração disparar.

— Eu mesmo preparei. Juro que não tem nada aí que vá te fazer algo que já não queira, meu bem. — Ele deu uma piscadinha para mim, e foi atender o próximo cliente.

Olhei para a bebida, e notei algo escrito no guardanapo debaixo do copo. Meu coração bateu forte enquanto eu o pegava, já sabendo o que dizia.

STACEY MARIE BROWN

"*Beba*" estava escrito na mesma letra que eu tinha visto mais cedo no prato. Meu dedo traçou as letras, e senti o impacto daquela palavra no fundo da alma. Geralmente, eu seria cuidadosa, não aceitaria a bebida de um estranho, daria meia-volta e iria direto para o lado do meu noivo.

Geralmente.

O copo frio bateu nos meus dentes quando o levei aos lábios e o inclinei com a certeza de que todas as minhas respostas estariam me esperando do outro lado desse drinque. Sabores estouraram na minha língua, atingiram cada nervo e zona erógena do meu corpo, fazendo minha cabeça chegar ao mais profundo êxtase. Agarrei o balcão, tentando não cair no chão.

Ah, belas bolas dos elfos...

— Olha, essa é uma visão que, infelizmente, vai ficar marcada na minha cabeça. — uma voz profunda ressoou ao meu lado, indo direto para o meio das minhas coxas, fazendo meu sexo latejar. Minha cabeça se virou para o corpo alto apoiado no balcão, um arquejo subiu para a minha garganta. Parado com um terno escuro sob medida e gravata azul, estava um homem de olhos iguais a uma tempestade, o rosto esculpido másculo e lindo. Seu corpo se assomava sobre mim com um sorriso sensual feito o pecado. Tudo nele era sexy, carnal e confiante.

Pelo amor dos mamilos purpurinados.

— Mas essa vou ficar muito feliz de gravar na minha cabeça.

Eu tinha falado em voz alta? Ele chegou mais perto, os olhos intensos e maravilhosos me percorreram, meu coração batia no meu peito como se fosse uma marreta.

— Não a deixe ganhar. Não se esqueça de mim, pequenina. — Os dedos dele roçaram minha têmpora, enfiando uma mecha de cabelo atrás da minha orelha. Quando ele me tocou, pareceu que eu estava sendo eletrocutada por calor e frio. Aquilo percorreu todo o meu corpo, despertando-o.

— Eu... eu não conheço você.

Ele bufou, seu olhar parecia desfazer as minhas roupas, derrubando minhas defesas.

— Você me conhece melhor do que ninguém. — Ele roçou a boca na minha orelha, uma lamúria baixinha ficou presa na minha garganta. — É tudo questão de perspectiva, pequena Liddell. O que você acha que é insano pode ser a sua única sanidade. Você sente aí dentro, Dinah. Solte-se... você me conhece. Diga o meu nome.

— Eu não... Você... você não é real. — Eu sentia a sanidade escapar por entre os meus dedos, e mal conseguia negar aquilo.

LOUCURA FEROZ

— Olhe para si mesma, Dinah. — Os lábios dele se inclinaram para um lado, brincalhões. — Olhe esse vestido que você escolheu. Até mesmo a sua mente está te dizendo isso. — A voz rouca fez meu peito subir e descer quando seus dedos contornaram o decote profundo da peça, passando perto dos meus seios. — Você, minha bela, é o grão de mostarda.

Comecei a sacudir a cabeça, mas os dedos dele seguraram o meu queixo, detendo o movimento, seu polegar roçou meu lábio inferior.

— Feche os olhos. Esqueça tudo e se concentre na minha voz. — A boca dele roçou a minha bochecha, me fazendo puxar o ar com tudo. — Sinta meus lábios, minhas mãos no seu corpo. Deixe o resto surgir... deixa toda essa bobagem para lá. Nada disso é real. Custe o que custar, volte para mim, pequenina. — No momento que sua boca encostou na minha, mesmo que brevemente, foi como se eu tivesse sido atingida por um raio.

Uma enxurrada de lembranças desse homem e eu juntos surgiu. Da gente criança correndo pela neve, da sensação dele dentro de mim, do sabor do seu beijo, de um monstro me caçando, da minha irmã feliz com o próprio negócio e um namorado gato pra cacete, de criaturas que só podiam existir em faz de conta...

Meus lábios se abriram enquanto mais imagens se colidiam umas com as outras.

Um homem.

Uma fera.

Minha âncora.

Meu lar.

— Frost. — O nome deslizou na minha língua feito água evaporando no ar.

— Dinah? — Uma menina falou o meu nome, e eu abri os olhos. O espaço diante de mim estava vazio. Eu ainda conseguia sentir o toque dele, a sensação de seus lábios nos meus, como um fantasma.

Mas ele tinha desaparecido.

Não! Pânico veio com tudo, minha cabeça disparou para os arredores. Para onde ele foi? Não era possível que ele tivesse me deixado ali. Eu sentia como se estivesse à deriva. A única coisa que me fazia sentir segura em meio a toda essa insanidade era ele.

Sempre foi ele.

— Dinah? — Virei o pescoço e vi Leanne ao meu lado, com a testa franzida. — Você está bem?

— Para onde ele foi?

— Quem? O Scott? — Ela inclinou a cabeça. — Está bem ali.

Não, não o Scott. Nem de longe. *Meu amado chocotone.* O impacto que senti ao perceber que ele não estava ali quase me fez me curvar.

— Só quis vir aqui e dizer que estou muito feliz por vocês. — O mesmo sorriso de antes repuxou o seu rosto, e ela colocou uma mecha atrás da orelha.

— Não, não está. — Uma risada estranha escapou de mim, fazendo os olhos dela se arregalarem, os ombros irem para trás. — E isso não é uma coisa ruim, Leanne. — Eu tinha pirado de vez, e não estava nem aí. Eu ansiava ser selvagem. Imprudente. Rasgar o pacote bonito em que estava presa, me soltar.

— Claro que estou. — Ela parecia ferida, mas as bochechas queimaram de culpa.

— Você está apaixonada pelo Scott. — Eu segurei as mãos dela e olhei dentro de seus olhos. — Não abra mão disso. Se o ama, lute por ele.

— Eu... eu não entendi.

— Não, não entendeu mesmo. — Balancei a cabeça. — Nem eu.

Por um instante, olhei para a minha irmã, depois para Scott. Essas não eram as pessoas que eu conhecia.

Aquilo não era real.

Preciso dar o fora daqui.

— O quê? — A expressão de Leanne ficou alarmada. — Você... você não pode.

Dei dois passos, mas meu caminho foi bloqueado.

— Dinah! — Meus pais estavam diante de mim.

— Pai? — Um zumbido de alerta queimou as minhas costas. — O que você está fazendo aqui? O que está acontecendo? — O resto do grupo se uniu a eles, bloqueando meu caminho até a porta.

Scott sorriu, veio para o meu lado, passou o braço pelo meu ombro e me segurou com mais força que o normal.

— Surpresa! — ele comemorou.

A alegria dele se afundou no meu estômago como uma pedra, suor pontilhou a minha testa.

— Carroll me ligou mais cedo e disse que você estava estressada com o planejamento do casamento. E eu pensei: por que o estresse? Sei que vocês estão ansiosos para começar a vida de vocês, então por que não agora?

Esqueça o estresse com o planejamento. Vamos realizar o casamento aqui, agora. Simples assim! — Ele apontou para nós.

Como se minhas costelas fossem um violino desafinado e alguém estivesse tentando afinar as cordas, senti meus pulmões repuxando com uma nota amarga e dolorida.

— Como… como assim?

— É por isso que todo mundo está aqui, por isso que estamos todos arrumados. — Ele segurou as minhas mãos, de frente para mim.

— Ho-hoje? — Oxigênio começou a rarear nos meus pulmões. Não era uma pergunta, e sim um apelo de que eu tinha entendido errado.

— Sim. Já fiz os arranjos com a igreja aqui da rua.

Red flag. Eu nunca quis me casar na igreja. Ele sabia. Todos sabiam.

— Era lá que seu pai e eu estávamos. Está tudo pronto. — Minha mãe resplandecia de felicidade. Os dois estavam usando as roupas de festa mais bonitas que tinham.

— Até mesmo nos arranjaram a suíte nupcial aqui do hotel. — Scott se gabou e deu uma piscadinha. — Você só precisa dizer sim.

Não.

Ele entrelaçou o braço com o meu.

— Está pronta, sra. Gaston?

Ah, mas nem a pau.

Foi uma piscada que pareceu durar uma vida inteira, o momento em que tudo ficou em câmera lenta. Reparei em cada rosto sorrindo contente, me encorajando com felicitações, mas nenhum parecia real. Eram atores seguindo um roteiro. Tudo fachada. Mas, olhando de perto, dava para ver as rachaduras. As peças erradas no lugar errado.

Os olhos infelizes e sem vida de Alice guerreavam com a imagem dela na minha cabeça, rindo e brincando, beijando um homem que a adorava e a desafiava.

— Scrooge. — O nome dele disparou de mim, e vi mais imagens dos dois juntos. — Você tem uma chapelaria… e uma confeitaria.

Filho de uma guirlanda…

O lugar onde almoçamos hoje. O antiquário…

— O quê? — Ela piscou para mim, inexpressiva.

— Você não é a Alice. A minha irmã tem muito mais magnitude — murmurei, balançando a cabeça, e me virei para os outros. — Nenhum de vocês é real.

— Dinah. — Um nervo na mandíbula da minha mãe se contraiu. Ela franziu a boca, a voz dura não parecia mais a dela. — Do que você está falando? Não seja boba. Vamos.

— Não. — Eu me afastei de Scott, me afastei deles.

— Dinah? — A voz do meu pai estava cheia de aviso e autoridade. — Pare já com essa palhaçada.

— Não é palhaçada. — Dei outro passo para longe. — É tudo mentira. Cansei desse jogo.

O comportamento do grupo mudou de repente, e eles se aproximaram de mim como se eu fosse um animal que precisava ser capturado.

— Dinah, você está agindo feito louca. Isso é tudo que você sempre quis. O seu plano. Está se concretizando. Você pode viver a vida perfeita com que sempre sonhou. Seu felizes para sempre.

— Não quero perfeição. — Pelo menos não mais. Eu queria ferocidade, paixão. Nada mais de caixinhas para ticar nem de planos. Eu queria a brutalidade em toda a sua beleza.

Eu queria ele.

A fera e o homem.

— Dinah, por que você não toma uma bebida? Para relaxar. — Marc enfiou um copo na minha mão. — Você está meio tensa.

Meu olhar disparou para todos os lados, observei todo mundo ali se fechar lentamente ao meu redor, me prendendo. Parecia um filme de terror.

Movimento no balcão fez meu foco disparar por cima do ombro de Marc. Um ratinho cinza minúsculo estava sentado lá em cima, com os dedos voando e um corte enorme em uma das orelhas.

Chip!

O nome pipocou na minha cabeça, um vislumbre dele na minha memória me envolveu como um cobertor quentinho. Não parecia mais estranho um rato estar se comunicando comigo na língua de sinais. Não sei como, mas eu o conhecia. Ele parecia ser o meu único refúgio. Meu amigo.

— *Não beba isso, srta. Dinah* — ele avisou, frenético. — *Você precisa fugir. Não permita que ela te prenda.*

— Dinah? — De repente minha mãe apareceu diante de mim, com o rosto contorcido, mas eu sabia que não era a minha mãe. A cada piscada, o rosto dela sumia e se transformava em outro, de lábios pintados de uma cor vibrante. — Você é tão teimosa. Igual à sua *irmã* — ela vociferou. Olhos azuis e malignos me encaravam, o fingimento tinha chegado ao fim. — Mal posso esperar para ver as duas morrendo.

Jessica Winters.

A mão dela prendeu o meu punho, e minha cabeça começou a doer, nublando o meu cérebro. Eu conseguia sentir a mulher mexendo com as minhas lembranças, me fazendo questionar o que era verdade e o que não era. Por que eu não queria me casar com Scott? Ele era um cara mega bacana.

"Custe o que custar, volte para mim, pequenina."

— Frost! — Eu me ouvi gritar, me desvencilhando do aperto em meu braço. Eu me libertei e me embrenhei em meio à multidão.

— Não permitam que ela escape. Ela não pode sair daqui. — Jessica gritou, e a multidão veio na minha direção como soldados irracionais.

— Merda. — Sibilei baixinho antes de me virar e disparar para a porta. Saí correndo, os saltos deslizaram pela neve, me fazendo tropeçar. O relógio da igreja batia a meia-noite como se fosse um alarme, avisando à cidade que eu estava à solta. Tirei os sapatos, jogando-os para trás como se aquilo fosse algum conto de fadas às avessas.

Meus pés descalços atingiram a calçada, batendo no ritmo do meu coração. Vozes e gritos vinham de trás de mim, agarrando-se à minha nuca, parecendo mais próximos a cada respiração. Minhas pernas me carregavam rua abaixo.

Eu sabia para onde tinha que ir.

Mas Jessica também sabia.

— Peguem-na antes que ela chegue lá. — Sua voz ribombou ao redor. — Não a deixem escapar!

Puxei o vestido mais para cima e obriguei minhas pernas a irem mais rápido. Disparei em direção à loja, luz suave e calorosa vinha lá de dentro.

— Corra, meu bem, você não tem muito mais tempo. — A sra. Potts abriu a porta, acenando freneticamente. — Anda!

Grunhindo, me obriguei a ir mais rápido, passando pela entrada. Ela bateu a porta e a trancou atrás de mim.

— Sra. Potts — arfei, tentando recuperar o fôlego. — Eu...

— Agora não é hora, meu bem, não temos tempo. — Ela gesticulou para que eu a seguisse. Só tínhamos dado uns poucos passos quando um tremor sacudiu a loja com violência. Caímos no chão com força enquanto estantes viravam. O terremoto nos abalou como se estivéssemos em um globo de neve.

— Ah, minha nossa, era o que eu temia. — A sra. Potts lutou para ficar de pé no chão pouco firme, e estendeu a mão para mim. — Vem.

— O que está acontecendo? — Peguei a mão dela, me levantei, mas o chão continuava se movendo, rasgando-se, assim como o teto.

— Os alicerces desse lugar não são mais estáveis. Ela está tentando te prender, te trancar dentro da sua cabeça. Você precisa resistir. Cuidado! — Um candelabro antigo caiu perto de nós. O vidro estilhaçado parecia bala, e cortou a nós duas.

— Sra. Potts!

— Não precisa se preocupar. Eu estou bem. Já estive pior. — Ela espaventou a minha mão e seguiu adiante. — Rápido! — Sangue escorria de seu rosto, mas ela não parou, nos conduziu mais para dentro da loja. O lugar parecia minúsculo por fora, mas era infinito, com muitos cantos e recantos que abrigavam ainda mais preciosidades.

Os abalos ficavam piores a cada passo. Um som assustador de madeira se estilhaçando feito ossos quebrados arrepiou a minha espinha.

Uma imensa cômoda antiga estava virada diante de nós, o que forçou a sra. Potts a recuar.

— Ah, meleca. — Ela bufou, e a escalou. — Venha, criança!

Essa vovó era sinistra.

Crash!

Uma moldura pesada caiu no chão, me fazendo recuar. Meu olhar foi para a imagem escura. Reconheci a pintura assustadora da coleção de Frost, uma que ele tinha tentado esconder de mim. A imagem de um monstro. Da fera.

De Krampus.

Os dentes à mostra, com sangue pingando deles. Em todos os aspectos, era o monstro dos pesadelos de qualquer um.

Mas eu não tinha mais medo dele.

Eu tinha criado essa fera, e eu via tanto o menino assustado quanto o homem brutal e dominador por baixo dela. Aquele que havia derrubado minhas defesas e me visto *de verdade*... a menina assustada e a mulher feroz e selvagem que viviam dentro de mim

— Lá — a sra. Potts gritou, apontando para um espelho imenso. A moldura dourada e manchada me chamava como um velho amigo.

Arquejei e abri a boca. A reação foi instantânea, obliterando a bruma, limpando a janela da minha alma com um sopro, e vertendo a pungência rica da minha vida real como se fosse mel.

Era para o espelho estar no meu quarto, mas Jessica tinha eliminado qualquer coisa relacionada a Frost, para me impedir de lembrar. Mas eu o guardara em um canto da minha mente, protegido, esperando que eu o encontrasse de novo.

— Vai! — A sra Potts gritou por cima do som do prédio ruindo sobre nós. — Agora!

Eu sentia que só tinha um segundo. A construção viria abaixo e me prender dentro da minha própria mente. Eu seria uma prisioneira gritando lá dentro enquanto minha casca permaneceria imóvel.

Meus olhos voltaram para a pintura da fera, para o sangue gotejando de suas presas. Morte gritava em seus olhos, e eu sorri.

— Estou voltando para você, fera.

Disparei, saltei por cima dos destroços, avançando para o espelho, a emoção percorreu a minha pele quando tombei para frente.

Só mesmo no meu conto de fadas eu fugiria do príncipe para ir direto para os braços da fera.

CAPÍTULO 14

Oxigênio queimou pelos meus pulmões quando meu corpo se sacudiu com um arquejo violento. Meus olhos se abriram, um grito foi arrancado dos meus lábios, cheio de medo e determinação.

Minha mente girava confusa, se contorcendo, como se estivesse fazendo bala de caramelo. Tudo que eu sabia era que estava em um quarto grande e escuro, em cima de uma cama imensa, usando só uma camiseta que cheirava a bosque nevado.

— Dinah! — uma voz ressoou, senti a cama se afundar. Olhos azuis atormentados queimaram na minha alma e mãos grandes seguraram o meu rosto. — Porra... você está bem.

— Frost. — Respirei, minhas mãos foram para o seu queixo, precisando tocá-lo. Meus olhos marejaram. — Você está aqui. Por favor, me diz que você está aqui mesmo... — Meus dedos se moveram pelo seu rosto e lábios como se eu estivesse lendo em braile.

— Sou tão real quanto qualquer personagem fictício de Winterland pode ser. — Ele tentou sorrir, mas seus olhos ainda brilhavam de medo.

— Para. — Inclinei a cabeça para frente, reivindicando sua boca, precisando senti-lo como se fosse o solo sob meus pés. Explosões de quente e frio fizeram meu fôlego ficar preso na garganta conforme nosso beijo se aprofundava, um rosnado subiu de sua garganta.

Vida.

Vivacidade.

Naquele momento, com ele, eu conseguia sentir a diferença. Era como se eu estivesse vendo tudo através de uma vitrine, sem nunca sentir essa descarga de energia e poder. Como eu pude ter confundido o mundo que Jessica criou com esse real, com Frost?

— Dinah. — Ele se afastou, inclinando a cabeça para mim, nossa respiração se mesclando. — Que merda aconteceu?

— Quanto tempo eu fiquei apagada?

— Mais de um dia.

— Um dia? — Para mim, pareceram meses. Meu cérebro tentava acompanhar o que havia acontecido em apenas um dia ali.

— É, em um segundo você estava gritando o meu nome. No outro, eu não conseguia te acordar, não importava o que fizesse. Você me assustou pra caralho. Foi como se estivesse em coma.

— E estava.

Passei o polegar pelo seu lábio, sentindo correr nas minhas veias a profunda felicidade e satisfação por estar ali com ele. Antes, eu tinha ficado assustada e insegura, apavorada com a possibilidade de largar meus planos perfeitos e meu mundo muito lógico. Jessica, sem saber, me mostrou minha vida alternativa e fez com que tudo ficasse bem claro. Eu queria esta vida: a louca e totalmente ilógica.

— Jessica — murmurei.

O corpo dele congelou no mesmo instante, e Frost se afastou para me olhar, suas narinas estavam dilatadas.

— O que tem ela?

— Ela entrou na minha cabeça. — Esfreguei a testa. — Estava tentando me aprisionar nela.

— Por quê?

— Não sei. Me tirar do jogo? — Dei de ombros.

Frost estava ficando furioso, mas tentava manter a respiração uniforme.

— Se ela te machucou...

— Não machucou.

— Então o que ela fez? Como ela te prendeu? — Ela estreitou as pálpebras.

— Ela me mostrou... — Lambi os lábios. — Ela me mostrou a vida que eu sempre pensei que queria... com o Scott. A gente estava prestes a se casar.

A expressão de Frost era ilegível, mas um nervo se contraiu em sua bochecha, e ele se levantou da cama. Foi quando notei que ele estava só de calça de moletom; o peito tatuado e cheio de cicatrizes deixou minhas mãos loucas para tocá-lo.

— Ele deve estar com saudade de você.

— Para. — Fiquei de joelhos, peguei seu braço e o puxei de volta para a cama. A camisa enorme dele que eu vestia deslizou pelo meu ombro. Os olhos dispararam para a minha pele nua, mas sua expressão permaneceu resguardada. Quase irritada. Na defensiva. — Você deixou passar a palavra mais importante? A vida que eu *pensei* que queria... mas o truquezinho de Jessica fez o oposto.

Seus olhos encontraram os meus.

— Não era nada do que eu queria. — Eu me sentei sobre os calcanhares, meu coração batia com ferocidade. Pavor me dominava, parecia que eu estava prestes a saltar de um penhasco. Encarei o edredom cinza-escuro.

— O que você quer?

Minha pele estremeceu com a voz dele, grossa e rouca. Eu não conseguia superar o que esse homem provocava em mim, a reação que ele causava. Ele me deixava excitada e apavorada, e, sendo sincera, um pouco triste. Triste por eu nunca ter percebido o quanto eu estava morta e sem esperança por dentro. Triste por também ter magoado Scott por causa do receio que eu tinha de encarar o medo de ter enlouquecido e de confrontar os meus demônios.

Ou monstro, no caso.

— Dinah?

— Eu quero você — pus para fora, ainda encarando minhas mãos.

Um som animalesco vibrou em seu peito, a mão deslizou pela minha nuca, me forçando a olhá-lo. Fome e ferocidade se estamparam em suas feições.

— Isso te dá medo?

— Sim — respondi, soando mais tímida do que me sentia.

Seu maxilar enrijeceu de novo, os dedos se embrenharam ainda mais no meu couro cabeludo.

— Mas de um jeito bom. Excitante. — Engoli a onda de luxúria zumbindo por minhas veias. — Não tenho medo de *você*.

— Deveria. — Ele disse entre dentes, me soltou e se levantou da cama, como se não suportasse estar perto de mim. — Você deveria atravessar o espelho, casar com seu namorado fofo, ter uma penca de filhos e nunca olhar para trás. Me esquecer, esquecer esse mundo.

— Quê? — Parecia que eu tinha levado um soco na boca do estômago.

— É melhor assim.

— Vai se foder. — Raiva me subiu.

Ele se virou, piscando com a minha resposta, me vendo rastejar da cama e quase cair. Ela era maior que uma king, e tinha camadas macias de lençóis cinza-escuros e cobertores de pelo falso. O cômodo era a cara de Frost.

Masculino, sombrio e sensual, com mobília elegante e de cor escura. Não tinha janelas; a temperatura e a pedra fria me faziam suspeitar de que estávamos no subsolo.

A camisa macia que eu usava desceu além das minhas coxas, roçando minha pele nua. O olhar dele lutou para não traçar os lugares que o algodão abraçava meu corpo.

— Como é que é?

— Você me ouviu. — Fui feito um furacão até ele. — Não me diga o que fazer. — Finquei o dedo em seu peito nu. — Já deu disso. Até de mim mesma. Pelo menos uma vez, não quero pensar nem analisar nada.

— Não é seguro para você aqui — ele rosnou.

— Acha que o meu reino é muito mais seguro? Jessica e sua mãe podem me encontrar lá também. Você não prefere estar por perto? — rebati. — E não importa o que aconteça, estou nessa luta. Eu a libertei, Frost. Eu. Jessica Winters, sra. Claus, sua tia... ela está livre por minha causa. Eu vi o que ela planeja. O inferno que ela vai causar. Não vou dar as costas para isso.

— Dinah... — ele rosnou em aviso, tentou segurar meus braços, os olhos se acenderam, os dentes estavam um pouco mais longos. — Não teste a minha paciência.

— Não. — Eu me desvencilhei do seu aperto e o empurrei. — Não vou a lugar nenhum.

— Puta que pariu! — Ele segurou o meu rosto e me puxou para si, seus olhos brilhavam com ferocidade. — Eu quase perdi a cabeça quando você estava ao meu lado e eu não conseguia te acordar, mas e se algo chegar mesmo a acontecer contigo? — Ele se assomou sobre mim; a cabeça se inclinou para me olhar. — Eu vou me tornar o monstro que assombra os pesadelos dos outros.

— Você já é — respondi, inexpressiva, mas um sorriso se insinuava em meus lábios.

Ele fechou os olhos e bufou antes de abri-los de novo, então sacudiu a cabeça.

— Não, você não tem ideia do que sou capaz — ele resmungou, me puxando para cima até os lábios roçarem os meus. — Não vai haver lista de bonzinhos e travessos. Vou destruir qualquer um que se puser no meu caminho.

Arfei com aquela declaração. O tom dele não se alterou, mas eu podia jurar que havia uma promessa nas suas palavras, uma garantia de violência, de paixão.

STACEY MARIE BROWN

— Eu te perdi por doze anos. Não vou te perder de novo. Para ninguém.

— Então… isso de querer que eu me casasse com meu ex de agora há pouco…

— Era mentira. Eu teria te caçado e provavelmente matado o filho da puta.

— Deixe o Scott fora disso. Ele é um cara legal. — Eu me pressionei ainda mais no seu corpo, sentindo cada centímetro dele. — Se quiser brigar com alguém, brigue comigo.

— Cuidado. Eu jogo sujo. — Ele sorriu maliciosamente bem perto da minha boca.

— Eu também. — Sem nem avisar, enfiei a mão na sua calça e o envolvi.

— Porra. — Ele rosnou enquanto eu o manuseava. Frost agarrou meus quadris e me pegou no colo, minhas pernas abraçaram sua cintura, e eu rocei em seu abdômen. Ele sibilou, pressionou minhas costas na parede enquanto movia os quadris.

Joguei a cabeça para trás, batendo-a na pedra; chamas se acenderam por cada uma das minhas vértebras.

— A gente precisa lidar com um monte de merda — ele murmurou, passando os dentes pelo meu pescoço enquanto erguia a camiseta e levava a boca aos meus seios. — Mas, porra, pequenina. Te ver usando a minha blusa… — Ele gemeu. — Preciso entrar em você agora.

— Isso. — Minha boca tomou a dele, reivindicando-a com voracidade. — Agora. — O anseio por ele doía. O truquezinho de Jessica só me deixou ainda mais desesperada, necessitando saber que aquilo era real. Que ele estava ali.

Não houve preliminares. Já tínhamos passado desse ponto. Um gemido escapou da minha boca quando ele prendeu meus braços acima da cabeça e estocou, fazendo meus nervos tremerem e gritarem de alegria. Eu não consegui nem recuperar o fôlego; estava sendo arrasada pelas sensações cada vez que ele ia mais fundo.

Minha existência era a ponta de um alfinete: afiada, intensa e penetrante. Cada nervo se agitava e doía de vida, afastando as lembranças daquele sonho.

Como o plano de Jessica poderia sequer se comparar ao êxtase de Frost, à sensação brutal dele? Eu posso ter sido enganada por um tempo, mas meu subconsciente foi se infiltrando, me fazendo lembrar daquele homem a cada oportunidade.

Minhas unhas cravaram suas costas, o ar ainda lutava para entrar nos meus pulmões. Ele era selvagem e brutal, mas a dor se transformava em puro prazer, me dominando por completo. Eu queria saborear cada momento, lembrar a mim mesma de que estava ali. Eu jamais me esqueceria dele de novo. Cada parte de Frost estava gravada em mim.

— Ah, Deus! Mais forte! — gritei, me agarrando a ele feito uma gata selvagem, não o sentindo perto o bastante. Eu queria me rastejar para dentro dele e nunca mais ir embora.

— Porra, Dinah! — Ele segurou os meus quadris, me mantendo parada enquanto metia desenfreadamente, os sons do sexo ecoavam pelas paredes junto com nossos gritos e gemidos.

Eu conseguia sentir o orgasmo subindo pelas minhas pernas.

— Frost! — Eu estava quase lá. A sensação era inacreditável. Eu não queria parar nunca mais.

Acima do ombro dele, a porta do quarto abriu e alguém ficou ali parado. Olhos da cor do oceano encontraram os meus.

Dor profunda e mágoa cintilaram no rosto dele antes de se transformarem em raiva. Eu não conseguia falar, estava à beira do precipício, ainda mais ciente de cada sensação enquanto Frost arremetia em mim, atingindo o lugar certo. Não consegui deter o gemido, me agarrei a ele e o orgasmo me inundou.

— Mas que porra é essa? — A voz de Blaze se espalhou pelo quarto.

Frost olhou para trás e rosnou, soando igual a Krampus.

— Dá o fora daqui, caralho. — Os quadris dele não pararam, continuaram a investida. A presença do irmão só o deixou ainda mais feroz. Possessivo. E me reivindicando com tudo de si, detonando outro orgasmo enquanto ele mesmo atingia um, cravando sua propriedade dentro de mim como uma placa neon.

— Você só pode estar de sacanagem comigo. — Fúria rugiu de Blaze. — Me diz que eu não estou vendo isso.

Frost me colocou no chão, puxou a camisa para baixo, cobrindo minhas coxas, as juntas dos seus dedos relaram em cada curva, seus olhos famintos estavam fixos em mim.

— Ninguém te convidou para assistir, querido irmão. Pode ir embora a hora que quiser.

Xingamentos e ameaças se espalharam, mas Frost não se deixou atingir. Seu polegar deslizou pelo meu lábio inferior e seguiu para o pescoço.

— Você me deixa louco, pequenina — ele murmurou e me beijou antes de puxar a calça dele para o lugar e se virar para Blaze.

STACEY MARIE BROWN

Foi como apertar um interruptor. O homem que havia me comido até eu perder a cabeça, que era capaz de momentos de ternura, se transformou em fúria e ira. Os ombros dele se expandiram, os braços se avolumaram enquanto ele partia para cima de Blaze. Com uma mão, Frost o envolveu pelo pescoço e o jogou com força para a parede, fazendo pedaços de pedra caírem no chão.

— Seu merdinha. — Mais uma vez, Frost o bateu na parede, Blaze segurava a mão dele para conseguir respirar. — Eu deveria te matar, porra.

— Frost! — Disparei até lá, parei ao lado deles e o agarrei pelo braço. — Para!

— Por quê? — Ele olhou dentro dos olhos de Blaze, enforcando-o mais ainda. O cara estava ficando vermelho. — Essa cobra traiçoeira sequestrou você e sua irmã, te usou para libertar Jessica, e, claro… passou doze anos mentindo para mim sobre a nossa mãe. — Ele o segurou com força contra a parede. Sinais da fera se mostravam em suas mãos e dentes, enquanto os chifres começavam a ficar salientes em sua cabeça.

— Para, Frost! — Bati no braço dele, mas não adiantou nada. Ele estava focado no alvo. — Não mata ele!

— Repito: por que não?

Blaze movia a boca como um peixe, os olhos estavam esbugalhados.

— Porque ele ainda é seu irmão. — Minhas mãos foram para o rosto de Frost, tentando fazê-lo olhar para mim. — Você não é um monstro.

— Não aposte nisso. — Ele rosnou para mim. — *Ele* eviscera e mata por diversão. Não está nem aí para o meu irmão.

— Mas *você* está. E você ainda está aí dentro. — Toquei o peito dele. — Não o use como desculpa. Não o deixe te controlar.

Frost rosnou, mas o soltou e saiu andando.

Blaze se curvou, tossindo seco e arfando. Uma parte de mim queria reconfortar e ajudar o meu velho amigo, mas, depois do que ele fez, concluí que já tinha feito o bastante por hoje ao salvar a vida dele.

Blaze demorou mais um pouco até estabilizar a respiração e o olhar disparou para mim. Raiva e repulsa.

— Sério? — ele disse, rouco.

— Nem começa.

— Ele? Dinah…

— Você não tem moral nenhuma para falar nada. — Fui até ele, fervilhando. — Continue falando assim, e eu não o deterei da próxima vez.

Frost se virou e abriu um sorriso maligno.

— Não acredito no que você fez, irmão. Você sabia o que eu sentia. — Blaze cuspiu para Frost e ficou de pé por completo. — Foi por isso? Porque você sabia que eu a amava? Precisou tomar o que eu queria só para se vingar de mim?

Ele me amava? Como assim?

Não consegui me impedir de olhar para Frost, observei seu queixo se erguer em desafio, e meu peito se apertou. Será que ele tinha me usado para magoar Blaze? Foi tudo mentira?

— Vá em frente, banca a vítima, Blaze. Coitadinho dele lá na praia, tomando drinques. — Frost fez pouco. — Vai se foder.

— Vai você! — Blaze ficou cara a cara com Frost. — Você sempre foi o favorito. A estação favorita, o filho favorito e agora acho que é o favorito dela. — Ele sorriu com desdém para mim.

Frost empurrou o irmão, mas dessa vez Blaze se manteve firme.

— Filho preferido? Em que porra de delírio você está vivendo? Eu que pensei que ela estivesse morta… foi para mim que mentiram. Como você pôde fazer isso comigo?

— Fizemos para te proteger.

— Por mim? — Frost ergueu os braços. — Me fazendo passar metade da vida achando que a minha mãe tinha morrido?

— Porque *ele* queria matá-la. — Blaze bateu no peito dele. — E quase conseguiu, várias vezes.

— Quê? — Frost se virou de supetão.

— Quando você era mais novo, não conseguia controlar a fera. Lembra de todas as vezes que você apagou? Ele ia atrás dela. Ela o manteve trancado naquela masmorra por décadas. Ele a odiava por isso. Para se esconder dele, ela teve que mentir para você.

Porque se Frost sabia de algo, Krampus também sabia.

— Você acha que isso melhora as coisas, irmão? — Frost rosnou, e bateu o peito no de Blaze. — E quanto a você? Você sequestra a Dinah, usa sua irmã de isca, e aí obriga Dinah a libertar a Jessica. Por que você faria uma merda dessas? Você, que sabe mais do que qualquer um quem ela é. Do que ela é capaz.

— Eu não sabia o que a mãe estava planejando. Ela mentiu para mim. Disse que se libertássemos a tia Jessie, as coisas mudariam. Para melhor.

— Me deixe adivinhar. Você esperava fazer do verão a estação predominante do Natal. — Frost observou o irmão. — Babaca egoísta do caralho. Você sempre acha que o mundo tem que girar ao seu redor.

— Eu estava fazendo pelo meu povo, por todos os que celebram o Natal no verão. Sempre ficamos em segundo lugar por causa do precioso inverno *dele*.

— Vai se ferrar. Fez tudo por si mesmo.

— Eu confiei em você. — Empurrei Blaze pelo peito, sentindo a tristeza de ser traída por um amigo. — Você deixou que ela me levasse. Me usou. Sequestrou a minha irmã! — Eu me meti entre os dois, e empurrei Blaze de novo. — Ela quase morreu!

— Não era para ter chegado a esse ponto. Ela me disse que vocês não seriam feridas, que só queria libertar a tia Jessie. Eu nunca planejei tocar em um fio de cabelo da sua irmã. — Os olhos de Blaze me imploraram. — Poxa, Dinah, eu nunca te machucaria. Você tem que saber disso. Minha mãe e minha tia mentiram para mim. Eu quis fazer isso por sua causa.

— Por minha causa? — repeti.

— Eu queria que você ficasse — ele disse baixinho. A ponta dos chinelos dele bateu nos meus dedos descalços, a mão segurou o meu rosto. — Eu nunca te esqueci, Dinah. Passei doze anos esperando você voltar. Mesmo quando crianças, éramos você e eu. Você era a minha garota.

Um braço me envolveu pela cintura e, com um rosnado, me puxou para um corpo forte.

— Ela *não* é sua garota. — Nervos se contorceram nos braços de Frost. — Dê o fora daqui, Blaze.

— Ela sempre foi a minha garota. Ela vai ver quem você é de verdade. — Blaze zombou. — O monstro que você é.

— O único monstro que eu vejo aqui é você — rebati. — Um amigo que me traiu.

— Ele está usando você para se vingar. Você não sabe a verdade, Dinah.

— Que ele é o Krampus?

Blaze puxou o ar, e olhou para nós, consternado. Ele reparou no braço de Frost em torno da minha cintura, no que eu estava vestindo, no cheiro de sexo que ainda estava no ar.

— Você sabe e ainda assim… — A descrença de Blaze se transformou em fúria enojada. — Nunca pensei que logo você curtiria bestialidade.

— Saia, irmão.

Blaze fuzilou Frost com o olhar, a cabeça sacudindo em descrença.

— Eu vim aqui te avisar sobre a mãe e a Jessica. Elas estão ficando mais poderosas a cada dia que passa. Mas foda-se, Frost. Eu não tenho mais um irmão. — Ele girou os ombros musculosos, os olhos verde-mar encontraram os meus. Magoados. Irados.

Sem dizer nada, ele se virou e saiu feito uma tempestade.

Um raio de dor e tristeza me atravessou enquanto eu o observava ir embora. Blaze foi meu amigo por muito tempo, alguém de quem eu não podia negar que gostava. Mas, assim como Scott, o sentimento empalidecia quando eu estava com Frost. E, mesmo depois de tudo o que ele fez, eu não queria magoá-lo. Naquele dia com a minha irmã, ele pareceu chocado de verdade com as ações da mãe. Não creio que ele tenha pensado em machucar Alice ou a mim, mas isso não apagava o fato de que eu não podia mais confiar nele.

Outra pessoa magoada na tempestade que éramos Frost e eu.

STACEY MARIE BROWN

CAPÍTULO 15

Assistir Blaze ir embora foi como se mais uma bomba tivesse sido jogada na bagunça que a minha vida tinha se tornado. A realidade invadiu o quarto, nos arrancando da nossa bolha de felicidade. A sra. Claus/Jessica estava de volta e dividindo o corpo com a irmã, o que as deixava ainda mais poderosas, prontas para destruir Winterland... de novo.

E a culpa era toda minha.

O que me dava medo era que ela tinha o poder de entrar na minha cabeça, de me controlar. Era como se ela me quisesse viva, mas fora de combate. Isso queria dizer que ela talvez ainda precisasse de mim para alguma coisa, o que não pode ser uma boa coisa.

Frost soltou um longo suspiro, se afastou de mim e passou a mão no rosto. Envolvi os braços em torno da cintura e o observei se vestir em silêncio, de costas para mim. Blaze e Frost nunca se deram bem, mas ainda eram irmãos. Gêmeos.

Blaze e eu tínhamos sido melhores amigos, fazíamos piada sobre nos casar um dia. E eu acabei me apaixonando pelo irmão dele. A fenda que coloquei entre os dois pesou em meu peito.

— É melhor você conversar com ele.

Frost fez um som de desdém e vestiu a camisa.

— E falar sobre o quê? Ele ter mentido sobre a nossa mãe estar viva todo esse tempo? Ter traído você? Ter sequestrado a sua irmã? — Frost se virou e foi até mim com um ar orgulhoso. Eu me mantive firme, e ergui a cabeça para ele. — Ou que eu *comi* a única garota que ele já quis na vida? — O tom era frio e cruel, sua bochecha se contraía de raiva.

Rangi os dentes.

— É isso que eu sou? A garota que você comeu? A chance de se gabar para o seu irmão?

— O que mais você seria? — Frost se aproximou mais e curvou os lábios. — O que você pensou que isso era? O início de algum conto de fadas? — Ele estendeu os braços. — Eu sou um monstro, Dinah. Um que mata. Você acha que pode me salvar? Fazer de mim um bom homem? Um com uma casinha de cerca branca e um emprego? Um homem de família? — Ele soltou uma gargalhada. — Tarde demais, bela. Não sou esse homem, nem quero ser. — Ele passou por mim, e foi pisando duro até a porta.

— Também não quero que você seja. — Agarrei o seu braço, impedindo que saísse. Ele bufou e não olhou para mim. — Você não ouviu uma palavra do que eu te disse? Eu não quero um conto de fadas com final feliz... como se a vida terminasse assim que a gente encontra alguém e tudo fica chato e estagnado. Não quero a casinha de cerca nem a família perfeita. Sabe aquela garota que achava que queria essas coisas? Ela acordou. — Entrelacei os dedos com os dele e me aproximei. — É como se eu estivesse dormindo esse tempo todo, tentando com afinco deixar de fora as possibilidades e o desconhecido, paralisada na minha vida segura. Eu amava o Scott. — Frost tentou se desvencilhar de mim, e se concentrou em se voltar para a porta. — Aquela garota o amava. Mas, desde que voltei, eu me abri de novo para esse mundo... me abri para você. Jamais poderei voltar ao que eu era. — Seu olhar intenso deslizou para o meu. — Sabe quem me tirou da armadilha da Jessica? Você. Você não parava de me dizer para voltar, custasse o que custasse. E eu voltei.

— Você me ouviu? — A voz dele saiu tão baixa que parecia estar caminhando na corda-bamba. — Quando eu não consegui te acordar...

— Volte para mim, pequenina — repeti a frase, imitando o tom intenso da sua voz.

Os olhos de Frost ficaram mais escuros, as pupilas dilataram e as narinas inflaram quando ele se aproximou de mim e envolveu a mão na minha nuca.

— Você vai mesmo me enlouquecer. — Ele grunhiu e abaixou o rosto para o meu.

— Bem... — cantarolei.

— Não diga nada. — Sua boca roçou na minha. — Nem pense em dizer.

— As melhores pessoas...

— Pode parar. — Ele rosnou baixinho e me beijou antes que eu pudesse terminar, me fazendo sorrir como uma louca.

Começou com um beijo simples, mas, conosco, nada ficava assim. O frio e o quente começaram a correr pelas minhas veias descontroladamente. Sua língua abriu a minha boca enquanto as mãos vagavam pelas minhas coxas, por baixo da sua camiseta velha, me fazendo morder o lábio dele.

— Porra. — Ele grunhiu, fechou os dedos e os afastou da minha pele, então recuou. — Temos coisas a fazer, e você é tentadora demais, me desconcentra.

— *Eu*? — Aumentei o espaço entre nós e sacudi os braços, tentando espantar o desejo tamborilando em mim. — Parece que eu não consigo nem pensar quando estou perto de você.

Nunca fui aficionada nem obcecada por sexo ao ponto de não conseguir me concentrar. Pessoas como Alice ou os muitos amigos que eu vi passarem pelo período de lua de mel com um cara novo eram assim. Não eu. Nunca eu.

Ou foi o que eu tinha pensado.

Frost me obrigava engolir essas palavras a cada vez que se aproximava de mim. E eu fazia isso feliz, pedindo por mais.

— Preciso me encontrar com alguns aliados. — Ele passou a mão pela cabeça, fazendo um pouco do cabelo se erguer feito o de um rockstar sexy saindo da cama. Meu olhar percorreu o modo como a camiseta se encaixava no peito musculoso.

— Di-nah — ele murmurou.

— Merda. Desculpa. — Olhei para longe e lambi os lábios.

— Não está ajudando. — Ele meio que se virou para o outro lado. — Conheço muito bem a minha tia, e ela não vai parar até conseguir o que quer. O ódio que ela sente pelo marido é o que dá força a ela.

— O Papai Noel? — Estendi os braços. — Como é possível odiar o Papai Noel?

— Ninguém é perfeito, pequenina. Nem mesmo nos contos de fadas. Digamos que meu tio não foi o melhor dos maridos. Mas a amargura, o ódio e a cobiça dela são fruto da pura escuridão. Ela vai destruir Winterland, e acabar com o Natal, o que vai afetar a Terra também.

— Como?

— Acabando com a alegria, a esperança. Seu reino já está à beira do colapso, a caminho de uma fossa cheia de ódio e raiva. O que acha que seu mundo se tornará se não houver milagres e otimismo?

Não gostava nem de imaginar. O ódio já estava em um patamar de dar nojo. Esse poderia ser muito bem o fim da Terra. Um mundo do qual eu ainda queria fazer parte.

— Se Winterland morrer... — minha voz foi se perdendo.

— Eu também morro. — Ele assentiu. — Praticamente todos nós.

Mas nem a pau. Eu ia deixar aquela desgraçada tirar Frost de mim de jeito nenhum.

— Preciso ver a minha irmã. Ver como eles estão.

— Eles quem?

Ah, é. A gente não chegou a esse ponto da conversa... mesmo agora, as lembranças do que ele fez comigo me fizeram corar. A conversa sobre sua mãe foi apenas há um dia para ele, mas semanas tinham se passado para mim. Eu sentia como se tivesse vivido uma vida inteira na minha cabeça.

— Então... descobri que minha irmã é famosa por aqui. Que ela salvou Winterland.

— Isso mesmo. — O olhar de Frost permaneceu firme.

— Por que você não me contou?

— Você teria acreditado?

Provavelmente não. Eu não acreditava na minha própria mente.

— Quando escapamos de Jessica e da sua mãe, fomos para o chalé do Papai Noel, onde conheci Rodolfo, o Papai Noel ou Nick e o Scrooge.

— Você está falando do antigo valete da Jessica. — Ele rosnou, desgostoso. — Babaca do caralho.

— Oi?

— Scrooge era soldado de Jessica, quando ela ficou no comando de Winterland, fazia o trabalho sujo dela. Matou um monte de gente pela mulher.

— Não. — Balancei a cabeça. — Não é possível. O Matt não é assim.

— Matt?

— Scrooge se chama Matt no nosso reino.

— Bem, seja como for que o chame, ele era a cadelinha dela. A esposa e o filho foram mortos quando ele tentou se voltar contra a Jessica.

— Filho?

— Timmy, acho que era o nome dele. Uma criança doentinha. Morreu há décadas.

— Não. — Balancei a cabeça. Timmy era o garotinho que me lembrava ter conhecido quando ele e Jessica foram à minha casa no Natal, dois anos atrás. Eles eram casados, e tinham o menino. — Eu o conheci há dois anos.

— Não, não é possível. A esposa e o filho de Scrooge se foram há muito tempo.

Havia tanto ainda que eu não sabia, que precisava conversar com Alice... Mas, no momento, não era a prioridade.

— Alice e Matt vão reunir uma parte da Resistência Noturna.

— Ah, porra. — Frost grunhiu irritado, os lábios se ergueram. — Frosty.

— Engraçado, o Scrooge teve a mesma reação.

Não posso negar que, nas poucas vezes que nos encontramos, eu também quis dar um soco nele.

— Vá ver a sua irmã, fique com ela enquanto eu cuido de algumas coisas. — Ele se aproximou de mim, com as mãos nos quadris. — Precisamos planejar algo em breve. O Natal está chegando, e logo Krampus estará no controle.

— Como vou te encontrar? — Pressionei as mãos no peito dele, sentindo seu coração bater, frio e calor se espalharam pela minha pele. Cada centímetro dele estava vivo, e era tão vibrante e forte. Quanto tempo me deixei viver na mediocridade, na mesmice, só porque estava com medo?

— Não se preocupe, pequenina, vou encontrar você. — Ele roçou a boca na minha, me beijou com paixão e se afastou, então pegou a minha mão e me puxou para fora do quarto. — Vamos, vou te levar até o espelho.

— Esse é o equivalente de me levar até a porta? Mas que cavalheirismo da sua parte... — provoquei e estanquei quando entramos no cômodo ao lado. Meu queixo foi parar no chão. — Ai, meu Deus.

Ao passo que cada quarto da fortaleza era frio e inóspito, sem qualquer toque pessoal, até mesmo mobília, esse cômodo era o oposto.

Era meu paraíso na Terra. A biblioteca mais linda que já vi.

Do chão ao teto, cada centímetro das quatro paredes tinha dois andares cheios de livros. Escadas de rodinhas e banquinhos para chegar às prateleiras mais altas pontilhavam os corredores, assim como escadas caracol e passarelas, tapetes fofinhos, poltronas confortáveis, pinturas e esculturas. Uma lareira imensa com duas poltronas e um sofá muito macio estavam em um canto, e um bar com petiscos, chá, café e bebidas alcóolicas estava em outro bastante aconchegante. Era feita basicamente de madeira quente e escura, o que fazia a gente querer se aconchegar no inverno, lendo um livro perto da lareira e nunca mais sair dali.

— É um orgasmo triplo — murmurei, dando voltas e absorvendo o espaço.

— Desculpa... o quê? — Frost resfolegou.

— Você estava escondendo esse lugar de mim? — Fui até uma das estantes, meus dedos roçaram as lombadas, e eu suspirei de alegria.

— É o único lugar que tenho para mim mesmo. Meu santuário. É onde passo a maior parte do tempo. — Ele olhou ao redor do seu domínio. — Quando se é um monstro, a gente tende a não sair muito. É o único lugar em que encontro paz.

— Por que o resto da fortaleza está vazia? Todos os quadros estão enfiados em um quarto no subsolo. Você vive no subsolo, sendo que tem um monte de quartos nos andares de cima.

— Sou uma fera da escuridão, por que viver na luz?

— Frost... — Eu me aproximei dele.

— Depois que me tornei isso, você foi embora, pensei que minha mãe estivesse morta, e meu irmão não queria saber de mim. Eu me fechei, me afundei por muito tempo. Eu não me importava com nada. — Ele bufou, não de tristeza, mas de raiva. — Aquelas pinturas só me faziam lembrar do que nunca aconteceria, do menino que eu não era mais, da família que eu não tinha. Este lugar se tornou uma prisão. E eu sentia prazer na punição, passei anos planejando minha vingança contra você. Este era o único lugar em que eu me permitia esquecer.

Dei um passo na direção dele e acariciei sua bochecha.

— Não — ele grunhiu.

— Não é pena — respondi, curta e grossa. — É compreensão. Talvez sejam lugares diferentes, mas eu fiz a mesma coisa. Eu me tranquei, achando que merecia o castigo que impus a mim mesma. Eu só não sabia a razão.

— Você não se lembrava mesmo de nós?

— O trauma do que eu fiz bloqueou boa parte da minha memória, mas sua mãe ajudou com o resto.

— Como assim?

— Quando eu era criança, ela se tornou minha psicóloga. E, assim como fazia aqui, ela me deu balas de menta para esquecer. Mas nunca sumiu. Você... Krampus... sempre estiveram lá. Me assombrando.

— Que bom. — Seu corpo imenso se aproximou do meu, as mãos seguraram o meu rosto. — Então todos os anos que passei te procurando em pensamento, te torturando, serviram de algo. Pelo menos te trouxeram de volta para mim. — Ele mordiscou os meus lábios, me fazendo sugar o ar, minhas coxas se apertaram.

— Sabe o que eu acho? — Fiquei na ponta dos pés e cravei os dentes em seu lábio até sentir gosto de sangue. Ele rosnou, os dedos cravaram ainda mais na minha cabeça.

— O quê?

— Que a gente deveria transar aqui.

— Minha biblioteca te dá tesão?

— Um cômodo cheio de livros, fatos e conhecimento? — Eu o empurrei para uma estante. — Você realizou cada fantasia que eu tenho.

— Tomara que as sacanas.

— Essas mesmo.

Ele nos virou e pressionou as minhas costas nos livros antigos.

— Quem sou eu para estragar os seus sonhos?

No que dizia respeito a nós dois, eu estava começando a acreditar que nossa conexão era tão forte que, cada vez que ele pensava em me torturar, eu provavelmente acordava gritando, pensando estar sendo atacada. De alguma forma, através do tempo e do espaço, tinha sido ele que me caçava. Ele me encontrava no livro impecável que era a minha vida e me arrastava de volta para a sarjeta.

Bem onde eu merecia estar.

CAPÍTULO 16

Entrar no meu apartamento foi como voltar a uma casa da qual a gente se mudou há muito tempo. Familiar, mas não parecia mais nossa. Era o lar de uma estranha. De outra menina que teve uma vida totalmente diferente. Ainda que a Jessica estivesse controlando minha mente nos últimos tempos, em algum momento eu acabaria lá mesmo. Scott e eu teríamos nos casado, comprado uma casa, tido filhos. Tudo parecia bonito no papel, uma lista de tarefas, mas não se encaixava mais com quem eu era.

Eu ficava aterrorizada só de pensar que eu deslizaria direto para essa vida sem nem notar. Sentiria um contentamento geral e moderado, mas nem de longe estaria satisfeita ou feliz de verdade. Se Frost não tivesse começado a me assombrar de novo...

Ou talvez tudo tivesse começado com Alice, dois anos atrás. Talvez a brincadeira de Jessica com nossas memórias tivesse desencadeado algo profundamente arraigado no meu ser, que estava à espreita. Porque sabia que algo em mim nunca se encaixou bem.

Eu sabia que aquele era o meu destino. Não fazia ideia do que estava por vir, se Frost e eu teríamos um futuro, ou mesmo Winterland. Era uma nova experiência para mim estar aberta para o desconhecido. Não que eu não estivesse me coçando para colocar todas as peças no lugar e resolver o quebra-cabeças. No entanto, esse não era um problema que se resolvia bancando a detetive. Seria uma guerra deflagrada.

Suada e com um cheiro forte de sexo, entrei no chuveiro. Meu corpo estava dolorido e cansado, mas eu não conseguia tirar o sorriso do rosto enquanto vestia o jeans justo e a blusa de gola V, e notava todos os hematomas e marcas de mordida cobrindo a minha pele. Cacete, sexo com Frost era explosivo, e o que a gente fez encostado naquela estante...

— Dinah?

Congelei ao ouvir a voz masculina, um tremular de pânico enrijeceu os meus membros quando vi, pelo espelho, Scott entrar no quarto.

— Oi. — Engoli em seco e me virei.

— Não achei que você fosse estar em casa. — Ele passou a mão pelo cabelo e franziu os lábios. — Pensei que estaria na faculdade e no trabalho.

Santa meia de Natal... eu tinha me esquecido completamente dos dois.

— Ah... humm... tirei folga. Precisava de um tempo para mim.

Ele não conseguia me olhar, cerrou a mandíbula e assentiu.

— É, entendi. — Ele pigarreou. — Vim pegar algumas das minhas coisas.

Meu coração ficou partido, e meus olhos marejaram. Não importa o quanto eu pensasse que estava certa, terminar com Scott depois de cinco anos ainda doía. Ele tinha se tornado parte de mim.

— Scott. — Minha voz ficou embargada. — Sinto muito.

Ele assentiu de novo, parecendo lutar com as lágrimas.

— É, eu também. — Ele passou por mim, pegou uma bolsa no armário e começou a colocar as roupas nela.

Era tão esquisito me sentir estranha perto de Scott. Houve uma época em que ele sabia tudo de mim: meu chocolate preferido na TPM, a marca do suco de laranja de que eu gostava... A gente falava de tudo.

Agora, a distância entre nós, que vinha crescendo há um tempo, era um cânion, nossa voz e conexão foi perdida naquele abismo. Percebi que ele nunca conheceu uma boa parte de mim, uma que mantive escondida até de mim mesma.

— Scott...

— O quê, Dinah? — ele perdeu a paciência e se virou para mim, bufando de mágoa e frustração. — *O quê?*

— De-desculpa.

— Isso não significa nada para mim no momento. — Ele rangeu os dentes e me olhou. Percebi quando notou o que havia no meu peito e no meu pescoço.

A coluna se endireitou feito uma vara, fúria reluziu em seus olhos verdes, o polegar se levantou automaticamente para tocar as marcas de mordida no meu pescoço, como se esperasse que elas pudessem ser apagadas.

Agonia dançou por suas feições, e ele puxou a mão de volta ao lembrar que não tinha mais liberdade para tocar em mim. Scott soltou um som agoniado.

— Você não perdeu tempo. Já estava rolando, quando nós dois...?

— Não. — Balancei a cabeça ao contar a mentirinha. Ele não precisava saber a verdade complicada do meu relacionamento com Frost e Blaze. Só o magoaria.

— Dinah. — Um soluço o atingiu no peito. — Eu queria tanto te odiar agora.

Eu não podia falar nada. Rasguei a nossa vida em pedacinhos e os joguei para o alto como se fosse confete.

— Só de pensar em você com outra pessoa... — Ele agarrou a bolsa até as juntas dos dedos ficarem brancas, tentando controlar as emoções. — Não consigo nem acreditar. Como você foi capaz de fazer isso comigo?

— Dinah? — A voz da minha irmã nos fez virar para o banheiro enquanto ela saía de lá. — Onde você se meteu? Scrooge... — Ela parou, os olhos se arregalaram. — Ah, Scott. Oi.

A cabeça dele disparou para mim e depois para Alice, confuso. *Mas que picolé de chocolate*. O banheiro era minúsculo, não havia onde se esconder lá dentro.

— Mas o quê... Você estava aí dentro o tempo todo? — Ele apontou para o cômodo. — Mas quando passei aí na frente nesse instante...

— Hummm... — Os olhos de Alice dispararam para mim, pedindo ajuda.

O que eu poderia dizer? Ah, ela veio através do espelho, de um lugar que chamamos de Winterland, mais precisamente do esconderijo do Papai Noel. Inclusive, sabe os doces que você andou devorando? Bem, é um coelho branco de um pé só que os faz. Ah, e a propósito, foi a Mamãe Noel que o deixou assim. O Matt que você conhece na verdade se chama Scrooge. Estou dando para um dos irmãos Miser, daquele filme antigo de Natal. E para deixar tudo mais divertido, porque diversão nunca é demais, acho que todos vamos morrer, porque a Mamãe Noel é uma desgraçada cruel e maligna.

Eu teria rido se essa não fosse a trágica verdade.

— Sério, de onde você saiu? — Scott estava perdendo a paciência. Isso sempre acontecia quando ele ficava assustado ou confuso, sentindo que algo não estava certo.

— Scott? Eu trouxe algumas caixas para você — o grito de uma voz feminina entrou no quarto, os passos soaram em seguida. — Podemos colocar tudo no meu quarto... — Ela estancou, a expressão ficou chocada.

Leanne.

Ficamos todos parados lá, em um silêncio desconfortável, esperando alguém falar.

— Alice. Dinah. — Leanne tentou sorriu para nós, mas não conseguiu. — Scott pensou que não tivesse ninguém em casa.

STACEY MARIE BROWN

— Ela mora aqui. — Alice retrucou, o olhar foi para Leanne, e ela cruzou os braços. — O que *você* está fazendo aqui? — Minha irmã estava tentando me proteger, pensando que Leanne fosse a razão para Scott e eu termos terminado.

Não. O crédito era todo meu.

— Alice. — Balancei a cabeça, indicando que ela parasse. — Oi, Leanne. Tudo bem?

Ela tentou sorrir de novo, mas o sorriso mais pareceu uma careta. Estava claro que ela não era mais minha fã. Ou talvez achasse que não precisava mais fingir.

— Lea, pode deixar tudo aí, a gente volta mais tarde. Só me dê um minuto. — Ela assentiu, apoiou as caixas na parede e foi para a porta. Alice voltou para o banheiro, nos dando privacidade.

— Scott? — Irado, ele enfiava mais coisas na bolsa, me ignorando. — Scott? — Segurei o braço dele.

— Não! Não toque em mim nem aja como se estivesse magoada. — Ele se desvencilhou da minha mão. — *Você* terminou comigo para ficar com outra pessoa. Com aquele babaca do caralho, o Trevor, não foi? Você mentiu para mim. Você deu para ele naquela festa, não foi?

—Não.—Tecnicamente, não. De toda forma, para mim, não era o Trevor.

— Eu fui cego pra caralho. Estou me sentindo tão idiota. Eu confiei em você. Pensei que a gente ficaria junto *para sempre* — ele gritou. — É alguma forma distorcida de me magoar?

— Eu nunca quis magoar você.

— Vou fingir que acredito. Era algum fogo que precisava apagar? Dar para outro cara? E um galinha babaca ainda por cima. Sabe quantas meninas ele comeu e saiu se gabando? Ele trata mulher igual a lixo. É isso que você quer? Para o seu bem, espero que ele tenha valido a pena.

Ah, porra, valeu. Mas, repetindo, não era quem ele estava pensando.

— Por um instante, pensei que a gente poderia conversar e se acertar, mas você me curou disso. Já deu. Sério. Nunca mais eu quero ver a porra da sua cara.

Lágrimas escorriam pelo meu rosto, mais por ter magoado meu melhor amigo do que pelo ataque. Scott era um cara fofo e feliz... e eu transformei aquilo em ódio. Eu conseguia ver sua mágoa se transformando em raiva, a fúria se avultando dentro dele.

— Ah, e quer saber? — Ele sorriu com desdém, parando bem na

minha frente. — Não foi só você. Eu fui para a cama com outra pessoa também. — Ele colocou a bolsa no ombro, a energia saltava para a menina esperando por ele. — E foi bom pra caralho.

Ele não falou o nome, mas estava óbvio que se referia a Leanne. Eu não podia negar que senti uma pontada ao ouvir aquela declaração, mas outra parte de mim torcia para que ele não a magoasse só para se vingar de mim. A garota estava completamente apaixonada por ele; seria crueldade usá-la desse jeito.

— Eu odeio ter magoado você. Só quero que você seja feliz. Mesmo se não acreditar em mim agora, eu sempre vou amar você, Scott. Você é meu melhor amigo desde que tínhamos 14 anos.

— Vai se foder. Amigos não se apunhalam pelas costas. — Ele zombou, e começou a se virar. — Ah, sim, uma mulher lá embaixo estava tentando enfiar isso na caixa de correio. — Ele tirou um envelope do bolso e o jogou na cama. — Não esteja aqui quando eu voltar para pegar as minhas coisas — ele exigiu, e saiu feito um furacão. Dois segundos depois, a porta bateu, sacudindo as paredes finas do apartamento.

— Otário-bobo-cabeça-louca. — Alice saiu, boquiaberta, olhando de mim para onde Scott tinha estado.

— No filme Um duende em Nova Iorque eles falam "oca".

— Gosto mais de louca. — Ela deu de ombros e piscou para mim. Olhei a minha irmã, a verdadeira Alice, a que eu idolatrava por causa da ousadia e determinação, e simplesmente corri para ela e a envolvi em um abraço apertado. Meu peito estourou de emoção, libertando toda a tristeza.

— Ei, estou aqui. Está tudo bem. — Ela me abraçou com força, e deu tapinhas na parte de trás da minha cabeça. Ficamos assim por uns minutos, até eu me acalmar. — Você sabe que ele não quis ser cruel. Só está magoado. Vai acabar se arrependendo.

— Eu sei. — Me afastei. — Não é por causa dele que eu estou chorando. — Sequei os olhos. — Senti saudade de você.

— Não faz nem dois dias que você me viu.

— Passaram-se meses para mim.

Ela inclinou a cabeça.

— A gente tem muito o que conversar.

Ela moveu os lábios e cutucou o hematoma no meu pescoço.

— Obviamente.

— Ai! Para. — Bati na mão dela.

— Você me disse que você e Scott terminaram, mas não chegou a dizer a razão. Pelo que ouvi, estou começando a achar que ele tem todo o direito de estar magoado. — Ela inclinou a sobrancelha e me cutucou. — Quem é esse Trevor?

— Ninguém.

— Qual é. — Ela me cutucou de novo, me irritando como só uma irmã conseguiria. — Me conta. Quem te deu todos esses chupões e mordidas?

— Acho que nem *você* está pronta para ouvir minha história maluca.

— Maluca? Maninha, esse o único idioma que eu entendo. — Ela se largou na cama. — A gente não pode demorar. Scrooge está reunindo as pessoas no chalé, mas eu acho que preciso ouvir essa história primeiro.

— Sabe os sonhos que eu tinha quando criança?

— Os do monstro ou dos irmãos Miser te sequestrando?

— Por mais engraçado que pareça, os dois. — Um sorriso se curvou na minha boca ao pensar em Frost. Distraída, passei os dedos pelos lábios e por uma das mordidas.

— Puta merda. — Alice me olhou, boquiaberta.

— O quê?

— Desde o dia que você nasceu, vi tudo quanto é sorriso no seu rosto, mas *nunca* vi esse olhar.

— Que olhar? — Era como se ela pudesse ver dentro de mim.

— Esse aí. — Ela apontou para o meu rosto. — De estou completamente encantada, caidinha, obcecada, não tem sexo que baste, apaixonadaça.

— Apaixonada? — Balancei a cabeça. — Não. De jeito nenhum. Não é amor. Desejo, talvez.

— Di, você pode enganar todo mundo, até a si mesma, mas eu te conheço melhor do que você pensa. E eu conheço esse olhar. — É, ela estava perdida nele desde que conheceu Matt/Scrooge. — Sei que o Scott nunca colocou essa expressão de plena satisfação no seu rosto. Então, quem é?

— Bem... — Torci as mãos, nervosa.

— Ai, meu Deus, você está ficando vermelha! — Alice provocou. — Me conta! Algum cara da sua sala? Do trabalho? É melhor não ser o Gabe.

— Que nojo. — Olhei feio para ela, o que a fez rir. — Não é o Gabe. — Respirei fundo. — É o Frost.

— Frost? — Ela inclinou a cabeça antes de entender de quem eu estava falando, então se sentou mais erguida. — Jack Frost?

— É.

— O gêmeo do cara que me sequestrou? O filho da Maribell, que acabou de usar você para liberar a bruxa malvada de Winterland? Esse Miser?

— Pra começo de conversa, ele pensou que a mãe estivesse morta nesses doze anos e não tem nada a ver com a tia. Não é muito fã do irmão também.

— Dinah. — Alice segurou a minha mão. — Eu ouvi histórias sobre ele.

— Quais?

— Que ele não é o que parece. Que é perigoso.

Ah, mal sabia ela.

— Não para mim. — Eu me sentei ao lado dela. — Jessica não foi o primeiro monstro que eu libertei.

— Como assim?

— Sei o que Frost é. — Eu a encarei. — Porque fui eu quem o deixou assim.

Alice ficou parada lá embasbacada enquanto eu contava a versão resumida do que tinha acontecido comigo desde minha infância em Winterland até chegar em Frost, e depois em Jessica invadindo a minha mente.

— Krampus? — Alice repetiu pela décima vez, ainda boquiaberta. — Você está dando para o Krampus?

— Não. — Fiz careta. — Para o Frost.

— Mesma coisa! Quando eu vou para a cama com o Matt, estou dando para o Scrooge também. — Ela jogou os braços para cima.

— Ahhh. Não me faça ter pesadelos. Já tenho o bastante. — Tentei afastar as imagens dos dois transando. Eu tinha material suficiente para visualizar até os detalhes.

— Não sei se estou orgulhosa ou meio enjoada. — Ela passou o braço ao meu redor. — Quem diria que a minha irmã toda certinha ia mandar ver com a fera.

— Para.

— Acho que é orgulho… ou indigestão.

— Sai pra lá. — Eu a empurrei e bufei, ela tirou o braço.

A expressão de Alice mudou.

— Acho que todos os pesadelos com monstro que você tinha fazem sentido agora, né?

STACEY MARIE BROWN

— Depois de tudo pelo que passei, eles são nada. — Balancei a cabeça.
— O poder da Jessica... ela quase me prendeu na minha própria mente!

— Visionária — ela sussurrou, balançando a cabeça.

— Oi? — Olhei para ela.

— Jessica é inteligente e pensa a longo prazo. Ela não abre mão de algo que pode vir a precisar. Foi por isso que ela me deixou viva, mas enfiada em um hospital psiquiátrico.

Não consegui conter o tremor, odiando o fato de não ter percebido a verdade na época, por não ter impedido que Alice fosse ferida por aquela mulher. Algum dia tenho que ouvir aquela história toda.

— Ela te queria viva...

— Mas basicamente como uma flor de estufa, para quando precisasse de mim.

Mordi o lábio inferior.

— Eu meio que tinha essa sensação. Ela pensou ter criado a armadilha perfeita para mim... me casando com Scott.

— Mal sabia a mulher que você estava mandando ver com o sobrinho dela!

Gemi e bati a mão no rosto, meio rindo.

— Cacete, senti sua falta. — Eu me inclinei para Alice. — A amargura que ela sente por você também estragou os planos dela.

— Como assim?

— No outro mundo, ela fez de você uma idiota que deixa um homem, e logo o Martin, pisar na sua cabeça, e você ficava correndo atrás da pouca atenção que ele te dava. Eu sabia que aquela não era a minha irmã.

— Martin? — Ela fez careta e estremeceu. — Aff, só de lembrar dele já sinto calafrios.

Eu ri, depois suspirei e deitei a cabeça no ombro dela. — Minha vida está uma loucura. Mas estou feliz por ter você aqui comigo. Por estarmos nessa juntas.

— Eu também. — Ela suspirou e apoiou a cabeça na minha. — Nunca imaginei você fazendo parte disso. Embora eu sempre tenha tido essa outra vida longe de você, da mãe e do pai, agora você está aqui, não consigo imaginar de outro jeito. É como se seu lugar sempre tivesse sido aqui, comigo. Como uma peça que faltava.

— Só que você salvou tudo, e eu destruí. Quem teria pensado que a bagunceira seria eu? Causando caos e devastação?

— Né? — Alice bufou. — Yin e yang.

Ela segurou as minhas mãos. Eu as encarei. Duas mãos diferentes se unindo. Se eu e Alice tínhamos poderes opostos individualmente, o que aconteceria se nos uníssemos? Espíritos do passado e do futuro no presente?

— Srta. Liddell, é melhor você trazer esse seu rabo de volta para mim agora mesmo. — Uma voz rouca veio do ouvido de Alice, cortando todos os meus pensamentos.

Ela balançou a cabeça e tocou o dispositivo que estava escondido na orelha sob o longo cabelo sedoso.

— A caminho, não precisa arrancar as calças... na verdade, esquece essa parte. Precisa, sim.

— Se te fizer voltar mais rápido... — Eu conseguia ouvir a voz de Scrooge.

— Aff. — Revirei os olhos e ri.

Antes, a quantidade de energia sexual e as insinuações deles me deixavam maluca. Agora, só me fazia querer ir atrás de Frost e encontrá-lo na biblioteca... com uma corda.

— Já chego. Conseguiu contatar Trovão e Cupido?

— Aquele cone de neve cheio de merda avisou a eles — Scrooge resmungou.

— Todo mundo odeia o Frosty? — Eu ri.

— Basicamente. — Alice assentiu para mim, e eu consegui ouvir Scrooge concordar. — Até já. — Ela apertou o fone, levantou da cama e algo debaixo dela caiu no chão.

O envelope que Scott havia jogado lá, sobre o qual Alice estivera sentada. Minhas pálpebras se estreitaram na letra de mão, com apenas o meu nome. Nada de endereço.

"Uma mulher lá embaixo tentou enfiar na caixa de correio."

Um aperto se envolveu na minha garganta e no meu estômago, me deixando em alerta. Peguei a carta, e arrepios percorreram a minha pele.

— O que é isso? — Alice perguntou.

Balancei a cabeça. Abri o envelope, notando o endereço de devolução no verso. Alice arquejou, se encolheu, os olhos se arregalaram aterrorizados enquanto eu reparava no nome que estava ali. *Hospital Psiquiátrico Winters*. Aquela desgraçada deixou bem claro quem era o remetente. Debochando da gente.

Com os dedos trêmulos, rasguei a aba, mal consegui engolir. Puxei a folha lá de dentro e a desdobrei.

STACEY MARIE BROWN

> *Bela,*
>
> *Duas Feras lutam do lado de dentro, mas só uma viverá.*
> *A fera será libertada para decorar Winterland de vermelho-*
> *-sangue.*

Minha cabeça deu voltas e eu arquejei ao compreender o significado das palavras de Jessica.

— O que foi? — A voz de Alice estremeceu ligeiramente, na defensiva. — O que diz?

— Ela está com o Frost. — Bile cobria minha garganta, meu coração estava disparado.

Alice me encarou, sem entender muito bem.

— Ela vai matar o Frost e libertar o Krampus.

CAPÍTULO 17

— Por favor, me diz que é brincadeira. — De braços cruzados e os ombros empurrados para trás, Scrooge olhava de Alice para mim. Ele vibrava de fúria enquanto ouvia nossa história, cada palavra retesava os ombros dele até eu pensar que o homem entraria em combustão, como se seu monstro interno saísse rasgando a sua pele.

Scrooge tinha o mesmo jeito de Frost. Os dois eram incrivelmente abrutalhados e sensuais, e escondiam uma fera indômita sob a superfície, pronta para vir à tona e arrasar um país.

— Strudel que partiu. — Lebre baixou a cabeça na mesa e a bateu lá várias vezes.

— Aaahhh... strudel. Parece tão gostoso. — Pen bateu as barbatanas e dançou na cadeira ao lado de Lebre. — Você faz um strudel deliciosíssimo!

Meu cérebro queria entrar em curto enquanto eu olhava ao redor do esconderijo. Rodolfo, Corredora, Raposa, Donner, Cupido, Dee, Dum, um elfo enorme chamado Happy – o que era engraçado, pois ele era um babaca mal-humorado –, uma elfo estouvada chamada Bea, Pen, Lebre, Scrooge e o Papai Noel.

Será que algum dia eu acharia aquilo normal?

— Você não está me dizendo que agora um dos monstros mais temidos de Winterland é o bichinho de estimação de Jessica.

Lambi os lábios, a ânsia de vomitar ainda borbulhava em meu estômago.

— Estou.

— Pelas. Bolas. Da. Porra. Do. Elfo. Arteiro — Scrooge gritou, e passou as mãos pela cabeça. Ele andou em círculos enquanto todos ao redor dele gemiam e xingavam, reagindo basicamente do mesmo jeito.

— Cacete. — Rodolfo caminhava do lado oposto ao de Scrooge, com as mãos na testa e suspirando.

— Eu sei quem Krampus é, mas ele é tão preocupante assim? — O olhar de Alice ficou mais nervoso devido à reação de Scrooge. — Tipo, a gente lutou com gremlins, com a Jaguadarte e os soldados de brinquedo dela...

— Gremlins? — Boquiaberta, olhei para Alice. — Quê? Eles estão aqui? Não que algo mais me surpreenda...

— Os gremlins são fichinha para Krampus. Eles morrem de medo dele. — Scrooge respondeu a Alice. — A Jaguadarte só machuca quem vai atrás da sua cria. Mesmo ela o evitaria.

— Mas ele é só um. — Alice apontou ao redor, sugerindo que o superávamos em número.

— Krampus não pode ser morto — Papai Noel falou de sua cadeira à cabeceira da mesa, usando um conjunto de moletom. Ele parecia cansado e estressado.

— Quê? — Eu me virei para ele. — Como assim? Nunca?

— O corpo que ele habita no momento pode morrer. — O olhar incisivo dele encontrou o meu. — Mas Krampus reivindicará outro corpo, e vai acabar se misturando com o dessa pessoa. A lenda nunca morrerá.

— A gente consegue capturar a alma dele? Como antes... — Antes de eu libertá-lo, antes de eu bagunçar tudo. — Tirá-lo de Frost?

— Não sei mais a essa altura. Pode ser perigoso. — Papai Noel franziu a testa.

— E quem poderia fazer isso? — Rodolfo perguntou. — Só o Papai Noel tem tanto poder assim.

— E quanto a mim? — Eu me virei para o belo homem-rena e sua parceira, Raposa, que era ainda mais deslumbrante. — Eu libertei Krampus e Jessica. Por que não posso capturá-los?

— Queria que fosse assim tão simples, minha querida. — Papai Noel balançou a cabeça. — Creio que nem eu consiga fazer isso. A menos que...

— A menos que o quê?

— A menos que matemos o hospedeiro e o capturemos antes de deixar o corpo. — Papai Noel olhou para mim, cheio de tristeza.

— Não. — Pânico e pesar inundaram meus olhos, e eu balancei a cabeça. — Tem que haver outro jeito.

— No momento, acho que devemos nos concentrar em uma coisa de cada vez. — Scrooge se voltou para o grupo. — Primeiro, vamos tirar a arma deles. Sem Krampus no cenário, Jessica terá um pouco menos de força. Não importa o que aconteça, essa será a luta mais importante da nossa vida.

— De novo — Lebre resmungou na mesa, batendo a cabeça mais uma vez. — E eu estava só começando a deixar minha garota toda suja e ardente, bem onde ela gosta de ser esfregada e tocada.

— Aff. — Alice estremeceu. — Vou ter que repetir nossas regras sanitárias?

— E de que isso importa agora? — Lebre resmungou, fazendo drama. Empurrou a cadeira para trás e pegou a garrafa de hidromel. — Posso muito bem lambê-la inteirinha enquanto tenho chance.

— Super nojento. — Alice balançou a cabeça.

— Olha só quem fala. Não tem só glacê meu nessa mesa...

Eu me afastei do móvel, enojada.

— Ele está brincando — Alice respondeu, enquanto Lebre balançava a cabeça atrás dela, articulando: *não estou, não.*

— Ok, voltando a algo que não me deixa com estômago embrulhado. — Rodolfo colocou uma mecha do cabelo longo atrás da orelha. — Precisamos descobrir onde Jessica está escondida, onde ela está mantendo Krampus.

— Frost. — Cruzei os braços. — O nome dele é Frost, não Krampus.

— Dois otários — Scrooge resmungou e apontou para mim, com ares de quem queria me proteger. — E essa vai ser outra conversa.

— Acho que você está um pouco atrasado pro papo do ovo e da sementinha. — Alice tossiu, tentando disfarçar o sorriso.

Scrooge fechou a cara.

— Sério? Dinah... o cara é literalmente um monstro. E um verdadeiro babaca.

— Engraçado, ele falou o mesmo de você — rebati.

— Não posso nem criticar. — Alice deu uma piscadinha para Scrooge.

— Pessoal! — Raposa soltou um assovio estridente, que percorreu toda a sala e voltou nosso foco para ela. — De volta ao problema: encontrar Jessica enquanto deixamos mais combatentes a postos.

— Frosty está tentando reunir mais combatentes da Resistência Noturna? — Rodolfo olhou para Trovão, outro belíssimo homem-rena. Sério, todos eles eram deslumbrantes com os longos cabelos escuros de vários tons, lábios pretos, olhos escuros, chifres, corpo perfeito e muito sarado.

— Não restam muitos de nós. — Trovão tirou o que parecia um baseado dos lábios, e soprou. Ele vestia calça cargo, camiseta e bota; a menina ao lado dele estava de um jeito parecido. Ambos eram confiantes, inabaláveis, como se tudo pudesse explodir na cara dos dois e eles nem pestanejariam. — Depois de perder Noel e tantos outros na batalha, há só mais

STACEY MARIE BROWN

um punhado. Não o bastante para lutar. E muitos não querem voltar para o combate. Noel era o coração do grupo.

Alice abaixou a cabeça, os cílios tremularam. Ela mordeu o lábio e lutou com a tristeza.

— Não esquenta, Alice-real — disse Bea, a elfo linda e estouvada com tranças pretas caindo pelas costas, um narizinho fofo e imensos olhos castanhos e bochechas rosadas, muito parecida com Dum, Dee e Happy. Ela rodopiou a trança, os olhos se fixaram num lugar entre Alice e eu. — Ele está aqui.

— Quem está aqui? — Olhei para Alice e para ela, curiosa.

Bea sorriu, os olhos ainda fixos no ponto entre nós, rindo, as bochechas ficaram ainda mais coradas. — Ele está guardando toda a magnitude.

— Oi?

— Acho que ela está falando do Noel. Nós o perdemos na guerra. Ele ajudou a mim e a Scrooge a escapar do hospital psiquiátrico. Me salvou da Jessica. Era um bom amigo. — Ela pigarreou. — Bea estava comigo lá e o conhecia bem. Jessica torturou Bea por décadas... isso *mudou* quem ela é. — Alice olhou para mim com tristeza. — Acho que ela se esquece de que Noel se foi.

— É nada, Alice-real. Ele está aqui — ela cantarolou, e veio saltitando até nós. — Ele diz que vocês duas são um pé na torta de groselha dele. — Bea riu alto, então parou de repente, inclinando-se para olhar para mim. — Ah, você é cheia de magnitude, assim como a Alice-real. Só não é totalmente você ainda, mas eu te vejo como uma quase-Dinah. Você ainda precisa se soltar mais.

— O-ok? — Olhei Alice de soslaio, a intensidade de Bea me fez me remexer.

— Troca! É hora da troca! — Bea se virou, gritando.

— Troca! — Dum respondeu, erguendo os braços. Eles se trombaram e caíram no chão em um arroubo de risadas.

— Dum e Bea. — Dee bateu o pé. — Temos menos de seis dias. Preciso de toda a elfozidade de vocês.

— Desculpa, a gente não consegue te ouvir. — Dum apontou para a orelha que ele não tinha, deixando Bea ainda mais histérica.

— Dum-Puck! Bea-Puck! Levantem-se agora mesmo. Anda, anda! Ainda temos um Natal para organizar. — Dee estalou os dedos para eles.

— Querem decepcionar todas essas crianças?

LOUCURA FEROZ

— Bem-vindos à vida, *otchários*. — Lebre ergueu os braços antes de tomar outro gole. — Melhor se acostumarem.

— Lebre! — As bochechas de Dee ficaram quase roxas. — Não me obrigue a fazer o hidromel de refém de novo.

Lebre respirou fundo e abraçou a garrafa.

— Você não se atreveria.

— Ah, me atreveria sim! — Ela olhou feio para ele. — Precisamos de mais quinhentos Papais Noel de chocolate. Agora! Vamos, galera, de volta ao trabalho! — Ela se virou e marchou para o espelho. — Nem pense em ir para o bar, Happy! Você está trabalhando comigo.

— Merda. — O elfo mais alto chiou, arrastando-se devagar atrás de Dee, mas com um sorrisinho se insinuando em seu rosto quando olhava para ela.

— Pessoal, é melhor vocês irem antes que ela fique atacada de verdade. — Alice apontou para os elfos no chão. — O Natal ainda está chegando.

De mãos dados, Bea e Dum se levantaram, riram e sussurraram enquanto saltitavam através do espelho.

— Você também — Alice disse para Lebre. — O café precisa de mais doces.

— Claro, está tudo ruindo ao nosso redor, mas vamos tratar o coelho como se fosse a putinha de todo mundo — ele resmungou.

— Vá lamber o seu fogão, e eu vou fingir que não vi dessa vez. — Ela o enxotou.

— Melhor eu ir para a oficina. Acho que só vou atrapalhar se ficar por aqui. — O Papai Noel se levantou e coçou a barriga.

— Você não faz ideia de onde Maribell ou Jessica podem ter se escondido? — Scrooge perguntou a ele.

— Não. — Ele balançou a cabeça. — Desculpa não ser de muita ajuda.

Ele fez uma pausa ao passar por mim, seu olhar me fez prender a respiração. O Papai Noel tinha o poder de fazer a gente se sentir como se fosse a única pessoa no cômodo, a estrela da árvore de Natal.

— Você tem bastante magnitude, Dinah, como a sua irmã, ou até mais. Você precisa ter clareza se a usará para o bem maior ou para si mesma. — Sua mão quente deu tapinhas no meu ombro antes de ele terminar a jornada para o espelho.

Cerrei a mandíbula, cobri a boca com a mão, tentando impedir o pânico de subir para a garganta.

— Vamos deixar todos aqueles que estão dispostos a lutar de sobreaviso.

— Trovão pegou o baseado, que tinha um cheiro bem parecido com visco, e olhou para Cupido. O olhar dele tinha uma dureza que eu não conseguia explicar: uma conexão profunda e uma estranha resistência. Dava para sentir uma certa animosidade, mas ela franziu os lábios e olhou para longe, dirigindo-se à Raposa:

— Diga à Corredora que mandei um beijo. — Ela abraçou a amiga e foi para as escadas, sem nem olhar para Trovão. Ele suspirou e estalou a mandíbula antes de ir atrás dela, sumindo no corredor.

— Qual é a deles? — sussurrei para Alice.

— Você não quer saber. — Ela riu, sentou na cadeira e segurou a cabeça. — Não consigo acreditar que a gente está nessa de novo.

— Eu sei. — Scrooge passou a mão pelas costas dela, e lhe massageou o ombro.

— A gente já perdeu tantos... — Rodolfo olhou para Raposa, dividindo um olhar de dor. Eu sabia que eles tinham uma garotinha chamada Corredora Empinadora Dançarina, que eles chamavam de Dora ou Dorinha, uma homenagem às renas que tinham perdido. Acabaram de ser pais e já estão enfrentando outra guerra brutal... por minha causa.

Cerrei as mãos com a ideia de aquilo ser culpa minha, criando uma barreira entre mim e os outros. Havia grandes chances de perdermos pessoas que estavam ali naquela sala. Eu odiava o que tinha feito, mas, ao mesmo tempo, escolheria Alice de novo. Scrooge talvez seja o único que entendia a minha decisão.

— Precisamos encontrar a Jessica. — Alice se endireitou na cadeira e pegou a mão de Scrooge. — Capturar Kram... Frost é prioridade agora.

— Não há nada no bilhete? — Raposa se aproximou da mesa em que a carta estava.

— Não. — Scrooge balançou a cabeça. Todos a lemos e relemos. Não há nada, a não ser a informação de que ela está com ele.

— E o irmão do cara? — Raposa se virou para mim.

— Nem pensar. — Alice se intrometeu. — Foi ele que me sequestrou. Está do lado dela.

Na verdade, eu achava que não estava, mas, depois do meu último encontro com Blaze, eu duvidava de que ele estivesse do nosso lado também.

— Frosty tem espiões por aí. Talvez eles descubram alguma coisa. — Rodolfo andava para lá e para cá, cada vez mais frustrado. — Não temos muito tempo. Quem sabe quem mais ela vai atrair para o lado dela? O Papai Noel tem um monte de inimigos.

— E os ventos de alerta? — Alice sugeriu.

— Deveriam ser neutros, mas não confio neles. — Rodolfo balançou a cabeça.

— Podemos perguntar ao Grinch. Talvez ele saiba onde Maribell está. — Eu meio que ri, fazendo cada cabeça se virar para mim.

— Quê? — Alice me olhou, boquiaberta, reparando na minha cara. — Jura?

— Ao que parece... — Dei de ombros.

— Tô passada.

— Por quê? — Scrooge franziu as sobrancelhas.

— A Maribell e o Grinch. — Eu sorri.

Um gemido de desgosto tomou o cômodo quando entenderam o que eu insinuei.

— Ah, mas que amendoeira! — Lebre pegou a garrafa de hidromel e o entornou nos olhos e nos ouvidos. — Eu não consigo... essa imagem... me faz esquecer... faz parar!

Scrooge tomou a garrafa dele e tomou um bom gole, como se quisesse esquecer aquilo também.

— Você é um nojento, sr. Grinch... uma doninha suja e fedorenta. — Pen se balançou na cadeira enquanto comia outro biscoito.

— Pin, cala essa boca antes que eu te esfole e te transforme em sanduíche de cogumelo! — Lebre ajeitou o avental e voltou para o fogão.

O biquinho de Pen tremulou.

— Mas... eu não quero virar sanduíche. — As barbatanas dele bateram, o humor mudou em um piscar de olhos. — Não posso ser um salame de chocolate?

— Pode, tanto faz — Lebre resmungou, e colocou panelas no fogão.

— Qual é o plano? — Dirigi minha crescente ansiedade para os quatro diante de mim, ansiando pela segurança do planejamento. Algo que riscar da lista. — Eu preciso encontrá-lo.

— No momento, só podemos enviar mais espiões enquanto reunimos todos para a batalha. — Rodolfo estremeceu, a própria frustração fez suas sobrancelhas franzirem. — Melhor a gente entrar em contato com a Cindy Lou. Ela vai trazer os Quem.

— Não! Não! Não! — Lebre bateu uma panela. — Vou impor limites. Não serei usado como isca de novo.

— Mas você é tão bom nisso... — Alice sorriu para ele. — Você e o Max se deram tão bem.

STACEY MARIE BROWN

— Vai se foder! — Ele apontou para Alice, depois para Scrooge. — E você também. Sei o que você está prestes a dizer.

— Tem tempo que você não faz nada. Pensei que fosse querer aproveitar a oportunidade.

Lebre cerrou os punhos, tudo se contorcia no rosto dele, a raiva fazia seu corpo tremer.

— Aperte o reset. Ele não está funcionando direito — Alice brincou, cutucando o braço de Scrooge.

— Ahhh! Já chega! Dessa vez estou falando sério. Não volto nunca mais — Lebre gritou para o teto antes de tirar o avental e sair pulando pelas escadas e porta afora.

Ninguém respondeu, me deixaram no vácuo.

— Ninguém vai atrás dele?

Alice ergueu os dedos.

— Cinco, quatro, três, dois e…

— Vou embora assim que terminar as tortas. — Lebre voltou feito um furacão, bufando de raiva ao descer as escadas. — Não posso desperdiçá-las. São um orgasmo em forma de casquinha crocante. Mas juro que vou assim que temperar o chocolate e terminar os pãezinhos de rum. Ah, e eu preciso fazer mais torta crocante de canela.

Alice e Scrooge tentaram disfarçar o sorriso.

— Tudo para impedir o coelho de perder a cabeça. — Alice apontou o queixo para Lebre. — É a sua vez de ir lá em cima. A gente foi da última vez. — Ela se levantou e falou com Raposa e Rodolfo. — Cindy Lou vai ajudar com eles. Essa garotinha é feita de ferro.

Rodolfo fez careta.

— Tudo bem.

Cindy Lou, Max, Grinch… minha irmã dizia aqueles nomes sem um pingo de ironia.

— Faça a notícia correr. Precisamos do máximo de combatentes possível. — Raposa olhou para Rodolfo, preparando-se para ir. — Preciso voltar para Corredora. Ela está se metendo em tudo agora.

— Obrigada por virem. — Alice abraçou os dois antes de eles seguirem para a escada.

— Não posso ficar sentada aqui. Preciso fazer alguma coisa. — Puxei a blusa, cada nervo meu estava inquieto, querendo agir. — Você me conhece, eu preciso de um plano, ou vou enlouquecer.

— Parece que você já tem um. — Scrooge abriu um sorrisinho, quebrou uma tortinha ao meio, colocou um pedaço na frente de Pen e jogou o resto na boca.

— Ei! — Lebre bateu na mão de Scrooge com a espátula. — Não toque nelas.

— Podemos voltar ao assunto de que porra você estava fazendo com Frost? — Scrooge estreitou os olhos para mim. Ao longo desses dois anos, ele se tornou uma espécie de irmão mais velho. Protetor pra cacete. — Por favor, não me diz que você está dando para ele... por favor.

Estremeci.

— Ah, filho de um quebra-nozes. — Ele jogou a cabeça para trás. — E o Scott? Vocês não estavam praticamente casados?

— Sim. — Abaixei a cabeça, pesarosa. Meu último encontro com ele ainda estava fresco na minha cabeça.

— Scrooge, pode parar. — Alice foi até ele, balançando a cabeça em aviso. — Não dá para controlar por quem a gente se apaixona.

Eu e Scrooge falamos ao mesmo tempo:

— Amor? Não estou apaixonada.

— Ela está apaixonada por aquele otário?

— Não estou apaixonada por ele, Alice. — Balancei a cabeça, em negação.

Não podia ser. Aquela não era eu. Eu não me apaixonava em um piscar de olhos. Eu mal o conhecia e tinha acabado de terminar com um cara com quem pensei que passaria o resto da vida.

Não. Não. Não era amor. Não era...

— Porra. — Scrooge me encarou.

— Quê?

— Você está — ele resmungou.

— Não... eu... — Senti as palavras se perdendo, não encontrei nada na minha língua.

— Como eu disse, maninha, você pode mentir para si mesma, mas está estampado na sua cara.

A declaração dela me atingiu com tudo, fechando minha garganta. Medo e pânico me fizeram me mexer, meu olhar foi para o chão, ouvi Lebre fazendo barulho na cozinha e Pen cantarolar *All I Want for Christmas is You*. Eu sabia que gostava dele, que estava cheia de tesão... mas amor? Não. Parecia errado considerando que eu tinha terminado com Scott há tão pouco tempo.

STACEY MARIE BROWN

Você não estava apaixonada por Scott há tempos, uma voz sussurrou na minha cabeça, me fazendo sentir mais culpa ainda.

— Di, está além do seu controle. Não é assim que funciona. Simplesmente acontece, pode acreditar. Acha que eu escolheria esse babaca se pudesse evitar? — Ela apontou para ele com um sorriso travesso no rosto, sabendo bem em que estava se metendo.

Scrooge fez pouco, balançou a cabeça enquanto a rondava, as pálpebras estreitadas para a presa.

— Ah, srta. Liddell, continue chamando mais punição para si. Só me dá ainda mais prazer...

— Isso se você conseguir me pegar — ela provocou, erguendo as sobrancelhas em desafio.

— Você não é mais rápida que eu. E eu sempre vou te encontrar.

As palavras de Scrooge me atingiram como um limpa-neve. A familiaridade da ameaça desencadeou uma memória em mim, e eu arquejei, me transportando para o corredor no subsolo da Fortaleza, no dia que eu voltei para Frost.

— *Sei apenas de um par de espelhos que está ligado um ao outro. Dizem que eles conseguem mostrar e te levar à pessoa que tem o outro, não importa o lugar em que ela esteja. Não dá para fugir dele. Graças aos espelhos, você jamais poderá se esconder de mim. Eu sempre vou encontrar você.*

Meu santo elfo...

— Dinah? — Alice segurou o meu ombro. — O que foi?

— Eu sei... — Engoli em seco, com o fôlego ainda preso na garganta. — Sabe o quê?

Olhei para ela, com os olhos arregalados.

— Como encontrar Frost.

CAPÍTULO 18

— Os Espelhos Harmônicos deveriam ser um mito. — Scrooge tocou de leve a moldura dourada, inspecionando o enorme espelho do meu quarto. Tudo nele contrastava com o cômodo simples e monótono. Agora estava óbvio demais que o cara fugia à norma. Sua simples existência era demais para a Terra lidar.

— Tecnicamente, você também. — Dei de ombros, o que fez Alice bufar. Ele inclinou a cabeça, concordando. Um sorriso se insinuou em seus lábios.

— Muitas coisas sobre mim são consideravelmente lendárias.

— Acho que você e Frost se dariam muito bem. — Revirei os olhos, rindo.

— Ou se matariam. — Alice deu a volta em Scrooge e se aproximou do espelho. — Os dois são cabeçudos demais para caber no mesmo cômodo.

— A que cabeça você se refere, srta. Liddell? — Scrooge deslizou a mão pela cintura dela antes de dar uma piscadinha. — Embora nenhuma das duas fosse caber.

— Acho que isso de homem se gabar do tamanho da rola é universal — murmurei, balançando a cabeça. — Não importa o reino de que venham.

Scrooge me olhou com um sorriso atrevido antes de voltar a olhar para o espelho.

— Se ele for mesmo um espelho gêmeo, então somente o verdadeiro dono pode usá-lo. Não funciona para qualquer um. Eles estão conectados, mas a pessoa só verá aquele ao qual está ligado.

— Como assim ligado? — Engoli em seco, minha boca ficou seca de repente. Eu sabia que era atraída por Frost, mas não cheguei a pensar em nada além disso.

— Tipo... — Scrooge ergueu a sobrancelha. — Par Legítimo.

— Par Legítimo? — Minha voz se ergueu em um guinchado. — Que merda é essa? Que bobagem mais arcaica e sexista. Parece aquelas merdas de livro de fantasia.

Scrooge fez pouco, lutando com um sorriso.

— É algo do nosso mundo. É profundo. Vai além das leis do que os humanos pensam que é casamento ou de estar em um relacionamento. Chamar Alice de namorada ou parceira é pequeno e inadequado diante do que a gente é.

Verdade. Nunca olhei para eles e pensei em namoro. Mesmo se fossem casados, marido e mulher não seria suficiente. Eles eram muito mais. Algo etéreo. Épico.

— O espelho não aceita dúvidas, Dinah. Você precisa reconhecer o que sente, não importa o que seja. — Scrooge apertou o meu braço, me forçando a olhar para cima. — Está pronta para isso?

Eu me esquivei do olhar dele e fitei o chão. Suor pontilhava a minha testa; adrenalina e pânico aqueceram a minha pele. Não porque a ideia de estar ligada a Frost me aterrorizasse. Tudo bem, aterrorizava um pouquinho, mas eu também conseguia sentir uma certeza profunda em minhas entranhas. Uma sensação de que sabia há muito tempo, e que era algo que estava apenas esperando que eu a revelasse, que admitisse. Uma certeza de que aquilo era muito diferente do que eu sentia por Scott. Excitante, que dava medo e me animava, mas também dava segurança e calma, por incrível que pareça. Eu amaria Scott para sempre, mas percebi que ele tinha sido um cobertor de segurança que me mantinha em uma bolha, me protegendo da incerteza do mundo. Ele era estável e fofo, coisas pelas quais eu ansiava depois do trauma que tentei bloquear. Queria tudo alinhado e em seu devido lugar.

Frost virou tudo de cabeça para baixo, meus pés não conseguiam tocar o chão. Ele despertou algo em mim. A garota destemida que eu era. A que ansiava por paixão e aventura.

Lambi os lábios, minha garganta estava seca.

— Sim — murmurei e ergui a cabeça, meu coração disparou com a confissão. — Estou — falei mais alto.

Scrooge franziu os lábios, sua preocupação comigo ficou evidente, mas ele assentiu, entendendo que não havia nada que pudesse fazer.

Eu estava apaixonada por Frost.

— Santo azevinho… — Alice sussurrou, balançando a cabeça. — Se algumas semanas atrás me contassem que minha irmã não só era parte deste mundo, mas se apaixonaria por um personagem de filme que também é um monstro mítico, eu teria me internado de novo no hospício.

— Eu teria me juntado a você. — Bufei e soltei uma risada rouca, ajeitando o espelho. — O que eu faço?

— Não faço ideia. Isso é contigo. — Scrooge esfregou a testa com a junta do dedo e encarou o espelho.

Eu me aproximei mais da moldura, ergui a mão e a passei pela superfície.

— Onde está o Frost? — falei com o objeto antigo.

Nada.

— Onde Jessica está mantendo Frost?

Ainda nada.

E se eu não for a pessoa destinada a Frost? E se for outra que está destinada a ser dele? O pensamento passou pela minha cabeça, e fúria rugiu em mim. *Foda-se! Esse homem é meu!*

Minha resposta me fez respirar fundo. A absoluta certeza do que eu sentia por ele me atropelou, e meus olhos se estreitaram de determinação.

— Mostre-me a fera! — Bati a mão no espelho. Fagulhas de energia romperam dos meus ossos, estalando no ar como luz. Fiquei sem ar quando do a superfície oscilou e mudou.

Alice sibilou ao meu lado, a mão cobriu a boca quando nosso reflexo desapareceu, sendo substituído pela cena de um homem em um calabouço pequeno, acorrentado à parede pelos membros e o pescoço. As roupas estavam rasgadas e cheias de sangue; o rosto, ferido e surrado. Ele estava sentado no chão, e a cabeça inclinada para a pedra. Não havia som, mas os lábios se moviam como se ele falasse com alguém.

Meu coração disparou.

— Frost! — gritei, e puxei a mão, chocada. A imagem dele sumiu no mesmo instante. — Não! — Bati a mão no espelho de novo, as fagulhas agitaram meus nervos, fazendo meus joelhos se curvarem enquanto o espelho sugava minha energia, usando-a para me mostrar Frost.

— Conseguimos um ângulo diferente? Pode nos mostrar mais? — Scrooge estava ao meu lado, tentando absorver cada detalhe do que víamos.

Ele poderia estar em qualquer lugar. Nada de janelas, quatro paredes de pedra e correntes pendendo da parede, parecido com o que eu tinha visto na Fortaleza.

— Espelho, mostre-me onde ele está — exigi. O ângulo se alargou, mas continuou no mesmo lugar. As costas de uma mulher fardada apareceram perto das grades. Esperei ver Maribell, mas o corpo esguio e o cabelo branco e castanho preso em um rabo de cavalo me fez estreitar os olhos para as costas dela. Não dava para ver o rosto, mas eu sabia que não era a mãe dele.

— Quem é essa? — Eu me virei para Scrooge.

STACEY MARIE BROWN

Ele encarou a imagem, as narinas se dilataram, fúria contraiu as veias de sua mandíbula.

— Eu não posso acreditar nessa merda.

— O quê? — Tanto Alice quanto eu respondemos, a reação dele fez meu coração acelerar de medo.

Ele balançou a cabeça, se enchendo de raiva. O homem caminhou de volta para o banheiro. Eu me afastei, a imagem de Frost sumiu, dando lugar à nossa quando eu segui Scrooge.

— Espera! Aonde você vai? — Alice estendeu a mão para ele.

— Preciso falar com Rudy — ele resmungou.

— Por quê? O que foi? — Alice se meteu na frente dele.

— Porque... — Ele se virou para o espelho, encarando-o como se ainda pudesse ver Frost. — Aquela garota falando com Frost — ele apontou para o espelho — é a desgraçada da Clarice.

— Clarice? — repeti, o nome me soou familiar. — Quem é Clarice?

— Scrooge, espera. — Alice foi atrás dele. — Só um instante.

— Não temos tempo. Rudy conhece Clarice muito bem. Talvez ele saiba onde estão mantendo Frost, onde Jessica se esconderia. Eu deveria ter previsto. Relâmpago talvez ainda esteja trancafiado. — Seus olhos dispararam para mim, sabendo que a qualquer momento eu poderia trazê-lo de volta também. — Mas Clarice é tão perigosa quanto ele, se não mais. Pelo menos com Relâmpago, você sabe o que esperar. Ela é pervertida e ainda mais cruel.

Relâmpago. Rudy. Clarice.

— Pelas castanhas congeladas! — Exclamei. — A Clarice namorada do Rodolfo nos filmes?

Alice assentiu.

— Então, todas as vezes que você disse que ela era uma escrota... — deixei no ar, percebendo quantas vezes Alice fez insinuações de sua outra vida. — Você estava sendo sincera.

— Ela traiu o Rudy e fugiu com Relâmpago, que é tão ruim quanto é possível alguém ser. Ele caçou e matou os seguidores do Papai Noel. Trabalhava para a Jessica. — Alice fez careta.

— E o que aconteceu com ele?

— Foi morto. Mais ou menos.

— E que continue assim. — Scrooge me lançou um olhar incisivo. Ele subiu no vaso e pisou na pia. — Vamos. — E estendeu a mão para Alice.

— Vocês podem ir. Quero ver como estão Dor, PB e Chip.

— Não vou te deixar sozinha. — Alice balançou a cabeça.

— É rapidinho. Pode ir.

— Leve-os para o abrigo, então. Vamos reunir todo mundo lá — Scrooge falou.

— Levar um rato alcóolatra e um urso que come por ansiedade para um lugar cheio de comida e hidromel — zombei. — Ótima ideia.

— Eu vou com você — Alice disse.

— Não, encontrar Frost é mais importante. Vou ficar bem. Vai ser rapidinho, prometo. Chego no abrigo em vinte minutos.

— Tá, mas se você não aparecer, vou te procurar. — Alice pegou a mão de Scrooge, e deixou que ele a içasse. — Sério, Di, vinte minutos.

— Tá, mãe. Tchau.

— Merda. Vamos ter que ligar para a mãe em breve. Você sabe como ela fica quando a gente não entra em contato.

— Vou ligar. — Também precisava avisar no trabalho que eu estava doente. Minha vida bem estruturada tinha ruído em um piscar de olhos.

— Tome cuidado. — Alice se inclinou e beijou minha cabeça antes de ela e Scrooge deslizarem através do espelho, me deixando sozinha. Voltei para o meu quarto e liguei para o trabalho e para a minha mãe. Nenhum dos dois estava muito feliz comigo, o que foi difícil de engolir. Eu sempre fui responsável, confiável. Nunca decepcionava ninguém. Minha mãe ainda temia pela minha saúde mental, pensando que a qualquer momento eu começaria a lamber janelas. Mas mal sabia ela… Ela desejaria que eu estivesse lambendo janelas comparado com o que eu estava fazendo.

Ao voltar para o espelho, não pude evitar notar o empuxo da magia, algo que tentei ignorar antes.

— Mostre-me a fera — ordenei, minha mão pressionou o vidro.

A imagem de Frost tremulou no reflexo, agora sozinho, ainda no chão com os braços sobre os joelhos e a cabeça baixa. Meus olhos marejaram.

— Estou indo atrás de você — sussurrei, rouca. — Vou te encontrar, custe o que custar, Frost. Prometo.

Ele ergueu a cabeça de supetão, olhou ao redor, como se tivesse ouvido alguma coisa. Ele pareceu voltar a si e se pressionou contra a parede.

Ele não me ouviu, ouviu?

— Frost? — chamei de novo, mas ele não respondeu.

Achando ter sido coincidência, eu me afastei, pronta para atravessar o espelho. Conforme a superfície escorregava pela minha pele, ouvi sua voz sussurrar em meu ouvido:

STACEY MARIE BROWN

— Não… pequenina.

A fortaleza parecia mais fria e vazia com a ausência dele. Mesmo as paredes e o ar sentiam a perda do mestre. Frost não precisava estar em um quarto para a gente sentir a presença dele tomando conta de cada centímetro do espaço, devorando cada molécula. Agora minhas botas atingiam os degraus de pedra fazendo ainda mais eco, a melancolia soava nos meus ouvidos.

— Eu consigo sentir, Dor. Até mesmo os ventos de alerta estão com medo e falando do juízo final.

— Eles estão sempre falando disso. É um dia como qualquer outro para eles. Só não são mais neuróticos que você.

— Estou te dizendo… — PB soltou um suspiro dramático quando me aproximei da porta. — Minha mãe me disse que eu era sensível, e consigo perceber coisas que cérebros medianos como o seu não sentem.

Olhei para dentro e vi Dor e PB apoiados nos travesseiros, comendo um prato de queijo do tamanho de uma mesa de jantar, sem dar muita importância. No meio da bandeja estava Chip, mordiscando um naco.

— Mediano? — Dor bufou, e apontou para o corpo. — Saiba que não tem nada mediano em mim. Posso ser pequeno, mas minhas proporções são bem avantajadas para o meu tamanho. Pergunte à sra. Cratchit. — Ele bateu na frente da calça e sorriu.

— Ah, Santo Papai Noel… — PB se lamuriou, e engoliu um pedação de queijo. — É algo que eu queria cauterizar da minha mente. E ter pau grande não faz de você alguém sensível.

— Não sei; é bastante sensível quando ela põe a bo…

— Já deu. — Entrei na sala, impedindo Dor de continuar. Ele estava pronto para engolir um pouco mais de queijo, e torci para que aquelas imagens não aparecessem na minha cabeça. — Vou interromper vocês.

Um guincho veio do prato, os dedos de Chip sinalizaram meu nome com animação, e ele correu para mim.

— *Srta. Dinah! Senti tanta saudade. Estou tão feliz por você estar bem. Ficamos tão assustados quando você não acordou.*

LOUCURA FEROZ

— Oi, Chip. Estou bem agora, obrigada. — Eu o peguei, e o deixei correr pelo meu braço até o pescoço. Os bracinhos tentaram me abraçar, o focinho acariciou a minha pele. — Também senti saudade.

— Dinah! Você está viva! — PB exclamou, e levou a pata à testa. — Ah, graças ao Papai Noel! Pensei que você estivesse morta e que ia assombrar esse lugar para todo o sempre. Sabe o que isso causaria aos meus nervos? Você me importunaria porque ninguém mais conseguiria te ver, e eu teria que me comunicar por você. PB, faz isso, diz isso... o dia inteiro, PB, PB. — Ele bateu as unhas no ouvido, como se eu estivesse falando lá. — Aff, você é a pessoa morta mais irritante que existe. Sério, melhor dar um jeito nisso.

— Eu vou tentar. — Bufei, e balancei a cabeça.

Dor olhou para mim.

— Onde está o capitão? Ordenhou o cara vezes demais?

— Ai! — PB se lamuriou, enfiou um monte de uva na boca, com talo e tudo. — Dor, para, as árvores já estão dizendo que eu engordei. É estresse demais para mim.

— Você sabe o que eles fizeram na sua cama, né? — Os olhos escuros de Dor brilharam de travessura.

— O quê? — PB se sentou, seus olhos se arregalaram. — Na minha cama?

— Dor... — Balancei a cabeça, o que só o fez sorrir.

— O creme que eles espalharam nos seus travesseiros?

— Quê?! — PB guinchou, e saltou de pé.

— Dor... — Bati a mão na cara, sabendo o que estava por vir.

— Não! Por favor, me diz que é mentira.

— Por *tooooda* a parte. — Dor moveu o braço em torno do lugar. — Aí também. — Ele apontou para onde PB estava.

— Estou contaminado! — PB gritou, dançando sobre as patas enormes como se o chão o queimasse. — Con-ta-mi-na-do! Preciso ser vermifugado. Ai, meu Deus. Eu vou morrer. É isso... é o meu fim.

— Dor... — Balancei a cabeça enquanto ele ria, incentivando o melodrama de PB.

— Consigo sentir a coisa rastejar por mim como se fosse um inseto. Sou um urso polar morto-vivo.

— Praticamente. — Dor assentiu.

PB foi na direção da comida.

— É demais para eu lidar. Sou muito sensível!

— Por que se limitar? — Dor deu de ombros. — Quer hidromel também, né?

— Pessoal! — Tentei chamar a atenção deles, mas PB estava choramingando e se lastimando enquanto comia tudo o que via pela frente. Um gemido de alegria soou em sua garganta quando a comida atingiu a língua, mas ele logo percebeu que teria que estar chateado, então voltou a choramingar.

Dor riu consigo mesmo.

— Pessoal? — repeti, mais alto. — Parem! — A cabeça deles se voltou para mim. — Temos um problema.

— Além de PB estar cozinhando nos flui…

— Pode parar. — Coloquei as mãos nos quadris. — É sério.

Sentindo que havia algo de errado comigo, ambos olharam para cima, PB ainda enfiava comida na boca enquanto choramingava baixinho.

— É o Frost. — Engoli em seco e rolei os ombros para trás. — Ele foi sequestrado.

— Sequestrado? — Dor fez careta. — Você andou fumando visco? Ninguém o sequestra. O cara é o monstro mais temido da parada.

— A mãe… e a tia… estão com ele — desembuchei, e abaixei os braços.

— O quê? — Dor balançou a cabeça. — Não é possível. Por que o levariam?

— Porque elas querem destruir Winterland. — A voz de um homem veio de detrás de mim, me fazendo me sobressaltar e soltar um grito. Meu queixo caiu, medo subiu pelo meu corpo quando dei um passo para trás, protegendo Dor e PB, encarando aquele que eu costumava chamar de amigo.

A expressão séria de Blaze me olhou de volta.

— Vai se foder! — Dor veio para o meu lado. — Como você ousa aparecer aqui?

— Como vamos saber que não foi você o sequestrador? — ataquei.

— Fui eu. — Ele abaixou a cabeça. — Não vou nem negar.

— Seu desgraçado! — Dor sacou a espada, e foi direto para Blaze antes de eu segurá-lo e puxá-lo para trás.

— Vocês vão me ouvir. — Blaze disparou, o jeito despojado não estava mais lá.

— Por que a gente te ouviria? — Dor rebateu, tentando se libertar das minhas mãos.

— Porque… — os olhos cor de oceano dele encontraram os meus — eu sei onde ele está.

CAPÍTULO 19

Apanhei uma faca na tábua de queijo e a segurei numa tentativa lamentável de ameaçá-lo. Meu coração ainda reconhecia o menino com quem eu cresci, que tinha considerado meu amigo, mas eu não podia mais confiar nele.

Blaze ficou incomodado ao ver a minha cara feia, a língua deslizou pelo lábio.

— Sei o que você deve estar pensando de mim.

— Você não faz ideia — falei entre dentes, torcendo o lábio superior. Eu me aproximei de Blaze; apontando a faca para a sua jugular. — Houve uma época em que confiei em você, pensei que você fosse o bonzinho, mas mal sabia eu que era tudo mentira.

— Eu ainda sou, Dinah. Ainda sou o mesmo. — Ele apontou para si mesmo.

— Então eu nunca te conheci. — Rangi os dentes, e me afastei alguns passos. — Você sequestrou a minha irmã, a segurou enquanto a sua mãe a esfaqueava. Entregou o próprio irmão.

— Ele me traiu primeiro — Blaze gritou, jogando os braços para cima, com o olhar fixo em mim. — Estou apaixonado por você. Ele sabia o que eu sentia.

— Você nem me conhece! Não mais.

— Eu te conheço, Dinah. Você e eu sempre estivemos destinados um ao outro.

— E eu não tenho o direito de dizer nada? E o que eu sinto?

— Não é isso que eu estou dizendo. — Agonia surgiu em sua expressão. — Fiquei tão magoado por ver você com ele… Ele não te ama, Dinah. Não como eu. Ele está te usando. Como não consegue enxergar isso?

Uma pontinha de dúvida cresceu dentro de mim. E se Frost só estivesse me usando? Querendo se vingar do irmão e de mim por tudo o que eu fiz?

— Não importa. — Franzi os lábios. — Não é desculpa para o que você fez.

— Não. — Blaze empurrou os ombros para trás. O corpo alto e musculoso se aproximou de mim, deixando a faca roçar a sua pele. — Não é. Ultimamente, fiz um monte de coisas que nunca pensei que fosse capaz de fazer. Pensei que fosse por um bem maior... pelo meu povo. Que o verão enfim teria seu "lugar ao sol". — Ele fez aspas no ar, sorrindo com o trocadilho, mas logo deixou de lado. — Minha mãe me enganou por anos. Pensei que elas queriam mudar as coisas.

— Mas não queriam — terminei por ele.

Ele balançou a cabeça.

— Elas não querem mudar nada. Jessica quer arrasar e aniquilar este lugar. E todas as criaturas que vivem nele.

Sabia que ela tinha tentado antes, mas a impediram, graças à minha irmã. E agora Jessica estava tentando destruir o reino de novo, graças a mim.

— O que elas pretendem fazer com Frost?

— A cada ano, Krampus fica mais forte, e Frost precisa lutar mais e mais para continuar no controle. — Blaze cruzou os braços e olhou para longe de mim. — Elas querem que Krampus assuma, o que provavelmente matará Frost.

Eu já tinha chegado àquela conclusão, mas o deixei continuar.

— Se elas libertarem Krampus, não há quem possa desafiá-lo. Ele se torna impenetrável e não pode morrer do jeito normal. Ele vai matar quem quer que entre em seu caminho enquanto elas põem o próprio plano em ação. O único jeito é matando Frost primeiro. — A lâmina cortou o pescoço dele, todo mundo rosnou para o homem, o que o fez erguer a mão. — *Ou* a gente o tira de lá antes que consigam fazer isso.

— Scrooge e Rudy já estavam planejando fazer isso — falei.

— Scrooge e Rudy? — Blaze piscou para mim. — Sério? Aqueles otários.

Bufei e balancei a cabeça.

— Vocês não param de se chamar disso. — É muita testosterona para conseguirem se dar bem

— Ah, é... sua irmã. — Blaze assentiu, entendendo minha conexão com eles. — Esqueci que a heroína de Winterland estava de rolo com o velho brinquedinho da tia Jessie.

— Me diz onde o Frost está. — Rangi os dentes, a faca cravou no pescoço dele.

— Não. — Ele sacudiu a cabeça. — Eu vou te mostrar.

— Eu não confio em você.

— Independentemente do que você pensa de mim, eu não queria isso. Nunca quis magoar você.

— Você tem um jeito engraçado de demonstrar isso.

— Eu estava com raiva. Ferido. Mas ele ainda é meu irmão. Não quero que ele morra. — Seus olhos encontram os meus.

— A gente vai fazer um pequeno passeio. — Apontei a cabeça para a porta. — PB? Dor?

A cabeça de PB se ergueu como se ele de repente ficasse ciente de que havia pessoas no quarto. Seu rosto estava sujo de creme e geleia.

— Amarrem-no — dei a ordem.

— Isso aí, porra. — Dor assentiu.

— O quê? — Blaze meio que riu. — Me amarrar?

— Como eu disse, não confio em você.

Caras perplexas me cumprimentaram quando atravessei o espelho do abrigo com um ratinho minúsculo no ombro, um rato pequeno de um lado e, do outro, um urso polar gigante que carregava um homem crescido nas costas.

— Olha, Dinah trouxe a própria comida para a festa. — Lebre girou a espátula na minha direção. — É assim que se discute com um homem.

— Pelos sinos proclamando… — O queixo de Alice caiu. — Mas que porra? — Ela reconheceu o homem que a sequestrou.

Scrooge e Rudy avançaram, braços cruzados, pálpebras se estreitando ao mesmo tempo.

— Miser do verão — Scrooge disse, entre dentes. — Eu vou te matar, seu desgraçado!

— Scrooge. — Blaze devolveu a careta. — Ou devo te chamar de valete? A putinha da rainha? — Blaze inclinou uma sobrancelha para Rudy. — É melhor do que ser o lacaio do Papai Noel?

Scrooge avançou estufando o peito. A mandíbula estava cerrada, e ele estava quase atacando.

STACEY MARIE BROWN

— Ôpa. — Eu me meti entre eles, com as mãos erguidas, detendo Scrooge. — Vamos ser legais... pelo menos até tudo isso acabar.

— Por que eu seria legal com a pessoa que sequestrou a Alice, a esfaqueou e te forçou a tirar o mal encarnado de seu lar eterno?

— Eu não esfaqueei a Alice — Blaze rebateu, tentando se desvencilhar da corda prendendo seus punhos às costas. — Eu não sabia que isso ia acontecer.

Scrooge rugiu, e passou por mim. Ele arrancou Blaze das costas de PB, e o punho foi direto para a cara do homem.

— Scrooge! — Saltei para ele. — Para!

Scrooge ou me ignorou ou não ouviu, seus punhos atingiam o nariz e a mandíbula de Blaze. Com as mãos atadas, ele não tinha escolha a não ser suportar o ataque, se debatendo contra Scrooge, chutando, mas não era páreo naquela situação.

— Scrooge! Para! — Eu agarrei o braço dele, mas ele nem sequer vacilou, o som de carne estalou pelas paredes. — Matt! — gritei, usando o outro nome dele, os olhos dispararam para mim. — Para.

Ele parou, pronto para atacar de novo, as narinas estavam dilatadas enquanto ele olhava para o rosto ensanguentado de Blaze.

— Pode descer do seu pedestal, Scrooge — Blaze provocou, com os dentes lavados em saliva vermelha. — Você matou e torturou muita gente para a minha tia. Você não é muito melhor.

O punho de Scrooge desceu com tudo, o nariz de Blaze estalou antes que ele se afastasse, rosnando.

— E eu paguei a minha pena pelo que fiz. Perdi meu filho e minha esposa por causa dos meus erros. O que você perdeu?

— O meu irmão. — Blaze cuspiu sangue. — E a garota que eu amava.

Todos olharam para mim, o silêncio e o peso do momento me pressionaram. Avancei para ajudar Blaze a se sentar.

— Todos cometemos erros. Alguém aqui pode dizer que não? — Peguei a toalha da mesa, e passei nas feridas de Blaze. — Mas agora não é hora de brigarmos uns com os outros. Estamos quase em guerra. Precisamos nos reunir e lutar contra Jessica e Maribell. Precisamos do Blaze.

Scrooge bufou.

— E por que a gente precisaria desse desgraçado?

— Porque eu sei onde Jessica está mantendo Frost. — Blaze cuspiu mais sangue. — Onde eles estão escondidos.

— E a gente deveria confiar em você por que mesmo? — Scrooge balançou a mão, as juntas estavam machucadas.

— Não importa o que você acha, elas mentiram para mim também. Me usaram. Eu não queria isso. Do que vale o Natal ser comemorado no verão se Winterland não existir? — Blaze se afastou da toalha que eu segurava, rilhando os dentes. — Frost não é a única arma deles.

— Quem mais está lutando com ela? — Rudy se aproximou dele.

— Além da sua ex? — Blaze olhou para ele com o único olho bom, o outro estava fechado de tão inchado. Rudy suspirou, ergueu Blaze e o bateu na cadeira. Ele franziu os lábios pretos.

— Desembucha — ele falou baixinho, mas a severidade na sua voz reverberou pelo abrigo.

— Clarice está retomando exatamente de onde Relâmpago parou, talvez fazendo pior. Elas vão usar todas as suas armas para ganhar.

— Onde eles estão? — Scrooge rosnou em aviso.

Blaze arquejava, os olhos dispararam de um lado para o outro.

— Onde. Eles. Estão? — Scrooge se aproximou mais. — Última chance.

— Na Floresta Sombria.

Scrooge e Rudy seguraram a respiração enquanto Alice e eu trocávamos olhares, sem entender o que aquilo significava.

— Estou imaginando que isso seja uma coisa ruim, é isso? — O foco de Alice foi de um para o outro.

— A Floresta Sombria é de onde vêm os esquilos comedores de carne. Tudo lá é hostil. Escuso. Pensou que o Bosque Tulgey fosse maligno? Esse lugar é ainda pior. — Rudy esfregou a testa, seus ombros tensionaram. — Fica nos limites do nosso mundo, onde as coisas começam a vazar no reino vizinho, incorporando ambos os aspectos.

— Reino vizinho? — Alice franziu as sobrancelhas. — Ambos os aspectos?

— O reino perto do nosso — Rudy respondeu. — As duas estações estão se misturando mais e mais. O lugar entre elas está ficando turvo. A Floresta Sombria está crescendo. Distorcendo tudo por lá.

— E eles nos *odeiam* por isso. — Blaze secou a bochecha sangrenta com o ombro.

— Ainda não entendi. — Alice enfiou o cabelo atrás da orelha, os dedos brincaram com a mecha, nervosos. — Há outros reinos além deste?

— É claro. — Rudy inclinou a cabeça. — Não somos o único feriado.

— Ah, meu santo biscoito de nozes — sussurrei, minhas pálpebras se fecharam por um instante, e senti o golpe que estava por vir.

— Vocês não sabiam? — O olho inchado de Blaze disparou entre Alice e eu. — A Floresta Sombria divide uma fronteira.

— Com o quê? — perguntei.

— O Halloween.

— Puta que pariu.

Fazia sentido. Dezembro não era o único mês com feriado, mas eu não tinha imaginado que havia outros reinos. Eu mal tinha me acostumado com a ideia de que este aqui existia.

— Você só pode estar de sacanagem. — A resposta a que Alice deu voz espelhava a minha. — A Terra do Halloween existe?

— É a tríplice fronteira. O Natal, claro, é o líder disparado. Depois vem o Halloween e a Páscoa, que é um reino consideravelmente menor — Rudy explicou.

— Não tem Ação de Graças?

Scrooge bufou e revirou os olhos.

— Eles moram na Floresta Sombria, perdidos entre os dois feriados mais importantes.

— Malditos perus-de-dedinho. Queria que tivesse menos deles e dos dedos. — Lebre colocou uma forma de pãezinhos doces na mesa, rindo consigo mesmo. Do canto do olho, vi PB se aproximar da comida, lambendo a boca. — Pássaros idiotas. Eu poderia convencê-los a ir direto para o forno e se cozinhar sozinhos.

— Eles são idiotas, mas estão se tornando cada vez mais violentos. Não os subestime. Eles vão te matar. — Blaze se encolheu, o lábio sangrava a cada vez que ele abria a boca.

— Tudo bem, acho que para mim já deu. — Alice soltou uma risada seca. — Pra mim, já era difícil pensar em esquilos comedores de carne, mas perus assassinos?

— Você não faz ideia do que vive lá. — Blaze repuxou as amarras. — Vocês podem me soltar?

Scrooge e eu trocamos olhares, pesando as consequências.

— Se você tentar qualquer coisa com um de nós aqui dentro... — falei primeiro, me inclinando para ele, com as mãos nos seus ombros. — Não vai ter que se preocupar com Scrooge te eviscerando. Eu mesma farei isso.

Ele ergueu as sobrancelhas, sem esperar que eu fosse ameaçá-lo daquele jeito.

— Não que eu esteja em condições de fazer muita coisa, mas prometo que não vou tocar em nenhum de vocês. — Ele pareceu sincero. — Eu nunca quis machucar ninguém, para início de conversa. Dinah, confie em mim. Eu sou o cara que quer surfar e fumar visco o dia todo, não brigar. Ele é meu irmão. — Os olhos azul-esverdeados olharam dentro dos meus, parecendo sinceros e verdadeiros.

Assenti para Dor, que sacou a espada minúscula e cortou a corda, deixando os braços de Blaze caírem para os lados.

Eu me virei para a sala e apontei para Dor e PB enquanto coçava a cabeça de Chip, que saltou para a mesa, observando Lebre.

— Acho que vocês já ouviram falar um do outro?

— Sim. — Dor moveu a cabeça para Scrooge e Rudy. — A gente se *conhece*.

— Fico surpreso por você se lembrar. — Scrooge coçou a barba, os olhos se encheram de bom humor. — Da última vez que te vi, você estava preso em uma jarra.

— Chaleira, babaca. E aquela época da minha vida pode até ter sido meio nebulosa, mas me lembro o bastante. — Dor saltou para a mesa para ficar mais ou menos no nosso nível.

— Nebulosa? Você estava o tempo todo bêbado. O fato de você estar sóbrio agora... — Scrooge apontou para ele.

— Não é obra minha — Dor resmungou. — Fui forçado.

— Como vocês se conhecem? — perguntei.

Scrooge apertou os lábios, seus olhos ficaram sombrios.

— Eu era parte do grupo rebelde quando ele rompeu com a Rainha Cadela. Ela matou toda a minha família e me trancafiou. Foi ele que me libertou. — Dor não falava do seu salvador com reverência, havia raiva em suas palavras. Evidentemente, tinha mais na história. — Eu não lidei bem com as coisas na época, passava a maior parte do dia consumido pelo hidromel. Quando tivemos que fugir de novo, PB me encontrou meio afogado, quase morto, e me levou para a Fortaleza.

A confissão de Dor não pareceu informação nova para ninguém; todos sabiam de seu passado, até mesmo Alice. Mais histórias que eu teria que ouvir depois, mas, no momento, nosso principal foco era resgatar Frost.

— Ei! Se você tocar em mais um desses pãezinhos, ursinho panda, eu vou cozinhar a sua língua no pudim de figo. — Lebre bateu na pata de PB com as pinças de forno enquanto ele tentava roubar outro doce. PB o enfiou logo na boca e puxou a pata, soltando um berro.

— Ursinho panda! — PB abafou um arquejo por causa da boca cheia. — Como se atreve?

— Pegue outro, e vou te transformar em *ursinho de pelúcia*. — Lebre bateu o toco no chão.

— Mas eles são tããããão gostosos... não consigo evitar. Não é culpa minha — PB choramingou, já passando a pata pela mesa para pegar outro. — Eu como quando estou ansioso, e isso tudo é tão estressante. Por que tudo parece acontecer comigo? Eu não entendo. Tipo, olha, estou perdendo meu pelo por causa disso. — Ele puxou o pelo quando tentou afanar outro biscoito.

Lebre bateu na pata dele de novo, fazendo PB fungar e choramingar.

— Você é um coelhinho mau.

— Vamos nos concentrar no problema mais premente: libertar Frost. — Scrooge cruzou os braços. — Não é uma frase que imaginei que eu fosse dizer.

— Onde na Floresta Sombria eles estão? — Rudy se dirigiu a Blaze, que se endireitou na cadeira, esfregando os punhos e os braços.

— Não sou idiota. Não vou dizer a vocês. Vou levá-los até lá. Mas em troca da informação, vocês não vão me cobrar pelos meus erros do passado.

Rudy contorceu seu longo nariz.

— Que tal você nos dizer em vez disso?

— Não. Não é assim que funciona. — Blaze deu um passo na direção deles, dessa vez, com as mãos livres para lutar. A testosterona naquela sala estavam me sufocando.

— Espera. — Saltei entre eles, olhando para Blaze. — A sua mãe e a sua tia sabiam que você nos procuraria?

— Não. — Blaze balançou a cabeça. — Eu escapuli e fui direto te procurar.

— Perfeito. — Alice entrou na conversa, e um sorrisinho astuto lhe curvou a boca. Ela já sabia aonde eu queria chegar.

— Não. — Scrooge balançou a cabeça. — A gente não pode confiar nele. Como vamos saber que não é uma armadilha?

— Não é. — Lá no fundo, eu acreditava que Blaze era um cara decente. Eu o conheci por muito tempo, e confiava nele mesmo enquanto dizia o contrário.

— Não tem como você saber. — Scrooge empurrou os ombros para trás e abriu os braços. — Ele pode estar te enganando, Dinah. Nos levando direto para uma armadilha. Eu não confio nele.

— Nem precisa. — Com as mãos nos quadris, encarei o notório bunda mole, que a gente sabia que ele não tinha. — Você tem que confiar em mim.

Scrooge passou a mão pelo cabelo escuro e se virou.

— Você confia em mim.

Suas narinas dilataram, ele olhou direto para Blaze, mas assentiu.

Sim.

— Ótimo. — Inclinei a cabeça, respirei bem fundo e ergui bastante o queixo. — Blaze vai nos levar até lá, e nós vamos libertar o Frost.

CAPÍTULO 20

Nossos pés esmagavam a neve, e o grupo se movia como sombra em um mar de escuridão. Estávamos todos de preto e com a cabeça coberta por gorros, com armas de pirulito de açúcar em punho e facas pendendo do cinto. Não fosse pela seriedade da missão, eu estaria rindo com a contradição de uma equipe da SWAT segurando armas vermelha e branca feitas de açúcar– embora eu tenha visto os artefatos em ação, e elas eram tão letais quanto as armas da Terra.

Silhuetas escuras eram tudo o que eu via se mover diante de mim. Eu sabia que Blaze estava na frente, nos conduzindo para a Floresta Sombria.

A segurança que eu sentia de que ele não estava nos enganando vacilou um pouquinho quando olhei ao redor do grupo. A vida de Alice, Scrooge, Rudy e Raposa estavam sob os meus ombros. Eu garanti a palavra dele. Se algo acontecesse aos meus amigos, eu jamais me perdoaria. Pior ainda era saber que Raposa e Rudy tinham um filhinho esperando por eles em casa.

Lebre ficou puto por ter que ficar para trás, mas Alice lembrou a ele que havia uma tonelada de pedidos para atender tanto na confeitaria quanto para o Natal. Dee acabaria com a raça dele se não os terminasse. PB, Dor e Chip também ficaram, dizendo que "ajudariam" Lebre. Mas todos nós sabíamos que eles iam lamber tigelas e roubar doces quando o coelho não estivesse olhando.

— Você ligou para a mamãe? — Alice sussurrou ao meu lado, seu rosto estava quase todo escondido na escuridão.

— Liguei. Sério mesmo que você está falando disso agora? — sibilei em resposta, e pisei em uma marca na neve.

— A ira da mamãe quando a gente não liga me assusta mais que a da Jessica. — Alice estalou a língua, o tom ficou sério. — Ela me mandou sete mensagens falando de você. Misteriosas, mas ela parecia assustada. Com um tom que eu não ouvia há… dois anos. — Eu conseguia sentir que Alice estava me conduzindo a um assunto de que eu não tinha discutido com ela.

— A mãe nunca pergunta de você porque você é a boazinha, a responsável. Você sempre liga. Então...

— Então?

— Dinah, o que está rolando?

Suspirei.

— Ela acha que eu estou enlouquecendo também. — A declaração saiu forçada entre os meus dentes. — Que a mesma coisa que ela acha que aconteceu com você está acontecendo comigo.

— Por que ela acha isso?

— Porque... — Eu me encolhi. — Tem umas coisas que não te contei. Eu fui parar no hospital por causa de um dos meus *episódios*.

— Hospital? Puta merda, Dinah! — Alice levantou a voz, na mesma hora Raposa a mandou calar a boca. — Por que você não me contou?

— Digamos que a mãe e o pai não queriam que você soubesse. Nós pensamos...

— Que eu ia pirar com isso.

— Mal sabíamos nós que você era a única sã — bufei.

— Não consigo acreditar que você escondeu isso de mim. — suas palavras estavam cheias de ira. — Por mais que te tratem mais como adulta do que eu, ainda sou sua irmã mais velha, e quero que você possa contar comigo. Quero poder te proteger. Eu não sou frágil.

Peguei a mão dela e a apertei.

— Você é a pessoa mais forte que eu conheço, Alice. Desculpa por ter feito você se sentir menos que isso, ainda mais depois que você passou por tudo aquilo. — Meu cabelo roçou o ombro quando movi a cabeça. — Como me sinto idiota. Eu me protegi tanto, fiquei com tanto medo de deixar um pouquinho de vida que fosse entrar... Eu não vi... não te ajudei. Eu que sou fraca.

— Não se puna. Não é culpa sua nem um fardo que precise carregar. Precisei passar por tudo isso. Do contrário, não estaria aqui. — Ela deslizou o olhar pelo homem de ombros largos na frente, um sorrisinho se insinuou em seus lábios. — E você não é nada fraca, Dinah. Olha só você. Olha o que está fazendo... o que estamos fazendo. Você me deixou impressionada de verdade. Preciso te dizer, não importa o tamanho da merda pela qual precisamos passar, eu amo que você esteja aqui. Uma parte da minha vida compartilhando ambos os mundos comigo. — Ela apertou a minha mão.

— Eu também. — Nossos ombros se bateram, com ternura.

— Embora eu sinta muito por você não ter podido contar comigo quando passou por tudo aquilo. Sei o quanto é aterrorizante, como a mente tenta encontrar sentido onde não há. Ser levada para o hospital e não entender se tudo o que viu é verdade...

— É assustador. Mas sabe o que é mais interessante? Senti que havia alguém lá comigo, me protegendo. Quando eu acordei e perguntei por ele, as enfermeiras não faziam ideia de a quem eu me referia. Ele era tão calmo, com os olhos cor de âmbar mais lindos do mundo, voz sexy e gato pra caramba... como se um Idris Elba estivesse cuidando de mim.

— Olhos cor de âmbar? — A coluna de Alice ficou reta.

— Sim, por quê?

Alice abriu a boca para responder, mas um assovio baixo chamou nossa atenção lá para a frente. Blaze fez sinal para que o seguíssemos. Deixamos a conversa para trás, e nos movemos pela neve, juntando-nos ao grupo.

O plano era simples: Blaze nos guiaria até a entrada privativa que levava a Frost. Scrooge, Alice e eu entraríamos enquanto Rudy e Raposa ficariam de vigia lá fora, guardando nossa saída daquele lugar. Blaze, se necessário, distrairia as duas mulheres que dividiam o mesmo corpo enquanto tirávamos Frost de lá.

— Jessica pôs vários guardas para fazer a ronda no castelo a cada cinco ou oito minutos — Blaze nos contou antes de sairmos. Notei que ele chamou a mulher que habitava o corpo de sua mãe pelo nome da tia, me fazendo pensar que ele ainda não queria acreditar que a mãe os traíra. Ele achava que tudo era obra de Jessica, não de Maribell. Eu não tinha essa ilusão. Maribell era tão má e vingativa quanto a irmã. — Temos pouco tempo para entrar, pegá-lo e sair antes de sermos notados. Jessica ajustou aquele lugar para funcionar como uma fortaleza.

— Não achei que houvesse alguém vivendo na Floresta Sombria. — Rudy prendeu o cabelo longo em um coque.

— Minha mãe construiu essa fortaleza aqui. Foi onde ela estava morando e se escondendo de Krampus nos últimos doze anos.

— E a razão para tantos pensarem que ela estivesse morta. — Scrooge enfiou uma faca no cinto. — Ninguém se atreveria a ir lá por vontade própria.

Agora que eu encarava a floresta se avultando diante de nós, entendia o que Scrooge queria dizer. A escuridão era tão profunda que penetrava a alma, absorvendo o fedor maléfico que pairava em seus limites, como se almas encarceradas arranhassem a porta tentando sair. As almas e brinquedos da Terra dos Perdidos e Despedaçados sugava a gente da própria mente, deixando a pessoa vazia e eviscerada. Esse lugar fazia o oposto. Ele te enchia com maldade e uma escuridão avassaladora.

— Eu odeio demais esse lugar. — Raposa olhou em volta, segurando a arma com força, o corpo pronto para atacar.

— Fiquem alertas, pessoal. — Blaze sacou a faca e a arma. Foi outra conversa que tive com Scrooge, mas a necessidade de nos proteger das criaturas da floresta ganhou a batalha de Blaze portando armas. — E não confiem em nada aqui. Nem se for meigo e fofinho. Estão aí para matar a gente.

— Uma terça-feira como outra qualquer — Alice retrucou, e seguiu com eles enquanto se moviam devagar em direção à floresta.

Frost estava em algum lugar lá dentro, e minha necessidade de encontrá-lo me encheu de determinação. Eu queria acreditar que nada me impediria de chegar até ele, mas eu pressentia que aquela floresta era diferente.

A neve derretia quanto mais nos aproximávamos, expondo a terra tão preta quanto fuligem. Minhas roupas escuras se misturavam com o solo, sumindo completamente. As árvores pareciam ter sido queimadas, os troncos e folhas eram todos pretos. Não sentia vida nelas, apenas formas mortas presas ao chão, como se fossem espantalhos deformados. O único sinal de vida era o crocitar de um corvo voando acima.

Quando adentramos a floresta, senti calafrios com o uivo vindo das profundezas, soando como um aviso. Minha pele se arrepiou de medo, tentei engolir apesar da secura da garganta. Nosso grupo estava tenso, e andávamos bem próximos uns dos outros. Blaze, Scrooge e Alice estavam na frente, Rudy e Raposa atrás de mim, todos atentos e prontos para contra-atacar. Rudy, Raposa e até mesmo Scrooge se moviam como se fossem militares treinados: fluidos e rápidos, confiantes a cada passo e atentos a cada som.

Ficou óbvio que eu era a mais deslocada. Ainda tentava aprender a segurar a arma de bengala doce direito. Meu coração batia com força. Eu não duvidava de que eles teriam preferido que eu tivesse ficado para trás, mas até mesmo Alice sabia que essa não era uma opção. Eu podia não ser a que arrasaria em uma luta, mas era quem poderia encarar Krampus.

O estalo de um galho me fez me sobressaltar. Um coelhinho branco como a neve saltou do meio das folhas, a cor era um imenso contraste com os arredores. Ele era fofo, com orelhas longas e um focinho que não parava de se mover. Abaixei a arma.

STACEY MARIE BROWN

— Não, Dinah! — Raposa me alcançou bem quando o coelho saltou para mim, com os olhos vermelhos brilhando. Um grito se arrancou das minhas profundezas quando ele abriu a boca, e as presas tentaram abocanhar a minha garganta.

Raposa agarrou o bicho pelo pescoço e o torceu, fazendo o corpo cair sem vida aos meus pés.

— Isso... — Apontei, arfando em pânico. — Esse coelho tinha *presas*?

— Eu falei que nada aqui é o que parece. É uma fusão dos dois mundos. — Raposa chutou a carcaça para os arbustos. — Não deixe bichinhos fofinhos te enganarem. Esse coelho vampiro teria te matado.

— Coelho vampiro. — Meu queixo caiu, encarei o pouco de pelo branco que conseguia ver. — Tipo, ele teria sugado o meu sangue?

— Isso mesmo. — Raposa bateu no meu braço e seguiu adiante. — Bem-vinda à Floresta Sombria.

— Meu santo Bunnicula — sussurrei. Alice bufou, mas ninguém mais sacou a minha referência ao personagem do desenho *O vampiro coelho*.

— Se vir um rato, coelho ou esquilo fofinho, atire! — Blaze falou.

— Vamos tentar não anunciar para a sua tia e todo o resto da floresta que estamos aqui — Scrooge resmungou para Blaze.

— Ficarei feliz por atirar em Alvin, Simon e Theodore... vi do que esses desgraçados são capazes. — Cicatrizes minúsculas nas minhas pernas coçaram quando pensei naquilo.

Rudy fez sinal para nos calarmos enquanto nos embrenhávamos mais e mais na floresta. Continuei tendo vislumbres de criaturas pequenas espreitando dos arbustos. A sensação de estar sendo caçada formigou na minha nuca. Névoa deslizava pelo chão e se enroscava nos troncos acima da minha cabeça como dedos ossudos passando pelo meu cabelo. Os pios das corujas causavam arrepios, o grasnado penetrante dos corvos e o uivo dos lobos comprimiram cada músculo do meu corpo. Eu poderia jurar ter visto um pinguim com chifres e o que pensei ser a silhueta de um boneco de neve, mas ele era todo preto com olhos vermelhos.

As sombras pregavam peças na minha imaginação, o brilho do Halloween se fundia com o do Natal, mesclando os dois. Em um cemitério ali ao lado, abóboras listradas de verde e vermelho cobriam o solo, e um corvo se empoleirava em uma lápide coberta por azevinho. As frutinhas suculentas, vermelhas e venenosas pareciam ainda mais malévolas ali.

Nós nos arrastamos por outro amontoado de árvores de Natal

entrelaçadas e sem nenhuma folha. Um castelo enorme de pedras apareceu logo adiante, e algumas janelas brilhavam com uma luz fraca.

— Guirlanda de bosta. — Alice encarou a construção com uma cara peculiar, quase dolorosa. — É um lugar em que Jessica moraria, sem dúvida nenhuma.

Encarei a agourenta estrutura de pedra, que combinava bem com a paisagem, deixando o entorno ainda mais sinistro. Era o estereótipo do castelo da rainha má: pedra escura, dúzias de flechas perfurantes e torreões com janelas que mais pareciam bocas. O lugar passava a sensação de… estar vivo. A construções e o entorno estavam envoltos na bruma, e o luar escondido pelas árvores criava sombras turvas.

— É muito parecido com o velho castelo da Rainha Vermelha que foi destruído — Alice disse. — Parece que ela encontrou um lar ainda melhor. Tem a assinatura de Jessica nele todinho — Alice resmungou. Mais uma vez, senti que eu não sabia muito do passado de Alice em Winterland. Algum dia, quando tivéssemos tempo, eu gostaria de ficar por dentro de tudo.

— Por aqui. — Blaze acenou para a gente, contornando o bosque que rodeava o castelo. — Tem uma passagem secreta que leva à masmorra.

Meu coração subiu para a boca quando Blaze nos parou nos limites da floresta escura e apontou para os guardas fazendo a ronda. Medo deslizou para os meus pulmões em um engolir dolorido. Ao olhar com atenção, notei que eles não eram de carne. O corpo imenso parecia um Frankenstein feito de madeira e metal. As pernas eram um remendo de outros materiais, e vestiam calças improvisadas e blusas com trançados vermelho e dourado. Cada um segurava um rifle fino, que parecia ter uma adaga presa a ele. O rosto era um amálgama de peças do rosto de soldadinhos de chumbo presos com fio de metal. Nada combinava nem fazia sentido, como se tivessem encontrado um amontoado de peças e as juntaram, sem se preocupar com o encaixe.

Um som gutural veio de Alice quando ela os olhou. A respiração ficou irregular, os olhos arregalados dispararam para Scrooge. Ele lhe lançou um aceno curto, falando uma língua que só os dois pareciam entender. A reação dela fez o pânico correr pelas minhas veias.

Os dois guardas enormes pararam de repente, a cabeça se virou para onde estávamos escondidos em uma coordenação de gelar os ossos. Um grito gorgolejou na minha garganta ao vê-los de frente. Os rostos retorcidos e deformados eram algo saído de um filme de terror.

Eles não falaram, mas se aproximaram dos limites da floresta; seus movimentos eram estranhamente atravancados e rápidos ao mesmo tempo.

Um deles inclinou a cabeça, a boca de metal se abriu em um corte irregular de um lado do rosto, como navalhas serrilhadas.

— Devem ser as lobas. Elas ficam eriçadas na lua-cheia.

O outro rosnou, e abaixou a cabeça em resposta, mas os olhos redondos observaram o espaço por um instante. Prendi cada grama de fôlego em meus pulmões, temendo que qualquer coisinha saindo pelo meu nariz ou boca nos entregaria.

— Vamos — o primeiro guarda disse, afastando-se. O segundo recuou com outro resmungo e o seguiu.

Pavor escorregou da minha boca, permitindo que alívio o substituísse por um momento.

— Porra — Scrooge murmurou. — Ela construiu o novo exército usando o antigo.

— Olhando por outro lado — Alice respondeu, mordaz —, pelo menos ela está reciclando.

Todos olhamos para ela.

— O quê? O meio ambiente é importante.

Só Alice para pensar em algo assim. O bom humor dela me fazia a amar demais.

— Venham. O túnel fica além do postigo. — Blaze apontou para a portinhola de metal quase escondida que levava ao subsolo do castelo.

— Cuidado. — Rudy apoiou a mão no ombro de Alice, os imensos olhos castanhos estavam preocupados. — Não demorem.

Alice assentiu e se aproximou de Scrooge. Raposa e Rudy se prepararam para nos dar cobertura enquanto disparávamos para o postigo. Afastei o pavor e me concentrei na razão para estarmos ali e em quem estava lá dentro.

Tanto dependia dessa missão. Não que Jessica não fosse declarar guerra contra Winterland, mas ficaria bem abalada por tirarmos grande parte do seu plano do jogo. Além do que, eu não ia perder Frost agora. Levou tempo demais para eu chegar àquele momento. A Winterland. A ele.

Em silêncio, nos arrastamos até o postigo. Scrooge ficou na retaguarda, de olho nos inimigos, Blaze e eu íamos no meio, com Alice na frente. Blaze sabia como a gente faria para entrar e sair, mas eu era a única que poderia lidar com qualquer que fosse a fera que eles tivessem trancado.

Blaze levou a mão à porta de metal e segurou a maçaneta enquanto Scrooge se aproximou, pronto para atirar no que se movesse do outro lado.

Meu coração ecoava nos ouvidos. A qualquer momento, o plano poderia dar muito errado.

Scrooge acenou para Blaze, com a arma apontada para a abertura. Ao empurrar a porta, as dobradiças rangeram em protesto, o que me fez me encolher. Scrooge posicionou o dedo no gatilho, pronto para atirar.

Nada saltou de lá nem disparou em nós. Outro suspiro minúsculo de alívio escapou de meus pulmões. Era o segundo passo ticado na minha lista mental. A missão na minha cabeça parecia uma lista de compras. Cada passo que concluíamos me ajudava a continuar respirando mesmo com medo.

Scrooge entrou primeiro, com o corpo aguçado e tenso, enquanto esquadrinhava o perímetro.

Ele ergueu o braço, dizendo que a barra estava limpa. Alice foi em seguida, Blaze e eu os seguimos e fechamos a portinhola sem fazer barulho. O pouco espaço levava direto para um túnel. Luzes fracas estavam espaçadas pelo caminho, distantes o bastante para dar ao olho tempo de se acostumar.

Scrooge estava na dianteira. Sua arma varria o corredor escuro, os ombros estavam rígidos e pulsando de tensão. Blaze ia logo atrás, dando as coordenadas. Alice estava na retaguarda, e seus movimentos precisos me faziam crer que aquela não era a primeira vez que ela fazia aquilo. Sabíamos manejar uma arma graças ao nosso pai, mas a confiança e os movimentos de quem tinha enfrentado uma batalha antes é diferente. Alguém que não hesitaria se tivesse que matar.

Percorremos o corredor. Como chuva em teto de zinco, nossas botas pisavam devagar no chão de pedra. De vez em quando, passávamos por uma porta, mas Blaze não parava, nos fazia virar em outro corredor. Eu observava cada canto e reentrância pelas quais passávamos, com o coração na garganta, esperando que algo pulasse em cima da gente.

Viramos em outro túnel e descemos. O labirinto desse lugar me lembrava o da Fortaleza. A gente estaria ferrado se ele mudasse e se movesse igual ao de Frost. Estaríamos presos e um labirinto infinito, cheio de becos sem saída.

Meu estômago se retorcia de nervoso a cada mísero som, e o barulho de passos vindos lá de cima fazia suor escorrer pelas minhas costas. Por fim, Blaze apontou para uma porta no fim do corredor. A madeira grossa e as barras de metal protegendo a entrada foram desenhadas para manter o prisioneiro trancado, e a equipe de resgate do lado de fora.

STACEY MARIE BROWN

E Maribell/Jessica tinha o único jogo de chaves.

Alice vasculhou a mochila minúscula que carregava nas costas e entregou um objeto para Scrooge. Ele logo se abaixou para a primeira tranca e abriu o kit de gazuas enquanto Alice e eu ficávamos de olho no túnel, de vigia, em busca de qualquer movimento ou som.

Scrooge rosnou de frustração, as trancas não cediam em sua luta de manter os intrusos do lado de fora.

— Continue tentando — Alice murmurou por cima do ombro dele, o olhar preocupado disparou para mim. Uma sensação ruim se alojou na boca do meu estômago, enviando ondas pelo meu corpo. E se a gente não conseguir tirá-lo de lá? E se tudo foi por nada? E seu eu não conseguir salvá-lo dela?

— *Pequenina.* — O rosnado de uma voz passou pelo meu ouvido. Virei a cabeça, e um arrepio escorreu pelas minhas costas. Alice olhou para a frente, sem reagir a nada. — *Me liberte...*

— Porra. — Scrooge sibilou baixinho, e abaixou os braços. — As gazuas não vão funcionar nessas trancas. — A expressão séria encontrou a minha. — Não importa o que eu faça, elas se movem e bloqueiam os pinos... não consigo abri-las.

— O quê? — Pavor atingiu os meus pulmões, dor me atingiu a cada respiração. — Não... por favor!

— Não consigo. — Ele começou a se levantar, a missão tinha chegado ao fim.

— Não! — Segurei suas mãos, quase empurrando-as de volta para as grades. — Tente de novo!

— Dinah — Alice me chamou, mas eu estava entrando em pânico, empurrando Scrooge.

— A gente não pode desistir. Tente de novo.

— Dinah! — Scrooge segurou os meus ombros. Sua voz saiu baixa, mas cortante feito uma faca. — *Eu não consigo.*

Um soluço se prendeu no meu peito, e eu abaixei a cabeça.

— O que você faria se fosse Alice aí dentro? — Falei tão baixo que só ele conseguia ouvir. Um som saiu abafado dele, compreendendo a minha dor, mas isso não mudava nada.

— *É você que tem o poder, pequenina.* — A declaração arranhou os meus ossos, me marcando. Lá no fundo, eu sabia que não era Krampus me chamando dessa vez, e sim Frost. Ou a alma dele. Krampus o queria morto, para tomar posse do seu corpo por completo. Era o que restava de Frost que se aferrava, chamando por mim. — *Você sempre foi a única que podia me libertar.*

Eu me afastei de Scrooge, o rodeei e levei a mão à fechadura.

— Dinah, o que você está fazendo? — A voz de Alice chegou em mim enquanto eu me concentrava na tranca.

— *Tarde demais, pequenina. Ele é meu.* — Dessa vez foi o tom grave de Krampus que fincou as garras em mim.

— Vai se foder. Ele é meu! — respondi. Fechei os olhos e passei a mão pela tranca.

— Dinah? — Alice tentou me segurar.

— Não. — Blaze a deteve, afastando a mão dela da minha. — Deixe. — Ele entendia o que eu estava acontecendo. Era a única pessoa, além de Frost, que me viu fazendo isso lá na masmorra da Fortaleza anos atrás.

Fechei os olhos, imaginei minha energia deslizando pela tranca, girando e revirando enquanto a engrenagem resistia a mim. Suor escorria pela minha testa, meu foco e minha mandíbula se cerraram. Eu só enxergava um objetivo diante de mim, deixei todo o resto em seu devido lugar.

Libertar Frost era meu único pensamento.

Clank! Clank! Clank!

A contragosto, a engrenagem se moveu, soltando-se, e a defesa ruiu.

— Puta merda. — Alice piscou, chocada, de queixo caído. Scrooge também me encarou admirado, sem saber o que pensar. Blaze era o único que não estava surpreso. Ele deu uma piscadinha ao levar a mão aos ferrolhos, deslizando-os. A porta estava livre.

Sem hesitar, abri e espiei o cômodo mal iluminado. Uma lâmpada pendurada no canto era a única luz ali, delineando o corpo enorme acorrentado à parede. Ele vestia apenas uma calça de algodão solta, o corpo estava caído, sangrando, machucado e surrado. As feridas eram tão profundas que músculos e tendões apareciam.

A filha da puta o tinha torturado.

— Frost! — Minhas pernas correram na direção dele, alívio e angústia preenchiam meu coração. — Ah, caramba, Frost. — Meus joelhos bateram na pedra quando caí diante dele, minhas mãos precisavam desesperadamente tocá-lo, reivindicá-lo. Sua pele estava quente na minha, o que me deixou ainda mais apavorada. Frost, o Miser do Inverno, geralmente tinha a pele fria. Comigo, o toque dele queimava, mas aquilo era diferente.

STACEY MARIE BROWN

Seu corpo seminu pingava de suor; a pele estava corada, como se ele estivesse com febre.

Ou como se estivesse mudando.

E se tornando a fera.

— Frost — sussurrei, e segurei seu rosto com ambas as mãos. Os cílios escuros tremularam, mas não se abriram. — Por favor, acorde. A gente precisa te tirar daqui.

Por um breve momento, ele abriu as pálpebras, olhos azuis penetrantes encontraram os meus.

— Pequenina... — Um sorriso atordoado curvou os seus lábios, ele fechou os olhos de novo. — Você está aqui.

— Eu sempre vou te encontrar. — Inclinei a cabeça para a dele.

— Mesmo se for um sonho... vou poder morrer feliz agora — ele murmurou com um suspiro.

— Você não vai morrer nos meus braços, porra. Estou aqui, Frost. Por favor, se esforce e acorde. — Meus lábios roçaram sua testa e depois os lábios. — Preciso que você lute.

Seus olhos se abriram apenas o suficiente para me encarar.

— Ele é forte demais... não consigo mais resistir.

Minhas mãos apertaram mais, e virei a sua cabeça para a minha.

— Foda-se. Ele não vai tomar posse de você. Você é meu. Se eu tiver que te caçar e te arrastar, eu vou fazer isso. Não vou te perder— falei, entre dentes. — Lute por mim, Frost. Não o deixe ganhar. Você é muito mais forte que ele e mais teimoso.

Um sorriso se insinuou em sua boca.

— Não tão teimoso quanto você.

— Isso mesmo! — Sorri antes de fechar os olhos. Levei as mãos aos grilhões que o prendiam, e eles tentaram resistir. Fui mais fundo, e os destruí, libertando-o das correntes grossas, fazendo o metal cair com um barulho alto. Os caras se aproximaram para erguê-lo. — Agora se levante e saia daqui comigo.

Frost ergueu completamente a cabeça. Dessa vez, notei a faixa em torno do seu pescoço, quando percebi o que aquilo era, uma voz conhecida soou às nossas costas.

— Todos juntos de novo. Como nos velhos tempos.

Eu me virei, um raio de pavor atacou os meus pulmões.

À porta, estava Maribell, mas eu sabia, pelo modo como ela se portava, pelo modo como se vestia, com os saltos da cor do sangue e as roupas e o cabelo elegantes, que aquela não era a minha antiga psicóloga.

Mas a rainha em pessoa.

Jessica Winters.

Um rosnado soou ao meu lado. Scrooge se afastou de Frost e apontou a arma para ela.

A mulher jogou a cabeça para trás, gargalhando.

— Como você é pateticamente previsível, meu velho valete. — Ela estalou a língua, a cabeça balançou de decepção. Então, ela enfiou a mão no bolso da saia lápis, e tirou de lá o que parecia uma chave de carro. — Isso deve te tirar de combate, Scrooge.

Um zumbido atingiu o ar, depois ouvi o som de carne queimada. O corpo de Frost convulsionou quando o dispositivo em seu pescoço o eletrocutou. O rosto se contorceu, o corpo deu um solavanco violento demais para os caras conseguirem segurá-lo. Frost rangeu os dentes, que ficaram mais longos e afiados, o pelo cresceu e mudou de cor, e sua forma se transformou para a da fera. Saliva e sangue pingavam de sua boca, raiva queimava em seus olhos, mas também vi um pouco de medo quando ele me olhou. Frost mal se segurava, perdendo para a violência da aparição forçada de Krampus. Uma fera à solta, mortal.

— Aposto que você consegue se lembrar bem da sensação, meu querido marido. — Ela ergueu o polegar por um segundo, a atenção foi para Scrooge. — O sabor amargo da adrenalina na sua boca, e cada nervo rogando por misericórdia.

O peito de Scrooge subiu e desceu com força, ele rosnou, mas uma pontada de pavor enrijeceu o seu rosto. O dedo pressionou o gatilho um pouco mais.

— Tão fácil acabar com você agora mesmo… — Ela apertou o botão de novo, fazendo o corpo de Frost convulsionar novamente. Ele caiu no chão enquanto berrava e cuspia sangue.

— Para! — gritei, meu coração dividido entre atacá-la ou correr para ele. O repuxar para ele foi avassalador, e minhas pernas caíram diante de Frost. Minhas mãos tentavam conter a brutalidade enquanto ela o eletrocutava. — Por favor! Pare! Por favor!

A sobrancelha de Maribell se curvou para Scrooge, a decisão era dele.

— Scrooge! — gritei para ele, que rosnou. Lutando contra cada instinto que tinha, ele abaixou a arma.

STACEY MARIE BROWN

Lábios vermelhos se partiram em um sorriso maligno, e ela soltou o botão. Mas o polegar ficou nele, preparada para acioná-lo a qualquer momento.

Frost estava mole e inconsciente, mas eu via que seu cabelo ainda estava pontilhado de branco. A fera não tinha ido embora. Quantas vezes mais ele aguentaria ser torturado até que Krampus se libertasse e Frost se perdesse para sempre?

— Largue-as e as chute para mim — Jessica deu a ordem. Eu comecei a pensar nela como Jessibell. O corpo era de Maribell, mas, no momento, Jessica estava no comando.

Quando nenhum de nós cumpriu a ordem, ela ergueu o botão com um sorriso maligno. Abaixei a minha e chutei, a arma de bengala deslizou pelo chão de pedra até os seus pés. Alice bufou de raiva, mas foi em seguida, então Blaze e por fim Scrooge.

— Pegue-as. — Ela estalou os dedos.

Eu não tinha notado as três figuras logo atrás de Jessibell entrarem ali. Duas eram os soldadinhos bizarros, diferentes dos lá de fora, mas igualmente sinistros. Eles pegaram as armas e recuaram. A terceira parou ao lado dela. Era uma mulher segurando um rifle de verdade, erguido e apontado para nós. Ela usava roupa camuflada preta como se estivesse em patrulha noturna para o esquadrão do breu. Não dava para negar que ela era linda: olhos escuros com cílios longos, lábios pretos e os chifres pontudos prontos para acabar com alguém. O cabelo louro-platinado estava preso em uma trança apertada.

— Clarice — Scrooge sibilou, os lábios se ergueram ao ver a recém-chegada.

— Scrooge. — A olhada que ela deu nele teria derretido um boneco de neve. Era um olhar de ódio profundo. A arma estava apontada para o meio da cabeça dele. — Me dê uma razão para eu não meter um tiro na sua cabeça agora. — Clarice chegou mais perto, o dedo roçou o gatilho.

— Espera, meu bichinho — Jessibell disse com a voz baixa e controlada. Na mesma hora, Clarice recuou, o olho se contraiu. — Você se vingará na hora certa.

Jessibell nos encarou por um instante.

— Parece um déjà vu, não é? — Os saltos bateram no chão quando ela se aproximou, parecendo meio entediada. — Só que, dessa vez, em vez de tentar salvar o monstro que é o meu ex, vocês vieram salvar outro tipo de fera. E em vez de um coelho, trouxeram o meu sobrinho. — Ela inclinou a cabeça para Blaze, um sorriso estranho brincou em seus lábios.

— Bom trabalho, Blaze. Você fez exatamente o que eu esperava.

CAPÍTULO 21

Como a água à beira de uma grande queda, eu me senti suspensa no ar por um instante. A declaração de Jessibell flutuou e foi absorvida antes de cair no meu estômago, arrasando tudo com força punitiva.

— O quê? — Virei a cabeça para Blaze, paralisada. Meu coração rogava para ela estar errada, para que a minha confiança nele não estivesse prestes a ser jogada na minha cara, como uma piada.

Blaze me relanceou, e olhar dele foi de Frost para mim. Por um instante, pensei ter visto agonia e tristeza, mas ele engoliu em seco e, quando se virou para Jessibell, toda emoção foi varrida de seu rosto.

— Foi moleza. Ela caiu feito um patinho. — Ele abriu a boca em um sorriso que eu nunca tinha visto no rosto do meu antigo amigo, e deu de ombros. — Falei umas merdas sobre ainda estar apaixonado por ela... foi fácil fazer a garota confiar em mim.

— Seu filho de um quebra-nozes! — Scrooge avançou para Blaze, mas Clarice se meteu na frente dele, e apertou o rifle no meio da testa do homem.

— Quer pagar para ver? É só me dar *uma* razão. Por favor, faça isso — ela grunhiu. Scrooge rosnou, e se deteve.

Lágrimas de mágoa, dor e decepção encheram meus olhos, e eu balancei a cabeça.

— Não... — O garoto que eu tinha conhecido quando criança era gentil, divertido, descontraído, brincalhão e meigo. Meu melhor amigo. Parecia que meu coração não conseguia acreditar que ele era capaz disso. Ele tomava raspadinha de frutas vermelhas e surfava, tinha amigos como Quin, Jingle e Jangle. Eu acreditei piamente que ele tinha sido enganado e estava arrependido pelo que tinha feito à minha irmã. — Por favor... Blaze... — roguei.

Mais uma vez, senti seu escrutínio intenso. O rosto estava inexpressivo, mas algo cutucou o fundo da minha mente quando seus olhos encontraram os meus. Assim que pensei ter visto algo, aquilo desapareceu. Ele foi até Jessibell e beijou a bochecha dela.

— Você sabe que sempre serei fiel a você e à mamãe.

Os lábios de Jessibell se contorceram com presunção.

— Eu sei, sobrinho. Você nunca foi o mais inteligente, mas fico contente por você saber quais são as suas prioridades. Ao contrário do seu irmão. — Jessibell fez careta para Frost no chão, depois para mim. — Você pelo menos não é idiota o bastante para se apaixonar por esse lixo. Um lixo que precisa ser descartado.

A cabeça de Blaze se virou de mim para ela.

— Descartado?

— Elas não são mais necessárias. — Jessibell apontou para Alice e para mim. — Já cumpriram seu propósito e agora nada mais são do que um aborrecimento.

— Tia... — Blaze engoliu em seco. — Elas podem acabar sendo úteis, não tem como saber.

Em um piscar de olhos, ela se virou para ele, olhando feio. Blaze gritou, caiu de joelhos, com as mãos nas têmporas, embora ela não tivesse tocado nele.

— É fraqueza que farejo em você, Blaze? Ainda tem uma quedinha pela Liddell mais nova? — ela disparou.

— Não... não — ele gaguejou, balançando a cabeça quando outro gemido de dor saiu dele. Eu não tinha ideia do que ela estava fazendo, mas ficou claro que a mulher tinha poder para infligir dor sem sequer tocá-lo. — Des-desculpa.

— Nunca mais quero que você questione algo que eu diga. Se eu mandar, você obedece. Estamos entendidos?

Blaze bufou de agonia e assentiu.

— S-sim.

Os dedos dela roçaram a bochecha dele, e Blaze curvou os ombros e puxou uma respiração entrecortada, como se a dor tivesse passado.

— Você é um menino bonito, mas sua mãe estava certa. É um inútil. Pelo menos seu irmão tem valor para mim.

Blaze estremeceu e cerrou a mandíbula quando Jessibell se virou para nós.

— Vou gostar muito de ver o meu novo animalzinho de estimação avançando na sua refeição. Entrada, prato principal e... — ela apontou para Alice, Scrooge, depois para mim — sobremesa.

LOUCURA FEROZ

E riu, os saltos foram clicando até a porta.

— Vou deixar muitos guardas nesta porta, com a ordem de matar. Não haverá como escapar desta vez. — Ela apontou para mim, sabendo que eu tinha a habilidade de abrir coisas. Então, olhou para o sobrinho: — Se você me decepcionar de novo, vai se juntar a eles. — E estalou os dedos para ele segui-la como se fosse um cachorrinho.

As narinas de Blaze dilataram, mas ele se levantou e foi atrás da tia.

Um soldado em formato de caneca de brinquedo correu para a porta e a abriu para a ama, que parou ao chegar lá.

— Mandei meus guardas fazerem uma varredura na floresta. Sei que vocês trouxeram outros, não foi? Se estiverem por lá, serão capturados e mortos. — Um sorriso maligno esticou os lábios dela bem quando os dedos roçaram o objeto que ainda segurava.

O som vibrado preencheu o ar de novo, e o corpo inconsciente de Frost se debateu enquanto a eletricidade corria por seus nervos. Ele se levantou, rugindo. O que restava dele se dissolveu quando Krampus veio à superfície com um arroubou brutal. Chifres afiados arqueavam de sua cabeça, e a pele cinza-azulada era cheia de músculos e cicatrizes. Ele respirou fundo e virou a cabeça lentamente para nós.

— *Bon appetit.* — Jessibell deu uma piscadinha para nós, sentindo uma alegria vertiginosa, a voz leve enquanto ela saía dali, com Blaze, Clarice e os outros soldados logo atrás. A porta bateu, e as barras deslizaram para nos manter ali. Eu conseguia destrancar coisas, mas tinha certeza de que não conseguiria remover as grades da porta.

Um rosnado feroz subiu pela garganta da fera. O corpo imenso se ergueu, os chifres quase roçaram o teto, cobrindo até mesmo Scrooge com sua sombra. Os braços musculosos e o peito largo se flexionaram, as garras se curvaram. Em um minuto, ele poderia destruir a todos nós sem nem fazer esforço.

Krampus farejou, e um rosnado curvou seu lábio, mostrando os dentes afiados.

Os olhos apavorados de Alice me encararam, depois ao monstro, e ela se afastou. Scrooge ficou na frente dela, fitando Krampus.

— Dinah — Scrooge sibilou, me dizendo para ir para trás dele.

A boca da fera se abriu. Um rugido de gelar os ossos abalou o lugar, nos fazendo nos afastar, mas suas pernas grossas e poderosas deram um passo na minha direção. Meu coração foi parar na boca, pavor correu por minhas veias.

STACEY MARIE BROWN

— Dinah! — Scrooge gritou de novo, mas eu não me movi. Meus olhos encontraram os dele. Krampus estava à solta e era capaz de ferir pessoas por minha causa. Eu enfrentaria as consequências dos meus atos.

Dei um passo em direção ao monstro.

— Dinah! — A voz de Alice era um lamento, Scrooge gritou também, mas eu ignorei tudo, exceto Krampus, e tentei achar o homem que eu amava lá dentro.

A fera rosnou em alerta e empurrou os ombros para trás.

— Você não vai machucá-los. — Rangi os dentes, estufei o peito, determinada, e dei outro passo. — É a mim que você quer.

— Acha que consegue me deter, pequenina? — Sua voz profunda e obstruída soou como se tentasse nadar pela lama. — Fui bonzinho e não te matei da última vez. Mas se você tentar me impedir de novo, não serei tão complacente.

— Acho que não. — Minha voz estava surpreendentemente forte, já meu corpo tremia. Avancei um último passo, fiquei tão perto que precisei inclinar o pescoço para olhar para ele. — Frost jamais deixaria você me machucar.

Um barulho perturbador, que pensei ser uma risada, atingiu a minha pele. A intensidade do perigo tirou o oxigênio da cela. Meu coração batia descontroladamente, como se tentasse fugir e se salvar.

Krampus poderia quebrar meu pescoço em um piscar de olhos.

— Seu namorado não está mais no comando. — Ele se inclinou e afastou o cabelo do meu rosto.

— O quê? — Pavor apertou os meus pulmões.

Krampus bateu os dentes como se estivesse se divertindo com aquilo.

— Ele ainda está aqui, mas não por muito tempo. É só um passarinho na gaiola agora. Embora eu vá obrigá-lo a assistir o que *eu* vou fazer para te fazer gritar. — A língua longa e pontuda de Krampus lambeu a lateral do meu rosto, me fazendo estremecer. — É... você se lembra, não lembra? Você pediu por mais, não foi, pequenina? Os últimos momentos deles serão vendo você rebolando nela de novo, chamando o meu nome, pedindo por mais.

Pânico latejou na minha cabeça. Só de imaginar aquilo meu cérebro ficou confuso. *Vamos lá, Dinah, pense em alguma coisa.*

Algo surgiu na minha mente. Abri a boca antes de mesmo parar para pensar. Dei uma risada forçada e balancei a cabeça.

Na mesma hora, Krampus recuou, confuso com a minha reação, fúria contorceu suas feições.

— Engraçado você o chamar de passarinho na gaiola, sendo que é isso que você é.

— Dinah… — A voz baixa de Scrooge, repleta de advertência, rastejou pelas minhas costas, mas continuei ignorando Alice e ele. Um plano se formava na minha cabeça.

Krampus me agarrou pela garganta, as garras cravaram a minha pele.

— Quer mesmo me irritar, pequenina? — Suas unhas afundaram na minha pele. — Vou usar seus ossos como palito de dente.

Há muitos tipos de terror e várias formas de reagir a ele. Bile me queimou a garganta e minhas pernas bambearam, mas a minha mente estava lúcida. O aperto dele no meu pescoço me fez sentir dor o bastante para me manter firme.

— Vai em frente. Mas isso não apaga o fato de que você ainda é o bichinho de estimação de alguém.

Um rugido penetrante disparou pelas pedras. Meu corpo foi arremessado, me fazendo bater as costas na parede, o que arrancou o ar que restava nos meus pulmões. Dor e pânico me fizeram abrir a boca feito um peixinho.

— Dinah! — Scrooge saltou para me ajudar.

Krampus me prendeu na parede com uma mão e virou o braço para trás, acertando o alvo.

Crack!

O som de carne e ossos se fraturando soou, Scrooge saiu voando e atingiu a parede. O corpo flácido caiu encolhido no chão.

Alice deu um grito agudo e correu para ele.

Não tive tempo de ver se o homem estava morto ou só inconsciente, pois Krampus me empurrou com mais força para a parede e rosnou a poucos centímetros da minha boca.

— Quer repetir? — Ele se pressionou em mim, a pedra cravou nas minhas costas. Então mostrou os dentes, saliva pingou deles e escorreu pela minha bochecha.

Aterrorizada, tentei me aferrar ao plano. Ou ele daria certo, ou esse seria meu último erro. Com a voz tremendo, rosnei de volta:

— Você não passa de um bichinho de estimação. — Cuspi para ele. — Olha só, tem até uma coleira.

— Cala a boca! — Krampus vibrou com um ódio mortal, as garras afundaram nos meus ossos.

— *Ela* dita quando você pode ser Krampus e te mantém trancado aqui feito um cachorrinho adestrado. — Sorri com desdém, e seu aperto no meu pescoço e no meu braço me nublou a cabeça, que queria desligar e se esconder da dor. — Que bela fera você é, deixando outra pessoa te controlar...

O que eu disse ressoou dentro dele; o aperto se afrouxou e eu caí no chão com um baque. Ele uivou com raiva, curvou as mãos em torno do dispositivo em seu pescoço, flexionando os bíceps. Com um rugido alto, ele o agarrou, fagulhas se espalharam quando ele puxou com mais força. Rosnando, Krampus se esforçou mais, o arroubo de energia quando o metal se soltou de seu corpo assolou a cela, me jogando com força para a parede.

Ele arremessou a coleira longe, ela quicou pelo chão com um tilintar.

Na falta do dispositivo que controlava Krampus e forçava Frost a se retirar, eu esperava que o homem estivesse lá dentro, só aguardando uma oportunidade. Do contrário, teria sido por nada.

Krampus, nada ofegante por causa do esforço, avançou para mim. Como um raio se erguendo, senti o fogo subindo pela minha coluna, e fiz a última coisa que o monstro esperava.

Minha boca atacou a dele, a mão se entrelaçou no pelo longo e emaranhado, puxando-o para o beijo, e minha língua se curvou ao redor de seus dentes. Os músculos dele se retesaram, congelados com as minhas ações, mas eu não parei, tentei arrastar de lá a verdadeira fera voraz que existia dentro daquele monstro, a que reagiria ao meu comando e responderia.

Uma mão grande espalmou a minha nuca, me puxando com um rosnado possessivo.

Faminto.

Selvagem.

Feroz.

Sua boca devorou a minha, parecendo precisar de mim como do ar, cada parte dele me reivindicava, me *possuía* de um jeito que só um homem conseguia.

— Frost. — Suspirei, minhas pálpebras se ergueram o bastante para ver os olhos conhecidos, o peito nu e o cabelo preto. Um sorrisinho se insinuou na minha boca. — Puta que pariu! Estou feliz por ter dado certo.

O olhar dele me queimou, desejo emanava de sua pele, as mãos seguraram ambos os lados da minha cabeça. A boca atacou a minha com ferocidade. Dessa vez, ele exigia, tomando cada pedacinho meu, e eu correspondia.

— Dinah — ele rosnou, a boca roçou a minha. A garganta se moveu, contendo as palavras que eu sabia que estavam lá, trancadas pela emoção.

— Mais tarde. — Passei os dedos por sua boca. Fiquei na ponta dos pés e o beijei de novo.

Um gemido de dor soou às nossas costas, minha mente voltou para o presente.

— Scrooge! — Eu me afastei de Frost, e fui quase tropeçando até onde ele estava, com a cabeça no colo de Alice.

O rosto dele se contorceu, as pálpebras se abriram devagar, um estrondo saiu de seu peito. Fez uma careta para o homem ao meu lado.

— Ótimo. — Ele franziu a testa, os olhos se fecharam de novo. — Entre você e aquela fera fedorenta e rosnando... fico com a fera fedorenta rosnando.

— O mesmo vale para você — Frost grunhiu, e o olhar se estreitou em Scrooge. Seus músculos ainda retraídos e flexionados sob sua pele.

Scrooge se levantou e puxou Alice junto, seus ombros recuaram. Ele era alguns centímetros mais baixo que Frost e não era tão largo, mas o homem também era sarado e forte. Mano a mano, seria uma luta justa, mas não se Krampus desse as caras. Todos estaríamos mortos em questão de segundos se Krampus quisesse nos matar.

— Eu estou me esforçando para me segurar. Eu recuaria se fosse você, *valete*. — Frost se inclinou para o rosto dele, os dentes ainda estavam afiados.

O apelido fez a raiva subir na garganta de Scrooge, e ele se aproximou:

— Não sou valete dela.

— Você já foi a putinha da minha tia.

Eles ficaram peito a peito, a testosterona ali chegava a ser sufocante.

— Como você é agora.

Frost respirou fundo, expandiu o peito e flexionou os braços. A pele ficou pálida.

— Quer que eu te mostre quem é a putinha?

— Podem parar! — Saltei entre eles, meu corpo minúsculo entre os dois mal se destacava. — Recuem.

Ambos rosnaram e ficaram onde estavam.

— Guardem o pau dentro da calça e se acalmem, porra. — Alice revirou os olhos, irritada. — Não temos tempo para isso. Para ser justa, *todos* fomos a putinha dela uma vez ou outra.

Verdade.

Empurrei o peito nu de Frost, os músculos tensionaram sob minhas mãos, o fôlego saía em rajadas de seu nariz, mas ele me deixou afastá-lo.

— Como se já não tivéssemos coisas suficientes contra nós. — Acenei para a porta. — Precisamos trabalhar juntos, não brigar uns com os outros. Podemos fazer uma trégua por ora?

Os dois trocaram um olhar fulminante, e assentiram devagar e a contragosto.

— Ótimo. — Bati as mãos. — Primeira regra, não briguem nem se matem. Agora, precisamos pensar em algo para escapar daqui.

— Vocês três precisam fazer isso — Frost respondeu e cruzou os braços sobre o peito machucado. Pensar em Jessica torturando-o me fez querer rasgá-la em pedaços.

— *Todos* nós. — Senti algo ruim na boca do estômago.

Frost balançou a cabeça, os olhos foram para o chão.

— Eu não vou.

— Como assim? — gritei.

— A gente veio te resgatar — Alice exclamou.

— Vocês vão sair daqui nem que eu tenha que amarrar as duas e carregá-las feito o saco do Papai Noel — Scrooge rosnou.

— Olha para mim. — Frost cerrou as mãos, o olho se contraiu. — Mal estou conseguindo contê-lo agora. Krampus está ganhando, e ele vai matar *todos* vocês sem nem parar para respirar. Não vou colocar você em perigo.

— Mas nem fodendo! — Fui pisando duro até ele, balançando a cabeça com força. — Ele não vai ganhar. Não vai te tirar de mim.

Os olhos frios de Frost amoleceram, os ombros se curvaram sobre mim, a boca roçou a minha testa.

— Você é a única que domou a fera, a única que ele não quis matar... mas as coisas mudaram. Ele quer assumir o meu corpo, e sabe que você quer impedir que isso aconteça. Não se engane. Ele vai te fazer assistir enquanto mata *todo mundo que você ama*.

— Incluindo você.

Frost inclinou a cabeça, a garganta se moveu quando ele entendeu o que eu disse. Eu tinha amado o Scott, mas esse sentimento insuportável que a tudo consumia e que agora era uma parte de mim me mostrou que eu morreria com Frost se algo acontecesse a ele. Era um sentimento novo, algo que nunca senti antes, e me deixou aterrorizada.

Sua mão roçou meu pescoço, enfiei o cabelo atrás da orelha, a voz dele estava embargada.

— Prometa.

— O quê? — Engoli em seco, e senti seu polegar deslizar pelo meu pescoço.

— Prometa que você vai me matar.

— O quê? — Eu me afastei, boquiaberta.

— Assim que Krampus assumir, não haverá como destruí-lo. Ele não vai ser detido. A única forma é me matando agora, destruindo meu corpo enquanto é possível. — Ele olhou para Scrooge por cima da minha cabeça. — Preciso que você me tire da equação.

— Não! — eu berrei, aquela sensação ruim estava me esfolando. — Não! Não!

— Dinah… — Ele tentou me segurar.

— Não! Nem a pau. — Eu me afastei. — Você não pode desistir assim tão fácil.

— Fácil? — Ele se engasgou com uma risada seca. — Eu luto com ele há doze anos. Tive que ver cada um dos assassinatos que ele cometeu e não fui capaz de fazer nada, mas todos os dias eu tentei me manter no controle, tentei lutar. Não consigo mais. Ele tomou uma parte grande demais de mim agora.

— Eu não vou desistir de você — gritei para Frost.

— E que merda você pretende fazer, Dinah? Não há escolha. Sei como ele pensa, sei o que planeja. — Frost apontou para Scrooge, o inimigo que agora virava um aliado. — Não estou certo? Não há alternativa.

Meu olhar disparou para Scrooge.

A mandíbula dele se contraiu, seus olhos estavam tristes.

— Sinto muito, Dinah.

— Não! — O grito foi arrancado da minha garganta. — Vamos encontrar uma alternativa.

— Não tem nenhuma!

— Então eu o farei sair de você. — Minha voz soou pelo ar com um desespero estridente.

Todo mundo parou e olhou para mim. O silêncio ressoando na cela esmagou meus tímpanos.

— Vo-você consegue fazer isso? — Alice foi a primeira a falar.

Engoli em seco e ergui o ombro.

— Não sei, mas eu soltei Jessica e ele do cárcere… e se eu também for capaz de tirá-los do corpo?

O pomo de Adão de Frost se moveu com uma cautela reservada.

— Você acha que consegue?

— N-não sei. Nunca tentei. — Joguei os braços para cima. — Mas pode ser que consiga, não é?

STACEY MARIE BROWN

— Se você tentar e não der certo, só vai deixar a fera mais irritada. — Scrooge tirou o gorro e passou a mão pelo cabelo. — E uma fera irritada presa em uma cela pequena é o equivalente à nossa morte.

— Eu não vou perder o Frost, Scrooge — disparei para ele. — Você não tentaria se fosse com a Alice?

Ele jogou a cabeça para trás e passou a mão pelo rosto, sabendo muito bem que tentaria. Não havia nada que ele não faria por ela.

— Não, não vale o risco. — Frost balançou a cabeça com veemência.

— Manda brasa. — Alice se aproximou de mim, determinada.

— O quê? — Os dois homens responderam juntos.

— Não. — Scrooge balançou a cabeça.

— Por favor. — Alice olhou feio para ele. — Você sabe que faria isso se fosse comigo, e não há nem dúvida de que eu arrasaria qualquer reino por você.

— E se ele se transformar no Krampus? — Scrooge acenou para Frost.

— Aí a gente lida com a situação. — Alice entrou na frente dele. — Faremos isso juntos.

Scrooge abaixou a cabeça, olhou para a minha irmã com intensidade, esquadrinhando-a com amor e paixão tão profundos que eu conseguia sentir as fagulhas no ar.

— Tudo bem. — Scrooge bufou, foi até as correntes penduradas na parede e as estendeu para Frost. — Pode tentar, mas você vai ficar com as algemas.

Frost nem hesitou ao ir até a parede e deixou Scrooge acorrentá-lo lá.

— Você acha que isso vai deter Krampus?

— Vai nos dar pelo menos um tempinho. — O olhar de Scrooge encontrou o de Frost, e eles trocaram uma promessa tácita.

Pânico e medo me invadiram. Eu não tinha ideia se seria capaz de fazer isso. Alice segurou a minha mão e a apertou, pressentindo a minha dúvida.

— Você consegue.

— Não sei — sussurrei, minha voz vacilou. — E… e se eu não conseguir?

— Eu nunca na vida te ouvi dizer essas palavras. Você só parava quando conseguia. — Ela abriu um sorriso caloroso, mas eu conseguia ver o medo em seus olhos também. Ela estava pondo sua vida em risco por minha causa.

Lambi os lábios e me afastei dela, indo até Frost. Scrooge afagou o meu ombro ao passar.

— Estaremos bem aqui. — Não era como se eles tivessem para onde ir, mas estavam deixando claro que eu poderia contar com a força e o apoio deles.

Eu me ajoelhei diante de Frost, tremendo de medo.

— Melhor descobrir como fazer isso, pequenina. — Ele deu uma piscadinha, vendo o meu medo. — Você só vai ter uma chance antes de Krampus perceber e começar a revidar.

Minhas mãos tremiam quando as movi pelo peito dele. E daí que eu tinha libertado almas duas vezes antes? Não havia um manual de como fazer isso. Simplesmente aconteceu. Eu não fazia ideia do que estava fazendo quando abri aquelas caixas. Agora eu precisava ver se conseguiria fazer o contrário.

Ele se inclinou para mim, roçou os lábios nos meus.

— Vá em frente. Ele não vai ficar sossegado por muito tempo.

Uma discussão completa se passou pela minha cabeça, mas lá no fundo eu sabia que precisava pelo menos tentar. Se eu pudesse ajudar Frost, talvez até conseguisse separar Maribell e Jessica.

— Tudo bem. — Eu o empurrei pelo peito, meus lábios se contorceram com um riso nervoso. — Afaste-se, otário. Me dê espaço para respirar.

Ele sorriu, arqueando uma sobrancelha.

Respirei fundo e fechei os olhos. Geralmente, ouvia vozes me pedindo para soltá-los, para libertá-los da gaiola. Mas, dessa vez, elas estavam em silêncio. Fui mais fundo, contornando a aura escura.

— *Pequenina* — Krampus sibilou, a raiva veio com tudo. — *Pare... estou te avisando...* — Isso só me fez cavar mais fundo, arrancando as trevas.

Ouvi Frost grunhir de desconforto, as correntes chacoalharam.

— *Eu fui bonzinho antes, mas não tenho problema nenhum de acabar com você* — Krampus ameaçou. Os grunhidos dolorosos de Frost ficaram mais altos, fazendo meu coração doer.

— Não! — Frost disse entre dentes. O metal das correntes bateu violentamente na pedra. — Pare!

Eu me lembrei de cada memória que tinha com Frost, desde quando éramos crianças até nosso último encontro na biblioteca. Pensei em cada emoção: alegria e felicidade, dor e luto. Era a vida e o ar que eu respirava, a fonte da estabilidade, da minha liberdade. Eu me deixei me afundar nisso. Lutar por isso.

Senti a energia vertendo das minhas veias, suor escorria por minhas costas, mas eu continuei. A resistência era como se eu estivesse tentando puxar uma faixa dura e teimosa. Um grito saiu de meus lábios. Frost uivou como se eu o estivesse estilhaçando. Quanto mais eu tentava arrancar o mostro dele, mais seu corpo se agitava e convulsionava.

Um grito agudo soou às minhas costas, mas eu não podia mais parar. A força parecia um transe, me sugando e me destruindo com ela.

— Dinah, para! — O berro de Alice bateu no meu ouvido como se ela estivesse gritando por um respiradouro. Abri as pálpebras apenas o suficiente para vê-la ao meu lado. — Para! Você está matando Frost e a si mesma. — Ela estendeu os dedos para me deter e bateu na minha mão.

Um poder explodiu de nós como uma bomba, fazendo nosso corpo sair voando.

Foi um segundo, um piscar de olhos, mas vi orbes de luz pairarem sobre o corpo de Frost antes de deslizarem de volta para ele.

Meu corpo bateu na parede de pedra.

E tudo ficou preto.

CAPÍTULO 22

Abri as pálpebras ao ouvir gritos agudos, um pavor penetrou em minhas entranhas enquanto rostos remendados e horrendos tomavam minha visão. Causando dor, eles me puxaram pelos braços, arrastaram meu corpo para cima, e minha pernas se dobraram sob mim no mesmo instante. Braços de madeira e metal me prenderam junto a um corpo duro; minha mente girava, minha visão estava borrada enquanto eu via os soldados estilo Frankenstein pegarem minha irmã e Scrooge, contendo-os também.

Meu olhar foi para Frost, que estava mais uma vez inconsciente ali no chão, depois para Alice, que virou a cabeça para mim, com a expressão tão atordoada e confusa quanto a minha.

Que merda foi aquela? O que tinha acabado de acontecer? Quando ela me tocou…

— Eu deveria saber que era você, Scrooge. — Um soldado marchou para dentro da cela, interrompendo meus pensamentos. O rosto desse era menos deformado, mas algo nele era ainda mais aterrorizante. Ele usava roupas diferentes da dos outros. Em vez de azul, estava com uma farda que era uma mistura de calça vermelha e tons de azul e dourado na parte de cima. Ele também usava chapéu preto com dourado, que tinha uma pena vermelha e um imenso coração dourado.

— Ah, puta que pariu. Ela te trouxe de volta também, é? — Scrooge ergueu o lábio, desgostoso.

— Ao contrário de você, sou fiel à Sua Majestade. — Os olhos pretos pintados do soldado olharam veio para ele, sua voz estava cheia de emoção. — Ela tem grande admiração pela minha liderança.

— Vejo que você está sem nariz. Você o deu para a rainha usar como plug anal, pra você não precisar ficar curvado o tempo todo, general? — Scrooge abriu um sorriso debochado para ele.

STACEY MARIE BROWN

O general se empertigou. O rosto distorcido não se alterou, mas eu podia dizer que ele estava furioso. Os sapatos bateram na pedra quando ele marchou até Scrooge.

— As coisas mudaram. Ela nos refez mais fortes. Mais inteligentes.

Scrooge bufou. O general sacou a arma e bateu a ponta no peito dele.

— Já era hora de eu ter a minha desforra. Faz tempo que você tem sido uma pedra no meu sapato. Não haverá julgamento dessa vez, nem apelos ou esperança para a sua vida. — A voz sem emoção soou como se ele falasse para uma multidão. — Recebemos permissão para matar dessa vez. — A parte de cima da sua bochecha, onde ficava a boca dele, se curvou em um sorriso pintado sinistro quando ele engatilhou a arma. — Começaremos por você.

— Nãããão! — Alice gritou, avançando para a frente e se debatendo contra os guardas que a seguravam.

Comoção detonou na cela.

Pow! Pow! Pow!

Tiros ricochetearam pelas paredes de pedra, e eu ouvi Alice gritar em meio ao som de madeira estilhaçando e ferro rangendo. Os braços que me seguravam me soltaram de repente, os guardas ao meu redor caíram no chão, espalhando madeira por toda a parte.

Minha cabeça girava confusa, eu sentia o gosto da adrenalina na língua, e meus ouvidos zuniam por causa dos tiros. Em meio aos detritos ainda flutuando, vi minha irmã e Scrooge me encarando, piscando com a mesma perplexidade. O general prestes a matar Scrooge estava agora morto aos seus pés.

Meus olhos buscaram lógica, e pousaram na última coisa que eu esperava, fazendo tudo virar de cabeça para baixo de novo.

— Blaze? — Fiquei boquiaberta ao encarar meu velho amigo na porta, com uma arma de verdade na mão. Seu semblante estava brutalmente feroz quando ele abaixou o revólver. O homem arfava enquanto seus olhos buscavam os meus.

Vi tudo o que eu precisava saber, deixando esse mundo maluco mais uma vez são.

Um soluço escapou da minha garganta quando corri para ele e saltei em seus braços sentindo alívio, culpa e alegria. Eu tinha pensado o pior dele, e ele estava tentando nos ajudar.

— Desculpa — ele sussurrou, e me abraçou com força, me segurando bem perto. — Precisei entrar no jogo. — Os lábios roçaram a minha testa. — Eu jamais me viraria contra você, Dinah. Nunca mesmo.

Se ele não tivesse entrado no jogo, teria sido morto ou trancafiado com a gente.

Ele me abraçou por mais um segundo e logo me soltou, então olhou para Scrooge e Alice.

— Não temos muito tempo. Precisamos tirar vocês daqui.

— Não. — O rosnado profundo de Frost girou ao nosso redor. Ele se apoiou no braço e se sentou. — Eu não vou.

— Vai, sim, caralho — Blaze perdeu a paciência e foi pisando duro até o irmão. — A nossa tia quer te matar, Frost, e libertar Krampus para assassinar toda Winterland.

— Mas por quê? Se ela pretende fechar a porta e destruir o lugar? Qual é o sentido de matar a gente antes? — Scrooge se aproximou dos caras, Alice e eu ficamos perto uma da outra.

— Espera. — Blaze franziu as sobrancelhas. — Vocês acharam que todo esse tempo ela só fecharia a porta de Winterland?

— Foi para isso que ela me quis da última vez, para ajudá-la a escapulir para a Terra. Assim ela poderia fechar a porta e acabar com este lugar de uma vez por todas — Alice respondeu.

— Não. — Blaze balançou a cabeça. — Pode ter sido o que ela queria antes, mas não é assim que ela quer destruir Winterland dessa vez.

Outro golpe estava por vir, e meu estômago revirou em expectativa.

— O que ela quer fazer, então?

— Ela está trabalhando com o rei. O Halloween vai invadir a gente. — Blaze olhou ao redor, como se estivesse chocado por não termos chegado a essa conclusão. — Eles vão ajudar Krampus a matar todos os personagens natalinos e dominar Winterland.

O que ele disse foi um tsunami que nos atingiu e nos deixou devastados. Nós três o encaramos com profunda descrença antes de outra onda cair. Dessa vez, nos tornamos a tempestade.

— Filha de um quebra-nozes! — Alice berrou quando Scrooge começou a andar para lá e para cá, seus gritos sussurrados meio que saíam em declarações espasmódicas.

— Por que eu não previ essa merda? — Scrooge cerrou os punhos. — O maldito castelo dela está bem na terra de ninguém, na fronteira com Halloween, e ainda tem a aberração dessas assombrações. Estava tão óbvio!

Blaze apontou para a porta.

— Deixe para pensar nisso depois. Ela vai aparecer a qualquer momento. Precisamos nos apressar e tirar vocês daqui.

— Ela está lá agora, não está? — Minha voz saiu calma e firme, mas eu não me sentia nem um pouco assim.

Blaze assentiu.

— Selando o acordo.

— E que acordo seria esse?

— Na lua cheia, daqui a duas noites, o rei e seus monstros marcharão para Winterland e começarão o ataque, agredindo e assassinando tudo o que virem pela frente e que não for útil para eles.

— Rei? — questionei.

— O Rei das Abóboras — Frost murmurou ao meu lado.

— É claro. — Guinchei, me sentindo entrar na loucura. O Rei das Abóboras pode até ter sido um personagem fofinho e esquisito no filme, mas eu sabia que o que víamos na Terra era o exato oposto do que se passava aqui. — Ele sempre foi fascinado pelo Natal.

— Halloween vai se esgueirar no Natal e assumirá aos poucos, até não restar nada — Blaze adicionou. — Mas, no momento, essa não é a maior preocupação. Mas, sim, soltar Frost e tirar vocês daqui.

— Eu falei que não vou. — Frost se prendeu à parede e não olhou na nossa direção.

— E eu disse que *você vai*. Ela vai destruir você, Frost — Blaze retrucou, uma veia se sobressaltou em seu pescoço.

— É tarde demais para mim. — Os olhos azul-gelo encontraram os do irmão. — Krampus já tomou demais de mim. Pegue Dinah e fuja. O mais longe daqui que for possível.

Blaze soltou uma gargalhada seca.

— Acha que é assim que funciona? Que posso simplesmente "pegar a garota", e ela vai ficar feliz com isso? — Ele se inclinou para o irmão. — Seu cretino egoísta do caralho. O que eu não daria para estar no seu lugar, mas não estou. Ela está apaixonada por *você*, seu otário... algo que eu não desperdiçaria.

— E não estou! — Frost berrou, ficando bem na frente de Blaze. — Mas Krampus também vai destruir a Dinah agora. Ele quer a mim! Não vou arriscar a vida dela por causa da minha. Vai logo, Blaze, porra! — Frost acenou para a porta. — Todos vocês! Vão!

Lágrimas escorriam pelas minhas bochechas. Não consegui deter o arroubo de emoção, e verti lágrimas de ódio.

— Eu não vou te deixar.

— Dinah, eu disse para você ir — ele rugiu.

— Não! Deu certo! — gritei de volta, pesar e determinação subiram por mim. — Eu vi. Sozinha, eu não consegui, mas no momento que Alice tocou em mim, eu o vi deixar o seu corpo. Juntas, tivemos o poder para fazer o necessário. Eu sei que sim. E sei que você também sentiu isso.

Frost virou a cabeça para longe da minha. Eu me agachei ao lado dele, segurei o seu queixo e o puxei para mim.

— Por que você está resistindo agora? A gente consegue. — Olhei para Alice, pedindo ajuda. Ela logo se abaixou do outro lado dele e assentiu.

— Eu também senti. Nosso poder junto… parece que nós duas conseguimos abrir as portas de um outro mundo e libertar coisas. — Ela deu uma piscadinha para mim.

Eu me sobressaltei com a declaração. Sempre pensei que fôssemos opostas. Ying e yang. Mas éramos iguais. Ela abriu a porta e deixou Jessica entrar no reino da Terra, já eu deixei Krampus sair.

Poderosas quando sozinhas.

Mas, juntas, somos uma força inabalável.

— Não importa. — Frost se afastou um milímetro, com teimosia estampada no rosto.

— Por quê? — Eu estava quase torcendo o pescoço dele. — Estamos tentando te salvar. Por favor, Frost, não quero fazer tudo isso sem você. Ficar sem você. Não desista de mim.

— Não estou desistindo de você, Dinah. — Agonia se insinuou em seus olhos. — Estou salvando você.

— Como?

— Porque todos nós esquecemos de um pequeno detalhe… — Frost falou. — Krampus me lembrou disso, me provocou com o que ele ia fazer.

— O quê? — sussurrei, esperando o teto despencar na minha cabeça, torcendo para que eu conseguisse me desvencilhar do que quer que ele confessasse.

Frost me encarou e pressionou os lábios.

— Usar *você* como receptáculo.

Ai, minha rolinha…

Eu me agachei, as palavras dele arrasaram com o que restava de esperança. Eu me repreendi por não pensar naquela imensa falha no meu plano. Krampus tinha que ser contido, fosse numa caixa mágica feita pelo Papai Noel ou em outra pessoa, que ele possuiria sem que soubéssemos.

Abaixei a cabeça.

— É claro. Não consigo acreditar que não pensei nisso.

Frost deslizou os dedos pelo meu rosto, a fagulha de quente e frio era cada vez mais fraca. Eu o estava perdendo para Krampus.

— É tudo culpa minha — sussurrei, e pesar doeu em cada osso meu.

— Ei. — Ele ergueu o meu queixo, os olhos encontraram os meus. — Não se culpe.

— Como? Como? — Era como se meu coração tivesse sido arrancado do peito, me punindo pelos meus crimes. — É culpa minha. Você está aqui por minha causa. Se eu não tivesse libertado Krampus, nada disso estaria acontecendo. Você seria feliz. Levaria uma vida normal. Sua mãe não teria ido embora. *Você* sofreu as consequências pelas *minhas* ações idiotas.

— E talvez eu ficaria sem você. — Ele me puxou com força para si, e ficou a apenas um fio dos meus lábios, me deixando ofegante. — De certa forma, você também me libertou naquela noite. Eu estava trancado na prisão do que minha mãe e minha tia me diziam para ser, mas eu odiava. A fera sempre esteve em mim, quente e abrasadora. E quando você libertou Krampus, eu também fui liberto. Eu não queria ser Jack Frost, um garoto que vivia de acordo com as regras e que tinha medo demais para dizer a você… *que te amava.* Talvez tudo isso teve que acontecer para você voltar para mim.

Puxei o ar com força, minha alma era um misto de alegria e dor arrasadora no coração quando sua boca devorou a minha. Acabou antes mesmo de começar, mas foi tão intenso que arquejei quando ele se afastou, me sentindo atordoada.

— Sempre vou escolher você, mesmo que seja por pouco tempo. — Ele falou só para mim, ambos esquecendo que algo além de nós existia. Mais lágrimas escorreram pelas minhas bochechas, frustração dava voltas na minha cabeça, tentando resolver o quebra-cabeças.

— Frost… — falei, embargada. Antes de continuar, seus lábios atacaram os meus de novo, mostrando como ele se sentia ao mesmo tempo em que se despedia. Estava no deslizar da sua língua, no curvar dos seus dedos na minha pele, no rosnado possessivo em seu peito. Para variar, eu me entreguei, abri mão do controle e da preocupação com o que os outros pensavam. Deixei que ele tivesse cada pedaço da minha alma, do meu coração, de mim.

O sabor das minhas lágrimas o fez rosnar, os dentes cravaram no meu lábio inferior antes de ele se afastar. Os olhos azuis estavam dilatados de desejo, mas, por baixo, eu conseguia ver agonia... a agonia do adeus.

Minha cabeça começou a balançar contrariada. Eu me recusava a aceitar aquilo.

— Deixe-o me usar, então. Nada mais justo. — Cravei as unhas na palma das mãos e joguei os ombros para trás ao tomar a decisão. — Ele não vai ficar com você.

Consegui ouvir minha irmã e Blaze me chamarem, mas Frost se sobressaiu.

— Não. — Ele se sentou mais erguido, e moveu a mandíbula com raiva. — Não é nem uma possibilidade.

— Mas...

— Não, porra — Frost ladrou e balançou a cabeça. — Só de pensar nisso... — Ele esfregou a testa, como se tentasse desalojar a imagem. — Vai ser assim. Não toque no assunto de novo. — Ele balançou a cabeça, seu olhar foi um aviso.

— Acha que pode decidir? Eu posso tirá-lo daí, quer você queira, quer não. — Meus olhos também se estreitaram quando me levantei.

— Só por cima da porra do meu cadáver. — Ele se levantou comigo, o corpo se avultou sobre o meu, raivoso. — E você não consegue sem a Alice. — Ele apontou para a minha irmã. — E eu duvido que ela vá escolher a mim em vez de a você. — Ele usou todo o corpo para me engolfar, a raiva retesou os seus músculos.

— Não tente me intimidar, seu babaca teimoso. — Cutuquei o peito dele, a fúria se avolumou.

— Teimoso? — Ele bufou. — Ah, muito engraçado, vindo de você...

— O que isso quer dizer?

— Você é de longe a mulher mais teimosa e irritante que eu já conheci.

— Irritante? Eu? — Eu ri feito uma louca. — Engraçado, porque se a gente olhar no dicionário, vai ver que é a sua imagem que ilustra a palavra.

— Eu me aproximei dele.

STACEY MARIE BROWN

— Galera. — Ouvi Blaze nos chamar, mas o ignoramos.

— Eu vou em frente — desafiei Frost. — Quem sabe Krampus não sai de boa vontade, sem a ajuda da minha irmã.

— Pessoal?

— Nem. Pense. Nisso. Porra. — Ira estourou do corpo de Frost, e ele deu um passo mais perto.

— Tarde demais!

— Ei! — O assovio agudo de Blaze me fez me encolher, e afastou Frost e eu. A voz dele ribombou, dominante. — Dinah, você não vai fazer nada disso, então esquece.

— Obrigado. — Frost se dirigiu ao irmão, como se eu fosse dar ouvidos a ele. — É melhor vocês irem.

— Você vai com eles também, irmão. — Blaze se aproximou.

— A gente já falou sobre isso. — Irritação atravessou o rosto de Frost.

— Falamos. — Blaze assentiu. — E concordo que é perigoso demais para Dinah ou para qualquer um de vocês.

— Não entendi. — Frost se virou para Blaze, e estreitou o olhar para ele, que ergueu a cabeça e empurrou os ombros para trás. O garoto descontraído foi embora, o que fez temor escorrer pela minha garganta.

— Eu vou ser o receptáculo.

CAPÍTULO 23

— Puta que pariu... — Frost rosnou, esfregando a cabeça. — Você também não. Parem os dois.

— Por quê? — Blaze ergueu os braços. — Faz mais sentido.

— Não, não faz — Frost exclamou. — Isso não é como cuidar de um bichinho por algumas horas. Krampus é um monstro que vai assumir e acabar com todo mundo que você ama.

— Eu sei. — Raiva dilatou as narinas de Blaze, suas botas avançaram até ele ficar bem na frente de Frost. — Eu tive que ver Krampus acabar com você durante doze anos.

— Você não vai fazer isso, *irmãozinho*. — Frost colocou ênfase no fato de que ele era o caçula.

Blaze debochou, se aproximando ainda mais dele.

— Só dois minutos mais novo. Então, desça da porra do seu pedestal e pare de agir como uma figura paterna moralmente superior.

— Moralmente superior? — Frost riu com desdém. — Você só pode estar de sacanagem. Durante quase toda a minha vida, tive que me trancar em uma fortaleza durante o Natal para que não assassinasse ninguém. Nossa mãe fingiu a própria morte para ficar longe de mim. Você me tratou como um pária.

— Ah, tadinho do Frost — Blaze debochou. — Veja quantos sacrifícios. Você não consegue nem enxergar o que está fazendo, né? De me diminuir, só porque não passei por essas coisas.

— Desculpa... morar na praia e tomar drinques foi muito sofrido para você?

— Pelo amor do Papai Noel. — Blaze berrou e jogou a cabeça para trás. — Você não consegue evitar, né? Até parece que é o único sofredor do mundo.

— Qual foi o seu grande sacrifício, Blaze? — Frost o agarrou pela blusa e o puxou com força para perto. — Você *tinha* a nossa mãe. Seu irmão não mentiu na sua cara, dizendo que a mãe de vocês tinha morrido. — Ele o empurrou para longe. Blaze tropeçou, mas logo se equilibrou.

— E você não passou a vida sendo o preterido por causa do precioso Frost. A mãe sempre repetia *Frost isso... Frost aquilo... por que você não pode ser mais parecido com o Frost e diferente daquele idiota preguiçoso do seu pai?* A mãe sempre me tratou como um bichinho indesejado. Você sempre foi o favorito. Pela primeira vez, pensei que ela fosse me olhar com orgulho, mas só estava me usando. Me colocando em posição para ser mais um peão em seus planos.

— E se você parasse para reparar e deixasse de ser tão ciumento e de me odiar tanto, teria percebido... a mãe *nunca* gostou de mim também. Ela gostava da ideia do que ela e a tia queriam que eu fosse. Eu era um projeto para as duas. — Frost resmungou de ressentimento. — Elas me usaram também. Elas são assim. Tudo de que Jessica fala agora é como eu vou ser usado para enfrentar o Papai Noel, resmungando sobre alguma justiça distorcida por ela e pela nossa mãe. Então pare de bancar a vítima, Blaze. Você virou as costas para mim quando mais precisei de você.

— Porque você tinha tudo! — O peito de Blaze arfava de fúria.

— Tipo o quê? — Frost rugiu, a raiva nublou a cela como uma bruma densa. — Meus únicos amigos são um rato alcóolatra e um urso polar dramático em um lugar cheio de fantasmas, mentiras e isolamento.

— Você causou isso a si mesmo — Blaze berrou, soltando saliva. — Você tem tudo e nem dá valor.

— O quê, Blaze? O que eu tenho?

— Você é a estação preferida do Natal, o filho favorito, e mais ainda porque era essa fera poderosa. — Blaze se curvou e empurrou o peito do irmão. — E você tem a *ela*.

Frost se deteve, mirou o irmão, as emoções estavam escondidas em suas feições. Mas eu sentia o peso da declaração e a dor de me intrometer entre dois irmãos e magoar um deles no processo.

— Você tem a ela, Frost — Blaze falou baixinho, balançando a cabeça com tristeza, a raiva entre eles se dissipou em um piscar de olhos. — Não desperdice tudo só porque está tentando ser um mártir ou um irmão mais velho.

— Blaze... — Frost começou a balançar a cabeça.

— Não. Dessa vez você vai recuar e me deixar fazer isso. Porra, Frost, você acha que se eu estivesse no seu lugar, não ia aceitar? Porque eu aceitaria.

A Dinah vale a pena. Ela ama você; acho que sempre amou. De alguma forma, mesmo quando criança, eu sabia. É por isso que eu sempre ficava com ciúme quando ela passava um tempo com você.

Frost franziu a testa em descrença.

Blaze bufou.

— Ela podia preferir brincar comigo, mas estava sempre procurando por você.

Era? É claro, nunca pensei por esse ângulo quando criança, mas sabia lá no fundo que Blaze tinha razão. De certa forma, mesmo depois que fui embora, passei a vida inteira procurando por Frost.

— Eu quero fazer isso, irmão. — Blaze segurou o ombro dele. — Para variar, me deixe ser o mártir. — Ele deu um sorrisinho. — A mãe e a tia enfim vão ter que reconhecer que eu existo. Vamos ver se vão me chamar de bonitinho, mas ordinário. — Ela abriu ainda mais o sorriso.

— Irmão… — A voz de Frost estava embargada. Dava para ver que ele ainda queria dizer não, que não deixaria o irmão fazer isso. Não porque Frost queria ser o herói, mas porque, lá no fundo, mesmo com toda a hostilidade entre os dois, ele amava o irmão mais do que qualquer coisa.

— Não me tire esse prazer, Frost. — Eu quase conseguia vê-lo rogar. Percebi, ali, que não era só um ato abnegado para Blaze. Por egoísmo, ele queria provar para as mulheres que o rebaixaram a vida inteira que ele era inteligente, forte, valioso e necessário para elas. Ele não era um idiota inútil, e elas se arrependeriam por tratá-lo assim quando ele se tornasse a fera mais temida de Winterland.

— Acho que você não compreende o quanto Krampus é poderoso e dominador. Não vou passar isso para você só para virar seu inimigo de novo.

— Me dê algum crédito. Não sou tão fraco quanto você pensa.

— Não acho você fraco. — Frost se virou, observando Blaze ir até as correntes e se prender nas que Frost não estava usando.

— Já chega, Frost — Blaze exigiu. — Vai acontecer, ou vou mesmo tirar a mulher que você ama daqui e pegá-la para mim. — O olhar dele era desafiador.

Um rosnado automático vibrou de Frost, o que fez Blaze sorrir, ele sabia que tinha acabado de ganhar. O olhar de Frost disparou para mim, depois para Blaze. Eu vi a resistência, a dor, a tortura e a agonia, e entendi. Era uma escolha impossível. Eu não queria nem pensar em ter que escolher entre ele e Alice.

STACEY MARIE BROWN

— Alice, Dinah, prontas? — Blaze nos chamou ao se sentar no chão.

Alice e eu olhamos para Frost e depois de uma para a outra. Todo mundo estava inseguro do que fazer, menos Blaze.

— Frost. — Blaze suspirou, e deixou toda sua emoção transparecer. — Desculpa por você não ter podido contar comigo, por ter dado as costas a você. Me deixe te apoiar agora. Se permita ser feliz pelo menos uma vez na vida. — Em um piscar de olhos, o velho Blaze amante de diversão estava de volta com um sorrisinho. — Não seja babaca... e não é como se eu fosse morrer aqui. Pense que vai levar um tempo para Krampus se acostumar com a nova morada. Embora eu ache que ele vá preferir esse meu corpinho gostoso em vez do seu velho e flácido. Ele vai dar uma melhorada boa.

Eu ri apesar de tudo, pensando em Frost como alguém velho e flácido. O corpo do homem era mais que celestial. Eu já estava planejando como passaria horas adorando-o.

— *Se* der certo — a voz de Frost saiu forte e dominante —, vou vir atras de você para tirá-lo daí quando tudo acabar. Ele não vai continuar arruinando a minha família, entendeu? Eu vou te caçar. Não vou perder você também.

O sorriso de Blaze floresceu quando ele riu.

— Eu amo você também, irmão.

— Pelo amor do pudim, não posso acreditar que estou concordando com isso.

— Vamos ver se vai dar certo primeiro. — Alice se aproximou de mim enquanto Frost se juntava ao irmão no chão.

Nós duas nos espremmos entre eles. Alice ao lado de Blaze, enquanto eu estava perto de Frost. Entrelaçamos os dedos de uma mão e pusemos a outra em cada um dos irmãos. Não tínhamos ideia do que estávamos fazendo nem se ia dar certo, mas era estranho que tenhamos ficado nessa posição por instinto, como se lá no fundo soubéssemos o que fazer. Como se nossa história já tivesse sido escrita e já fosse parte dos contos de Winterland.

— Melhor andar logo, pequenina. Ele está começando a perceber o que está acontecendo e está ficando irritado. — Os olhos de Frost se acenderam, os dentes rangeram e um rosnado veio do fundo de sua alma.

Porra... já chega de pressão.

Mordi o lábio, aterrorizada por aquilo dar certo e com medo de dar. Por mais que eu quisesse ver Frost livre desse parasita, eu também não queria que nada acontecesse com Blaze. E se eu matasse os dois?

Frost envolveu a mão ao redor do meu braço e cravou as unhas. Krampus estava vindo e viria atrás de mim primeiro.

Fechei os olhos, respirei fundo, meus dedos espalmaram com firmeza as costelas de Frost. A energia entre mim e Alice dava choques. Consegui ouvi-la respirar fundo, obviamente sentindo a mesma intensidade que eu. O poder não explodiu de nós, mas se empilhou como tijolos. Calor subiu pela minha espinha, suor escorreu por minhas costas. O ar entrava e saía dos pulmões enquanto eu ia mais fundo, as correntes de Frost sacudiram, e a fera começou a lutar para sair.

Tudo bem, quer sair e brincar? Desafiei Krampus na minha mente. *Então vem me encarar.*

Eu me centrei na fera rugindo lá dentro. Quanto mais fundo eu ia, mais o corpo de Frost se debatia.

Não me desafie, pequenina, Krampus sibilou. *Eu juro que vou matar você. Te cortar em pedacinhos.*

Meus dedos dançaram no peito dele, seu corpo se curvou e arqueou de dor, um rugido soou pela masmorra.

Você me trai assim? Eu te deixei viver. Não pense que não vou atrás de você, pequenina. Você está morta! A voz dele estava rouca e estrangulada. Consegui sentir um rasgo na sua conexão, deixando Krampus mais feroz. Raivoso.

— Morra, filha da puta! — Frost se sentou, avançando para mim, com as garras na minha garganta.

Pá!

A coronha da arma de um soldado bateu na cabeça dele. Eu gritei quando Frost caiu no chão, meus olhos dispararam para Scrooge, que estava em cima dele, segurando o rifle.

— Porra, foi bom fazer isso — ele murmurou, os olhos foram de Alice para mim. Nós duas estávamos embasbacadas. — O que foi?

— Pelo saco do Papai Noel. — Ela balançou a cabeça e suspirou.

— Agradeça por eu não ter usado a outra ponta. — Scrooge deu de ombros.

Alice e eu trocamos olhares antes de voltarmos ao trabalho. Fechei os olhos e encontrei Krampus pairando na superfície, dando voltas feito um animal selvagem.

Você tem que me prometer… falei com ele.

Uma risada de arrepiar a alma saiu dele.

Não tenho que te prometer nada… exceto que vou atrás de você. A menos que se ofereça para ser meu receptáculo.

STACEY MARIE BROWN

Ficou claro que ele não estava totalmente ciente do plano, só que eu estava tentando arrancá-lo por completo de Frost.

Algo ainda melhor. Não vou te colocar em uma caixa, mas você vai ter que prometer que não vai machucar ninguém que está aqui nesta cela.

Eu conseguia senti-lo; ele me observava, me avaliava.

Melhor que você, pequenina? Duvido. E eu gosto de onde estou.

O outro é mais forte e está ainda mais disposto a receber você.

Sério?

Sim. Mas prometa primeira.

Não faço promessas, mas se for uma boa alternativa, vou dar o meu melhor para me comportar.

Vai se comportar, sim, meu rabo, mas eu sabia que era o melhor que conseguiria.

Energia estalou entre Alice e eu, o calor chegou a níveis dolorosos. Eu a apertei com mais força, um grito saiu dos meus lábios quando tentei romper o elo entre os dois. Krampus não resistiu, mas o corpo de Frost ainda se sobressaltava e convulsionava sob mim. Minha cabeça começou a doer, suor escorria pela minha pele e exaustão se arrastava junto com a dor.

— Não pare, Di! — Alice gritou como se estivéssemos em um túnel cheio de vento, a voz dela estava grossa e constrita. — Continua!

Um rosnado queimou a minha garganta quando empurrei Krampus. Estava muito mais difícil do que da primeira vez. O que fizemos de diferente?

— Solte! — Soltei a mão de Alice.

Pânico roçou suas feições quando tirei os dedos dos dela.

— O que você...

Minha mão bateu na dela, como da primeira vez.

Bum!

Magia explodiu entre nós, nos lançando para o alto e para trás. Meus ossos estalaram quando caí no chão, ar saiu com violência dos meus pulmões.

Olhei imediatamente para os irmãos.

Conforme eu esperava, os orbes se juntaram e dançaram acima de Frost.

Krampus.

— Alice! — gritei, ao ficar de pé, sentindo um líquido quente escorrer pelo meu rosto, mas não sentia dor. Eu só queria terminar aquilo.

Alice ficou de pé e me seguiu, cambaleando um pouco. Scrooge ficou ao meu lado.

— Krampus! — gritei para os orbes, e juro que eles começaram a pulsar. — Vá! — Apontei para Blaze.

LOUCURA FEROZ

Por um instante, nada aconteceu, meu coração estava na garganta, com medo que ele voltasse para Frost.

Os orbes começaram a se mover, me lembrando de quando eu era criança. Vento chicoteava meu cabelo no rosto, e os pedaços da sua alma giraram formando um funil, fundindo-se em luz. Energia estalou e chiou, pressão entupiu meus ouvidos, a intensidade nos envolveu, e lutamos para permanecer de pé.

O único orbe caiu feito um balão de água sobre o peito de Blaze.

Então... nada. Todos nós nos entreolhamos, perplexos, nos aproximando um pouco mais.

— Blaze? — chamei baixinho.

O corpo dele se ergueu com um arquejo, a boca se abriu e um grito penetrante de arrasar a alma saiu dele.

Voltei para aquele dia na masmorra, lembrando de como o monstro possuiu Jack e foi atrás de mim e de Blaze.

Feroz.

Selvagem.

Faminto.

Eu não sabia se nesse estado Blaze ou Krampus entendia algo além dos instintos.

— Pelos elfos encantados, a gente precisa fugir. — Meu coração disparou, parecendo dançar na minha língua. Frost ainda estava apagado e acorrentado à parede.

— Dinah! — Scrooge berrou quando disparei para Frost e me ajoelhei ao lado dele.

Blaze se debatia ao meu lado, a voz misturada com um rugido monstruoso, agonia se esticava em fios, açoitando meu coração. Meus pelos se arrepiaram, me levando de volta à dor e ao sofrimento que ouvi vindo de Jack tanto tempo atrás.

Tentando me concentrar, libertei Frost. Os gritos de Blaze pareciam estar longe quando senti as correntes estalarem e caírem.

— Frost, acorda! — Bati na bochecha dele. As pálpebras tremularam, mas não se abriram por completo. — Vamos lá, acorda! — O som da minha mão batendo no seu rosto ricocheteou pelas pedras. A consciência de que não havia som me deixou tensa. Eu conseguia sentir uma presença se avolumando às minhas costas, erguendo-se com um leve tilintar de correntes.

— Di-nah... — O sussurro horrorizado de Alice atingiu meu peito em cheio. Sem nem me tocar, o pesadelo da minha infância arranhou a minha pele, gigantesco, amedrontador.

— Você não falou que eu não podia matar *você*. — Uma leve vibração fez minha pele se arrepiar, uma gota de saliva atingiu o chão ao lado dos meus joelhos. Sua respiração quente raspou a minha nuca.

Por muito tempo, o monstro havia me prendido em uma gaiola de medo; me tornando uma prisioneira que não saía da linha. Que ficava sã e salva.

Eu não era mais aquela garota.

Rolei o lábio entre os dentes, fiquei de pé e ergui a cabeça quando me virei para encarar o monstro. Krampus havia devorado qualquer coisa que lembrasse meu velho amigo. A criatura imensa rosnou para mim com os dentes pontudos e as garras parecidas com as de um urso. Ele só precisava de um único movimento para acabar comigo.

— Você quer me matar? — Inclinei ainda mais para trás minha cabeça, que mal chegava ao meio do peito dele, e firmei os pés. — Então vá em frente!

— Dinah! — Alice tentou correr para mim, mas Scrooge a segurou.

Meu foco permaneceu em Krampus, e nós nos olhamos fixamente. As garras envolveram meu pescoço, meu coração disparou quando ele me puxou mais para perto, as unhas cravaram na minha pele. O rosto estava a apenas um centímetro do meu, e ele rosnou, mostrando os dentes.

— Tem ideia do quanto seria fácil? — A voz grossa e distorcida me envolveu. — Eu poderia quebrar o seu pescoço ou arrancar a sua cabeça antes mesmo de eles partirem para cima de mim.

Meu coração batia descontrolado, ar lutava para chegar aos pulmões. Aquele poderia ser o fim da minha história, mas eu nem pestanejei, olhei dentro dos olhos dele.

— Meu novo hospedeiro está lutando comigo. Ele é mais forte do que parece. E parece gostar muito de você. — A mão dele apertou mais, me puxou para perto, os dentes se arrastaram do meu pescoço até a orelha.

— Você é a fraqueza deles... e vai se tornar a minha também. Não gosto de fraquezas — Krampus sibilou no meu ouvido, meus ossos estalaram com a força do seu aperto. — Um gesto, e tudo terminaria.

Minha voz foi abafada pela sua mão, seu aperto controlava o meu corpo, mas eu não deixei de olhar para ele. O olhar penetrante e cheio de raiva me olhava de volta. Por um momento, pensei ter visto a cor do oceano em suas íris, o cheiro do mar e o pesar de um coração partido.

— *Wahine...* — ele murmurou, tão baixo que quase foi difícil de ouvir, então a mão soltou o meu pescoço, e eu caí. Meus joelhos bateram no chão, ar voltou zunindo para os meus pulmões.

Krampus foi para a porta e ouvi o som de madeira estilhaçada sob o seu peso enquanto ele passava por cima dos soldados mortos. Sem nem olhar para trás, o monstro disparou da cela e percorreu o corredor em direção à liberdade.

— Dinah! — Alice caiu ao meu lado, mãos e braços se moveram pelas minhas costas e ombros, verificando se eu estava inteira. — Você está bem?

Balancei a cabeça, levei a mão à garganta, ainda arquejando.

— Precisamos dar o fora daqui. — Scrooge pegou mais duas armas no chão, jogou uma para Alice e a outra para mim.

— Já que você nocauteou o cara, você o acorda. — Alice apontou para Frost.

Ele olhou feio para ela, mas foi em direção ao corpo inconsciente.

— Ei, otário? — Ele cutucou as costelas de Frost com a bota. — Acorda.

— Fofo — Alice bufou.

Eu me virei e rastejei até Frost, levei a mão ao rosto dele e o afaguei com o polegar.

Ele era lindo. Robusto e bruto, insuportavelmente deslumbrante.

— Ei. — Eu o empurrei.

Nada.

— Ei. Você precisa acordar, Frost.

Uma pancada soou no corredor, como uma porta batendo, seguida por gritos ecoando lá de cima. Meu coração foi parar na garganta. Krampus foi descoberto? Jessibell tinha voltado? Tudo aquilo seria em vão? Duvido que ela hesitaria nos matar depois de descobrir que tínhamos libertado a sua fera premiada.

Sacudi Frost com mais força, começando a ficar alarmada.

— Vamos lá! — A cabeça dele bateu no chão. — Por favor, acorda!

— Porra — Scrooge resmungou. — A gente tem que ir, agora.

— Eu não vou deixá-lo — disparei, com a voz cheia de raiva e pavor. — Vão vocês!

— E eu não vou deixar você — Alice sibilou para mim. Todos nós sentimos o pânico se infiltrar na cela como se fosse gás, nos fazendo engasgar, queimando nossos nervos.

— Por favor... vão. — Balancei a cabeça para ela. — Por favor. Não pode acontecer nada com você. Eu não vou suportar. Saiam daqui. Anda!

STACEY MARIE BROWN

— E você acha que eu suportaria se algo acontecesse com você? Não mesmo! — Alice segurou a minha mão, e um arroubo de adrenalina nos atravessou feito um chicote, atingindo tudo em nossa frente, nos fazendo voar para trás com um estalido.

Frost se ergueu com um rugido, olhos abertos, peito arfando como se ele tivesse sido trazido à vida.

— Frost! — Senti minha coluna doer quando me virei. Rastejei até ele e segurei seu rosto, direcionando aqueles olhos azuis para os meus.

— Não consigo senti-lo. — O olhar dele dançou pelo meu, aturdido. — Ele... se foi.

Assenti, e pressionei minha testa na sua.

— Você conseguiu. — Ele respirou em mim, com a voz firme, como se não conseguisse decidir o que fazer. — Blaze?

— Acho que ele está bem. Krampus disse que ele era forte.

Culpa irradiava de Frost, seus ombros se encolheram, e ele fechou as pálpebras com força.

— Olha, odeio interromper o momento de vocês, mas a gente tem que ir, porra! — Scrooge afanou outra arma e a jogou para Frost.

Sem nem olhar, ele a pegou em pleno voo enquanto sua boca roçou a minha no beijo mais sensual. Um sorriso travesso se insinuou em seus lábios.

— Vamos dar o fora daqui.

Assenti, peguei a arma e fiquei de pé, ajudando-o a se equilibrar.

— Prontos? — Scrooge perguntou, olhando para nós.

— Isso aí, porra! — Alice piscou para mim. — Vamos dar o fora desse *Estranho mundo de Jack.*

CAPÍTULO 24

Disparamos pelo corredor como se fôssemos um só, todos levando armas, prontos para atirar no caso de algo aparecer na nossa frente. Scrooge assumiu a liderança, Frost ia na retaguarda, enquanto Alice e eu dávamos cobertura.

Gritos e comoção soaram ao longe, como avisos, me fazendo manter o dedo atento no gatilho. Foi só quando chegamos às escadas e em outro corredor que os gritos se transformaram em berros brutais de morte.

Um rugido angustiante chacoalhou as estruturas do castelo, seguido por mais gritos agudos de aflição de gelar os ossos. Conseguíamos ouvir madeira se partindo e metal se retorcendo junto com o som inconfundível de carne e ossos sendo estraçalhados.

Krampus.

— Dinah... — A voz tensa de Frost atingiu a minha nuca e me fez virar a cabeça. Suor escorria por seu peito e rosto, os olhos brilhavam como se ele estivesse com febre. Parecia selvagem. Enlouquecido. Como se a fera ainda o seduzisse como uma droga correndo por suas veias.

— Eu... eu não consigo...

— Não! Resista! — Minha voz saiu como um comando. — Olhe para mim.

Nervos ao longo do bíceps dele se contraíram, seu olhar ainda estava perdido.

— Eu. Falei. Para. Olhar. Para. Mim — rosnei ao me virar e ficar bem na frente dele. — Só para mim.

Suas narinas se dilataram, mas o olhar carregado parou no meu.

— Ele não exerce mais nenhum poder sobre você.

— Mas ele...

— Não. Você só acha que tem.

— Não, Dinah... eu estava errado. — A garganta dele se moveu.

— Errado sobre...

Bum! Bum! Bum!

Tiros me fizeram me virar, Scrooge e Alice saltaram para as portas, atirando nos *soldadostein* que vinham na nossa direção. Frost e eu avançamos, atirando nos oponentes. Mas outros vinham na nossa direção, bloqueando a saída, nos fazendo recuar para a masmorra.

Escapuli para outra porta perto de Scrooge, e Frost foi para uma perto de Alice, onde apenas quinze centímetros de parede podiam ser usados como escudo.

Pow! Pow!

— Dinah!

Uma bala ricocheteou na parede perto do meu rosto, fazendo minha cabeça bater na porta trancada às minhas costas. Senti o sabor amargo de adrenalina e detritos na minha língua. Medo me sufocou, cortando o ar e fazendo tudo parecer distante. Frost e Scrooge gritavam um para o outro, se revezando nos tiros, tentando pensar em um plano enquanto Alice atirava sem piedade na cabeça dos soldados. Mas eles não paravam de vir, em um número tão maior que o nosso que era quase cômico, e estavam atirando para matar.

Olhei para a minha irmã corajosa e cheia de determinação no olhar; depois, para Scrooge, que era parte da minha família. Então meus olhos pararam no homem de frente para mim que havia se infiltrado no meu ser e se tornado parte da minha alma, como se fosse a minha própria fera.

Eu queria mais tempo. Nunca chegamos a ter a chance de ficar juntos, e agora isso seria tirado da gente.

— Ahh! Porra! — Scrooge gritou, a mão foi para o braço. Sangue esguichou do ferimento à bala, fazendo tudo entrar em foco para mim.

A gente ia morrer.

Por favor, por favor, se houver uma fada-madrinha por aí... desejo que você nos ajude. Salve a minha família.

Eu podia jurar ter ouvido um sussurro rouco respondendo *"desejo concedido"*. Mas um berro feroz abriu caminho por trás dos soldados, evaporando cada pensamento que eu tinha.

Corpos foram lançados para o teto, como se fossem manequins. Madeira estilhaçando, tiros e gritos penetraram o espaço estreito quando algo imenso entrou ali como um touro, atingindo-os com os chifres e rasgando o corpo deles com as garras.

Krampus arrasou todo o pelotão em questão de segundos. O corpo mutilado deles ficou ainda mais sinistro depois de feito em pedaços.

Ver com meus próprios olhos do que ele era capaz, ver a destruição absoluta de coisas feitas de madeira e metal, me fez entender o quanto seria fácil para ele rasgar pele e osso, e arrasar vilarejos inteiros em questão de minutos.

Krampus encarou a pilha de detritos aos seus pés, o peito arfava, mas aquilo parecia energizá-lo, o fazia querer mais.

A cabeça virou devagar para nós, pedaços das suas vítimas humanas pingavam de seus dentes e garras. Cortes das bordas de metal e lascas de madeira faziam seu peito sangrar.

Ele nos observou, os músculos se contorceram sob a pele, como se ele quisesse nos incluir na pilha de vítimas aos seus pés ou nos deixar para a sobremesa.

As garras se esticaram, um rugido subiu de seu peito. Os olhos cravaram nos meus por vários segundos. Eu sabia que Blaze estava lá dentro, mas era Krampus que eu sentia. Eu sentia uma emoção que ele parecia não compreender: ele não queria me machucar.

Ele bufou pelo nariz e, mais uma vez, se virou, disparando pelo corredor. Destruiu as portas do castelo ao sair, a noite envolveu o seu rei em um manto de trevas.

Ar saiu de meus pulmões, e eu me apoiei na porta.

— Scrooge? — Alice correu até ele, a mão tocou delicadamente seu braço.

— Estou bem. — Ele entrelaçou a mão na dela e a puxou para si. — Vamos.

Frost fez sinal para eu ir na frente, sua expressão ainda estava tensa.

— Você está bem?

— Sim — ele disse. — Vamos dar o fora daqui.

Medo deu voltas no meu estômago. Eu sabia que algo estava estranho, mas não insisti mais com ele. O objetivo número um era voltar para o chalé.

Nossas botas chutaram destroços e corpos enquanto seguíamos pela saída que Krampus usou. Um instante atrás, pensei que viraríamos cadáveres... mas em questão de segundos, tudo mudou. Krampus nos defendeu.

Logo depois de eu pedir...

Disparamos por um corredor adjacente, e algo mais para baixo chamou minha atenção, me fazendo parar. Um homem familiar estava lá no final. Os brilhantes olhos cor de âmbar me encaravam. A pele preta bonita e o rosto lindo vieram à minha mente, e eu sabia que era o homem do hospital, aquele que eu via às vezes nos meus sonhos. Os lábios dele se contorceram com calidez, e ele assentiu como se dissesse "de nada".

— Dinah, não para! — Frost fez sinal para eu me mexer, tirando meu foco por um instante. Quando voltei a olhar, o homem tinha desaparecido.

Se esse lugar me ensinou alguma coisa foi a acreditar no impossível.
Eu não tinha uma fada-*madrinha*...
Eu tinha um PECF mágico.
Padrinho que eu comeria fácil.

Parte da nossa estratégia era que se o grupo A não voltasse em duas horas, o grupo B, a patrulha, voltaria para a base, partindo do princípio de que o A havia sido capturado. Então não fiquei surpresa quando vimos que Rudy e Raposa já tinham ido, e provavelmente já estavam no abrigo planejando o nosso resgate.

O retorno foi tenso, silencioso e mais lento do que esperávamos. Estávamos todos feridos e exaustos, e a neve até o joelho sugava ainda mais a nossa energia. Embora ele tentasse disfarçar, Frost era o que mais sofria. De vez em quando, ele se curvava, arquejando, com o rosto suado e a mandíbula cerrada. Quando tentei ajudá-lo, ele disse que estava bem e que era para continuarmos. Eu o via com frequência olhando para a floresta às nossas costas, com uma cara estranha.

Os olhos da floresta pareciam deslizar um dedo ossudo pela minha coluna, me fazendo sentir como se estivesse sendo constantemente vigiada.

Caçada.

O sol se arrastava devagar para o horizonte, colorindo a neve em tons de roxo e azul enquanto subíamos o Monte Crumpit.

— *Voltem! Vocês são o prenúncio da ruína!* — O vento batia nos meus ouvidos enquanto caminhávamos por uma ladeira íngreme. Minhas pernas praticamente se arrastavam. — *Morte e trevas seguem vocês!*

— Ah, cala a porra da boca — Alice vociferou para o ar, esfregando a testa. — Vocês estão se lamentando demais hoje.

Algo lá no fundo me dizia que eles talvez estivessem certos, que trouxemos ruína e destruição para todo o reino.

Chegamos ao chalé bem quando o sol terminou de se pôr, banhando o lugar com uma luz cálida levemente avermelhada. Fumaça escapava da chaminé, e neve cobria o teto, pisca-pisca ainda brilhavam das beiradas.

Parecia uma pintura de um refúgio idílico… até duas renas fardadas e armadas até os dentes saltarem do telhado, mirando na gente.

— Alto!

— Somos nós, babaca — Scrooge rosnou para Cupido e Trovão.

— O que só nos dá *mais* razão para atirarmos. — Cupido deu uma piscadinha mordaz para Scrooge.

— E você trouxe logo *ele*? — Trovão moveu a arma, mirando em Frost. — O monstro que estou caçando há anos? Eu vou matá-lo! — Trovão avançou, raiva o fez mover o gatilho.

— Não! — Parei na frente de Frost. — Vocês não vão tocar nele.

— Dinah. — Frost segurou os meus braços, me tirando com facilidade da frente.

— Ele não é mais o monstro. — Alice assumiu o meu lugar, fazendo Frost rosnar de frustração.

— Porra, vocês, Liddell, são um pé no saco — Frost resmungou, tentando colocá-la às suas costas também.

— E eu não sei? — Scrooge bufou, balançando a cabeça, e olhou para os guardas. — Frost não é mais uma ameaça.

— O quê? Como assim? Ele come pessoas!

— E renas ficam muito saborosas com um pouquinho de molho barbecue — Frost rebateu.

— Vá se foder! — Ambas as renas vociferaram, as botas atingiram a beirada do teto, a mira estava fixa na cabeça de Frost.

— Ah, meu elfo do céu — Scrooge resmungou para Frost, esfregando a testa. — Você quer mesmo levar um tiro, não é? — Ele ergueu a mão para Trovão e Cupido. — Relaxem, ele não é mais uma ameaça.

— Não entendi. — Trovão não abaixou a arma, mas o foco foi para Scrooge.

— Nem eu, mas é verdade. — Scrooge respirou fundo. — E ele nem é uma das nossas prioridades. Preciso que vocês contactem o Frosty, a Resistência Noturna e mais quem puderem. Todos que estiverem disponíveis precisam se reunir aqui até amanhã à noite.

— O que está acontecendo? — Cupido abaixou a arma, sua expressão ficou constrita com o tom sério de Scrooge.

— Daqui a duas noites, vamos ter que lutar pela nossa vida, de novo, e não só uns contra os outros dessa vez.

— Como assim? — Trovão abaixou a arma, sua garganta se moveu.

STACEY MARIE BROWN

— A guerra dos feriados foi deflagrada.

— Eu vou te dar motivo para chorar se você tocar mais uma vez nas minhas barrinhas de creme irlandês! — A voz de Lebre foi a primeira coisa que ouvimos ao entrarmos no abrigo. Nós quatro paramos nas escadas, espiando a cozinha.

Lebre, empunhando uma espátula, perseguia ao redor da mesa um PB coberto de farinha, massa, granulado e cobertura. O urso não parava de se empanturrar com os doces.

— Eu não consigo evitar. Não é culpa minha — PB se lamentou de boca cheia. — É uma doença!

— Briiiilha, briiiiiilha... — *Soluço.*

— Ah, puta que pariu. — Frost gemeu atrás de mim.

— Exxxtelinha... — Uma voz se arrastou de dentro de uma chaleira no meio da mesa, chamando minha atenção para o rato, somente de chapéu, mergulhado lá como se fosse uma banheira. Chip estava deitado numa xícara ao lado dele, com a barriguinha estufada, desmaiado com um pedaço de queijo ainda na boca. Pen cantavam com Dor, dançando na cadeira e batendo as barbatanas em uma pilha de farinha, observando a nuvem que ela formava no ar e depois o jeito que caía, como se fosse chuva, o que o fazia rir com vontade.

— Larga! — Lebre perseguia PB, batendo no traseiro dele com a espátula.

— Aiii! Você é um coelhinho *malvado.* — PB esfregou a bunda. Suas palavras mal eram coerentes enquanto ele colocava outro doce na língua.

— Eu disse para largar! — Lebre apontou o dedo para o urso gigante. — Agora!

PB abriu a boca, deixou o doce cair no chão e fez careta.

— Panda malvado. Vá lá para o canto. — Lebre apontou para o cobertor que estava aberto na sala.

— Mas...

— Eu disse para ir! Você está de castigo. Vá se sentar lá e pensar no que fez.

— Mas...

— Anda! — Lebre mandou, puxando-o pelas orelhas. — Pensei que os gêmeos iam me deixam de pelo branco, mas vocês vão acabar me matando.

PB foi choramingando até o cobertor, se largou lá e resmungou:

— Não é culpa minha.

— Pen! Para com a bagunça — Lebre berrou. — E eu juro, Dor, se você fizer xixi para cima de novo e gritar "olha, uma estrela cadente", eu vou te ferver e fazer torta de carne moída com você.

— Ahhh, eu posso ser um salame de chocolate? Você sabe o quanto eu gosto do que você faz. Seria uma honra — Pen arrulhou.

— Tudo bem. — Lebre se largou na cadeira, batendo a cabeça na mesa. — Claro.

— Vivaaa! — Pen bateu as barbatanas. — Estou tão animado! Vou ser um salame de chocolate, pessoal.

Ouvi Alice resfolegar na minha frente, balançando a cabeça.

— Tadinho do Lebre.

— A gente deveria sair escondido antes de ele nos ver? — Scrooge deu uma piscadinha para ela. — Lidar com isso depois?

Alice deu um cutucão nele e abriu um sorrisão ao seguir pelas escadas, mas suas botas fizeram barulho ao descer os degraus de metal.

— Srta. Alice! Srta. Alice! — Pen pulou e acenou. — Você voltou!

— Parece que vocês se divertiram bastante. — Alice abriu um sorriso travesso.

Lebre ergueu a cabeça e olhou feio para nós.

— Eu. Odeio. Tanto. Vocês.

— Ah, Lebre, você sentiu saudade? — Alice o provocou enquanto descia e ia até a mesa. — Não sei por quê... Parece que vocês se divertiram bastante.

— E nos divertimos! De verdade, srta. Alice. — Pen saltitou na cadeira.

Lebre estreitou ainda mais os olhos.

— Nós nos divertimos? — ele vociferou, erguendo a voz. — É isso que você chama de diversão? Eu tenho centenas de pedidos para a loja e mais quatrocentos para a insuportável daquela Duende da Estante. E você me deixou a cargo da Maria Comilona, da Maria Beberrona e da Maria Peidorreira. — Ele apontou para um PB emburrado; para um Dor semiconsciente e um Chip desmaiado, que soltou um peido barulhento e suspirou de alegria.

— Na minha opinião, parece divertidíssimo. — Scrooge deu de ombros.

— É isso! Já deu para mim! Vocês finalmente conseguiram. Acabaram com o coelho! — Lebre empurrou a cadeira, pegou a espátula e uma garrafa de hidromel, e passou feito um furacão por nós.

— Ah, qual é… — Scrooge se virou para ele. — Não fique bravo.

— Não fique bravo? — ele gritou. — Rá! Durmam com um olho aberto, babacas, porque eu vou atrás de vocês. De *todos* vocês. — Lebre deslizou a espátula pelo pescoço, depois seguiu batendo os pés e vociferando para os degraus. — Me fazer de babá. Eu sou um artista… um arquiteto da culinária. Chef do divino. Dou orgasmos a papilas gustativas.

— Enquanto você está aí dando chilique, aproveita e avise a Rudy e Raposa que voltamos. Reunião de emergência — Scrooge gritou para ele.

— Ah, pronto! Ainda por cima sou moleque de recado. Figos de uma mãe… aff! Eu deveria ser adorado! Ter estátuas erguidas em minha honra. É impossível trabalhar nessas condições — Lebre exclamou, batendo a porta.

— Brilha, briiilha… — *Soluço*. — Ah, não… — Dor disparou da chaleira, rindo, com os olhos a meio-mastro. — Saiu um brilhinho de verdade.

Bati a mão na cara, risadinhas dançavam pela minha garganta. Eu conseguia ouvir Alice rir ao meu lado enquanto Pen cantava "Christmas Cookies" baixinho e fazia desenhos na farinha.

Chip soltou outro suspiro e um peido ecoou pela xícara.

Nós todos caímos na gargalhada.

CAPÍTULO 25

O cômodo estava abarrotado de personagens natalinos. Renas, ratos, um pinguim e até o homem em pessoa, embora devido à seminudez, com o quimono que mal o cobria, eu sabia que era Nick que estava no comando.

— Me diz de novo o que Blaze contou. — Rudy andava para lá e para cá, passando a mão pela crina sedosa. Raposa estava calada ao lado dele, com uma Dash adormecida no colo. Meus olhos mal conseguiam se desviar da menininha de dois anos. Era uma das criaturas mais lindas que já vi na vida. Pensei que Raposa, Rudy, Trovão e Cupido fossem estonteantes, mas ela parecia uma obra de arte viva. Tinha marcas suaves cor de caramelo e de chocolate, chifres minúsculos, orelhinhas e olhos castanhos imensos com cílios longos.

Scrooge coçou a cabeça, ele estava extremamente exausto, e se sentou na cadeira. Frost estava apoiado na pia, encarando o chão, perdido em pensamentos, ao passo que Alice e eu estávamos à mesa, rendidas ao cansaço.

Chip estava sentado no meu ombro, acordado, mas ainda soltando peidos com cheiro de queijo a cada poucos minutos, me fazendo rir, apesar do clima sério que estava na sala. Frost havia tirado Dor da chaleira, o secado e o colocado ao lado de PB no cobertor, de onde seus roncos preenchiam qualquer silêncio que ainda restava ali.

— Ele disse que, na lua cheia, que é amanhã à noite, Halloween vai atacar esta terra e reivindicá-la — Scrooge explicou de novo. — Jessica e Maribell...

— Jessibell — sugeri o nome misturado.

— Jessibell — Scrooge repetiu o apelido — fez um acordo com o Rei das Abóboras.

— Pensei que o Jack fosse um cara até que legal. — Rudy franziu as sobrancelhas grossas.

— Ah, por favor! Aquela caveira descerebrada sempre teve inveja de mim — Nick resmungou da mesa, com o roupão mal cobrindo suas partes de menino. — Ele sempre quis meu poder e o meu carisma. — E apontou para si, balançando tudo, o que me fez desviar o olhar. — Aquele cadáver vivo não tem o necessário, então precisar roubar. Bem, vamos dar uma lição neles. Não é?

Ninguém respondeu, o silêncio trovejava de dúvida.

— Tipo, eles não têm bruxas, fantasmas, duendes e zumbis? — Mordi o polegar, nervosa.

— E os Jasons e os Freddys da vida. — Alice engoliu em seco.

Frost bufou, ainda sem tirar os olhos do chão.

— Esses dois idiotas? Faça-me o favor! Krampus é capaz de comê-los no café da manhã. Tudo o que eles fazem é correr por aí, fingindo que são assustadores. Só barulho. Patético.

— O fato é que há muitos mais deles, e são muito mais malvados. — Raposa ajeitou Dash no colo. A menina bocejou e deitou a cabeça no ombro da mãe, alheia à desgraça iminente. Raposa manteve a fachada de forte, mas eu não tinha dúvida de que ela temia pela filha e pela família.

— Não temos escolha. — Scrooge bateu os dedos na mesa. — Não podemos ficar parados e permitir que eles assumam o controle.

— Não. — O olhar amoroso de Raposa foi para a filha. — A gente resiste e luta pelo que ama, não importa o que aconteça. — O *a gente vai morrer mesmo, mas vai ser lutando pela nossa terra* não dito vibrou no ar.

A boca de Alice se abriu, espelhando o bocejo de Dash, e o foco de Scrooge foi para ela.

— Não podemos fazer mais nada no momento. Precisamos descansar ou não serviremos de nada. Nos reunimos de novo mais tarde? — Scrooge se levantou. — Trovão e Cupido vão espalhar a notícia. Até amanhã, a maioria deve ter chegado, pelo menos aqueles dispostos e capazes de lutar. — A garganta dele se moveu de pavor, e entendi que a pose de durão que ele tentava mostrar escondia que, na verdade, ele não tinha muitas esperanças. Halloween invadiria Winterland em breve, devorando essa terra como se fossem gafanhotos.

— Peguem o que precisar e voltem para cá. — Scrooge apontou para Dash. — Ela vai ficar mais segura aqui.

Rudy assentiu e foi até a família.

— Vou falar para Cindy Lou trazer os Quem para cá. — Rudy pegou uma Dash adormecida do colo de Raposa, o corpinho se curvou nos braços do pai no mesmo instante, com a inocência de se sentir sã e salva da maldade do mundo.

LOUCURA FEROZ

Scrooge deu um tapinha no ombro de Rudy e fez carinho em Dash antes de nos despedirmos deles.

— Vocês são patéticos — Nick resmungou. A cadeira rangeu quando ele se levantou, com o roupão completamente aberto.

— Ah, cacete. — Eu me encolhi.

— Nick! — Alice cobriu os olhos, balançando a cabeça.

— O que foi? — Ele fez pouco. — Não conseguem olhar para um pau de verdade, senhoras? Acho que nunca viram um desse tamanho.

— Faz sumir. — Eu me curvei sobre as pernas, Chip afagou o meu pescoço enquanto eu o balançava para frente e para trás.

— Nick. — A voz de Scrooge soou como uma advertência.

— Vai se foder, vocês são uns bunda-moles ultimamente. — Nick foi pisando duro até a poltrona e ligou o videogame. Os sons de explosões e violência tomaram o espaço, parecendo arranhar as minhas costas.

— Não fazendo nada como sempre. Que surpresa — Scrooge resmungou para Nick ao se inclinar para Alice. Ele espalmou a mesa e roçou a boca na dela. — Acho que preciso te colocar na cama por algumas horas.

— Preciso dar uma olhada na loja. — Ela o beijou.

Ele assentiu e a levantou.

— Vamos para casa, ver como estão as coisas, tirar um cochilo e voltar. — Seu olhar dizia que eles fariam muito mais do que dormir.

— Vocês vão para casa? — perguntei, repentinamente louca pela minha cama.

— Sim. — Ela assentiu. — Vou ligar para a mãe e avisar que falei com você e que está tudo bem. Vocês podem descansar no quarto principal do chalé.

Certo. Foi quando entendi que Scrooge podia sair de Winterland, mas Frost nunca tinha feito isso. Suas visitas foram sempre através de outra pessoa.

— Se vir o Lebre, diga que ele precisa terminar os pedidos. — Alice deu uma piscadinha para mim antes de desaparecer pelo espelho, deixando Frost e eu sozinhos na cozinha.

— Chip, vá ficar com PB e Dor. — Coloquei meu amiguinho no chão e o vi correr e se aconchegar no pelo do urso. Eu me virei para Frost e fui a passos lentos em direção àquele homem enorme.

Sua defesa era espinhosa e grossa, e de repente me senti insegura quanto ao que dizer ou fazer. Ele estava estranho desde que saímos do castelo. Quieto. Resguardado.

— Frost? — O videogame explodia ao fundo, Nick gritou para a tela, mas Frost era tudo o que eu via, o resto era só barulho de fundo.

STACEY MARIE BROWN

Ele colocou as mãos no balcão, ainda de cabeça baixa, sua mandíbula se contraía. O cara era intimidante nos melhores dias, mas, quando queria, era totalmente assustador.

— Fala comigo — sussurrei, minhas botas bateram nas dele, e não se moveram sob a gravidade.

Ele virou a cabeça, uma veia em seu pescoço pulsava sob a pele.

— Ei, olha para mim. — Eu o segurei pelo queixo e o forcei a me olhar. Suas narinas se dilataram, ele rangeu os dentes, mas não se esquivou do meu toque. — O que foi?

— Preciso que você vá embora. — Baixa e profunda, a ordem atingiu o meu peito, me fazendo me encolher. Meu estômago revirou.

— O quê? — A dor da rejeição partiu meu coração.

— Preciso que você dê o fora daqui — ele rosnou, com os olhos lançando fogo.

— Eu... eu não entendi.

— Entenda isto. — Ele se afastou do balcão e ficou bem na minha frente. — Volte para a Terra, para o seu namorado, viva a sua vida e *nunca* nem olhe para trás.

Fúria aplacou a dor, me fazendo me empertigar.

— Vai se foder! — Eu o empurrei pelo peito. — Você não manda em mim.

— Ah, não? — Ele inclinou a cabeça, me desafiando.

— Não — rosnei em resposta, e fiquei na ponta dos pés. — Sou parte disso, quer você queira quer não. Essa luta é minha também. Tudo isso está acontecendo por minha causa. Fiquei escondida por tempo demais, e não vou dar as costas para este lugar, para as pessoas de quem eu gosto, para *você*.

— Dinah — ele falou, rouco, as mãos seguraram meus braços como se ele quisesse me abraçar ou me sacudir. — Se algo acontecer a você...

Deslizei os dedos pelos lábios dele, lágrimas se acumularam nos meus olhos.

— Se algo acontecer a *você*... — rebati.

— Você não entende. Eu vou deixar que ele me possua.

— Que quem te possua? — Minhas mãos não conseguiam deixar de tocá-lo, de traçar a sua boca. — Krampus se foi.

O pomo de adão dele se moveu, os olhos azuis buscaram os meus. Congelei e dei um passo para trás.

— Você disse que ele se foi. Eu o vi sair de você. Ele está em Blaze agora.

— Sim. — Ele assentiu. — E não.

— O que isso quer dizer?

— Depois de doze anos dividindo o mesmo corpo, você acha que ele teria saído por completo?

— Mas… você disse…

— Eu sei. E a maior parte dele se foi.

— Ah, meu santo biscoito… — Fiquei tonta e agarrei o balcão.

— Só senti depois, quando ele correu para salvar a gente.

— Sentiu o quê?

— O chamado. — Frost engoliu em seco. — Ainda há uma parte dele que ficou em mim, que sempre será parte de mim. Eu consegui ouvi-lo me invocar para me juntar a eles. Foi tão forte. Consigo sentir agora. Ele está aí fora, em algum lugar. — E apontou para cima. — Nos seguiu até aqui. Está esperando por mim, consigo sentir.

Eu sabia que havia sentido olhos na gente o tempo todo. Tinha sido Krampus nos caçando, nos observando da escuridão.

— E você quer ir? — Não foi bem uma pergunta, minha voz não se alterou.

— Quero. — O olhar de Frost me percorreu. — E não quero.

Pisquei.

— É por isso que quer que eu vá embora? Por que vai ser mais fácil para você?

— Não. — Ele balançou a cabeça e passou as mãos calejadas pelo meu rosto. — Quero ter certeza de que você estará em segurança.

— Você não entende? Não estarei em segurança se Jessibell vencer. Se não lutarmos, Alice e eu sempre seremos perseguidas por ela. — *Ela vai matar nós duas.* — E a Terra vai sofrer se o Natal for perdido. Eu amo o Halloween, mas precisamos do Natal. Precisamos de alegria e esperança. Nosso mundo anda tão triste e corrompido… não vou ficar sentada esperando que ele suma em escuridão, não se eu puder evitar. Vou lutar por aqueles que amo.

Ele bufou, mas um sorrisinho se insinuou em sua boca.

— Você sempre lutou. — Os lábios dele roçaram os meus.

— Eu sou igual a você, Frost. Ficarei ao seu lado. — Olhei para ele, sua atenção foi para os meus lábios.

— Que tal debaixo de mim por alguns minutos? — Ele grunhiu antes de reivindicar a minha boca, exigindo tudo, tomando e possuindo sem piedade, e eu correspondi, meu desejo quase superava o dele.

— Di… — Ele se afastou. — Se não pararmos agora, vou te comer aqui nesta mesa.

STACEY MARIE BROWN

— Manda ver! — Uma voz gritou às minhas costas. Virei a cabeça de supetão e vi que Nick tinha pausado o jogo e nos observava lá da poltrona, com a mão mais baixa do que eu gostaria. — Entre vocês e o Scrooge e a Alice, posso cancelar minha assinatura de pornô.

— Isso aí. Virei celibatária. — Comecei a ter ânsia de vômito, balançando a cabeça enquanto me afastava de Frost, que bufou, entrelaçou a mão com a minha e me puxou para as escadas. Olhamos para a turminha adormecida no tapete, todos contentes.

— Acho que eles citaram um quarto no chalé? — Frost ergueu a sobrancelha, com um dos cantos da boca se contorcendo.

— É o meu! — Nick bufou.

— Você tem um aqui embaixo, não tem? — perguntei ao subirmos.

— Tenho, e daí? Os dois são meus. Seus vadios. Comem minha comida, dormem na minha cama, tomam o meu hidromel. Vocês só pegam, pegam, pegam. — Ele gritou para nós no que atravessávamos a porta e usávamos a escada para nos levar ao térreo.

Era fim de tarde ainda, mas as sombras já se insinuavam na ravina, cobrindo a casa e a floresta ali perto.

Chegamos aos degraus do chalé, e Frost parou, a cabeça se virou como se ele tivesse ouvido alguma coisa.

— O que foi? — Pausei e me virei para trás. Sua expressão estava tensa, os músculos retesados. — Ele está por perto? Está sentindo o Krampus?

Frost suspirou pelo nariz, a falta de resposta me disse que sim.

— Então, quem ganha? — Eu me virei para ele. Eu estava um degrau acima, mas ainda assim tive que inclinar o pescoço. — Eu ou ele?

Um estrondo profundo subiu por sua garganta, ele passou as mãos pelas minhas pernas e as envolveu em torno da sua cintura.

— Você.

Sua boca devorou a minha com tanta fúria que eu mal consegui respirar, só reagir com a mesma paixão.

Frost nos fez atravessar o chalé aconchegante. Pela visão periférica, notei a cozinha e a sala com uma lareira e um pequeno sótão antes de ele me carregar pelo corredor até o banheiro e me sentar no balcão. O cômodo era estilo campestre chique, com painéis de madeira, box de pedra e uma banheira branca imensa. Três prateleiras estavam abastecidas com toalhas brancas fofinhas e mini shampoo e sabonete. Não vi espelho acima da pia.

Frost abriu o chuveiro antes de voltar, e também as minhas pernas para se encaixar entre elas.

— Preciso de você molhadinha em toda parte — ele rosnou no meu ouvido. Agarrou a minha blusa e a tirou, jogando-a no chão junto com o sutiã. Tirou minhas botas e o jeans, me deixando só de calcinha. Seu olhar estava carregado de desejo quando ele passou a mão pela minha pele nua. Ele segurou minhas bochechas enquanto olhava dentro dos meus olhos com uma reverência que eu não consegui entender.

— O que foi?

— Você está mesmo aqui. — Ele suspirou, ligeiramente trêmulo. — Comigo.

Esquadrinhei o seu rosto, experimentando o mesmo assombro por causa do homem diante de mim.

— Estou.

Por ora. A verdade é que ambos sabíamos que amanhã à noite tudo isso poderia estar acabado. Para sempre.

— Você não faz ideia de quantas vezes e formas eu fantasiei com você. — Ele me puxou para mais perto, o tom tão baixo que se arrastou pelo meu corpo, me deixando arrepiada. — Algumas vezes prazerosas. Outras, dolorosas.

— Me mostra. — Puxei sua calça para baixo, a boca roçou seu peito nu, onde as feridas da tortura ainda decoravam sua pele, beijei cada uma delas. Passei a ponta dos dedos pela bunda musculosa e, devagar, tracei o V profundo antes de envolvê-lo na palma da minha mão.

Ele respirou fundo, os quadris se moveram na minha direção quando passei o polegar na gotinha que saía de lá. Eu ansiava por esse homem todinho, como se não houvesse fim para esse desejo.

— Qual delas? — ele perguntou entre dentes, arfando.

— Ambas.

Um rosnado reverberou pela parede quando sua boca assaltou a minha, me consumindo. Então, ouvi o tecido se rasgando e ele jogou minha calcinha no chão. As mãos seguraram minha bunda e ele me tirou do balcão.

Com as pernas em torno de sua cintura, nossa pele nua vibrava com

STACEY MARIE BROWN

fagulhas quentes e frias, trocando beijos implacáveis. Um gemido entreabriu os meus lábios quando ele nos levou até o chuveiro, minha boceta deslizou pelo seu comprimento quente. O desejo por ele fazia minha cabeça girar de um jeito que eu não sabia mais o que era teto e o que era chão.

— Frost. — Eu o abracei com força, minhas coxas apertaram seus quadris até eu sentir dor. Minhas costas bateram na pedra, os dentes dele mordiscaram e sugaram meu pescoço.

— Puta merda! — Arquejei quando a água gelada nos atingiu. Olhei para o registro, que dizia que estava no quente.

Um sorriso dissoluto curvou o canto de sua boca. Ele me ergueu e me colocou debaixo da água congelante, a boca quente cobriu o meu seio, chupando e mordiscando.

Gritei e joguei a cabeça para trás. A dor dos jatos gelados batia na minha pele enquanto fogo corria por minhas veias. A mão livre deslizou entre as minhas dobras e depois para dentro, me fazendo soltar outro gemido.

Prazer e dor assolavam meus nervos como uma cerca elétrica, deixando tudo mais intenso. Eu rebolei, a água fria batia na gente, colidindo com o fogo queimando sob a superfície.

— Ah, Deus… — Eu me curvei em sua mão, sentindo os arrepios de um orgasmo. — Frost — exigi e implorei ao dizer o nome dele.

Os dentes se arrastaram pelos meus ombros. Ele tirou a mão e a usou para prender os meus braços acima da cabeça, a temperatura polar queimou a minha pele quando ele entrou em mim.

— Porraaaa! — Frost gritou.

Um arroubo de desejo e dor me balançou, me fazendo congelar com o mais inacreditável dos prazeres. Ele ultrapassou limites, abalou as estruturas e me fez sentir como se eu não estivesse mais no meu corpo.

Frost me preenchia profundamente, tanto física quanto mentalmente. Ele estava em toda parte, em tudo, ia muito além da moldura em que estava. A fera e o homem eram um. Mesmo se Krampus o tivesse deixado por completo, isso é o que ele era e sempre seria, caminhando nos limites da brutalidade e da violência. Ele foi mais fundo, os quadris puniam os meus. E eu só queria mais.

Arqueei as costas, gemidos foram arrancados da minha garganta, só bobagens e sons escapavam da minha língua. Nunca me senti tão livre, como se fosse a primeira vez que eu via cores. Desgovernada. Sem planos, sem regras nem caixas.

— Porra, pequenina. — Frost soltou os meus braços, as mãos seguraram meus quadris e os empurram para a parede enquanto ele metia com força, indo tão fundo que meus dedos do pé se curvaram. Um lamento embaraçoso saiu da minha garganta, o orgasmo surgiu do nada.

— Frost! — gritei, incapaz de impedir a minha queda, o prazer me atropelou como um caminhão. Meu corpo se contraiu ao redor dele, e o senti pulsar e gozar dentro de mim.

Um rugido tomou o banheiro quando um grito gutural me arrancou da realidade. Luzes ofuscantes estouraram por trás das minhas pálpebras, me fazendo explodir em milhares de estrelas, fazendo chover pedacinhos de mim de volta na Terra.

Seu corpo caiu sobre o meu, ambos ofegantes. Nós nos encaramos, nenhum capaz de dizer nada.

Sua boca se abriu para falar, mas, em vez de palavras, ele reivindicou meus lábios, me beijando profundamente, dizendo tudo o que eu queria saber.

— Porra, pequenina. — Ele rosnou no meu ouvido, deixando minhas pernas bambas descerem para o chão. No momento que ele saiu de mim, eu o quis de volta.

Nunca seria o bastante para mim. Isso era algo que eu nunca tinha entendido antes. Eu costumava julgar Alice e Matt, revirar os olhos sem entender por que eles não conseguiam passar uma noite totalmente vestidos.

Eu entendia agora.

Ele pegou sabonete e nos lavou antes de me envolver em uma toalha.

— Você está tremendo. — Ele me beijou de levinho e desceu pelo meu pescoço.

— Não é de frio. — *É obra sua.*

Seus olhos encontraram os meus, um sorriso curvou a lateral da sua boca.

— E eu nem comecei ainda. — Ele envolveu o braço ao meu redor.

— Frost! — Eu meio que ri quando ele me jogou sobre o ombro e foi até o quarto que achou do outro lado do corredor. Ele bateu a porta e me jogou na cama. Então, puxou a toalha e me virou de costas, seu corpo imenso se arrastou sobre o meu, me pressionando. Fiquei molhada na mesma hora.

— Eu nem *comecei* a te mostrar o que eu fazia contigo nas minhas fantasias.

CAPÍTULO 26

Meus olhos queimavam, implorando para dormir mais, mas ainda assim se abriram, com uma sensação de alarme aguçada. Estendi a mão, buscando o calor do corpo de Frost.

Nada.

O quarto tinha sido construído na montanha, e não havia janelas, mas um brilho se infiltrava do corredor. Uma porta se abriu.

— Frost? — Eu me sentei, tentando ouvir se ele tinha ido ao banheiro. Eu não fazia ideia de que horas eram ou por quanto tempo dormi depois de ter desabado de pura exaustão, embora ele tivesse me deixado meio desperta, entrando em mim e me dando tanto prazer que mais pareceu um sonho.

Coloquei os pés no chão e estremeci ao notar o quanto eu estava dolorida. Cada músculo queimava de um jeito delicioso, minha boca estava inchada; a pele, esfolada. Eu jurava que ainda conseguia senti-lo dentro de mim, era como se eu estivesse marcada a ferro. Foi mais ou menos depois da terceira ou quarta vez que por fim desabei, precisando dormir.

Graças aos elfos a gente estava no meio do nada, então ninguém podia me ouvir. Ele não estava brincando quando disse que me mostraria a linha tênue entre dor e prazer, me fazendo ir além dos limites do conforto. Mas, com ele, eu ia de bom grado. Eu queria experimentar tudo o que ele tinha para mostrar.

Jamais pensei em mim como uma pessoa fechada ou pouco curiosa, mas Scott e eu nunca ultrapassamos qualquer limite. A gente optava pelo conforto, baseando nossa vida sexual adulta na mentalidade de quinze anos, e não nos aventuramos para além disso.

Meu corpo estava meio bambo quando me levantei, ainda atordoada. Busquei roupas no quarto, e encontrei um armário com uma camiseta branca grande e meias grossas masculinas. Vesti e saí de lá. O fogo estalava.

— Frost? — Notei que não havia ninguém na sala nem na cozinha, e fui até a porta. Estava entreaberta, os pisca-piscas do teto resplandeciam na noite escura e estrelada, lançando um brilho suave na varanda. A lua quase cheia ia baixa, mostrando que não faltava muito para o alvorecer, mas a noite já havia engolido o crepúsculo.

Meu olhar captou o corpo seminu de Frost no canto da varanda, usando o que parecia ser a calça vermelha do Papai Noel com os detalhes brancos na barra. Ele estava de costas para mim, olhando para o nada. Fui até ele sem fazer barulho, e notei os arranhões vermelhos profundos nas suas costas, e estendi a mão para tocá-los.

— Fui eu? — Eu me encolhi. — Desculpa.

— Não precisa. — Ele lançou um sorriso travesso para mim. — Gostei de cada um deles.

Um rubor queimou minhas bochechas, um pouco de timidez me fez olhar para baixo.

— Ah, vai ficar acanhada agora? — Ele riu, e passou o polegar pela lateral do meu rosto até chegar aos lábios. — Eu não era a única fera no quarto.

Surgiram imagens na minha mente de mim cavalgando-o com tanto vigor que nós dois quase apagamos. Eu tinha sido selvagem e livre. Não era ainda a menina que eu queria ser, embora soubesse que logo, logo ficaria confortável com ele e encontraria mais limites para ultrapassar.

— O que você está fazendo aqui fora? — Olhei a neve, esfreguei os braços, mas não estava gelado. O leve frio invernal estava gostoso contra a pele aquecida.

Frost exalou, o foco voltou para a paisagem nevada.

— Ele está aí fora? — Apoiei a bunda no parapeito, e olhei ao redor, nervosa.

Ele respirou fundo.

— Em algum lugar. — Seu olhar esquadrinhou as sombras, depois veio para mim. — Não se preocupe, ele não está perto.

— Como você sabe? — Cruzei os braços.

— É algo que não consigo explicar. — Ele franziu a testa. — É só instinto, uma necessidade de... me juntar a ele.

Engoli em seco e encarei minhas unhas dos pés pintadas de vermelho.

— Eu não vou a lugar nenhum. — Ele deslizou a mão por sob o meu queixo e inclinou minha cabeça para trás. — Você não vai se livrar de mim assim tão fácil.

STACEY MARIE BROWN

— Eu nunca quero me livrar de você — sussurrei. — Eu te quero para sempre.

Os olhos dele se dilataram de emoção, a garganta se moveu.

— Caramba, pequenina, não tem nada que eu queira mais. — Os dedos dele se enroscaram no meu cabelo. — Não sei o que vai acontecer essa noite, mas, se sobrevivermos a isso… sei que não posso deixar Krampus ficar com o meu irmão.

Fechei as pálpebras com força, ouvindo a verdade que eu já sabia bem lá no fundo.

— Alice e eu vamos tirá-lo dele, colocá-lo numa caixa e trancá-lo lá de vez.

Frost pressionou os lábios e olhou para baixo, meu estômago parecia chumbo.

— Você o quer de volta. — Minha voz mal saiu acima de um suspiro.

Um nervo dançou em seu maxilar.

— Por quê?

— Não é tão simples assim. — Ele bufou e se afastou. — Ele foi parte de mim por tanto tempo. É tudo o que já conheci na vida. Há uma parte imensa de mim feliz por se livrar dele? Claro. — Ele abaixou a cabeça. — Há outra que faz parecer que eu fui eviscerado? Que metade de mim está faltando? — A garganta dele se moveu. — Também.

— Você prefere ficar com ele do que comigo, então?

— Não é um ou outro.

— Nesse caso, é, sim — exclamei. Medo e desespero fincaram garras na minha garganta. — Como você pode ter uma vida ao meu lado e ainda sair por aí matando? Você vai devorar os meus pais em um jantar de família? Virar uma fera no meio de uma cafeteria? Atacar todo mundo que estiver vestido de Papai Noel?

— Você está me dando um ultimato?

— Não, você que está me dando um — rebati.

Ele levou as mãos à minha cintura e me colocou sobre o parapeito cheio de neve, o gelo me fez soltar um arquejo. Frost deslizou o corpo entre minhas pernas e segurou o meu rosto.

— Não fui feito para uma vida comum. Esse não sou eu. — A testa bateu na minha, havia desespero puro em seu tom. — Eu jamais serei assim. Com uma vida humana normal, tipo ir a restaurantes, te pegar para um encontro e levar flores. Não sou o cara certo se for isso que você estiver procurando.

— Eu não ligo de não ter a vida toda perfeitinha. Não quero mais isso. — Segurei o rosto dele, meu coração batia acelerado no peito. Será que a gente sequer teria uma chance se sobrevivêssemos a essa batalha? — Scrooge vai para a Terra, os funcionários de Alice são daqui... mas sempre que você foi até mim, foi por meio do corpo de outra pessoa... — Deixei a pergunta no ar.

— Durante a maior parte da minha vida, aqueles que foram criados aqui não podiam sair, a não ser que tivessem permissão do Papai Noel. Então, dois anos atrás, quando todos nós podíamos sair, graças à sua irmã, a maioria não quis ou teve medo de ir — ele respondeu, ríspido. — Eu vivia com um monstro que queria matar, se alimentar dos pecados dos humanos. Há filmes de terror com Krampus aterrorizando cidades que provavelmente não estavam muito longe da verdade. Eu jamais permitiria que ele tivesse essa oportunidade. — Ele enfiou meu cabelo atrás da minha orelha. — Isso jamais vai mudar. Mesmo ele não sendo mais parte de mim, não sou homem de ser domesticado.

— Essa é a última coisa que eu quero. — Balancei a cabeça, e olhamos nos olhos um do outro. — Quero a vida louca e às avessas que a gente construir juntos, mas não vou vir em segundo lugar nesse relacionamento. Mereço mais que isso. Cansei de viver pela metade. Eu quero tudo. Quero você por inteiro.

— Não importa o que aconteça, sempre haverá uma parte da fera em mim, ansiado por punir. — O tom dele era de desafio, um ao meu caráter. Será que eu era forte o bastante? — Você consegue lidar com isso?

— Mais do que lidar. É o que eu quero. Você quer me punir? Me puna. — Eu o desafiei também, deslizei as mãos pelas suas costelas e rocei os lábios nos dele. — Esse é quem *você* é, não o Krampus. Este homem aqui? — Passei as palmas pela sua barriga, os músculos se flexionaram sob o meu toque. — Ele é brutal e soturno, lindo e ferido, e uma verdadeira fera na cama. — Ele sorriu contra a minha boca por causa das minhas palavras. — Ferozmente leal e perigoso para o meu coração, porque eu estou perdidamente apaixonada por ele.

— Porra. — A boca roçou a minha, a mão se fechou sob a minha blusa, me encontrando nua e mais do que pronta para ele. — Di-nah. — Ele abaixou a cabeça para a minha com um gemido cheio de desejo, o dedo pegou um pouco de neve antes de escorregá-lo por mim. Um raio de dor e prazer me atravessou. Ele rosnou, possessivo, e abaixou a calça o suficiente para me penetrar sem nem avisar.

STACEY MARIE BROWN

— Ahhh, Deus. — Suspirei, e joguei a cabeça para trás quando ele começou a se mover, a neve só intensificava as sensações.

— Foi a maior mentira que já disse para mim mesmo... que se eu te comesse só uma vez, seria suficiente e eu ia esquecer. — Ele disse entre dentes, indo mais fundo, minhas unhas arranharam sua pele de novo, arquejei. — Mas eu soube, desde que eu tinha seis anos, quando você entrou no nosso mundo, que estava condenado. — A boca dele assaltou a minha em um beijo rápido e feroz. — Mesmo quando eu te odiava, quando queria te destruir, torturar e possuir, sempre estive apaixonado por você, Dinah. Sempre.

O sentimento que havia nas suas palavras, o frio da neve, o jeito que ele sabia direitinho o que fazer para encher meu corpo de prazer... tudo se juntou, e o orgasmo chegou feito um trovão. A sensação arrasadora fez líquido descer por minhas bochechas, minha boca reivindicou a dele, faminta.

— Estou longe de acabar com você. — Ele me pegou no colo, apoiou minhas costas na parede do chalé, e meteu implacavelmente comigo apoiada ali, o que fez outro orgasmo se construir nas minhas profundezas.

— Ah, meu strudel que partiu! Meus olhos! Meus olhos! Tem duas luas-cheias de fora essa noite, vou ficar cego! — A voz de Lebre me fez abrir os olhos, sentindo um déjà vu esquisito, como se aquilo já tivesse acontecido. — Ahhh! Agora é a irmã que está enchendo a meia. — Lebre cobriu os olhos ao se aproximar das escadas, com a espátula ainda na mão, fingindo enfiá-la no peito. — É a primeira vez que o próprio mensageiro quer se matar. Pelo amor dos coelhos! Vocês Liddell têm mais tesão que a minha raça... depois dizem que a gente é que trepa horrores. Isso aí não está muito *certo* não...

— Desembucha — Frost rosnou, usando o corpo para me cobrir.

— Alice disse para nos encontrarmos aqui em uma hora. As pessoas já estão subindo. — Lebre largou a informação feito um coelho cheio de energia e saiu pulando e reclamando consigo mesmo. — Eu não recebo o bastante para essas merdas. Ah é, nem pago eu sou. Regime de escravidão! Vou fazer motim! Logo depois que terminar os enroladinhos cremosos amanteigados... Ah, e os biscoitos de rum e caramelo. E talvez as tortas... — E foi saltando para o celeiro.

— Uma hora, né? — Frost se virou para mim com uma sobrancelha erguida e um sorriso no rosto. — Consigo fazer bastante estrago nesse tempo.

Eu soltei um gritinho quando ele me arrancou da parede, e minhas pernas o envolveram com mais força quando ele nos levou de volta para o quarto, onde foi fiel à sua palavra, e aproveitou cada minutinho.

LOUCURA FEROZ

Vapor saindo do meu chocolate quente com caramelo espiralava no ar noturno, o líquido suave e delicioso cobria minhas papilas gustativas como um cobertor sedoso.

— Pelo amor dos elfos, Lebre é genial. — Gemi na caneca, engolindo mais um pouco da cremosidade.

— Não deixe ele te ouvir. O ego dele já não cabe mais aqui no abrigo. — Alice sorriu e bateu o ombro no meu, segurando a própria caneca. Estávamos as duas de pé na varanda, observando a comoção que nos abatia.

— Mas ele bem que merece. — Lambi os lábios, sem desperdiçar uma única gota, e observei os recém-chegados que vinham feito enchente. Elfos, ursos polares, raposas, renas, coelhos, pinguins, ratos e outros humanos lotavam o lugar, circulando e conversando por ali, trocando abraços e se cumprimentando como velhos amigos.

Senti que estava em uma história da Mamãe Gansa.

— Pensei que alguém fosse precisar de algumas calorias. — A cabeça de Alice continuou virada para frente, mas os olhos se desviaram para os meus, e ela ergueu a sobrancelha por debaixo do gorro.

Quando Frost e eu finalmente saímos do quarto, uma pilha de roupas escuras nos esperava à porta com um recado da minha irmã. Ela com certeza tinha ouvido alguma coisa.

Tomei mais um gole e tentei disfarçar o sorriso ruborizado se espalhando pelo meu rosto. Balancei a cabeça, meu cérebro ainda lutava para pegar no tranco. *Cacete, Frost.* Meus olhos se desviaram para o homem quando ele se abaixou, vendo as armas que os Quem tinham trazido. Eu o despia com a mente a cada movimento.

— Nossa. — Alice resfolegou, um sorriso travesso retorceu a sua boca. — Nunca pensei que chegaria o dia que eu veria minha irmã mais nova, a garota que tem um plano para tudo, acabar com a vida virada de cabeça para baixo.

— Pfff... — Balancei a cabeça.

— Faça-me o favor. Eu ouvi o bastante. — Alice riu. — É só admitir, maninha... você está para lá de ferrada. Não tem o direito de me julgar

STACEY MARIE BROWN

agora. — Ela tomou um gole, os lábios se curvaram em um sorriso. — E eu aqui pensando que o chuveiro ia te dar uma *refrescada*...

Meu foco se desviou de Frost para ela. O brilho travesso em seus olhos me disse que ela sabia que o chuveiro estava congelando.

— Sua filha da mãe... você sabia que o negócio era um gelo e não me avisou?

— E acabar com a diversão de torturar a minha irmã? — Ela sorriu por trás da caneca. — Precisei passar pelo sofrimento de tomar muito banho frio antes de descobrir que o chuveiro do abrigo tinha água quente.

— O chuveiro do abrigo tem água quente? — Eu a olhei, boquiaberta, mas não consegui conter a risada. — Eu odeio você.

— Você me ama.

Rosnei para o comentário dela, sabendo que era verdade, e com cada fibra do meu ser. Minha irmã era tudo para mim, mesmo que nem sempre tivéssemos sido próximas por causa da diferença de idade.

— Parece que água não apagou o fogo entre vocês. — Ela cutucou o meu braço, e eu me vi encarando Frost de novo, sem nem perceber.

Como se pudesse sentir minha atenção, os olhos dele encontraram os meus, e um sorriso faminto e cheio de segundas intenções curvou a sua boca, fazendo minhas veias arderem de desejo.

— Cacete. — Alice sorriu dentro da caneca. — Acho que só aquele olhar já me deu um orgasmo.

— Para. — Bati o ombro no dela, fingindo irritação. Mas o sorriso não abandonava a minha cara.

— Estou feliz por você — ela respondeu, com sinceridade. — Eu sei que você amava o Scott. Ele era seu melhor amigo desde a adolescência e fazia parte da família. — A menção do nome dele me deu uma pontada no peito, o pesar pelo meu ex ainda não tinha passado de tudo. — Mas ao ver você com Frost... não há dúvida. Você é diferente com ele. Há uma felicidade que nunca vi, uma franqueza e força que você nunca teve. É como se você finalmente pudesse respirar. — Alice apoiou o ombro no meu, e parecia que ela dava voz a cada um dos meus pensamentos mais secretos. — Sabe quando você disse que eu e Matt tínhamos uma conexão profunda e intensa, que nada mais existia quando a gente se olhava? — Ela fez sinal para Frost e eu. — Vocês também são assim, Dinah.

Minha garganta ficou apertada, meu foco foi para o assunto da conversa. Seu traseiro firme estava coberto por uma calça cargo e ele estava curvado sobre uma pilha de armas.

LOUCURA FEROZ

— E ele tem um lombinho suculento, diga-se de passagem. — Alice se abanou de brincadeira, me fazendo rir.

— Para de comer o meu homem com os olhos.

— Desculpa, mas deveria ser ilegal ter uma bunda daquelas e os outros não poderem admirar. Eu elogio o Scrooge a cada oportunidade que tenho. — Ela apontou para onde ele estava com Rudy. Os dois falavam com cada recém-chegado, direcionava-o para a mesa de petiscos, onde Lebre havia montado uma imensa máquina de chocolate quente e deixado biscoitos açucarados.

Raposa e Cupido registravam as armas enquanto Trovão e Frost as dispunham em pilhas. Dee, Dum, Happy, Dor e Cindy Lou preparavam os elfos, os ratos e os Who, dando instruções básicas de movimentos de autodefesa. Chip, Pen, PB e Bea estavam no grupo, tentando imitá-los, mas passavam mais tempo brincando, sem entender a seriedade do que estava por vir.

— Como a nossa vida se transformou nisso? — Pisquei, maravilhada com o mar de personagens natalinos. Há menos de um mês, a ideia de estar ali teria me feito me internar em uma clínica psiquiátrica.

Alice bufou.

— Eu me faço essa pergunta todos os dias.

— Não vamos vencer, né? — Engoli em seco, meu estômago revirou, o chocolate ficou amargo na minha boca.

Os ombros de Alice ficaram caídos; a derrota estava estampada em seu rosto.

— Dinah... — Seu tom ficou sério e materno.

— Não. — Eu já sabia o que ela diria. — Frost já tentou. Esta luta é minha também. Eu sou a razão para estarmos nessa. — Eu a encarei e larguei a caneca vazia. Eu estava determinada. — Eu estou nessa... até o fim.

A expressão de Alice se contorceu em agonia.

— Você conseguiria simplesmente ir embora e me de deixar aqui sozinha?

— Não.

— Então por que achou que eu faria isso? — Eu a desafiei. — Eu também gosto de todo mundo que está aqui. Tecnicamente, faço parte desse mundo há mais tempo que você.

Ela segurou as minhas mãos.

— O espírito no Natal futuro se torna o passado, e o espírito do Natal passado se torna o futuro.

— Então nós somos fantasmas?

— Não, não igual aos *Caça-Fantasmas*. *"Nós viemos, nós vimos e acabamos com ele"*. — Ela riu, ao repetir a fala do filme. — Deseja falar quem? A irmã Liddell, quando precisar libertar uma alma ou arrancá-la de um familiar...

A risada morreu ao falar aquilo. Cruzamos olhares, a piada nos atingiu ao mesmo tempo. Não tivemos tempo para conversar sobre o que aconteceu na masmorra. O que fizemos, tirando Krampus de Frost e colocando-o em Blaze.

Não era mais piada.

— Alice? — sussurrei. — Você acha que a gente consegue? — Vasculhei o rosto dela. — Tirar Jessica de Maribell e trancá-la de novo?

— Não sei. — Ela mordeu o lábio. — Acho que sim. A gente precisaria basicamente apagar a mulher e sequestrá-la. Conheço Jessica, e ela não vai ficar vulnerável a um ataque desses.

— Mas é possível. — Esperança se renovou no meu peito, me senti idiota por não ter pensado naquilo antes, embora fosse pôr Alice e eu em perigo extremo. Ela sempre estaria sob forte vigilância. — Precisamos tentar.

A cabeça de Alice se virou para Scrooge. Sentindo a energia dela, ele a olhou também, as pálpebras se estreitaram como se ele soubesse que ela ia aprontar. O homem conhecia a minha irmã tão bem quanto eu.

— Ele vai odiar — ela murmurou.

— Eu também. — Uma voz profunda soou às nossas costas, nos sobressaltando. Frost estava recostado na parede do chalé, o que sugeria que ele estava ali há um tempo, o foco intenso se alternava entre nós. — Nem a pau.

— Como é que é? — disparei.

— Não sei nem do que se trata, mas já concordo com ele. — Scrooge subiu correndo até lá, o rosto sério nos avaliou como se fôssemos adolescentes que foram flagradas saindo escondidas de casa.

Alice revirou os olhos.

— Difícil...

— Srta. Liddell... — Scrooge rosnou.

— Repito: *difícil*. — Ela levou as mãos aos quadris. — Você sabe que ela está controlando aquelas criaturas da Floresta Sombria igual controlou o povo daqui. Então, se houver chance de salvar Winterland, eu vou tentar.

— Eu também. — Cruzei os braços, olhando para os dois. Eles ficaram juntos, olhando feio para a gente.

— Chegar à minha mãe vai ser impossível. Ela está rodeada de guardas — Frost respondeu. — E como vocês sabem que conseguem repetir a dose? E se foi obra do acaso?

— A gente vai arriscar. — Dei de ombros. — Pelo menos vamos tentar.

— Essa batalha já vai ser impossível, ainda mais com todas as criaturas que Jessibell está pondo contra a gente. E ainda tem mais o Halloween? A gente está ferrado. Acha que só porque Jessibell está fora do jogo que Halloween vai parar? — Scrooge jogou os braços para cima. — Eles têm chance de ganhar, e não estão nem aí se ela está ou não na liderança.

— Pelo menos a gente assume boa parte dos que ela está controlando. Entendo os riscos se Halloween vier atrás de nós também. É por isso que se Dinah e eu conseguimos cuidar de um problema, a gente vai fazer isso. — Alice cruzou os braços, imitando a minha postura. Mantivemos uma frente solidária contra Frost e Scrooge.

— Porra. — Frost inclinou a cabeça para trás, e coçou a barba, frustrado. Ambos sabiam que tinham perdido.

— Bem-vindo ao meu mundo, cara — Scrooge resmungou para Frost. — As irmãs Liddell... teimosas, tenazes, umas pela-saco.

— Ouuhnn, amor, é a coisa mais linda que você já disse para mim. — Alice deu um tapinha no peito dele, fingindo estar emocionada.

Scrooge bufou, os olhos reluziram de irritação.

— *Se* a gente for adiante com isso, vamos fazer direito.

— Ahh, um plano. Sim, por favor! — Bati as mãos, afoita, fazendo Frost e Alice debocharem.

Scrooge franziu as sobrancelhas, dúvida se avolumava em sua expressão. As palavras de retirar o que disse estavam bem na ponta da sua língua.

— A gente vai fazer isso. — Minha declaração foi firme, mostrando que não havia opção.

— É — Alice concordou. — A gente vai arrasar! Com um antigo espírito do Natal, um monstro banguela, um ranzinza gostoso pra cacete e a garota que liberta almas e vai para a terra dos mortos... Tipo, o que poderia dar errado?

Scrooge ergueu a cabeça de supetão e piscou.

— Não está ajudando — sussurrei para a minha irmã.

— Não... eu... — Scrooge parou de falar, uma ideia se formava na cabeça dele.

STACEY MARIE BROWN

Frost sugou o ar como se tivesse pensado na mesma coisa.

— Não — Frost resmungou. — De jeito nenhum.

Scrooge trocou um olhar com ele, ambos pareciam compreender.

— E por que não, porra? O que temos a perder? — Scrooge bufou.

Frost coçou a cabeça, gemendo, sem saber o que dizer.

— O quê? — Alice perguntou.

— Isso é foda pra cacete. Vai ser um show de horrores. — Frost cerrou as mãos. — Pode piorar as coisas.

— O quê? — Exigi saber.

— É, pode, sim, mas você vê outra alternativa?

— Não.

— O quê? — Alice e eu gritamos ao mesmo tempo.

O foco de Scrooge se voltou para mim, os olhos me prenderam, sérios, e meu estômago se revirou de pavor. Arrepios correram pelo meu corpo, já sabendo o rumo daquela conversa.

— Dinah vai fazer o que faz de melhor — Scrooge declarou. — Libertará todas as almas.

CAPÍTULO 27

— Libertar todas as almas? — Alice exclamou, movendo os braços ao redor. — Você se refere às da Terra das Almas Perdidas, que é ligada à Terra dos Perdidos e Despedaçados? O lugar em que quase morremos e que suga nossa mente e a nossa vida?

Encarei o chão sem focar em nada enquanto refletia sobre a ideia.

— Não. Ela não vai lá de novo. Ela quase não conseguiu sair da última vez. — Alice praticamente bateu o pé.

— Alice… — Scrooge inclinou a cabeça.

— Não. Você não sabe como é. E mais, como Frost disse, pode piorar as coisas. Tem uma razão para elas estarem perdidas, não tem? Nem todas as almas que estão lá são boas.

Eu só me lembrava delas tentando me impedir de libertar Jessica. Protegendo o mundo. Estavam perdidas, com raiva, magoadas e tristes, mas não senti maldade nelas.

— A gente tem o bastante para a luta…

— Eu vou — interrompi Alice e levantei a cabeça. Minha irmã ficou boquiaberta, e já tinha começado a balançar a cabeça.

— A gente não tem tempo — ela adicionou, em sua defesa. — É uma caminhada de pelo menos quatro horas. E o lugar parece os descampados da Austrália: tudo quer te matar.

— Eu não preciso entrar lá. — Meu olhar deslizou para Frost, ambos entendemos o que eu quis dizer.

Alice levantou a cabeça e franziu a testa.

— Como assim não precisa entrar lá? Você tem asa agora?

— Não, mas a sensação é a de estar voando.

— Você vai estar nas alturas, sem dúvida. — Frost zombou, e passou a mão pelo rosto.

Scrooge cruzou os braços e inclinou a cabeça.

— Acho que já estou me arrependendo dessa ideia.

— Não sei se vai funcionar, mas preciso pelo menos tentar.

— O que vai funcionar? — Desconfiança cobria tanto o rosto quanto o tom de voz da minha irmã.

— Por acaso você teria azevinho esmagado?

— Azevinho? — Scrooge recuou. — Você está falando de visgo? A gente deve ter uma porrada, e só com o Trovão.

— Não. Azevinho.

— Aquele arbusto sugador de sangue? É altamente venenoso — Alice rebateu. — Eu quase morri por causa de alguns arranhões.

— Na proporção certa junto com álcool, age como algo similar a um alucinógeno, abre a mente. Alguns dizem que é como alcançar os planos espirituais — Frost explicou.

— Já fiz isso antes. — Peguei a mão da minha irmã. — Atravessei a Terra dos Perdidos e Despedaçados mais de uma vez. Acho que consigo fazer de novo.

— Não posso acreditar que estou concordando com isso — Scrooge murmurou antes de se virar para o pessoal. — Ei! — ele gritou para o grupo imenso, assustando os Quem. Alguns soltaram gritinhos e se esconderam atrás uns dos outros. Ótimo. Esse é o nosso exército. — Alguém aqui tem azevinho?

— Ontem, ela ignorou as regras, hoje, vai ficar doidona de azevinho. — Alice bateu a mão na cara, fazendo drama. — Os comerciais estavam certos: visgo é a porta de entrada para as drogas.

— Pode parar. — Eu ri quando Scrooge gritou de novo.

— Alguém?

— Ah vá, vai tirar isso de mim também? — Nick, vestido de Papai Noel, veio pisando duro da mesa de comida, carregando biscoitos e puxando o casaco como se ele o sufocasse. — Bando de babaca engomadinho e santinho. De que forma vocês acham que eu consigo sobreviver quando vocês estão todos aqui, me irritando o tempo todo?

— Onde você se enfiou? — Scrooge disparou para Nick. — Passamos a manhã te procurando.

— Você não é nada parecido com a minha ex-mulher, mas puta que pariu, fala igualzinho a ela. Blá. Blá. Blá. — Nick resmungou e tomou mais chocolate quente. — Eca! Não está batizado. Por quê?

LOUCURA FEROZ

— E você ainda ficou imaginando por que eu achei que não precisava procurar por ele... — Alice ergueu uma sobrancelha para o namorado.

Scrooge respirou fundo e se apoiou no parapeito.

— Precisamos de um pouco do seu azevinho.

— É... não. — Nick enfiou outro biscoito na boca, as migalhas caíram na camisa.

— Nick — Scrooge rosnou, ameaça vibrava dele.

Frost não esperou, desceu os degraus e rondou Nick como um leão.

Os olhos de Nick se arregalaram, ele tropeçou para trás, mas logo disfarçou o medo enquanto Frost se aproximava dele.

— Eu tenho bem menos paciência e uma quedinha bem maior para a violência do que o Scrooge. — Frost rimbombou tão profundamente que eu consegui sentir através das botas. — E eu não morro de amores por você, então é melhor calar a boca e entregar o que queremos.

O pomo de adão de Nick se moveu. Ele encarava Frost como se estivesse vendo um fantasma.

— É, você sabe quem eu sou... ou pelo menos o que eu costumava ser. Mas não duvide, eu ainda consigo te partir ao meio do mesmo jeito.

Nick continuou a observá-lo, uma expressão estranha tremulou em seu rosto.

— Você tem o cabelo da mesma cor da sua mãe.

Frost franziu as sobrancelhas.

— Minha mãe? O cabelo dela é louro-acinzentado.

— Nem sempre foi assim. Maribell, quando nova, tinha cabelo escuro... como café forte. Longo e sedoso. — Por um segundo, ele pareceu melancólico, saudoso, como se o Papai Noel tivesse voltado. Mas, com um balançar de cabeça, Nick ficou carrancudo e recuou. — É, eu sei quem você é, *fera*.

— Então sabe o que eu posso fazer. Não me provoque hoje, *bolo fofo*.

Nick franziu os lábios e resmungou:

— Tá. Venham. — Ele fez pirraça, e foi pisando duro até o abrigo. Então seguiu até a parede do bar, que tinha as prateleiras cheias de garrafas e caixas de doce.

— Você esconde aqui? — Alice perguntou, incrédula, apontando para um painel na parede.

— Melhor lugar para mantê-lo longe dos dedinhos grudentos de vocês. — Nick empurrou uma caixa de chocolate. O som de tranca se abrindo

STACEY MARIE BROWN

foi seguido por um sibilo, e o que eu pensei ser um painel de madeira maciça deslizou, abrindo uma porta secreta.

Scrooge entrou primeiro, olhou lá dentro, e virou a cabeça de supetão para Nick, um nervo se contraía em sua bochecha.

— Você é muito babaca.

Nick bufou, sem olhar para Scrooge.

— Pensei que depois de nos livrarmos de tudo da última vez você não conseguiria arranjar mais. — Scrooge rangeu os dentes, e abriu ainda mais a porta para Alice olhar.

O queixo dela caiu, depois a boca formou uma linha firme, e ela olhou feio para o Papai Noel do mal.

— Seu babaca mentiroso!

— É meu acervo particular. — Nick falou igualzinho a um menino respondão. — Não são para uso. — Ele entrou correndo atrás de Scrooge e Alice, fazendo sinal para eles. A luz foi acesa quando eu e Frost os seguimos.

Eu estanquei, boquiaberta, enquanto absorvia a sala secreta.

— Pelo amor do pirulito…

A sala estava cheia de armas. De nível militar: rifles, pistolas e facas delineavam paredes e prateleiras. Caixas de munição e o que pareciam ser granadas lotavam uma prateleira inteira.

— Bem-vindo à festa, amigo. — Alice deu uma piscadinha para mim.

Bufei, e um sorriso curvou os meus lábios.

— Yippee-ki-yay, filho da puta.

Nick ia de lá para cá, choramingando e reclamando, suor escorria de sua testa como se a casa estivesse sendo saqueada.

— Parem! É meu! — Com Trovão e Cupido no comando da fila de coleta, ele resmungava para qualquer um que pegava um carregamento de armas e as colocava na pilha lá em cima.

Nick quase desmaiou quando me entregou um saquinho de azevinho em pó, e me ameaçou, dizendo que, se eu usasse tudo, ficaria para sempre na lista dos travessos.

— Bem-vinda ao clube. — Alice fez sinal para ela e Scrooge. — É muito mais divertido aqui.

— Ele sempre foi babaca. — Nick sacudiu o dedo para Alice enquanto apontava o queixo para Scrooge. — Mas, você, sua desgraçada, me bateu na cabeça com uma garrafa.

— Valeu suuuper a pena. — Ela revirou os olhos.

— Cala a boca, Nicolau, porque eu ainda estou ansioso pela minha vez. — Scrooge o mandou para o sofá. Nick se recusou a nos ajudar na luta, com a desculpa de que para ele era ótimo passar o resto dos seus dias escondido no abrigo.

Era loucura um homem ser tão abnegado e amoroso enquanto o outro era tão egoísta e ganancioso. Mas acho que todos nós temos essas partes dentro da gente.

— Frosty e a Brigada Noturna chegaram, Scrooge. Ou o que restou deles. — Rudy nos olhou lá da escada. — Está na hora.

Dava para ver que Scrooge estava inquieto. Tinha chegado o momento de reunir as tropas e marchar até a Floresta Sombria, a lua cheia se elevava mais a cada minuto.

— Vai. — Toquei o braço de Scrooge e chamei sua atenção para mim. — Não preciso de todos vocês aqui quando eu fizer isso. É melhor você ficar com o exército.

Scrooge olhou para Alice. Ele queria se juntar à luta, mas ela não queria me deixar.

— Vou cuidar dela, prometo — Frost falou para a minha irmã, com a expressão feroz. — Ninguém a machucará, e eu a tirarei de lá se for necessário.

— Ele já fez isso antes. — Apontei para Frost.

— Já? — Alice repetiu, olhando para mim. — A gente tem muito assunto mesmo para pôr em dia.

— Temos mesmo. Então não deixe nada acontecer a você. — Mordi o lábio, e uma onda de medo e pesar ficou presa na minha garganta. — Por favor, não consigo viver sem você... e a mãe e o pai me matariam.

Ela riu e me abraçou com força.

— Se cuida também. Eu te amo tanto.

— Eu te amo também. — Apertei o abraço. — A gente vai logo em seguida, isso aqui funcionando ou não.

Alice assentiu e secou algumas lágrimas. Abraçamos Scrooge e nos despedimos deles. Meu coração se contorceu no peito enquanto eu os observava subir as escadas e sair do abrigo.

Frost afagou as minhas costas. Seu toque era o único conforto que podia me dar. Não queria que ele dissesse clichês nem me desse falsas esperanças. Todos sabíamos que seriam uma carnificina, mas ainda assim lutaríamos pelo nosso lar.

Nosso lar.

Em algum momento, era isso que esse lugar tinha se tornado para mim, e ele estava cheio de pessoas que eu amava, por quem eu lutaria e morreria.

— Vamos para o quarto. Aqui está cheio de pirralhos — Frost disse baixinho, olhando para o abrigo e observando as criaturinhas correndo ansiosas por lá. Dash e as outras crianças estavam sendo mantidas ali em segurança. Bea, Pen, Chip. O que pareciam ser algumas renas e elfos mais velhos ficaram para cuidar delas. Alguns sabiam que talvez tivessem que assumir o papel de mãe e pai para os órfãos antes que a noite chegasse ao fim.

— Não gosta de criança?

Os olhos azuis colidiram com os meus.

— Não faz muito tempo, eu as caçava.

— Ah, é. — Estremeci, peguei a mão dele e uma garrafa de hidromel na prateleira. Frost e eu passamos pelas crianças brincando, algo inocente frente à guerra brutal que os pais delas estariam lutando a apenas uma hora daquela montanha.

Entramos no banheiro enorme que levava ao quarto, e vi que a decoração era simples, com uma cama king, mesas de cabeceira e um closet. Frost misturou hidromel com um pouquinho de pó de azevinho.

— Quer mesmo fazer isso? — Ele apontou a cabeça para o copo que estava prestes a me entregar. — A gente pode dizer que não deu certo.

— Vou fazer isso. — Eu me joguei na cama e peguei o copo.

— Você não reagiu bem ao veneno da última vez. — A mão dele segurou a caneca. — E se acontecer de novo?

— Nesse caso, que bom que você está aqui. — Fiz sinal para ele me dar a bebida.

— Você sabe o que tem que fazer? — Ele se ajoelhou na minha frente, ficando na minha altura.

— Sei. — Scrooge e eu formamos um bom plano. A *execução* é que estava meio nebulosa. Eu não tinha ideia de como fazia aquilo... simplesmente acontecia.

— Você está no controle. Não eles. Eles vão tolerar os *seus* limites, e é tudo temporário. — Ela passou a mão pelas minhas pernas e rosto, como se quisesse me memorizar. — E volte para mim, pequenina — ele exigiu.

— Sempre.

— Tudo bem. — Ele suspirou e me entregou a bebida.

Nervos saltitavam pela minha barriga como se fossem pulgas, mas eu ignorei tudo e virei a bebida. O sabor doce e esplêndido fez a minha boca encher d'água, querendo mais. Ele me serviu mais uma dose com um salpico de azevinho. O álcool aqueceu a minha barriga e pôs um sorriso feliz no meu rosto. Estendi a mão, querendo mais.

— Já chega. — Ele tirou a garrafa do meu alcance. — Concentre-se. Pense em onde você quer ir.

— Acho que preciso de mai… — Parei de falar quando uma garotinha saiu correndo do closet, vestindo roupa de frio e rindo ao jogar uma bola de neve para trás. Eu soube na mesma hora que era eu com meu velho cachecol de boneco de neve. Meu longo cabelo castanho estava solto.

— Te acertei, Jack! — A menininha se curvou, rindo, depois arquejou quando o garoto de cabelo castanho-escuro veio correndo atrás dela, com o sorriso mais aberto do mundo no rosto, e a derrubou no chão.

Eu me levantei e segui a dupla que caía em um monte de neve, rindo e se empurrando.

— Dinah? — o menino chamou quando recuperou o fôlego, ambos olhavam para o céu.

— Sim?

— Feliz Natal. — Ele lambeu os lábios, nervoso.

— Feliz Natal para você também — ela respondeu.

— Eu meio que tenho algo para vo…

— Dinah! — A voz de outro menino trovejou, fazendo-a se sentar no susto. — Cadê você?

— Espera, Dinah… — Jack tentou tirar algo do casaco, mas ela já estava de pé quando o outro menino apareceu correndo.

— Vem, vamos para a praia brincar antes de você ter que ir embora. — As bochechas coradas de sol de Blaze se abriram em um sorriso bobo. — É bem mais legal que aqui.

— Eu estou brincando com o Jack. — Ela ficou de pé, olhando de um para o outro, como se tivesse que tomar uma decisão difícil.

— Está tudo bem. — Jack acenou. — Sei que você prefere brincar na praia com o Blaze.

STACEY MARIE BROWN

A boca da menina se contorceu, e o sorriso fácil de antes não estava mais lá.

— Tem certeza?

— Tenho. — Jack deu de ombros, frio e distante. — Tanto faz.

— Vem! — Blaze a pegou pela mão e a puxou. Ela o seguiu, mas continuou olhando para trás, para o garoto de cabelo escuro e olhos azul-gelo.

— Jack, vem — ela gritou, e sumiu. Jack não se moveu. Tirou o objeto do bolso e o jogou no chão. Depois, pisou em cima e o enterrou fundo na neve antes de sair correndo, deixando-o para trás.

Eu fui até o objeto descartado, me abaixei e senti um pelo macio. Limpei a neve e vi um bichinho de pelúcia branco. Era um gatinho fofo com uma coleira em formato de floco de neve. O nome na coleira era Bolota...

Um arquejo preencheu os meus pulmões.

Era o mesmo que eu tinha visto na Terra dos Perdidos e Despedaçados.

— *Minha Dinah?* — Uma vozinha deslizou na minha cabeça, vinda do gato. — *É você mesma? Eu finalmente te encontrei?*

Minha visão ficou turva, e a cabeça deu voltas enquanto eu caía.

O brinquedo me fez despencar em um buraco escuro.

De volta para onde ele vivia... com os esquecidos.

CAPÍTULO 28

Abri as pálpebras e arquejei.

Deu certo.

O chão brilhava e estalava sob meus pés enquanto eu esquadrinhava aquele lugar estranho. Brinquedos enchiam o local. O cheiro de pesar e solidão me envolveu como uma jiboia, roubando meu ar. O peso da tristeza deles mergulhou nas minhas pernas, e eu soltei um resmungo.

— *Eu vou proteger você, minha Dinah.* — A vozinha moveu meus olhos para o gato que eu ainda segurava. — *Me segure com força e não me solte.*

— Não vou soltar. — Uma dor profunda me atravessou com a percepção de que era para essa coisinha ter sido minha, e ela viveu anos perdida, assustada e sozinha aqui, porque eu tinha magoado o meu amigo. — Você nunca mais será esquecido, prometo.

A alegria pura do brinquedo foi um baita contraste com o pesar profundamente gravado naquele lugar, e aqueceu a minha pele.

Eu me movi o mais rápido possível, e atravessei a terra árida, sentindo como se estivesse me movendo por mel. Enquanto me esquivava de brinquedos, cada toque parecia um soco, me dava dor de cabeça, mas, por incrível que pareça, minha mente não se desviou de seu objetivo.

Eu não estava esquecendo.

Peculiar.

À minha frente, a fronteira entre as terras perdidas estava alinhada com várias fileiras de brinquedos bloqueando meu caminho. Um deles flutuou à frente do grupo. Tinha o rosto quebrado inexpressivo, e seu único olho virou para mim.

— Ah, a Barbie psicótica. — Suspirei, e uma pontada de medo subiu pelo meu pescoço quando notei o número impressionante de brinquedos às suas costas.

Seu exército havia aumentado. Muito. Vários deles empunhavam armas. Assim como foi com o maldito Chucky, era de se pensar que seria fácil acabar com ela, mas essa nojenta não desistia, e só ficava mais esperta, mais cruel.

— *A gente estava esperando você.* — A voz esganiçada arranhou os meus ouvidos. — *Tive uma provinha da sua magnitude, e, dessa vez vou ficar com tudo. Seu poder vai me trazer à vida. Já você se juntará à terra das almas perdidas. Peguem-na!* — A boneca não fez um discurso longo nem causou alarde.

O rugido de ataque estourou quando uma massa de brinquedos partiu para cima de mim. Eu queria acreditar, já que estava lá só na minha mente, que eles não podiam me machucar, mas sabia que não era verdade. Eles podiam drenar a minha vida e me matar do mesmo jeito.

Em pânico, olhei ao redor, procurando com o que me proteger.

Nada.

Tentei recuar e buscar abrigo, mas minhas pernas não foram rápidas o bastante. O ataque dos brinquedos veio com tudo, um grito rasgou a minha garganta. Dor, pesar e raiva se derramaram sobre mim como bile, e meus joelhos bateram no chão. Choramingos subiram pela minha garganta quando senti os brinquedos arranharem a minha pele, rasgando os limites da minha mente.

— *Não me solte, minha Dinah* — o gatinho gritou para mim. — *Aconteça o que acontecer, não me solte.*

Puxei o bichinho para o meu peito e me curvei sobre ele, meu corpo estava sendo engolido pelos brinquedos.

Um calor vindo do pelo do gato deslizou pelo meu torso, onde o mantinha, mas depois se expandiu, se aventurando até os meus dedos e as pontas do meu cabelo, me enchendo de... amor.

Um grito estridente soou no meu ouvido, seguido de mais dúzias deles. A turba que me cobria de escuridão se afastou, e eu ergui a cabeça, embasbacada.

— *O que vocês estão fazendo?* — a boneca líder berrou. — *Peguem-na! Eu ordeno!*

Mas eles continuavam recuando, aos gritos.

— *Seus imbecis inúteis* — ela gritou. Então, se virou e flutuou até mim. — *Tudo bem! Eu mesma cuidarei dela. A essência da garota será toda minha.*

Por instinto, abracei ainda mais forte o gatinho de pelúcia junto ao corpo. Ele me dava paz e segurança, como bichinhos de pelúcia fazem pelas crianças que estavam com medo, tristes ou magoadas.

A boneca veio com tudo, com o braço estendido, o olho vazio parecia o abismo do mal. Rangi os dentes quando a mão fria de cerâmica me tocou, me inundando de agonia.

— *Afaste-se! Ela é a minha dona* — Bolota rosnou. Meu corpo foi envolvido por um calor protetor e afeição, que explodiram pela minha pele.

Um grito perfurou a minha cabeça feito um picador de gelo, e a boneca caiu para trás. Minha reação foi automática: estendi a mão e a agarrei com muita força.

Como metal se retorcendo, os gritos dela me rasgaram até os ossos, mas eu só a segurei mais forte. Fechei os olhos, e os berros ficaram mais altos, parecidos com os de uma centena de porcos aguardando o abate, o que fez tremer até a alma. Lágrimas escorriam pelas minhas bochechas, minhas unhas rasgaram seu vestido velho. Senti o vômito subindo pela minha garganta, me queimando a língua.

Então ouvi um estalar estranho e tudo ficou repentinamente em silêncio.

Meus ouvidos pulsavam com o eco dos gritos dela. Olhei para cima, meu foco foi para a boneca ainda nas minhas mãos. Ela ficou suspensa no ar, com um olho virado para o lado. Não senti nada dela.

Estava vazia.

Uma casca.

— Pelo amor do pirulito de menta. Você a quebrou. — Olhei boquiaberta para os brinquedos que eu segurava. Um era uma carcaça de nada, e o outro florescia de adoração.

— Esse lugar não sabe nada sobre amor e felicidade. Eu não sou mais esquecido. — Bolota falou baixinho.

Pisquei para o gato de pelúcia. O amor tinha me protegido, formado um escudo contra o ódio. Agora eu entendia por que não tinha perdido a memória dessa vez.

Bolota.

— Obrigada. — Abracei o gatinho.

Eu podia jurar que o senti ronronar quando fiquei de pé. Soltei a boneca, que flutuou para longe. Alívio relaxou os meus ombros enquanto eu a observava ir, embora o vazio nela fosse perturbador. Não conseguia mais sentir tristeza, pesar nem raiva. Não era nada mais que uma casca.

Nem por um momento me arrependi do que aconteceu com ela. A filha da puta estava morta.

De volta à minha missão, ultrapassei a barreira entre os brinquedos perdidos e as almas perdidas. O grupo de soldados dela não avançou para mim. Sem a líder, estavam ainda mais perdidos, gritavam de pavor se eu chegasse perto demais e disparavam para longe.

Eu não estava nem aí se o campo de força que os mantinha longe era obra de Bolota ou minha, só me sentia grata pelo medo deles.

Atravessei a barreira invisível e um arrepio desceu nas minhas costas. As emoções das almas perdidas apertaram meu peito. Orbes tremulavam diante de mim, brilhando com mais intensidade e, quanto mais longe eu ia, mais elas se reuniam. Eu sabia que elas se lembravam de mim, lembravam do que tinha feito da última vez. A maioria piscava e se aproximava com curiosidade, como se sentisse o fardo que eu carregava, o favor que eu precisava pedir a elas.

Eu as encarei, inexpressiva. Eu tinha ido até lá, e não fazia ideia de como executar essa parte do plano. Havia muitas vidas contando comigo para trazer os mortos de volta à vida para lutarem pela nossa terra. Eu tinha as almas e tinha corpos, mas como uni-los era o problema.

Olhei para a barreira imaginária e vi os brinquedos se reunindo e me observando com curiosa apreensão. Não havia caixas nem correntes, só uma barreira que os mantinha separados e longe de Winterland, como em um globo de neve. Como se houvesse um portão invisível entre eles.

"Parece que nós duas conseguimos abrir as portas de um outro mundo e libertar coisas." A fala de Alice veio à minha memória.

— Filho de um quebra-nozes. — Fechei as pálpebras brevemente ao ter uma ideia. — É claro!

Sabendo o que eu precisava fazer, encarei os orbes, e eu podia perceber a curiosidade e cautela que eles sentiam.

— Vim aqui porque Winterland precisa de vocês. O Papai Noel *precisa* de vocês. — Deixei que minha voz os alcançasse, e notei que mais deles saíam das árvores ao redor e se juntavam aos outros. — Estamos sendo atacados. A sra. Noel quer destruir Winterland de uma vez por todas. Halloween está a caminho, e estamos em desvantagem. Vim pedir sua ajuda. Vocês podem lutar por Winterland?

Eles piscaram e se agitaram. Praticamente senti o sim universal na minha alma.

— Obrigada. — Assenti em resposta. — Mas há algumas regras. Se tudo sair conforme esperamos, será apenas por essa noite e depois vocês voltarão para cá. Se não der certo para nós… bem… — Dei de ombros.

Não haveria razão para trazê-los de volta. Não haveria razão para nada, e eu provavelmente estaria morta.

Apertei o Bolota, ácido queimava meu esôfago. Eu estava apavorada. Não fazia ideia do que aquilo me causaria, mas sabia que era a única saída.

— Vou precisar te largar por um instante — falei para o meu bichinho de pelúcia. — Por favor, aconteça o que acontecer, não tente me proteger, tudo bem?

— *Mas, minha Dinah…* — ele gaguejou. — *É isso que fazemos. Protegemos a nossa pessoa de todos os monstros e coisas ruins.*

— Tarde demais para me proteger de monstros. — Suspirei, e meu pensamento voltou para a fera sexy que esperava por mim no mundo real. — Você não pode me proteger dessa vez. Preciso fazer isso sozinha.

— *Tudo bem.* — Bolota bufou.

Respirei fundo e o coloquei no chão, recuei em direção à barreira entre as duas terras perdidas, meus nervos estavam em polvorosa.

— Certo. — Respirei fundo de novo, e ergui o queixo para os orbes. — Prontos?

Luzes tremularam freneticamente. O pavor e a animação deles me atingiram com tudo, o suor escorria pela minha testa.

— Se der certo, terei o meu próprio *Mundo encantado dos brinquedos* — murmurei, então ri do nome do filme infantil. — Caramba, poderia muito bem ser um filme pornô.

Abri os braços, fechei as pálpebras com força e fui direto para a barreira.

— Vão!

Levou um segundo para a primeira alma corajosa me atingir. Agonia subiu pela minha garganta quando ela me atravessou para chegar ao outro lado. A emoção e a energia delas estilhaçaram o meu corpo enquanto me usavam como portão para chegar ao outro lado.

Uma atrás da outra, elas abriram um buraco através de mim, roubando mais e mais da minha força e energia. Arquejos e choros guturais assolaram minha garganta, ecoando nos meus ouvidos. Meus músculos ficavam tensos a cada vez que uma me ultrapassava. Minhas pernas tremiam, e eu me curvei ainda mais, deixando lágrimas e suor escorrerem à vontade. Minha mente ficou em branco ao passo que o calor me fritava de dentro para fora.

Parecia que eu estava sendo queimada viva ao mesmo tempo que era eviscerada por um atiçador quente. Agonia me fez soltar outro grito, meus joelhos bateram no chão, meu corpo não aguentou mais, mas mais delas continuaram a me usar como passagem, levando mais e mais da minha essência com elas.

— Dinah! — Ouvi meu nome ao longe, mas nada mais fazia sentido. Nada parecia real. Eu estava morrendo, minha própria alma estava por um fio.

— Frost. — As palavras saíram abafadas. Eu não sabia mais o que dizia.

— Dinah! Não desista. Volte! — Palavras vibraram através de mim, profundas e exigentes, como uma ordem, mas meu corpo simplesmente se largou no chão. A necessidade de desistir enquanto outra alma passava era meu único instinto.

— Dinah? — A voz de um homem soou perto do meu ouvido. Era diferente da anterior, mas também conhecida. Meu cérebro a afastou, afundando-se ainda mais na escuridão. — Você precisa resistir, Dinah. Abra os olhos. Não te ajudei a chegar até aqui só para te ver abrir mão de tudo.

Abrir mão? Eu dei tudo de mim. Uma fagulha de irritação cutucou a minha mente.

— Você é tão teimosa e determinada quanto a sua irmã — a voz suave dele era sedutora. — Vá fundo e lute por ela, por *ele*, pela sua família, por todos que você ama.

Eu só queria dormir e não sentir mais dor, pesar nem tristeza; só paz.

— Dinah, abra os olhos agora.

Minhas pálpebras se abriram de supetão, como se fisgadas pela ordem dele, como se fossem cortinas sendo puxadas.

Um homem com olhos brilhantes cor de âmbar, lábios carnudos e pele escura estava ajoelhado ao meu lado, me cobrindo de um aconchego no qual eu queria me envolver.

— PEES… — Meu sussurro mal chegou a ele.

O homem inclinou a cabeça e franziu a testa.

— Pés?

— Não. — Fechei os olhos de novo.

— Dinah. — Ele me sacudiu até eu acordar, havia um aviso profundo em seu tom.

— P-E-E-S — soletrei, alongando cada letra. — Protetor em que eu sentaria.

Ele ficou surpreso e logo soltou uma bela gargalhada, profunda e deliciosa, igual a ele.

— As pessoas me chamam de Noel. — Ele sorriu. — Mas pode me chamar de PEES também.

LOUCURA FEROZ

— Noel... — murmurei o nome familiar, certa de que o ouvira antes. Caía como uma luva no meu salvador. — Você é minha fada-madrinha? — Minhas pálpebras continuavam abrindo e fechando. O empuxo para desistir ainda era forte demais.

— Algo assim. Estou mais para guardião. Depois que eu morri, consegui ver muito além e reconheci o quanto você e Alice são importantes para Winterland. Pedi para assumir o papel de proteger vocês. — Ele abriu um sorriso cansado. — Mas você, irmãzinha, me fez gastar noventa e oito por cento da minha energia só para te manter viva.

— Dinah! — Uma voz alta rimbombou acima, voltando o foco de Noel para lá.

— Está na hora de ir. — Ele apontou a cabeça para o céu escuro. — Você já cumpriu o seu papel aqui. Agora precisa ir lutar ao lado da sua família para proteger este lugar.

— Você sabe se a gente vai conseguir vencer? Consegue prever o futuro?

— Consigo ver quais são as chances agora, mas cada decisão, cada pessoa, pode alterar tudo. A vida é fluida. Não há um curso definido e ela sempre pode mudar. Mas... — Ele franziu a testa. — No momento, vocês estão em desvantagem. As chances não são boas...

Eu me levantei e tentei lutar com o desânimo.

— Ei. — Noel se inclinou para mais perto. — Uma única gota pode alterar a balança, criar um maremoto. Jamais subestime o seu poder, Dinah. Vocês, Liddell têm a autoridade e a força de verdadeiros guerreiros, fazendo o homem de coração mais duro e a fera mais mortal saltarem no fogo por *vocês*.

Meu nome soou no ar de novo. A voz de Frost me puxava para ele.

— Vai. — Noel se levantou. — Você não tem mais muito tempo.

— Mas e quanto... — Eu me virei para olhar o local onde os brinquedos estavam perto da divisa. Não tinha mais nada.

— Não esquenta. Eu os guiarei. — Noel moveu o queixo na direção da Brinquedolândia antes de pigarrear. — O que você fez aqui, Dinah... Winterland estará em dívida eterna. A honra que você nos concedeu, a sua alma, está agora gravada nessa terra por toda a eternidade. — Ele fez uma mesura. — Você jamais será esquecida. — Ele se endireitou. — Agora vá!

Com aquelas palavras, ele sumiu, mas a sensação dele passando por mim zumbiu na minha pele.

Noel. Meu guardião, meu PEES, o homem que esteve ao meu lado desde o início, salvando a minha vida, me protegendo. Ele era real... ao menos no sentido espiritual da coisa.

— Puta que pariu! Volte para mim agora, Dinah. — O berro de Frost sacudiu o chão aos meus pés.

Não era um pedido, mas um ultimato.

Um tremor gelado e úmido escorreu pelas minhas costas, eu fiquei toda arrepiada. Um arquejo forte foi arrancado dos meus pulmões. Fogo e gelo chiavam nas extremidades do meu corpo. Olhei para cima, sentindo sua energia me puxar de volta, me arrancando do vazio. Punhaladas de dor atingiram minha pele como um dardo, e estava difícil respirar.

O poder da fera era quase tão forte quanto o meu, e me puxava não pelo fogo, mas pelo gelo.

Um arquejo violento fez minhas costas ficarem retas. Ar queimava no meu esôfago, eu me debatia, água caía, minha mente não era capaz de se aferrar a nada que não fosse medo e dor.

A luz forte me fez estreitar os olhos. Meu corpo tremia muito, e eu ouvi minhas juntas estalarem em protesto. Um grito de agonia ficou congelado na minha garganta enquanto meu coração lutava contra a temperatura gélida.

— Dinah! — Mãos agarraram meus braços enquanto eu seguia me debatendo. Meus dentes batiam mais alto que o som da água quando ele me arrancou do banho gelado.

Frost me puxou para si enquanto envolvia uma toalha macia ao redor do meu corpo nu. Em algum momento, ele deve ter me despido para me esfriar. A primeira sensação de calor provocou a minha pele, me fez querer me aconchegar mais. Ele colocou meu corpo trêmulo sobre o sanitário e se ajoelhou na minha frente. As mãos se moveram ásperas para cima e para baixo das minhas pernas, tentando fazer o sangue circular de novo.

Aos poucos, pensamentos sobre onde eu tinha estado e o que aconteceu voltaram à minha mente, e eu relaxei um pouco. O terrível aviso de que o tempo estava passando, de que, quanto mais ficávamos ali, mais pessoas morriam, coçava as minhas pernas. Um barulho subiu pela minha garganta, meus dentes ainda batiam forte.

— F-F-Frosssst a-a-a g-g-gente preci-ci-cisa...

— Xio. — Seu olhar prendeu o meu, me fazendo respirar fundo, e as palavras morreram na minha língua. Os olhos azuis estavam tomados por pavor profundo, pânico e pesar, como se seu mundo tivesse sido arrancado dele. — Me dá só um segundo.

Mal dava para escutar a sua voz. Frost segurou o meu rosto, fechou as pálpebras com força enquanto unia nossa cabeça, um som gutural se desenrolou em sua garganta.

— E-eu es-s-stou b-b-bem.

Ele segurou meu queixo com mais força, o fôlego quente e ofegante no meu pescoço.

— Pequenina — ele grunhiu. — Nunca mais faça essa porra comigo.

— Ei. — Passei a mão pela barba por fazer dele enquanto respiráva-mos juntos. — Eu estou bem.

— Você estava ardendo tanto que começou a ter uma convulsão. Eu sabia que, mais um pouco, você teria morte cerebral ou simplesmente mor-reria. Então eu te coloquei no banho gelado para te esfriar. Pensei que aju-daria, mas aí seu coração parou... — Ele rosnou, cheio de fúria. — Parou, porra. — Ele apoiou a testa no meu ombro, mas eu conseguia senti-lo tremer de raiva. De medo. — Pensei que tivesse te perdido.

Envolvi os braços ao redor dele, que me puxou de pé. Frost me engol-fou em um abraço apertado, agarrando-se a mim como se eu fosse escapu-lir. Eu o abracei com mais força ainda, nos permitindo ter um momento a sós.

Eu quase não consegui voltar.

Quando me senti um pouco mais firme, me inclinei para trás e o encarei.

— Você nunca vai me perder. Mesmo se eu morrer, eu vou te assom-brar por toda a eternidade, não vou te dar paz. — Tentei sorrir, mas meus lábios ainda estavam congelados.

Ele segurou o meu rosto, os olhos buscaram os meus, ignorando mi-nha tentativa de deixar o clima mais leve.

— Para onde você for, pequenina — ele falou, passando a boca pela minha —, eu vou atrás.

"Vocês, Liddell têm a autoridade e a força de verdadeiros guerreiros, fazendo o homem de coração mais duro e a fera mais mortal saltarem no fogo por vocês."

— E pulamos direto nas chamas...

CAPÍTULO 29

— Chip, você não pode ir. — Eu suspirei e falei enquanto amarrava as botas, tendo cuidado com todas as armas e facas presas às minhas pernas e braços. Agora eu estava quentinha, depois de um chocolate delicioso que ajudou a elevar a glicose. Com o traje de batalha, eu estava pronta para a guerra, ou tão pronta quanto poderia ficar. — Vai ser muito perigoso. — Eu me levantei e prendi o cabelo em um rabo de cavalo.

Os dedinhos se moveram com grande paixão.

— *Eu quero estar com você, srta. Dinah. E com o sr. Frost.*

— Não. — Frost bateu dois dedos no polegar, o sinal de não. — Preciso que você fique aqui.

Chip franziu a testinha e bateu o pé.

— *PB e Dor vão. Eu quero lutar. Winterland é meu lar também.*

— Por favor, Chip — Frost falou a primeira parte, e deixou o resto para sinalizar. — *Não posso me preocupar com algo acontecendo com você. Fique aqui de olho em todo mundo.*

Chip bufou, os bigodes se moveram de irritação, mas ele não respondeu.

— Pronta? — Frost se virou para mim, todo de preto e com um gorro na cabeça. O homem era gostoso demais para o meu próprio bem. — Temos uma boa hora de caminhada pela frente.

— Não viu nenhum espelho lá no castelo pelo qual possamos viajar? — Pensar em levar uma hora para chegar lá quase me fez sair do corpo.

— Não que eu saiba. — Frost franziu a testa. — É o único ponto negativo deles, embora eu tenha que confessar que eu preferiria não ter uns babacas pirados saindo do meu espelho toda hora. — Ele segurou os meus quadris e me puxou. — Só você.

Fiquei na ponta dos pés e toquei seus lábios com os meus. Foi rápido, mas verti todos os meus sentimentos no gesto. Ele havia se enterrado em cada centímetro de mim. O amor que eu sentia por aquele homem me deixava apavorada e excitada. Eu só torcia para que não acabasse antes que pudéssemos viver esse amor.

— Última chance. — Ele me beijou de novo, como se pudesse ler a minha mente. — Você ainda pode voltar para a Terra.

— Aonde você for, fera — sorri —, eu vou atrás.

Ele bateu na minha bunda, e nós dois nos viramos para a saída quando a porta do quarto se abriu com tudo. O som de crianças rindo e gritando na sala entrou logo atrás de alguém.

— Vocês estão prontos? Precisamos ir! — o famoso ícone, totalmente paramentado em sua roupa, acenou para irmos adiante.

— Papai Noel? — Observei para ver com quem eu estava lidando. Ele vinha agindo ainda mais estranho que o habitual.

— É claro, querida. — Os olhos azuis cristalinos brilhavam de travessura, tocando algo bem dentro de mim que eu não conseguia identificar. — Consegui embebedar Nick o bastante até ele desmaiar. Ele se recusou a ajudar na luta. Essa terra é minha, é o meu povo. Jessie é problema meu. Eu sou o culpado pela raiva dela. Não vou me esconder em um abrigo enquanto os outros lutam e morrem por mim. Lutaremos juntos pelo espírito do Natal. — Ele acenou para irmos adiante. — Vamos! O tempo está passando. Preciso chegar lá logo. — Ele foi correndo porta afora. — Andem!

Frost e eu trocamos um olhar confuso, então corremos atrás do Papai Noel enquanto eu vestia o casaco e o coldre com munição e outras armas. Nós o seguimos até o trenó que levava ao celeiro, saltando de lá no momento que chegamos ao térreo. Então corremos para a saída.

Ao olhar o veículo, notei que Papai Noel não saiu dele, o que me fez parar.

— Vamos! — Fiz sinal para nos apressarmos. — Temos um longo caminho pela frente.

— Não é assim que vamos chegar lá — Papai Noel respondeu.

— Como assim?

— Frost, você faria a gentileza de abrir as duas portas do celeiro? — Papai Noel apontou a cabeça para lá. — Vermelho precisa de espaço para correr.

Meu olhar foi para o trenó arruinado. A coisa parecia prestes a desmanchar.

— Você só pode estar de brincadeira. — Olhei para o Papai Noel, me perguntando se ele tinha perdido a cabeça de vez. — Falta uma tábua nos fundos dessas coisas e as lâminas estão enferrujadas.

— Ah, ele está em boa forma. — Papai Noel alisou o painel. — Só precisa de um pouco de carinho. — Ele cutucou e bateu a mão em alguns botões e alavancas, franziu a testa e resmungou consigo mesmo: — E uma mão firme… vamos lá… liga!

— Não precisa de renas ou algo assim para ele funcionar?

— Nada! — Ele bateu a mão. — Não precisamos delas desde meados de 1900. O último modelo é totalmente ecológico e roda perfeitamente. As renas são mais pela aparência e a nostalgia.

Meu queixo caiu, e eu olhei para Frost. Ele sorriu, abriu a porta do celeiro e deu de ombros, então voltou-se para mim.

— Vai ser uma aventura. — Ele beijou a minha cabeça, a mão foi para as minhas costas, me direcionando até o trenó.

— Ou uma sentença de morte. — Eu o deixei me levar até lá, com preocupação estampada no rosto. — Tem certeza de que não podemos usar o mais novo? O que tenho certeza de que não parece ter saído de um ferro-velho?

— Está na oficina, recebendo reparos de última hora para a Véspera de Natal. — Ele continuou pressionando botões. — Vamos, sei que você ainda dá um caldo.

— Isso teria soado bem diferente se saísse da boca de Nick. — Balancei a cabeça ao suspirar enquanto Frost me empurrava até o trenó. Franzi os lábios e olhei para o banco. — Aff. Sei o que minha irmã e Scrooge fizeram nessa coisa.

— Se sobrevivermos, prometo que será o que *eu farei com você* nessa coisa — Frost disse no meu ouvido, fazendo calor acender nas minhas veias. Ele deu uma piscadinha para mim e bateu no assento. — É o jeito mais rápido de chegar à Floresta Sombria e ajudar na batalha.

Sabendo que isso era muito mais importante, eu me sentei, mas bem na beiradinha, o que fez Frost rir.

— Qual é, não me deixa na mão. — Papai Noel estava ficando mais frustrado. As mãos cutucavam e batiam, mas nada acontecia. — Ahhh! — Ele ergueu a perna, e meteu a bota no painel, que finalmente foi à vida. O motor tossiu e engasgou, me lembrando da Mercedes 1970 do meu vizinho, que parecia ter apenas um pulmão e ainda fumava.

— Viu? Só porque estamos velhos e usados não quer dizer que não podemos entrar em campo. — Ele deu uma piscadinha para mim e pressionou outro botão; o trenó avançou, me empurrando para trás. O motor

LOUCURA FEROZ

pegou no tranco, e o veículo saiu do celeiro, esmagando neve enquanto tentava acelerar pelo descampado perto do chalé, seguindo para a descida da colina.

Meu foco estava fixo adiante de nós, medo me deixou de boca aberta. Frost se retesou ao meu lado quando também viu o problema.

A menos de cem metros, a colina descia para uma ravina de vegetação densa.

— Hum, Papai Noel? — Pânico tomou os meus pulmões enquanto eu observava o penhasco se aproximar, agarrei a mão de Frost.

— Papai Noel!

O trenó rangeu e engasgou, cobrindo a distância, o precipício vinha rápido na nossa direção.

Filho de um quebra-nozes… a gente vai morrer.

— Vamos lá, vermelho… você consegue. — Papai Noel rangeu os dentes, disfarçando o medo que enrugava seus olhos. — Eu acredito em você.

— Papai Noel! — eu gritei quando o trenó atingiu a borda e saiu em disparada.

E logo começou a cair.

Um grito foi arrancado de dentro de mim enquanto a coisa despencava, o topo das árvores nos esperava com as pontas prontas para nos partir ao meio, igual a Vlad, o Empalador. Agarrei Frost e fechei os olhos, esperando a colisão e a dor excruciante que me atravessaria antes da morte.

— Vamos lá, vermelho! — Papai Noel gritou de novo.

Com um estalo, minhas entranhas de repente voltaram para o corpo e me atiraram com brutalidade no assento. Arregalei os olhos quanto o trenó subiu e as lâminas arranharam e arrancaram o topo das árvores enquanto ele deslizava.

— Woo-hoo! — ele comemorou. — Viu? — e me cutucou. — Eu disse que ele conseguia.

— Porra… — Frost bufou uma risada e se largou no assento, balançando a cabeça.

— Eu vou vomitar. — Eu não conseguia me mover, meu estômago ainda dava voltas. — Acho que me mijei um pouquinho.

— Não seria a primeira vez. — Frost riu, se inclinou e beijou a minha bochecha. — Pode soltar a minha mão agora. Acho que você me marcou por toda a eternidade.

Meus olhos dispararam para onde meu dedo ainda cravava a pele dele tão profundamente que eu conseguia ver as gotinhas de sangue. Soltei e respirei fundo, minha cabeça ainda girava por causa da torção dramática dos meus nervos. Adrenalina formigava na minha espinha, me enchendo de uma emoção repentina. Observei a neve lá embaixo enquanto o trenó navegava sobre ela. Eu estava em um trenó voador, com o Papai Noel e Jack Frost, também conhecido como Snow Miser, também conhecido como Krampus.

Uma risada enlouquecida saiu de mim.

— Minha vida é insana mesmo.

Frost me puxou para si, e afagou minha orelha com o nariz.

— Como toda vida deveria ser.

Virei o pescoço e o beijei com tanta vontade que ele agarrou a minha nuca, me segurando. Eu não queria mais uma vida comum, não quando sabia como era estar com ele. Queria loucura e imprevisibilidade, se isso significava ficar com esse homem.

Eu me afastei, os olhos dele estavam cheios de desejo.

— Qual a razão disso?

Eu o encarei por um segundo, embargada com as emoções. Isso é que era o amor? A ideia de estar sem ele me enchia de pânico, me assustava. Eu estava total e perdidamente apaixonada por aquele homem. Alice estava certa. O que eu costumava invejar entre ela e Scrooge... Frost e eu tínhamos. Achei que nunca teria nada assim, porque eu era diferente.

Mas, olhando para ele, eu sabia que destruiria reinos por esse homem. Eu me tornaria um monstro.

— Você vai sobreviver essa noite — exigi, uma onda de proteção e raiva se avolumou em mim. — Custe a porra que custar... não estou nem aí.

— Digo o mesmo, pequenina. — Ele me puxou de volta para a sua boca, reivindicando-a. — Krampus ia parecer um ursinho de pelúcia comparado com o que eu me tornaria caso algo te acontecesse.

— Estamos sobrevoando a Floresta Sombria — Papai Noel gritou, me trazendo de volta, e olhei para onde ele apontava.

Eu conseguia ver a sombra escura eclipsando a terra no horizonte. A escuridão exalava uma sensação assustadora que se arrastou pelo meu pescoço feito uma aranha. O breu era tão denso que a luz da lua foi engolida e devorada. Dali, não dava para saber o que se passava por baixo da cúpula de sombras.

Minha irmã estava lá, junto com Scrooge, Lebre, PB, Dor e outros que eu amava e com quem me importava. A necessidade de chegar a eles me fez quicar na beirada do banco.

— Hummm... — Papai Noel apertou um botão, a boca se curvou em uma careta profunda, a testa encrespou. — Hummm. — Ele apertou outro.

— O que foi? — Medo lambeu a minha coluna, e o pânico começou a voltar.

— O trem de pouso não está funcionando. — Ele apertou o mesmo botão de novo.

— É claro que não. — Esfreguei a testa.

Papai Noel ergueu a perna de novo, bateu com o calcanhar no painel, e as luzes se apagaram.

O trenó engasgou e morreu.

Um grito saiu de mim quando a coisa mergulhou, caindo rápido na direção das árvores. Vento chicoteava nosso rosto enquanto éramos lançados direto na floresta.

— Ah... — Papai Noel gritou por cima do vento, pressionando e tocando freneticamente coisas antes de agarrar o manche. — É melhor vocês segurarem firme. O pouso vai ser brusco.

Frost e eu colocamos os pés no painel. Ele me puxou para si, enfiando minha cabeça no peito, e o Papai Noel tentou nos conduzir ao redor das árvores. Os galhos arranharam a lataria com um lamento alto. Parecia que o trenó ganhava mais velocidade enquanto batíamos nos galhos altos.

— Se segurem! — ele gritou, o corpo se preparou para atingir o chão.

Bum!

O metal gemeu com o primeiro impacto, nos lançando para cima.

Bam!

O trenó atingiu o solo preto. O som de metal se partindo e curvando encheu os meus ouvidos antes de o veículo emborcar, perder uma das lâminas e arremessar Frost e eu para a lateral.

Papai Noel puxou o manche, os freios soltaram um rangido terrível. Pó preto voou ao nosso redor como uma onda enquanto o trenó parava, nos fazendo afundar ainda mais na terra. Ao atingir um tronco caído, ele por fim parou, nos banhando com poeira e detritos.

Meus ouvidos latejavam com os sons agudos que ainda ecoavam no meu cérebro, meu peito arfava.

— Viu? — O Papai Noel limpou a poeira do corpo e sorriu. — Chegamos rapidinho.

Pisquei para ele.

— O trenó só precisava de um pouquinho de fé de que conseguiria. — Ele saiu, e deu um tapinha na lataria. — Você está com tudo, minha velha.

STACEY MARIE BROWN

— Está com tudo? — exclamei. — Metade *dele* está lá atrás. — Apontei para o lugar.

— Ahh… como eu falei, só precisa de um pouquinho de amor e vai ficar novinho.

— Pelos biscoitos dos elfos — murmurei, e tirei terra e galhos de mim, meu coração ainda batia acelerado. — Todo mundo aqui é maluco.

— Por isso mesmo que você se encaixa tão bem aqui. — Frost pegou a minha mão e me tirou do trenó destruído. Minhas pernas tremeram um pouco quando pisei em terra firme. Eu sentia como se tivesse sido passada por um espremedor, e o pior ainda estava por vir.

Frost me puxou para si, as mãos limparam a sujeira do meu rosto que eu não conseguia ver, seu olhar ficou sério e solene. Fiquei na ponta dos pés, estendi a mão e tirei lama da sua bochecha, então deixei os dedos se arrastarem pelos seus lábios.

Ele inflou o peito, empurrando-o no meu com uma emoção não dita. Acho que não conseguíamos nem encontrar palavras. Ele me disse todo o necessário só com o olhar e o toque. Ao longe, ouvimos tiros e gritos.

— Vamos. Estamos atrasados! Estamos atrasados! — Papai Noel saltou por cima de uns arbustos baixos, fazendo sinal para que o seguíssemos. Sacamos as armas e fomos atrás dele.

Papai Noel parou de supetão, o olhar foi indo para baixo, e o meu o seguiu. Pesar esculpiu o meu peito, prendendo o oxigênio nos meus pulmões. Dois elfos que eu reconheci da Resistência Noturna jaziam ali. A garganta tinha sido cortada, os olhos encaravam o nada, em expressões horrorizadas e sem vida.

Ele se abaixou para tocar o rosto dos dois, fechou-lhes os olhos com carinho e murmurou algo baixinho, o tom estava cheio de pesar.

Foi quase exatamente o que vi quando libertei Jessica. A morte e a devastação que ela traria. Rostos mortos distorcidos de dor e pavor.

E minha escolha concretizou a morte deles.

— É culpa minha — falei, com voz embargada.

— Não, querida. — Papai Noel tocou o meu braço e ficou de pé.

— É, sim. Tantos morreram para pôr fim ao reinado dela da última vez, e o que foi que eu fiz? Eu a libertei para que pudesse fazer tudo de novo. — Lambi os lábios, sentindo o sabor da terra. — Tudo o que fiz foi libertar o mal neste lugar, acabando com tudo pelo que vocês lutaram. Eu sou a verdadeira vilã dessa história.

— Dinah. — Papai Noel se aproximou de mim e virou meu rosto para ele. — Você está vendo tudo do jeito errado. Não é tão simples assim. — Ele moveu a cabeça. — Alice realmente trouxe fé e esperança para a nossa terra, mas ela também abriu o caminho para Jessica ir para a Terra. Alice trouxe otimismo para lutar de novo, mas, ao fazer isso, também trouxe morte e destruição. Não há grandeza sem consequências. — Ele tocou a minha bochecha com carinho, seus olhos estavam cheios de sinceridade e compaixão. — Vejo claramente agora. A lenda nunca envolveu apenas uma pessoa. Mas duas. Vocês poderiam tanto ser a salvação quanto a derrocada. Separadas, são uma força. Juntas, são imbatíveis. — Ele deu um tapinha no meu peito. — É o que está aí dentro que decide o seu caminho. E você tem tanta magnitude, Dinah. Eu *acredito* em você.

Meus pulmões se contorceram, transbordando de esperança e força com a declaração.

Ele se inclinou para que só eu o ouvisse:

— Olhe para trás de você, querida. Você transformou o monstro mais cruel e brutal da nossa terra em um homem que ama profundamente. Talvez ainda precise aparar um pouco mais as arestas, mas você o fez mudar. Se isso não for sinal da sua magnitude, do seu caráter, Dinah, não sei o que é. — Ele apertou o meu ombro. — Para realmente desfrutar da felicidade, às vezes é preciso se embrenhar nas trevas para encontrar a luz.

Ele se virou, olhou uma última vez para os elfos e se embrenhou nos arbustos, continuando nossa jornada rumo à batalha.

No mesmo instante, o corpo de Frost se pressionou no meu, sua respiração deslizou pelo meu pescoço.

— E esse monstro cruel e brutal ainda tem uma audição inacreditável. — A voz dele soou rouca e profunda no meu ouvido. — Homem ou fera, eu com certeza preciso que você apare as minhas arestas.

— Que bom. — Eu me virei para ele, com um sorriso faminto nos lábios. — Porque é exatamente assim que eu quero você. Cada parte de você.

Com um rosnado, ele segurou a minha cabeça e me puxou para si, sua boca cobriu a minha com uma paixão selvagem. Desesperado e cheio de desejo, ele me possuiu com um único fôlego.

Ao longe, o som de tiros e gritos nos trouxe de volta. Meus olhos se arregalaram de medo.

— Alice! — Saí correndo, seguindo o barulho através daquela floresta bizarra. De repente, percebi o quanto ela estava silenciosa quando começamos a andar. Das últimas duas vezes que passamos por ali, encontramos criaturas assustadoras. Mas dessa vez não havia nenhuma.

Ou estavam escondidas ou...

Parei tropeçando quando atravessamos as árvores. Frost se deteve ao meu lado. Um arquejo cortante queimou a minha garganta com o que vi.

Fogueiras pontilhavam a paisagem. Soldadinhos de brinquedo e outras formas eram usados como graveto, lançando luz nas pessoas de roupa escura que se digladiavam na terra árida. Havia gritos de morte e batalha, o som do metal batendo e de tiros se espalhavam pelo campo escuro. Elfos contra perus selvagens com asas de morcego, renas contra soldados Frankenstein, ursos polares lutando com hordas de coelhos vampiros. Esquilos comedores de carne e bonecos de neve da cor do carvão contra bonecos de neve comuns e de areia. Meus olhos não conseguiam absorver a quantidade de espécies diferentes que se espalhavam pelo lamaçal. Havia muitos cadáveres, o ar estava pungente com o cheiro de sangue e suor.

Um pouco acima da terra encharcada de sangue, o castelo se avultava sobre nós, como se estivesse vivo e pronto para devorar os mortos e se alimentar de fúria e violência. E como uma rainha no trono, Jessibell estava no degrau mais alto, com os lábios vermelho-sangue repuxados em um sorriso malicioso, olhando os peões fazendo o trabalho sujo por ela.

— Olha. — Cutuquei Frost e movi o queixo para cima.

Um rosnado de ódio vibrou em seu peito. Eu não conseguia nem pensar o que ele sentia ao ver a mãe, que o traiu por mais de uma década, e sabendo que a tia havia assumido o controle, querendo matá-lo para usar Krampus como arma.

— Preciso encontrar Alice. — Meu olhar se fixou nela. — Está na hora da bruxa má morrer.

CAPÍTULO 30

Filmes com morte e batalhas jamais seriam capazes de reproduzir os sons e sensações de uma guerra de verdade. Uma parte da gente precisa ser desligada para conseguirmos ver alguém ser fatiado diante dos nossos olhos, depois de ouvir os gritos e apelos deles. Alguns até te olhavam pedindo socorro, sendo que sabiam que não havia ajuda que pudesse resolver.

— Vai! — As mãos de Frost me empurraram pela turba enquanto um elfo gritava para mim, estendendo a mão de seu leito de morte no chão, com o corpo dilacerado. — Não há o que fazer por eles.

Um soluço saiu das minhas entranhas, me fazendo virar a cabeça, e disparei em meio ao caos. Tiros passavam zunindo por mim, me forçando a me abaixar e ziguezaguear na esperança de me esquivar da trajetória da bala.

Um rugido de dor trovejou às minhas costas, me fazendo me virar. Arame farpado se envolveu em torno do meu coração quando vi um grupo de coelhos brancos fofinhos saltarem em Frost, mirando o pescoço e os punhos dele. O homem só conseguiu arrancar uns poucos do corpo, mas logo outros tomaram o lugar deles. Sangue escorria de seu pescoço, seu berro de raiva tomou o ar.

Ah, inferno. Pedro Bolinha de Algodão não vai tirar esse homem de mim.

Pow! Pow! Pow!

Continuei puxando o gatilho, meus olhos miravam em cada alvo, e as balas os atingiam em cheio. Os sanguessugas fofinhos soltaram um grito mortífero antes de tombarem, formando o que parecia ser um círculo de sacrifício ao redor das botas de Frost.

Ele piscou para eles e depois para mim, ligeiramente boquiaberto.

— Porra, isso foi… — Ele engoliu em seco, balançou a cabeça e secou o sangue do pescoço. — Um tesão do caralho, mas um pouco assustador.

Ergui uma sobrancelha, como se dissesse *melhor não pisar na bola comigo.*

— Cacete, me deixou com tesão. — Um sorriso voraz lhe curvou os lábios.

Um pedaço do que parecia carvão voou entre nós, nos trazendo de volta à realidade.

— Vamos. — Ele nos fez seguir em frente, com o corpo abaixado. Tanto Frost quanto eu atirávamos em qualquer inimigo que víamos. Mas quanto mais matávamos, mais pareciam surgir, nos superando em uma taxa de dez para um.

— Cadê a Alice? — Frost gritou atrás de mim, os sons da batalha estrondeavam nos meus ouvidos, me deixando ainda mais em pânico.

— Eu não sei! — Olhei ao redor, vendo a morte e as chances que estavam opressivamente contra nós.

Estávamos perdendo.

Feio.

— Lá! — Frost apontou para frente, direcionando a minha atenção.

Através da rajada de balas, fogo e inimigos, vi minha irmã no meio da refrega. Uma fogueira estava acesa atrás dela, iluminando sua expressão feroz. Ela estava coberta de sangue e cortes, parecendo a Xena, a Princesa Guerreira. Scrooge estava às suas costas, lutando com vários soldados Frankenstein que se moviam com fluidez e uma força letal. Mais e mais iam na direção deles.

De todos nós.

— Alice!

Ela se virou para mim, cortando um boneco de neve sujo enquanto atirava entre os olhos de um soldado de madeira.

Frost e eu nos juntamos à luta. A terra estava pungente com tanta gente que queria nos matar. Os soldados Frankenstein não paravam de avançar, o que fez meu estômago revirar de pavor. Quanto mais metal eles tinham colando as partes dos seus corpos, mais difícil era matá-los.

Um estouro alto parecido com o de um canhão pairou no ar, nos fazendo virar para o barulho. Algo voou direto na direção de Scrooge.

— Scrooge! — Alice gritou apavorada. Tudo ficou em câmera lenta quando vi Frost avançar, derrubando os soldadinhos bizarros como se fossem pinos de boliche, e jogar Scrooge no chão, o corpo enorme deles caiu com um baque alto. Uma bala de carvão do tamanho de uma toranja passou zunindo pelo lugar em que Scrooge estava, atingindo um dos soldados de Jessibell na cabeça, que explodiu em pedacinhos. Os detritos voaram em um jato de madeira e metal, o corpo dele tombou como uma árvore.

Meu santo panetone.

Os olhos arregalados de Scrooge foram da carnificina para Frost, espantados e talvez um pouco chocados com quem o salvou.

— Porra. — Ele acenou com a cabeça para Frost, a versão masculina de obrigado.

Frost resmungou, o que deve ter sido um *de nada*. Ambos se levantaram rapidamente.

— Juro pelo Papai Noel, se você perder a cabeça agora... — Alice olhou feio para Scrooge, mas dava para vê-la tremer do puro pavor que sentiu com a possibilidade.

— A de cima foi perdida há anos, mas a outra, só você que consegue fazer explodir. — Scrooge deu uma piscadinha.

— Sério? Aff. Irmã mais nova aqui — resmunguei. — Informação demais, futuro cunhado.

Scrooge sorriu para mim e fez sinal para sairmos dali.

— Como vocês chegaram tão rápido? — Alice recarregou a arma e atirou em um grupo do que pareciam ratos com pernas de aranha.

— Que merda eles são? — gritei. Ah, mas nem a pau.

— Dinah? — Alice gritou para mim quando passamos correndo por eles.

— Voando... O Papai Noel... viemos de trenó — respondi, ainda encarando os rato-aranha.

Puta que pariu esse lugar.

— Papai Noel? — Scrooge virou a cabeça para mim. — Ele está aqui?

— Está... — Minha voz foi se perdendo. O homem de roupa vermelha não estava em lugar nenhum, como se tivesse desaparecido quando se afastou de nós na floresta.

Scrooge franziu a testa, sua preocupação atravessou as terras escurecidas, tentando encontrá-lo.

— Suponho que o plano não tenha dado certo?

— Não, deu, sim. — Mas, ao olhar ao redor, não vi nem sinal do meu exército assustador. Talvez não tenha funcionado, ou talvez eles tenham abandonado a causa, felizes por estarem livres. — Pelo menos eu achei que sim.

Scrooge torceu a boca, parecendo pensar o mesmo que eu.

— Jessibell está vendo tudo do castelo. — Voltei o assunto para a única coisa que eu podia controlar.

— É, a gente viu — Alice respondeu, saindo da trajetória de um esquilo comedor de carne que voou direto para a cabeça dela.

— Ela estava sozinha... Porra! — Terror subiu para a minha garganta quando Frost e eu atiramos em uma colônia de pinguins de presas e garras afiadas que vinham para cima de nós como se fossem demônios.

— É uma armadilha. — Scrooge ergueu a arma e atirou em um bando de perus-morcego atacando os Quem, a voz dele nem se alterou. — Ela nunca fica desprotegida... Lebre! Para de brincar com a comida — ele gritou, chamando minha atenção para o coelho branco no meio de um mar de perus-morcego.

— Brincar? *Brin-car*! Babaca! Que tal uma mãozinha aqui? — Lebre gritou, dando com o espeto de churrasco no peito de um peru. — Toma essa, seu peru de merda! — E cortou o pescoço e os pés deles. — Gostou? Seus idiotas alados. Quem quer virar ceia de Natal? Manteiga, uma pitada de sal e pimenta, suco de limão, açúcar mascavo e ervas... tão bom que até vocês se lamberiam.

Frost ergueu a arma e atirou em cada um em torno de Lebre, observando-os tombar no chão.

— Que desperdício. — Lebre suspirou e cutucou as aves mortas. — Vão estragar.

— Eles têm asas de morcego e garras. Já estão estragados há muito tempo — Alice adicionou.

— Ei, seu tarado, para de babar pelos peitos e coxas. — Scrooge fez sinal para Lebre seguir em frente. Ele saltou sobre as carcaças e se juntou a nós enquanto tentávamos nos aproximar do castelo.

A rainha ainda estava nos degraus, sorrindo com crueldade para o massacre. O sangue deixava a terra dela ainda mais escura. A mulher ergueu a mão, virou o pescoço para o pequeno agrupamento de árvores perto de nós e gritou alguma coisa.

Antes que eu sequer pudesse me virar para ver para o que ela estava acenando, uivos vieram do bosque, gelando o meu sangue. Das sombras, vi enormes criaturas bestiais saindo das árvores.

— Puta que pariu... — Alice murmurou ao meu lado. Medo se formou no meu estômago, disparando pavor pelas minhas veias.

Os monstros eram uma cruza de urso polar com lobisomem, com garras do tamanho do meu rosto e dentes afiados gotejando saliva. O pelo deles era tão escuro que se misturavam com a noite. Eles eram mais magros e ligeiramente menores que um urso polar comum, mas tinham pernas de lobo, o que os deixava mais rápidos e mais ágeis.

Eles fixaram os olhos amarelos em nós, mostrando os dentes enquanto rosnavam e abocanhavam o ar.

— Peguem-nos, meus bichinhos — Jessibell ordenou.

— Isso é *tão* não *normal...* — declarei quando Frost pegou a minha mão.

— Corra! — Ele me puxou, e nós cinco disparamos.

A terra tremeu com o peso da alcateia vindo atrás de nós. Suas garras cravavam na terra, dando a impressão de que unhas rasgavam a minha pele. Meu coração estava acelerado, sangue corria por todo meu corpo.

— Mais rápido! — Frost tentou me fazer acelerar, mas minhas pernas curtas lutavam para manter o ritmo dele. Se eu sobrevivesse a essa merda, ia mudar a corrida de longa distância para treinos de velocidade de nível Olímpico.

Frost berrou de raiva e frustração. Eu sabia lá no fundo que ele desejava ainda ser um monstro. Eu não tinha dúvida de que ele se viraria agora e os encararia se não fosse por mim, mas ele se manteve ao meu lado, atirando nas criaturas, tentando me manter segura.

— Porra! — A arma dele clicou, o tambor estava vazio.

Os monstros uivaram, o som ricocheteou no meu pescoço. A respiração deles roçou a minha orelha, junto com o som de dentes batendo. Um lobo-polar mordiscou a minha mochila, dentes se afundaram no tecido.

Com um puxão, meu corpo saiu voando, eu gritei e caí no chão.

— Dinah! — Frost berrou. Em um piscar de olhos, os monstros também o cercaram, nos afastando um do outro.

— Frost! — gritei por ele. Eu conseguia ouvi-lo lutar com os monstros que o atacavam, tentando chegar em mim.

Não... por favor. Eu não conseguia suportar a ideia de ele não estar mais nesse mundo.

Dentes afiados se aproximaram do meu rosto, o cheiro da morte saía da língua do monstro quando ele pulou na minha garganta.

Eu sabia que era o fim. Que seria assim que eu morreria.

Como comida de cachorro.

Dor dilacerou meus nervos e ossos quando aqueles dentes cravaram no meu ombro. Um grito estridente estourou os meus tímpanos, mas eu não sabia se vinha de mim. Meu corpo já queria se distanciar da agonia que me atacava ainda mais profundamente.

Eu conseguia ouvir tiros e gritos. Mas tudo sumiu à distância.

— *Aguente firme, Dinah. Não pare de lutar. Não desista!* — A voz de Noel me aqueceu, fazendo meus olhos se abrirem com determinação.

STACEY MARIE BROWN

Enfiei as unhas nos olhos do monstro, chutei e peguei a arma presa à minha coxa. A coisa fechou a boca com mais força, um grito de dor foi arrancado das minhas cordas vocais.

Enfiei o cano bem fundo no peito da criatura e disparei. Um grito de pesar, dor e raiva saiu de mim. A fera rugiu quando as balas rasgaram seu corpo, fazendo com que ela abrisse a boca e caísse para o lado. Suas entranhas escorreram pelas minhas pernas antes de caírem no chão.

Respirei fundo. Meu coração batia forte por causa da adrenalina de saber que eu ainda estava viva.

Mas e os outros?

— Frost? — Tentei me sentar, minhas cordas vocais ficaram tensas.

Um rugido horripilante soou na escuridão, meu olhar foi para Frost parado a vários metros de mim. Três lobos-polares estavam caídos mortos no chão enquanto ele lutava com o último. A camisa dele tinha virado um trapo, ele estava sangrando e ferido, mas o peito se enchia de fúria enquanto atacava o pescoço do monstro. Ele ainda parecia consigo mesmo, mas as mãos eram garras, a pele estava mais clara, e ele parecia imenso. Frost ergueu o lábio, rosnando ao quebrar o pescoço do lobo-polar. Dava para ouvir a carne ser rasgada, os ossos quebrando e os ganidos de dor quando o monstro caiu em uma pilha no chão.

Meu santo azevinho. Ele disse que ainda sentia Krampus dentro de si. Não havia dúvida de que pelo menos um pouco da fera ainda era parte dele.

O último monstro caiu no chão, junto com os outros espalhados ao nosso redor. Frost arfava de cansaço, adrenalina e fúria. Seus olhos estavam descontrolados e ferozes quando encontraram os meus.

— Dinah… — ele rosnou, correu para mim, e a fera sumiu dele. Ao cair ao meu lado, seu olhar foi para o monstro que matei, então o foco se firmou em mim, pousando no meu pescoço machucado. — Porra! — Ele rasgou o que restava da camisa, embolou-a e a pressionou na ferida.

— Dinah! — Alice gritou, correndo para nós, cheia de pânico, com lágrimas escorrendo dos olhos.

— Estou bem.

— Bem? — ela gritou, com a voz esganiçada. — Você foi quase destroçada por uma alcateia de bestas polares.

— Eu estava pensando mais na linha loburso ou lobo-polar.

Ela fez careta e balançou a cabeça.

— Pensei que tivesse te perdido. — Ela soluçou. — Não faça mais isso — falou, embargada. — Eu não existo sem você, Di. Não mesmo.

Peguei sua mão, entendendo bem como ela se sentia. Foi a ideia de perdê-la que deu início a tudo isso.

E eu não me arrependia.

Frost continuou pressionando a camisa no meu ombro, tentando estancar o sangue. Ele estava quieto, a expressão distante, mas eu sentia sua energia me atingir implacavelmente. Suas emoções estavam prestes a explodir e transformá-lo na fera que ele era: brutal e selvagem em tudo, fosse amando ou lutando.

— Estou bem — reassegurei, engolindo a dor. — É só uma ferida superficial.

— Jura? — Alice abriu os braços. — Vai ficar citando Monty Python agora?

— Liddell júnior... — Scrooge se agachou aos meus pés, passou a mão pelo cabelo, a outra apertou meu tornozelo. Scrooge era tão ruim quanto Frost para se expressar, mas eu conseguia ver na sua linguagem corporal, ouvir na sua voz, sentir no seu toque. Ele ficou apavorado até a alma. Eu sabia que Scrooge faria qualquer coisa por mim. Éramos uma família agora.

— Eu também te amo, Matt Hatter.

Ele soltou um suspiro, apertou de novo a minha perna, dizendo que sentia o mesmo, então se levantou, Lebre saltitou até Scrooge.

— Vocês são igual panetone velho. — Ele apontou para Alice e eu. — Duras demais para morrer.

— Ei, pode parar de usar meu trocadilho. É do que eu chamo o Scrooge quando preciso que ele fique rijo. — Alice apontou o queixo para o namorado.

— Vou ter que arranjar outro terapeuta. — Eu me encolhi quando Frost me ajudou a ficar de pé, minhas pernas estavam bambas por causa da adrenalina e da perda de sangue. — Mas, antes, vamos dar um oi para a antiga. — Mordi o lábio, engoli a dor, e dei um passo antes de Frost me puxar para si, alinhando nosso corpo.

Ele se assomou sobre mim, com as narinas dilatadas, os olhos escuros de emoção, rangendo os dentes. Seu corpo tremia de raiva. Raiva que usava para controlar as reações que rugiam nele feito uma tempestade.

— *Pequenina.* — O rosnado profundo e penetrante transpassou vários sentimentos e emoções sem ele ter que dizer uma única palavra.

Eu ainda conseguia ouvir os sons de batalha e morte ao fundo, mas, por um instante, éramos apenas nós no meio do caos, uma bolha onde palavras não eram necessárias, porque tudo podia ser experimentado.

Com um rosnado, a boca dele cobriu a minha, derramando todos os seus sentimentos em mim.

Pavor. Pesar. Desamparo. Alívio.

— Vamos! — Scrooge gritou para nós, nos separando.

Rugidos e gritos chamaram minha atenção para o campo de batalha. Um mar de gente se chocou enquanto os lobos-polares atacavam um grupo de elfos.

Daqui, eu não sabia se era PB ou outro urso polar comum, mas a fera saltou sobre ele, mostrando os dentes. Os dois ficaram sobre as patas traseiras, fincando as garras e os dentes um no outro. A garra do lobo-polar rasgou a lateral do corpo do urso, fazendo sangue feito uma fonte. O grito horripilante do urso polar me fez me curvar.

O número de corpos já espalhados pelo chão era demais. Estávamos perdendo. Feio. Eu conseguia sentir a esperança diminuindo a cada segundo. Derrota envolvia o exército do Papai Noel como a escuridão impenetrável, nos arrastando para o seu túmulo.

Ainda havia esperança?

Por favor. Noel... nos ajude.

— Dinah! — A voz da minha irmã me fez virar a cabeça para ela, que apontou para a floresta, meu olhar a seguiu.

— Porra — Frost murmurou ao ver o que saía das árvores. Centenas e centenas deles.

Foi como se Noel tivesse ouvido o meu apelo, meu grito por ajuda, e apareceu como nosso salvador. Ele saiu da floresta, com os olhos cor de âmbar encontrando os meus, como se estivéssemos ligados.

Meus olhos marejaram como sinal de uma leve fissura no meu exterior enquanto observávamos mais e mais deles surgirem. Bonecas, bichinhos de pelúcia, bonequinhos e peças de jogos. Pequenos e grandes. Todos armados.

Meu exército de brinquedos. Almas em brinquedos.

— Puta merda. — Scrooge parou ao meu lado e do de Alice, com os olhos arregalados. — Deu certo.

— Noel? — Ouvi Alice dizer, descrença ecoava em sua voz. — Ele está vivo?

— Noel? Onde? — Scrooge franziu a testa. — Do que você está falando?

— Noel! — Alice repetiu, ainda chocada, apontando direto para ele. — Bem ali!

Scrooge e Frost olharam ao redor, sem ver para quem Alice apontava.

— Alice, não tem ninguém ali. Só os brinquedos. — Scrooge balançou a cabeça.

— Eles não o veem — falei para a minha irmã, e mantive os olhos em Noel. — Só a gente.

— Por quê? — ela perguntou.

— Porque ele é o nosso guardião.

Noel abaixou a cabeça para minha e irmã e para mim, concordando com o que eu disse, sem precisar estar perto para ser ouvido.

Ele ergueu o braço, e, com um grito de guerra, os brinquedos partiram para cima dos soldados de Jessibell. Noel se perdeu na onda de brinquedos invadindo o campo de batalha feito gafanhotos. Vivas e gritos soaram do nosso lado, dando aos combalidos outra onda de força e esperança. Havia muitos brinquedos. Mesmo que a gente pensasse que fossem insignificantes, se comparados aos esquilos, a quantidade deles podia te cobrir e derrubar.

— Você conseguiu — Frost murmurou no meu ouvido. Um soluço de alívio ficou preso na minha garganta. Sem confiar em mim para falar, assenti.

— Vamos! — Scrooge nos fez nos mover, e virou a cabeça para a rainha. A expressão de Jessibell estava cheia de fúria. Ela não tinha previsto aquilo, embora eu entendesse que nossa guerra estava longe de acabar.

Halloween nos destruiria. Mas, naquele momento, eu não conseguia pensar nisso. Estávamos no aqui e agora, tentando ficar vivos o máximo possível. Nada fácil para uma planejadora que amava listas.

Minhas botas chutaram poeira enquanto seguíamos para o castelo. As armas de Alice e Scrooge já estavam apontadas para ela conforme nos aproximávamos dos degraus.

Os lábios vermelhos de Jessibell se repuxaram em um sorrisinho, como se ela estivesse satisfeita com a nossa chegada.

— Já era hora. — Ela olhou para trás, e Clarice saiu das sombras com uma metralhadora no ombro, parecendo o Rambo. — Eu já estava morrendo de tédio esperando a chegada de vocês. — Ela bateu na boca ao abrir um bocejo fingido.

— Então deveria ter nos convidado para o chá, em vez de deflagrar uma guerra — Scrooge disse, entre dentes.

— Ah, meu valete tolo. — Ela soltou uma gargalhada gutural.

Era muito estranho ouvir a mulher que eu conhecia como Maribell, como a minha terapeuta, falar. Mas a cadência da sua fala estava mais marcada e arrogante, como eu lembrava ser a de Jessica. Relanceei Frost rapidamente, me perguntando se aquilo ferrava muito com a cabeça dele.

— Com o que te aguarda, você vai desejar ter se mantido obediente a mim. O mesmo vale para você, sobrinho. — Os olhos azuis dela deslizaram frios para Frost, que tentou partir para cima dela, mas eu o agarrei pelo braço quando Clarice chegou mais perto, com a arma automática apontada para o peito dele.

Jessibell soltou uma gargalhada gutural, balançando a cabeça.

— Nós sabemos sobre Halloween. — Scrooge chamou a atenção de volta para si.

— Como vocês são inteligentes! — Jessibell ergueu a sobrancelha, o tom indicando o exato oposto. — Acho que estragaram os meus planos, eu deveria simplesmente desistir.

— Para mim, parece ótimo. — A arma de Alice ainda estava apontada para ela.

Os lábios da mulher se curvaram, a careta foi da minha irmã para mim.

— Você duas têm sido uma pedra no meu sapato.

— E aqui estava eu, esperando você me agradecer. — Comecei a achar que Alice não era a única engraçadinha da família.

— Me deixa adivinhar… é você que está por trás do exército de brinquedos? — Jessibell apontou para a batalha, nem aí pelos seus soldados estarem caindo às dúzias, ou que o exército do Papai Noel estava ganhando vantagem. — Que decepção as duas se revelaram ser. — O foco ia de mim para Alice. — Quanto potencial. Não só excelente, mas magnífico. Vocês poderiam ter sido grandiosas de verdade. Ao meu lado, poderíamos estar no comando de todas as terras.

Halloween e Natal não teriam sido o bastante. Ela teria ido atrás de cada feriado até estar à frente de todos.

— É, bem, você e o conselheiro da minha escola podem fazer camisetas falando da decepção que eu sou — Alice rebateu. Todos tentávamos descobrir que rumo aquele impasse tomaria.

— Acho patético vocês pensarem que Halloween é a única carta que tenho na manga. — Jessibell fez careta e estalou os dedos. Metal e madeira ressoaram pelo chão, vindo das sombras de dentro do castelo. — Como se eu não tivesse imaginado que Blaze daria com a língua nos dentes. Ele nunca conseguiu ficar com a boca fechada. Puxou demais ao pai.

Correntes grossas se arrastaram pelo chão de pedra, gelando o meu sangue. Uma dúzia de soldados Frankenstein rodeavam o homem que ainda se avultava acima deles. Armas, facas e baionetas estavam apontadas para o corpo imenso.

Um arquejo subiu para a minha garganta quando senti Frost bater nas minhas costas, instinto o fez avançar para o homem.

Para o irmão.

A sua outra metade.

Homem e monstro.

Uma coleira grossa envolvia o pescoço de Krampus, os olhos estavam a meio-mastro, os ombros caídos. Drogado e torturado, os guardas o arrastaram devagar pelos degraus.

— Sua mãe foi uma tola por não ter se livrado dos dois no momento em que descobriu — Jessibell falou, mas tossiu no final, como se a garganta tivesse ficado seca. — Eu falei para ela fazer isso. Mas Maribell não me deu ouvidos. Era uma tola apaixonada, e pensou que ter vocês dois faria aquele homem amá-la. — Ela bateu no peito quando a tosse subiu por sua garganta, os ombros giraram, os pés se moveram, como se ela lutasse contra algo. A postura altiva de Jessica sumiu por um segundo, o azul dos olhos ficou um pouco mais claro.

— Vai se foder, irmã, você está errada — ela sibilou, dizendo cada palavra com dificuldade. — Ele me amav...

Durou um piscar de olhos, um instante. mas eu sabia que era Maribell. Tão rápido quanto apareceu, ela sumiu.

Jessibell se endireitou, ergueu o queixo e alisou as roupas, retomando o controle.

A energia de Frost zumbia ao meu redor. Ele tinha visto também. A mãe ainda estava ali.

— Acha que Krampus vai me machucar? — A voz cavernosa de Frost atingiu a minha coluna, enviando energia para cada vértebra, o corpo se expandiu, quase me envolvendo. — Ou a ela?

— Ele vai fazer o que eu mandar. — Jessibell se aproximou da fera, que ergueu os olhos e soltou um rosnado abafado, mas a droga a impedia de fazer qualquer coisa.

Que tipo de tortura Blaze precisou enfrentar?

— Mas ele não é a minha arma secreta. — Um sorriso maligno curvou a boca da mulher. Naquele momento, um grito estridente mordiscou a minha nuca, minha pele se arrepiou. Eu conhecia aquele som. Meu estômago revirou quando vi o rosto da minha irmã se contorcer em puro terror quando ela se virou.

Ah, meu São Nicolau, não…

Mas eu sabia o que estava acontecendo antes mesmo de me virar.

Era um som que estava cravado no meu ser. O medo angustiante de ver minha irmã se perder ao pensar que as criaturas da televisão a atacavam.

Eu me virei e as fitei, paradas na colina perto da floresta, com a pele verde e escamosa se mesclando com a paisagem.

Gremlins.

CAPÍTULO 31

— Puta que pariu. — Scrooge rangeu os dentes.

O líder se destacava acima dos outros. O moicano branco parecia uma mancha de tinta em tela preta. Os olhos redondos e escuros se fixaram na minha irmã, ódio e ressentimento queimavam suas pupilas.

— Spike — ela sussurrou.

— Parece que ele ainda guarda ressentimento — Scrooge respondeu, vendo Spike erguer o cajado e soltar um rosnado que ecoou pela batalha, reunindo seu exército.

Vê-los ao vivo, uivando, mostrando os dentes afiados e as garras, muito maiores na vida real do que na tela, fez ácido queimar o meu estômago. Havia muitos deles. A pele de réptil refletia o luar como ondas se movendo no oceano, como se milhares de monstros estivessem se arrastando do mar, dispostos a destruir tudo o que viam pela frente.

A esperança que senti quando meu exército de brinquedos chegou se transformou em pavor. Eles nos superariam em segundos.

— Ver a cara de vocês? — Jessibell soltou uma risada impiedosa. — Impagável.

Um uivo soou, e o grito de guerra de Spike atravessou o meu peito, tirando todo o ar de lá. O exército dele gritou junto, correndo para a batalha, os dardos e as garras deles rasgaram os grupos ao meio, engolindo-os como uma nuvem de gafanhotos.

Gritos de morte e agonia arrancaram minha pele e me cortaram o coração.

Nossos amigos.

Nossa família.

Uma raiva profunda subiu em mim, queimando a minha pele como se meu próprio monstro enjaulado explodisse. Com uma fúria que nunca senti antes, me esquivei até Jessibell, com o dedo apertando o gatilho.

Pow! Pow!

Cabe tanto em um instante… Tanto que tudo podia mudar dentro dele.

Meu disparo estava mirado nela, mas, em um piscar de olhos, Jessibell se virou, a bala pegou de raspão em seu braço e rasgou sua roupa quando Clarice pulou na frente da rainha e a empurrou, me fazendo errar o segundo tiro.

Em um instante, tudo se transformou em caos. Uma única gota rompeu a represa. Gritos e balas rasgavam o ar enquanto os soldados Frankenstein de Jessibell devolviam fogo, nos fazendo buscar abrigo e atirar também. Clarice e Jessibell ficaram de pé. O rosto de Jessibell estava contorcido de raiva, os olhos fixos em mim. Pressão atingiu minha cabeça, minhas pernas se curvaram, e eu gritei.

— Dinah? — Frost me segurou, mas a agonia pressionando minha cabeça e as vozes me diziam para ir até ela, e que se eu obedecesse, a dor passaria.

Vômito queimou o meu esôfago quando uma força ainda maior comprimiu o meu cérebro, me despindo de consciência e entendimento. Eu só queria que aquilo acabasse.

— Dinah!

Vozes me envolveram, minha consciência compreendia que eu estava andando, mas eu não conseguia pensar em nada além disso.

— Não atire nela — Jessibell ordenou a seus homens. — Quero ter o prazer de matá-la.

— Dinah, pare!

— Resista!

Mãos se estenderam para mim, minha família gritava para eu parar, mas tudo ricocheteava em mim como se fossem bolas de pingue-pongue.

— *Venha até mim, Dinah.* — A voz de Jessica se infiltrou na minha cabeça, me atraindo para ela como se eu fosse um zumbi. Quando meus pés pararam diante dela, o tiroteio cessou.

— Boa menina. — Jessibell abriu um sorriso presunçoso, ignorando por completo o sangue encharcando o tecido da sua blusa quando arrancou uma faca do cinto de Clarice. Ela me virou e levou a lâmina ao meu pescoço.

Frost já estava a meio caminho de mim quando seu corpo se expandiu, as garras saíram, os olhos ficaram escuros, mas ele estancou ao ver que ela segurava a faca com mais força.

— Fique aí, Frost — ela avisou. — Vocês todos, recuem, ou ela morre — Jessibell gritou. — Na verdade, todos vocês vão morrer, mas, antes, faço questão de que a assistam ter uma morte lenta e agonizante.

LOUCURA FEROZ

Krampus rugiu, repuxando as correntes enquanto dúzias de soldados tentavam contê-lo. Fúria se debatia em seus braços.

Jessibell me puxou para mais perto, seu foco foi para Krampus.

— Faça o que eu mandar, ou ela morre. — Eu consegui captar um leve temor na voz dela. — Por que estou surpresa que até mesmo o monstro mais mortal de Winterland se transforma em um gatinho sem garras quando uma Liddell está envolvida? — Jessibell debochou.

Krampus rosnou e avançou, arrastando duas dúzias de soldados junto.

A faca cravou na minha pele. Eu gritei quando ela me cortou, líquido quente escorreu do meu pescoço.

Krampus estancou e Jessibell soltou uma gargalhada.

— Ah, Blaze, mesmo como monstro, você ainda é inútil e patético. — Havia decepção e julgamento em seu tom. — Clarice?

Clarice pegou o controle remoto e se pôs entre Krampus e nós. O som elétrico zuniu com um estalo. Ele rugiu, e sua coluna se curvou quando a corrente descarregou em seu corpo. Vislumbres dos olhos verdes e do rosto de Blaze iam e vinham, os nervos dele estavam sendo torturados.

— Para — implorei. — Por favor!

Clarice olhou para mim, um sorriso cruel ergueu seus lábios, e ela aumentou a intensidade de forma teatral.

O bramido que reverberou pela noite se chocou com o meu coração. Krampus/Blaze caiu no chão em profunda agonia, berrando de angústia.

— Para! — eu gritei, minhas pernas se curvaram sob a tortura de ver meu amigo sentindo dor.

— Por quê? Relâmpago foi tirado de mim. Vou tirar alguém de quem vocês gostam. — Clarice aumentou a intensidade ainda mais.

Ódio se infiltrou nos meus ossos, meu peito inflou, meu olhar foi para Frost. Ele estava se contendo por um fio. A única razão para não ter ido ao socorro do irmão era eu. Sangue escorria do lugar em que a lâmina mordia o meu pescoço, pronta para me atravessar feito manteiga. Eu precisava me tirar da equação.

Desliguei o som dos uivos e o monstro de quatro cuspindo sangue, fechei os olhos e suspirei. Meu plano de dois passos estava em ação. Era idiota, mas era tudo o que eu tinha. Puxei o ar ao mesmo tempo em que pisei no pé de Jessibell com toda força que pude reunir. Ela soltou um grito, o aperto se afrouxou e a faca caiu.

Agora, Dinah!

Naquele segundo, eu vi Frost reagir e avançar com um salto. Sua semifera partiu para cima dos soldadinhos, não sei se parar pegar Blaze ou eu.

Ao me libertar dela, disparei para a segurança. Eu conseguia ouvi-la gritar, unhas arranharam o nylon da minha mochila, e dedos tentavam agarrá-la. Ela me puxou para trás, o som de tecido rasgando encheu o ar. Tentei me desvencilhar das alças.

Se ela colocasse aquela faca no meu pescoço de novo, seria fim de jogo. Ela me fatiaria dessa vez.

Um grito subiu pelo meu peito quando senti o frio da lâmina beijar a minha pele de novo.

Não!

Pelo canto do olho, vi algo pequeno e cinza sair da lateral da mochila rasgada e correr pelo braço com que Jessibell me continha.

Um grito agudo atingiu o meu ouvido, ela tirou o braço, a faca caiu no chão. Na mesma hora, me empurrei para a frente e me virei. Quando me afastei dela, meus olhos pousaram na razão para aquilo ter acontecido: um ratinho minúsculo com orelhas grandes, uma delas com um corte, estava aferrado na carótida da rainha. Líquido vermelho descia da garganta da mulher enquanto ela gritava, tentando tirá-lo de lá.

Chip. Meu amiguinho tinha entrado escondido na mochila. Ele esteve comigo o tempo todo.

Jessibell soltou outro berro e sacudiu os braços. Ela pegou a criaturinha e esmagou seu corpinho antes de jogá-lo no chão.

— Chip! — gritei, meus pés foram para ela quando um braço me segurou pela cintura, me puxando para trás.

Scrooge me empurrou para a minha irmã enquanto ele se embrenhava na multidão de soldados.

— Você está bem? — Alice passou as mãos por mim.

— Estou. — Toquei o corte que vazava na minha blusa.

Não tínhamos tempo para verificar essas coisas ou nos , pois os soldados vinham na nossa direção. Alice colocou outra arma nas minhas mãos.

— Para com isso de quase morrer na minha frente, ouviu?

— Você também.

Um rugido moveu meu olhar para as escadas quando dois corpos imensos começaram a destruir os soldados Frankenstein.

Blaze e Frost.

Feras e homens.

Os irmãos Miser.

Os movimentos os fizeram parecer mais gêmeos do que nunca. Eram assustadores, mas era lindo de assistir.

Krampus atirou um soldado longe e se virou para a rainha, rosnando.

— Detenha-o! — Jessibell gritou para Clarice, com a mão ainda no pescoço, tentando estancar o sangue.

Clarice pressionou o botão. A cabeça de Krampus foi para trás, o corpo se curvou e se debateu. Os olhos dele ficaram mais e mais escuros. Blaze recuava cada vez mais; Jessibell estava irritando o verdadeiro monstro.

Garras envolveram a coleira. Os músculos convulsionavam com violência, seus uivos de dor ecoavam pela noite. Fagulhas voaram da peça, e os braços de Krampus incharam quando ele puxou com mais força. Com um berro, o metal enfim estalou, sibilando e disparando o que restava de eletricidade. Arfando, ele jogou a coisa no chão, que tilintou na pedra. Ele ergueu a cabeça para Jessibell, os lábios se ergueram.

— Atirem nele! Atirem nele! — Jessibell guinchou para os soldados.

Clarice atirou, balas o atingiram no peito, mas nada o deteve. Cada uma delas só fazia seus ombros se expandirem mais, fúria emanava dele.

— Detenham-no! — Jessibell continuou a dar a ordem, mas Krampus jogava longe todo mundo que se metia em seu caminho.

Clarice descarregou a arma no peito dele, recuando cada vez que ele chegava mais perto.

Click. Click. Click.

Ela puxou o gatilho, mas nada saiu, só o tambor vazio. Seu rosto se encheu de pavor, as pernas começaram a recuar.

A mão de Krampus disparou direto para a garganta dela.

Clarice gritou, e seu corpo foi erguido do chão.

Durou um piscar de olhos, mas eu sentia como se estivesse assistindo àquilo em câmera lenta.

Com um berro, Krampus girou a mão.

Snap!

O corpo de Clarice ficou flácido e caiu no chão com um baque.

Terror verdadeiro arregalou os olhos de Jessica quando viu sua última linha de defesa desabar diante dela.

— Blaze. — Ela ergueu a mão, recuando.

Krampus rosnou ao dar um passo na direção dela, mas eu o vi balançar a cabeça, como se tentasse tirar algo dele… ou alguém.

— Você não vai me machucar. — A voz dela era leve, mas havia uma força ali. — A sua própria mãe?

As pernas grossas como troncos de Krampus começaram a ir mais devagar, o rosto dele se contorceu. Ela estava controlando a mente dele. Os olhos da fera escureceram.

Jessibell manteve o foco em Krampus, e foi recuando.

— Krampus, você tem um bufê aos seus pés. — Ela apontou para o caos ao nosso redor. — Eles querem acabar contigo. Te querem morto. Eles não gostam de você. Do que você é. *Eu gosto.* Você será liberto no meu reinado. Nunca mais precisará se esconder ou sair só uma vez por ano. Você estará livre.

Krampus inclinou a cabeça, o monstro estava considerando seu argumento. Se Jessibell conseguisse o que queria, perderíamos Blaze para sempre.

— Blaze! — gritei. — Resista!

Ele virou a cabeça para mim; mas nada além de olhos pretos me encararam.

— Mate-os, e vai ter tudo o que deseja. — A voz de Jessibell era suave e poderosa.

Não dava para negar que a mulher era uma força da natureza. Igual a uma encantadora de serpente… quando a gente via, tinha caído no encanto dela.

O olhar de Krampus se voltou para Scrooge, Alice e Lebre. Os ombros dele se expandiram, um rosnado saiu de sua boca enquanto ele partia para cima deles.

— Blaze, não! Resista! — gritei.

Frost saltou na frente de Krampus, curvado e rosnando.

— Não faça isso, irmão.

Krampus berrou, ambos se contorceram e saltaram um para o outro.

— Não! — eu gritei, enquanto eles lutavam.

Frost podia até ter uma parte da fera, mas Krampus era uma fera completa e provavelmente o mataria.

Eu nem pensei, instinto me fez disparar para os dois.

— Parem! — Bati a mão neles, meu corpo no meio das duas feras gigantes.

Que merda eu estou fazendo? Que puta idiotice, Dinah.

Acreditando que garras iam me rasgar, fechei os olhos e mantive a posição. Esperei pela dor, mas nada aconteceu.

Abri as pálpebras e meu queixo caiu. Dois rostos me encaravam. Um tinha olhos azul-gelo e cabelo muito preto; o outro tinha olhos da cor do mar e cabelo louro. Os irmãos Miser me fizeram de sanduíche, o peito deles arfava sob minhas mãos, ambos estavam parados no lugar.

Olhei para Frost depois para Blaze, chocada.

As feras haviam recuado, mostrando os homens que eu amava desde criança.

— *Wahine* — Blaze grunhiu.

— Isso foi uma idiotice do cacete — Frost terminou.

Provavelmente, mas deu certo.

— Como foi que você fez isso? — Blaze me encarou, maravilhado.

— É que... não somos só nós que estamos apaixonados por ela... — As narinas de Frost dilataram, os olhos se voltaram para Blaze, mas não vi ciúme nem raiva. Só a verdade. — Ele também está. Ela domou a verdadeira fera.

— Peguem-nos, seus idiotas! — A voz de Jessibell nos fez virar para ela, que fazia gestos para o que restou dos seus soldados nos atacarem.

Scrooge, Alice e Lebre abriram fogo para os poucos que partiram para cima de nós, os cérebros de madeira explodiram enquanto eles caíam no chão.

Não restou nenhum para ela dar ordens ou para protegê-la. A mulher ficou tensa, o olhar desesperado pulava entre cada um de nós enquanto avançávamos para ela.

Os olhos foram para Scrooge.

— Meu amor...

— Você não pode mais entrar na minha mente. — Scrooge soltou uma gargalhada sombria, apontando a arma para a cabeça dela. — Não há mais nada seu em mim.

— Pensei que alguém que matou o próprio filho não limparia a consciência com tanta facilidade. — Ela ergueu uma sobrancelha.

Scrooge se encolheu, o passo vacilou.

— Vocês todos são patéticos. — Ela riu. — São esses os heróis de Winterland? Quanto mais rápido Halloween invadir esse lugar, melhor. — Ela se inclinou para a porta e recuou. Conhecendo aquela mulher, com certeza ela teria um espelho ou uma rota de fuga.

Eu ergui a arma.

Ela se virou para correr.

Algo subiu correndo os degraus na direção dela, saltou e foi direto

STACEY MARIE BROWN

para o calcanhar, mordendo com força. Ela caiu no chão gritando no que os dentes cravaram mais fundo.

— Chip! — O nome dele ricocheteou na minha língua. Ele estava bem.

Todos nos movemos de uma só vez. Blaze e Frost partiram para cima de Jessibell, e a seguraram, já eu peguei o ratinho. A boca estava suja de sangue, e ele ofegava, com as pálpebras quase fechadas.

— Chip? — A ideia do meu companheirinho peludo morrer nas minhas mãos me fez engasgar com as lágrimas. — Não se atreva a me deixar.

Ele tinha me salvado.

— *Desculpa por te desobedecer.* — Os dedos se moveram devagar. — *Eu queria estar aqui contigo... até o fim. Queria ser maior, para poder fazer mais.*

— Ah, Chip. — Lágrimas apertaram minha garganta. — Você fez muito mais do que quem dá três de você. Heróis vêm em todas as formas e tamanhos. — Ele se deitou na minha mão, arquejando. — Por favor, fique bem — sussurrei, e afaguei o pelo dele com o nariz.

O grito agudo de Jessibell chamou minha atenção para os degraus. Os sobrinhos a prendiam, mas ela se debatia, ainda menosprezando-os com suas palavras.

— Jessica. Já chega! — A voz profunda do Papai Noel ribombou.

Foi como se o mundo todo ficasse em silêncio, e a atenção de todos se voltou para o rei de Winterland.

— Vai se foder. — Os lábios manchados de vermelho desdenharam enquanto ela lutava com Frost e Blaze.

— Jessie... acabou. — Papai Noel subiu os degraus.

— Não me chame assim — ela disparou, com o olhar selvagem, como se estivesse perdendo o controle. — Não sou a porra do seu bichinho de estimação. Tudo o que você sempre fez foi me tratar como um personagem, como alguém que interpretava o papel de cuidar de vocês. Você nunca me amou.

— Eu te amei, sim, Jessie. — Papai Noel inclinou a cabeça.

— Não. — Ela se debateu contra os meninos. — Não amou. Vi a verdade desde o início. Fui ingênua de pensar que você deixaria de amar a *ela*, já que eu tinha sido feita supostamente para você, mas você nunca me amou. Você ainda a ama. Mas nos forçou a continuar cumprindo nosso papel. E destruiu a vida de todo mundo!

Meus olhos dispararam para o Papai Noel, e o vi encarar o chão, envergonhado.

— De que merda ela está falando? — O foco de Scrooge ia de um para o outro.

A boca de Jessica se curvou com crueldade.

— Eles todos pensam que você é tão bonzinho, tão gentil. Mas, durante esse tempo todo, o verdadeiro monstro era você! — Jessica balançou a cabeça. — Você fez de mim quem eu sou, e você a destruiu.

— Jessica. — A voz do Papai Noel tinha um tom de alerta.

— Você nem ao menos sabe. — Presunção cobriu a expressão de Jessica. — O segredo que guardei por décadas. A verdade sobre... — O rosto de Jessica se contorceu, a cabeça sacudiu. — Nããão... Jessie... — A voz dela mudou, ficando mais suave, rogando. — Não, por favor. Eu te imploro...

— Mãe? — Blaze olhou para a mulher que ele segurava.

Jessibell inclinou o rosto e eu consegui ver a diferença sutil, a pessoa que eu conhecia como dra. Bell.

Seus olhos estavam cheios de dor e pesar, os lábios se contorceram.

— Sinto muito...

— Maribell? — Papai Noel sussurrou, de olhos arregalados. Algo na voz dele parecia ainda ter esperança.

Ela olhou para ele e o esquadrinhou.

Havia dor, pesar e...

Amor.

Meu santo quebra-nozes.

— Belli, é você? — O apelido fofo a fez abaixar a cabeça, lágrimas escorreram por seu rosto e caíram na pedra aos seus pés. — Belli?

— Sinto muito — ela inclinou a cabeça e falou tão baixinho que eu quase não ouvi.

— Por quê? — Papai Noel se aproximou, hesitante, mas, devagar, levou a mão à bochecha dela, secando as lágrimas. — Sou eu quem deveria estar pedindo desculpa.

Ficou claro como o dia. O amor dele por ela. Papai Noel não era apaixonado por Jessica. Mas por Maribell. E estava óbvio que ainda gostava muito dela.

— Porque... — Tormento a fez balançar a cabeça. — Você vai me odiar...

— Eu jamais te odiaria. — Ele afagou a bochecha dela de novo, e segurou o seu rosto. Consegui sentir toda a dor e pesar que havia entre eles, tanta história de que eu não fazia ideia. — Você me deixou... — ele sussurrou.

Ela se engasgou com um soluço.

STACEY MARIE BROWN

— Que escolha eu tinha? Jessica havia sido feita para você, não eu.

Papai Noel se encolheu em agonia, e não disse nada enquanto mais lágrimas escorriam do rosto dela.

— Jessica seria a sua esposa... e... eu... eu tive que ir embora. — Ela curvou a cabeça, outro grito agonizante saiu de seus lábios. — Nossos pais me obrigaram.

— Por quê? — Papai Noel perguntou.

— Po-porque... — Mágoa contorceu todo o seu rosto.

— Me diz, Belli.

O apelido a fez se curvar ainda mais.

— Belli?

— Porque eu... eu estava grávida.

Papai Noel ficou parado, a mão congelada no ar, o peito começou a se mover.

— O quê?

Ela ergueu a cabeça, as narinas se dilataram.

— Eu te amava tanto que fui embora, assim não estragaria a sua vida com a minha irmã... — A cabeça dela virou, como se tentasse resistir a alguma coisa. — Eu me escondi e dei à luz... seus filhos gêmeos.

Ah. Puta. Merda. Meu olhar foi para Frost. Ele parecia uma pedra, observando-os, inexpressivo, mas eu conseguia sentir o turbilhão de emoções que surgiam quando ele entendeu o que ela disse.

Blaze recuou, os olhos escureceram, Krampus rondava a superfície.

— O-o quê? — O olhar do Papai Noel disparou entre os gêmeos que ele pensava serem seus sobrinhos. — Nãããão... você está mentindo. — Foi quase um apelo.

Maribell ergueu a cabeça com tudo, os olhos resplandeceram, o comportamento mudou, um esgar franziu o seu nariz.

— É claro que você não acreditaria. — Jessica sibilou, totalmente no comando. — Você nunca assumiu nada na sua vida, exceto a entrega dos presentes para esses fedelhos arrogantes da Terra. Não estava nem aí para os próprios filhos.

— Eu... eu não sabia. — Papai Noel olhou para os meninos de novo. Frost não havia movido um músculo. — Por que ela não me contou... por que você não me contou?

— Porque eles não eram parte dos seus planos. Da sua narrativa — Jessica bufou. — Você estava tão bitolado com sua história digna de contos de fadas que arruinou quatro vidas no processo.

Papai Noel cambaleou e agarrou o corrimão para se firmar. Scrooge e Alice avançaram para ajudá-lo a se equilibrar. Frost e Blaze ficaram parados feito pilares de pedra.

Um lampejo de laranja veio do céu, chamando nossa atenção para as figuras na colina ao longe.

Halloween.

— Como é descobrir que tem filhos só para perdê-los minutos depois? — Jessica soltou uma gargalhada, o sorriso cheio de condescendência. — Minha irmã era uma tola, inocentemente apaixonada por um homem que só conseguia amar a si mesmo. Ela fez um trouxa se casar com ela antes de parir. — Jessica debochou. — Para quem eu dei bastante até ele ficar tão louco de amor por mim que se matou quando eu disse que jamais ficaria com um homem tão fraco e patético.

— O quê? — Frost empurrou os ombros para trás.

O sr. Miser já estava morto quando eu vim para Winterland, havia falecido quando os meninos mal tinham completado quatro anos. Eles nunca falavam do pai, tinham poucas lembranças dele, exceto a de que ele era bondoso e gentil.

— Ele sabia que não era o pai de vocês, e ainda assim agiu como se fosse. — Jessica balançou a cabeça como se sentisse nojo daquilo. — Amava vocês, meninos, amava uma mulher que o desprezava. O papai de faz de conta de vocês era fraco, de dar pena.

— Vai. Se. Foder. — Frost rosnou. — Ele era um bom homem. Gentil. Algo que você simplesmente não entende o que é.

— E aqui estava eu pensando que Blaze é que tinha puxado o pai. — Ela apontou o queixo para o Papai Noel. — Inútil, estúpido e patético.

Um rugido saiu de Frost quando ele partiu para cima da tia. Mas, antes que ele pudesse dar um passo, um corpo imenso se moveu por trás dela.

Krampus.

Blaze não estava mais lá.

O lampejo das garras refletiu o luar quando a mão cortou a garganta dela. Um uivo saiu de Krampus enquanto sangue esguichava do pescoço da mulher, se espalhando pelos degraus de pedra, espirrando em mim.

Os olhos azuis se arregalaram de pavor, a mão foi para o pescoço.

— Maribell! — Papai Noel berrou quando ela desabou no chão, arquejando, sangue jorrava da ferida. Ele caiu ao lado dela, segurando sua cabeça.

— Eu nunca deixei de te amar… — Ela tinha dificuldade de mover a boca, mas eu sabia que era Maribell que estava falando, puro amor brilhava em seus olhos quando ela olhava para ele. O braço estremeceu quando o levantou, tocando o rosto do Papai Noel. — Desculpa por não ter contado sobre eles. Pensei que seria melhor… para todos nós.

— Belli… — Papai Noel afagou a bochecha dela. — Eu também nunca deixei de te amar.

Um sorriso triste mas satisfeito curvou a boca da mulher. Então se desfez, e as pálpebras se estreitaram. Jessica estava de novo no controle.

— Vou morrer feliz sabendo que cada um de vocês será estripado… — Jessica lutava, mas a raiva e o ódio ainda eram palpáveis. — Eu ainda vou sair ganhando. Vocês vão morrer, e Halloween vai assumir Winterland. Você perde, sr. Noel.

— Não, Jessie… *você* perdeu. — Ele se afastou, apontando para onde Halloween avançava pela porta da Floresta Sombria. Jack, o Rei das Abóboras, se destacava e saudava o Papai Noel, que devolveu o gesto.

Halloween desceu para Winterland, mas, em vez de nos matar, eles lutaram contra nossos inimigos, ficando ao nosso lado. Como aliados.

Mais sangue esguichou de Jessica, e seu olhar fulminante foi do grupo que ela pensou que lutaria por ela para o Papai Noel.

— Eles nunca quiseram Winterland, Jessie. Jack entende a importância de cada feriado. Não somos inimigos. Isso é algo que você nunca entendeu. Sinto muito pelo meu papel ao te tornar essa pessoa, mas o mundo não estava contra você. Se ao menos você abrisse os olhos e visse amor em vez de ódio… Se nos ajudasse em vez de duvidar… Amor e bondade sempre ganharão do medo e do rancor.

Ela começou a ter espasmos, a gorgolejar e lutar para respirar, o olhar se fixou na derrocada do que restava dos seus soldados. A maioria tinha fugido para as colinas, a falta de controle dela os libertou.

Ela tinha perdido. A mulher se retesou, com os olhos arregalados e inexpressivos com a morte.

Uma lágrima escorreu pelo rosto do Papai Noel quando ele ergueu a mão e a passou com carinho pelo rosto do seu antigo amor antes de fechar as pálpebras dela.

— Espero que vocês duas encontrem a paz.

Meu olhar foi para Frost, então para onde Krampus estivera. O lugar estava vazio. Ele tinha ido embora.

— Alice? — Encarei minha irmã, nossos olhares se cruzaram.

Jessica merecia apodrecer no inferno, mas eu não conseguia me obrigar a sentir a mesma coisa pela sra. Miser. Ela era a mãe de Frost, o amor perdido do Papai Noel. Merecia mais do que ficar trancada para sempre com a pessoa que lhe tirou aquilo.

Puxei a mochila, enfiei Chip lá dentro. O peito dele ainda subia e descia. Eu me ajoelhei ao lado do corpo de Jessibell. Alice, entendendo o que eu queria, correu para o outro lado da mulher.

— Alguém nos arranje uma caixa ou algo parecido — Alice gritou enquanto eu me concentrava em Maribell, com as mãos no peito dela, tentando localizar a sua alma. Tínhamos muito pouco tempo até ela deixar o corpo depois de morta.

— Caixa? — Scrooge exclamou. — Acha que a gente carrega uma por aí?

— Encontre algum recipiente. Não temos muito tempo.

— Merda. — Lebre saltou e tirou algo do pescoço. — Toma. — Ele colocou a corrente na mão dela.

O queixo de Alice caiu, a mão se ergueu para tocá-lo.

— O-o seu pé da sorte?

— É oco. — Lebre bufou e o enfiou ainda mais na cara dela. — Deve funcionar.

— Mas…

— Usa logo — ele ofereceu, a contragosto. — Tipo, é meio que ironia da justiça que o monstro que tirou o meu pé vá viver nele.

— Seria a irmã dela…

— Foda-se. — Ele deu de ombros. — Mesma coisa.

— Será temporário.

— Ela terá que lidar com o cheiro aí dentro… tenho certeza de que não é dos melhores.

Alice e eu começamos. Tentar localizar Maribell e não deixar Jessica pegar carona foi difícil. Quando demos as mãos, a alma de Maribell saiu, enquanto Jessica berrava e lutava para vir junto. Mas no momento que Alice prendeu Maribell no pé de coelho e o suor escorria pelo nosso rosto, seu olhar estava fixo no meu.

Nenhuma palavra foi dita, mas era algo que ambas parecíamos saber bem lá no fundo. Separadas, éramos poderosas. Juntas, éramos muito mais. Éramos um inteiro. Uma unidade completa.

Demos as mãos, fechamos os olhos e focamos em Maribell.

— O que elas estão fazendo? — Ouvi Lebre perguntar.

STACEY MARIE BROWN

— Trancando-a... — Papai Noel sussurrou, como se estivesse maravilhado. — Para sempre.

Ninguém podia ver, mas a alma de Jessica lutava com ferocidade. Até que senti algo se encaixar, o corpo abaixo de nós se sacudiu como a batida de uma porta, e a luta acabou. Meus músculos relaxaram, eu me enchi de paz e me apoiei nos calcanhares.

— Conseguimos — murmurei para Alice.

— Conseguimos. — Um sorriso se insinuou em seus lábios enquanto ela secava o suor da testa.

— Separadas, podemos abrir portas — Alice falou para o espírito trancado no corpo. — Mas, juntas, nos tornamos a fechadura. Aproveite a prisão, sua escrota.

Scrooge pegou Alice no colo. Meu olhar foi para Frost. Ele encarava o corpo da mãe e segurava o pé de coelho.

— Você está bem? — Eu me levantei e fui até ele, passei as mãos pelo seu rosto e o forcei a olhar para mim.

Ele me encarou. Eu podia dizer que ele se sentia perdido. Mesmo a mãe não estando mais naquele corpo, ainda não amainava a dor de vê-la morta.

Eu o abracei e enterrei o rosto em seu peito, tentando dar a ele todo meu apoio e amor.

— Obrigado — ele coaxou no meu ouvido.

— Pelo quê?

— Por salvá-la. — Ele ergueu a corrente. — Mesmo ela tendo partido para sempre, pelo menos agora tem paz.

Fiquei na ponta dos pés e o beijei. Levou um instante para sua boca atacar a minha com voracidade, me encher com todo seu amor e emoções.

— O Papai Noel é seu pai... — murmurei quando ele se afastou.

Ele balançou a cabeça e olhou para o homem que encarava a mulher que amara em segredo por tanto tempo. O foco dele foi para Frost, que desviou o olhar na mesma hora e balançou a cabeça.

— Não consigo lidar com essa merda agora.

Assenti. Compreendia perfeitamente.

Vivas e cornetas soaram lá de baixo, nos fazendo virar para a comoção.

O último inimigo havia escapulido para a floreta, e o resto estava morto, sendo jogado nas fogueiras.

A gente tinha ganhado.

Sei que perdemos um bocado de gente, mas, por um instante, permiti que um soluço feliz subisse pela minha garganta, e apoiei o corpo no de Frost.

Papai Noel apertava a mão e falava com o Rei das Abóboras. Sally, a rainha recém-coroada, estava ao lado dele, o que me fez rir.

— O que foi? — Frost perguntou.

— Nossa vida é louca.

— E isso é bom?

Eu me virei para ele.

— Demais. — Fechei os dedos em sua camiseta e o puxei para me beijar com avidez e amor.

Um rugido nos fez nos separar, e nossos olhos buscaram a fonte. Senti Frost puxar o ar, o corpo dele avançou.

Blaze?

Na colina, onde a porta entre os reinos estava a aberta, lá estava Krampus. Com os personagens do Halloween em volta dele, voltando para seu próprio mundo. Krampus encarou o irmão e abaixou a cabeça.

— Blaze! Não! — Eu conseguia ouvir dor e desespero na voz de Frost, sabendo o que o irmão ia fazer.

Blaze nos olhou e abaixou a cabeça, então se virou para a porta e a atravessou correndo.

— Blaze! — nós dois gritamos e corremos para ele.

— Não. — Papai Noel ergueu o braço, nos detendo. — Deixem-no ir.

— O quê? — Fúria se avultou na postura de Frost, e ele estreitou os olhos para o Papai Noel.

— Ele perdeu a garota que achava que amava, descobriu sobre mim e matou a própria mãe e a tia. Dê um tempo a ele.

— Como assim? Você é pai dele há dois segundos. Eu conheço o meu irmão, porra. — Frost começou a se mover de novo.

— Deixe-o, filho…

— Não sou seu filho. — Frost se virou para o Papai Noel, com o peito arfando.

Desafiador.

Eles se encararam. Eu via com clareza agora. Embora houvesse muito mais do Papai Noel em Blaze, agora que eu sabia do parentesco, percebi que Frost tinha os mesmos olhos azuis do homem. O mesmo poder e força.

Pesar contorceu as feições do Papai Noel.

Era fácil pensar em como aquilo afetava Frost, mas o Papai Noel também tinha acabado de descobrir que era pai. Ele nunca teve a chance de desempenhar esse papel para os dois. Devia ser chocante para ele saber que o homem que pensou ser seu sobrinho e o monstro que era seu inimigo eram seus filhos.

STACEY MARIE BROWN

A luz laranja piscou de novo, chamando nossa atenção para a abertura. O Rei das Abóboras inclinou sua cabeça de abóbora, o corpo magro voltou para seu reino, e a porta se fechou.

Frost avançou para lá, mas logo perdeu o impulso. Ele parou a poucos passos de onde começou, piscou para onde a porta estivera. Agora o lugar não era nada além de céu noturno.

Papai Noel olhou para mim.

— Dê um tempinho a ele também — ele murmurou, então abaixou a cabeça e pegou a minha mão. — Ele tem sorte por te ter. Você é o melhor que poderia ter acontecido para... para o meu *filho*. — Ele engoliu em seco, sentindo o peso da palavra. — Estou feliz por você ter voltado para a gente, Dinah. — Ele deu um tapinha na minha mão antes de sair andando, cuidando dos feridos e dos que agonizavam.

Em silêncio, fui até Frost. Faltava pouco para o amanhecer.

— Oi. — Eu me virei para ele. — Você está bem?

Ele abriu a boca para responder. Consegui ver o sim se formando em seus lábios antes de ele abaixar a cabeça e soltar um suspiro.

— Não sei. — Ele estava me deixando ver sua vulnerabilidade. Nada de mentiras nem de barreiras entre nós.

— Estou aqui. — Eu o abracei, e ele enterrou o rosto no meu pescoço, me segurando forte, respirando fundo.

— Eu perdi a minha mãe, a minha tia, o meu irmão e descobri que o Papai Noel é meu pai, tudo numa tacada só... — Ele respirou na minha pele. — Não sei o que me aguarda... só sei que preciso de você aqui.

— Eu não vou a lugar nenhum. — Eu o abracei com mais força. — Não quero saber o que nos aguarda. Só sei que você estará ao meu lado enquanto descobrimos.

Ele inclinou a cabeça.

— Pequenina... você é minha. — Ele rosnou, a boca roçou a minha. — E para onde você for, eu vou.

— Até para a Terra?

Ele se moveu, meu estômago embrulhou. E se ele não quisesse ir? Eu também não podia abandonar a minha vida lá. A gente conseguiria fazer aquilo dar certo ou estaríamos fadados ao fracasso?

Ele segurou a minha nuca e me puxou para si.

— Eu disse *para onde* você for...

O sol do fim da tarde aquecia as janelas, e o burburinho das vozes, gritos e gemidos enchia o depósito gigantesco sem uso da oficina do Papai Noel. O lugar logo se transformou em enfermaria para cuidar dos feridos, mas infelizmente havia menos pessoas do que eu esperava naquelas macas.

Caminhei por lá. Chip dormia em um sling atravessado no meu peito, o corpinho quente era um conforto. Ele tinha quebrado as costelas e alguns ossos, mas ficaria bem, o que era um alívio quando tantos não tiveram a mesma sorte.

Foi um golpe tremendo para o nosso lado. Mais de duzentos mortos. Tantos não voltaram, e eu senti um número muito maior de almas passarem por mim quando as devolvi ao lugar delas. Algumas encontraram paz, mas muitas, não. A Terra das Almas Perdidas estava cheia demais com os novos habitantes essa noite.

Nosso grupinho teve um pouco de sorte… além de Happy ter perdido parte da perna, das costelas e dedos quebrados de Chip e da orelha cortada de PB – o que fazia Dum acreditar que agora eles eram gêmeos –, nossa família estava bem. Tínhamos feridas e cicatrizes externas que sarariam.

Mas as internas talvez jamais se curassem.

— Ei. — Uma voz profunda soou às minhas costas. — Você está quase caindo. — Os braços de Frost me envolveram pela cintura, tomando cuidado para não incomodar Chip. — Você também precisa dormir.

— Não consigo. — Apontei para o lugar, vendo todos que sentiam dor.

— Não há nada mais que você possa fazer por eles.

Os braços dele me mantinham de pé, exaustão vertia de mim. Alice, Dee, Papai Noel, Raposa, eu e outros que podiam ajudar estávamos de pé havia horas, tentando cuidar daqueles que os medicamentos não puderam curar de imediato. Scrooge, Frost, Trovão e Cupido ficaram responsáveis por cuidar dos mortos, certificando-se de que fossem todos devidamente reconhecidos e enterrados, e também por queimar os soldadinhos de brinquedo.

Eu mal estava me aguentando depois de ter perdido boa parte da energia ao devolver as almas para o seu lar. Noel os liderara para o local em que eu aguardava. Eles passaram por mim para entrar lá, me fazendo cair de joelhos em agonia.

STACEY MARIE BROWN

— Você foi incrível, Dinah. — Noel se agachou ao meu lado. — Jamais se esqueça da sua força. Você é muito especial. Você e sua irmã.

— Especial... — bufei. — Já ouvi isso antes, e não foi nenhum elogio.

Os olhos cor de âmbar de Noel encontraram os meus, a beleza zumbindo através deles me deu energia.

— Foi uma honra ser seu guardião.

— Você não está indo embora, né? — Pânico me fez ficar de pé.

O sorriso dele cresceu.

— Cuidando de vocês duas? Acho que jamais vou ter uma folga. Sempre estarei por perto. Mas acho que vai levar um tempo até você precisar de mim de novo. Pelo menos não em um futuro próximo.

— Você consegue ver o futuro?

— Consigo ver prováveis desfechos.

— Tipo?

— É a jornada, Dinah. Se você souber, a magia da vida, o desconhecido, se perdem. Mas direi que você e Alice terão uma vida muito *longa* e plena em todos os reinos em que viverem. Embora eu ache que algum dia vocês voltarão para casa de vez.

— Como assim?

— As duas estão escritas na história de Winterland. O sangue de vocês marca esse solo, e suas vidas estão gravadas na terra. Vocês são folclore e fábulas. Histórias que nunca morrem.

— Está dizendo que vamos viver para sempre?

— Tempo... — Ele deu de ombros. — É tão engraçado para os humanos...

— Eu sou humana.

Noel inclinou a cabeça e se endireitou.

— Ah, Dinah, você e Alice são muito mais. A magnitude de vocês é lendária.

Lá de cima, Frost me chamou, me puxando para si e para o meu corpo, que tinha ficado lá no abrigo do Papai Noel.

— A gente vai se ver de novo. — Noel curvou a cabeça. — Diga a sua irmã que acho Noella muito legal.

— Oi? — Mas quando olhei para o lado, ele tinha sumido. — Obrigada, Noel — sussurrei antes de me sentir flutuar de volta para o homem que eu amava.

— Dinah? — Frost sussurrou no meu ouvido, me trazendo de volta ao presente, para a enfermaria diante de mim. — Você dormiu em pé?

— Mais ou menos. — Afastei a lembrança de Noel.

— Vamos. — Sujos, feridos e exaustos, fomos tropeçando pelo corredor até o espelho, que nos levou para o banheiro do meu quarto no apartamento em Hartford. Eu estava louca por um banho, um cochilo, comida e roupas limpas.

Entramos no quarto que eu costumava dividir com Scott. Tudo estava do jeito que eu tinha deixado: roupas espalhadas e sapatos no chão. Mas as coisas dele não estavam mais lá. Em algum momento, enquanto eu estava sendo usada como portal para almas ou batalhando contra a Rainha Vermelho-Sangue pela sobrevivência de Winterland, Scott havia voltado para pegar as coisas dele, se mudando de vez. Outra lembrança de que eu não pertencia mais àquele lugar.

Meus olhos captaram algo branco na cama, e eu fui até lá. Um sorriso se formou nos meus lábios quando o peguei e li o bilhete sem assinatura abaixo dele.

Aqueles que pensam que estão perdidos apenas seguem por uma estrada diferente da que planejaram... nem tudo que está fora do lugar está perdido.

— Peraí. — Frost se aproximou de mim e pegou a coleira entre os dedos. — Ele parece...

— O Bolota. — Abracei o gatinho junto ao peito, sentindo o ronronar feliz na minha alma.

— Você está falando do bichinho de pelúcia que eu comprei para você anos atrás?

Coloquei o gato ao lado de Chip, que se aconchegou nele, suspirando satisfeito.

— Sim, o que você nunca me entregou. — Ergui uma sobrancelha para ele. — Mas ele deu um jeito de me encontrar no momento certo. — Segurei o rosto de Frost. — Quando percebi o que estava diante de mim e pude dar valor.

O sorriso dele ficou faminto, sabendo que eu não estava mais falando do bichinho de pelúcia.

— Tenho uma ideia de como você pode demonstrar seu apreço. — Ele me puxou consigo para o espelho gigante acima da cômoda. Aquele que nos ligava. O Par Legítimo. Assim como seus donos.

Eu sabia que meu celular estava cheio de mensagens dos meus pais e de Gabe. Faculdade, trabalho... tudo esperava para que eu voltasse de onde parei e me juntasse ao mundo de novo.

STACEY MARIE BROWN

— Tudo bem, pequenina? — Frost olhou para mim e afagou uma ruguinha na minha testa.

Um sorriso se expandiu no meu rosto, minhas mãos deslizaram pelo corpo dele.

— Estou.

Vida e responsabilidade poderiam esperar um pouco mais.

— Me leve para casa e me deixe te mostrar isso, minha fera.

Ele me puxou para a cômoda e através do espelho.

— Com todo prazer, minha bela.

EPÍLOGO

DINAH

Um ano depois

O cheiro de manteiga, canela e baunilha embebia a cozinha, e me fez suspirar contente. Esse deveria ser o perfume do Nata, sempre. A lareira estava acesa, a árvore brilhava com os pisca-piscas e havia presentes lá embaixo, esperando para serem desembrulhados.

— Socorro! — Alice cutucou o meu braço e colocou um descascador de batatas na minha mão. — Mamãe acha que está cozinhando para vinte pessoas.

Rosnei para o descascador e me juntei a ela na pia. Era uma tarefa que nossa mãe sempre nos dava, porque ninguém queria fazer, e não seria ceia de Natal se não tivesse purê de batata com molho de carne.

Carroll Liddell era do tipo que fazia planos para cada possibilidade. Isso significava fazer comida para qualquer um que pudesse aparecer de última hora à nossa porta. Quando éramos mais novas, ficávamos com sobras por dias, isso depois que ela já tinha mandado potinhos de comida para todos os vizinhos. A mulher deveria ter sido planejadora de eventos.

— Ela está punindo a gente. — Resmunguei para os três quilos de batata que precisávamos descascar.

— Jura? — Alice bufou.

— Ela ainda está chateada porque nenhuma de nós vai passar a noite nem estará aqui na manhã de Natal — murmurei baixinho para Alice, e sacudi a mão. A sequela no nervo sempre estaria lá, mas era algo com que eu teria de conviver. Muitos não tiveram a mesma sorte. Aquelas imagens me assombrariam para todo o sempre.

Alice mordeu o lábio, o olhar disparou para mamãe ao fogão, depois para onde papai assistia ao jogo de futebol americano, com uma cerveja na mão.

Um risinho curvou os seus lábios quando ela viu o homem que estava sentado na poltrona ao lado do papai, olhando para a televisão e virando metade da sua cerveja, como se aquilo fosse dizer a ele que merda estava acontecendo.

STACEY MARIE BROWN

— Ele está se esforçando. — O sussurro de Alice chamou minha atenção para ele, que fingia se importar com aqueles homens se engalfinhando, e erguia os braços e comemorava quando papai o fazia.

Seria mentira dizer que introduzir Frost na minha vida tinha sido fácil ou que os meus pais gostaram dele logo de cara. Scott tinha feito parte da família por muito tempo e se dava bem com meus pais; era o filho que eles nunca tiveram. Era o cara que pensavam que sempre apareceria nas fotos de família, com crianças posando ao nosso lado.

Foi um choque para eles não só descobrir que Scott e eu tínhamos terminado de vez, mas que eu estava com outra pessoa. Outra pessoa que não se encaixava tão bem na dinâmica familiar, que não gostava de esportes, não fazia amizade nem relaxava com as pessoas logo de cara. Frost era resguardado, não era de rir ou sorrir fácil, embora fizesse isso comigo o tempo todo.

A família dele era tão perturbada que o cara não sabia como reagir a uma que era calorosa e carinhosa. A mãe dele não gostava de abraçar igual a minha. A primeira vez que ela deu um abraço nele, o homem ficou congelado, parecendo petrificado, como se estivesse pronto para sair correndo.

Ao longo do último ano, ele começou a se abrir mais com eles. Conquistou a minha mãe em questão de meses. Por instinto, ela entendia que ele não tinha tido uma infância feliz, e agora ela tentava empanturrá-lo de amor. Meu pai ainda não ficava de todo confortável com ele, embora ambos estivessem se esforçando.

Frost querer "agir normal" por mim, ir contra sua natureza, deixava meu coração tão quentinho que parecia que ia pegar fogo.

— Ele está tentando de verdade. — Enfiei o cabelo atrás da orelha, observando o perfil dele. Sentindo meu olhar, Frost curvou a cabeça para mim, e um sorriso genuíno repuxou o canto da sua boca.

Eu amo você. Falei com ele na língua de sinais, agradecendo por ele fingir que gostava de futebol só para agradar o meu pai.

Um calor aqueceu os seus olhos antes de ele se voltar para a tela, movendo-se no sofá como se tivesse que se ajustar.

— Caramba, maninha… — Alice deu uma risada. — Só com a mente, aquele homem te colocou numa mesa e está te comendo loucamente.

— Alice! — ralhei, e olhei para mamãe para ver se ela tinha escutado, mas ela simplesmente dançava ao som da canção de Natal que saía de seu telefone.

— Corta essa. — Alice revirou os olhos. — Pela cor das suas bochechas, você mesma pensou nisso.

— Não na mesa em que a gente come! — Embora tenha colocado a gente em todos os outros lugares. Eu costumava ficar irritada quando Alice e Scrooge não conseguiam passar uma noite sem "desaparecer" várias vezes. Agora não podia mais julgar os dois.

Frost era fascinado pelo meu quarto de criança, onde eu cresci, onde eu estava quando visitava a ele e a Blaze. Digamos apenas que cada móvel daquele quarto agora abrigava lembranças diferentes. Hoje, mais cedo, foi apoiada na parede onde o espelho costumava ficar. E se ele me olhasse daquele jeito de novo, seria no banheiro aqui de baixo, embora eu tenha plena certeza de que vi Alice e Matt saírem discretamente de lá há cerca de uma hora.

A porta de correr se abriu, e Matt entrou, tirando a neve do casaco.

— O peru está com a cara boa, Lewis. — Matt balançou a cabeça para o meu pai enquanto se posicionava atrás de Alice e passava os braços pela cintura dela.

— Precisa de ajuda? — ele murmurou.

— Não. — Ela virou a cabeça e o beijou. O foco voltou para a mamãe. — Ela está punindo Di e eu.

— Por quê?

— Por não passarmos a noite aqui— murmurei. — E nem a manhã de Natal.

O olhar de Matt foi para Alice, brilhando com algo que eu nunca tinha visto: pura e profundo encanto.

— Você sabe que ela não vai deixar você se safar dessa sempre. — Ele continuava a encará-la como se ela fosse todo o seu universo.

Um sorriso feliz se espalhou pelo rosto de Alice.

— Eu sei.

— Acho que é hora de os seus pais conhecerem a minha família. — Matt se recostou no balcão e cruzou os braços.

— É… — Alice respirou fundo, fechou as pálpebras por um instante e abaixou a cabeça. — Está chegando a hora, não é? Cacete, eles vão pirar.

— Por quê? — Scrooge sorriu. — Descobrir que o Papai Noel é real? Que elfos existem? E também um coelho babaca que cozinha, um urso polar super dramático, um rato que fala a língua dos sinais, um pinguim cantante… qual deles vai fazer os dois pirarem?

— Lebre — Alice e eu dissemos ao mesmo tempo.

— Não sei, talvez seja descobrir que minha irmã está com o cara mais odiado do Natal. — Dei uma piscadinha para Matt.

STACEY MARIE BROWN

— Ou descobrir que a filha mais nova está trepando com o filho do Papai Noel, Krampus, Jack Frost e o Miser do inverno de uma vez só? — Matt devolveu a piscadinha.

— Oficialmente, ele não é mais o Krampus — rebati.

— Só sou uma *fera* quando estou a sós com você. — O rosnado profundo de Frost soou às minhas costas, as ondas de frio e quente dispararam pelos meus nervos quando ele se apoiou em mim, me pressionando com mais força na pia, e me deixando com tesão imediatamente. Ele beijou minha cabeça, pegou o descascador e ficou do meu lado, assumindo a função de descascar as batatas.

— Alice e Scroo… Matt — eu me corrigi. Às vezes eu me via escorregar e o chamava pelo nome errado. — Acham que precisamos deixar nossos pais conhecerem o pessoal.

O olhar de Frost disparou para todos nós, mas ele não disse nada. Eu sabia que ele era quem mais temia contar tudo. Uma coisa era ser o famoso cara mal-humorado e sovina de um conto, mas outra completamente diferente era ser um monstro dos filmes de terror natalinos, mesmo que tecnicamente ele já não fosse mais.

— Agora? — ele murmurou. Frost tinha acabado de começar a fazer meus pais aceitarem nosso relacionamento.

— Para ser sincero, eu não me sinto nada a vontade com isso. — Matt suspirou, e ele olhou para Alice de novo, como se pedisse permissão para alguma coisa. — Mas as coisas mudaram… — Ele estendeu a mão e a tocou com reverência.

Meus olhos saltaram de um para o outro, notando os sorrisos e o lugar em que ele a tocava.

— Ah, meu santo manjar de ameixa… *sério*? — Bati a mão na boca, e meu olhar disparou para a minha irmã.

Ela curvou os lábios e assentiu, cobrindo a mão de Scrooge com a sua sobre a barriga.

— Meu docinho do céu!

— Xio! — Alice me deu um tapa e olhou para o lado.

Após a batalha um ano atrás, Alice e eu passamos uma noite inteira contando *tudo* uma para a outra, todas as aventuras dela e as minhas. Descobri que o garotinho de que me lembrava do jantar de Natal que estivera ali com Matt e Jessica era um dublê do filho verdadeiro dele, o Tim, que ele tinha perdido anos antes. Por crueldade, Jessica o enganara, o fazendo acreditar que eles eram uma família. Ele quase morreu ao deixar Tim ir embora de novo; teve certeza de que nunca mais ia querer ser pai depois dessa. Bem, pela forma como ele olhava para Alice e tocava sua barriga, aquilo havia mudado.

— Estou vendo quatro pessoas e nenhuma batata sendo descascada — minha mãe gritou para nós, nos fazendo assumir posição como se fôssemos soldadinhos, pelo menos fingindo estar trabalhando. Ela e Dee se dariam muito bem.

Alice encostou o ombro no meu, e eu virei a cabeça para ela, sussurrando:

— Sério? — Pisquei a emoção enchendo os meus olhos.

— Tia Di soa bonito, não? — Ela bateu no meu braço e chegou mais perto. — Acabamos de descobrir, e queremos deixar quieto por ora, ok? Pretendemos contar para *todo mundo* em breve.

Assenti, me sentindo ainda mais honrada por ela ter me contado primeiro. *Não chore. Não chore.*

Pelo amor do quebra-nozes... eu ia ser tia.

— Que tal um filme de Natal? — Meu pai se recostou na poltrona, parecendo pronto para tirar um cochilo depois da quantidade de comida que comemos. — Vocês sempre gostaram de ver *Rodolfo, a rena do nariz vermelho*.

— De jeito nenhum. — Alice se inquietou ao meu lado no sofá.

— Clarice é uma escrota — rosnei. — Que vá com Deus.

Os olhos do meu pai se arregalaram.

— *Ceeeerto.* Esse não. *O Grinch*, então?

Os resmungos e bufos que nós quatro soltamos fez meus pais trocarem olhares confusos, e eles deram de ombros, desistindo do filme. Em breve, saberiam a razão; mas, no momento, ainda viviam na sua bolhazinha de ingenuidade.

Eu torcia para que eles levassem numa boa. Ambos eram tão lógicos, era difícil saber como reagiriam, mas eu também já fui assim. Agora, não só tinha aceitado aquele reino, como fiz dele meu outro lar, e me apaixonei perdidamente por um de seus personagens.

STACEY MARIE BROWN

Esse ano não foi fácil. Frost e eu tentamos descobrir como fazer dar certo nos dois mundos. Ele ficava naturalmente mais à vontade no isolamento da fortaleza, mas eu ainda queria circular na sociedade. Eu estava tentando terminar a faculdade e trabalhar, fazendo programas para médicos. Odiava, mas pagava as contas, e eu trabalhava de casa.

Gabe disse que eu poderia trabalhar no Chalé do Papai Noel esse ano, mesmo depois de ter sumido no último Natal. Decidi que tive minha cota de ser uma elfo safada. Já tinha Natal o suficiente ao longo do ano e estava cheia de ficar com vômito na roupa e de ter pais passando a mão em mim.

Eu havia me mudado do apartamento que dividia com Scott e alugado uma quitinete mais perto da faculdade, mas acho que ainda não passei sequer uma noite inteira lá. A decoração era parca. O imenso espelho de moldura dourada estava encostado em um canto, e era a peça de destaque, a moldura parecia uma escultura. Com um passo, eu chegava à fortaleza cheia de livros, quartos e um homem que eu mal podia esperar para ver, mesmo que tivéssemos nos separado há apenas uma hora.

Se eu não estava lá, estava em Nova York com Alice, entrando e saindo de reinos ou comendo o equivalente ao meu peso em delícias de Lebre. A gente tinha ficado ainda mais próximas, e ela estava torcendo para eu me mudar para lá depois que me formasse.

— Eu estou tão cheia — reclamei, e me larguei no sofá, me arrependendo de ter repetido o purê de batatas e provado cada sobremesa que Alice trouxera. Eu havia exagerado, o que eu me impedia de fazer. Pelo controle. Ordem.

— Eu também. — Minha irmã jogou a cabeça na almofada. — Aquele cheesecake de rum foi a gota d'água.

— Depois dos folhados de mirtilo ou antes das tortinhas de baunilha com canela? — bufei, puxando o cós da calça. Sem dúvida nenhuma eu precisaria sair para correr amanhã. Ainda fazia isso três vezes por semana, mas não era mais tão exigente quanto costumava ser. Muitas das minhas regras haviam sido defenestradas desde que encontrei Frost, o que até mesmo meus pais acharam que foi pela boa influência dele. E tinha também ganhado uns quilinhos, o que Frost amou, embora ele ainda pensasse que eu estava magra demais.

— Não vi você dizendo não para os biscoitos ou para as tortas de chocolate com avelã e caramelo. — Alice virou a cabeça para mim, erguendo uma sobrancelha.

Ok, talvez não tenha sido o purê de batatas que me deixou assim.

Braços me envolveram, com mãos ainda úmidas por lavar os pratos. Frost, de algum modo, se espremeu atrás de mim no sofá, me puxando para si, a boca roçou o meu pescoço, a voz estava baixa.

— Você vai queimar tudo mais tarde.

Meus cílios tremularam de tesão, e me derreti nele. Eu estava tão contente e cheia de carinho. Não importa o que Frost e eu fôssemos enfrentar no futuro. Eu sabia que faríamos isso juntos. Tudo poderia virar de cabeça para baixo... cacete, já tinha virado, e mesmo assim eu me sentia firme e forte. Estar com ele me fez perceber que talvez todos os meus planos e listas, a necessidade que eu sentia de controlar tudo quando estava com Scott, era um medo profundo de que talvez não fôssemos certos um para o outro. Como se eu tivesse forçado a situação ao colocar tudo, até mesmo nós, em caixinhas. Não que eu não tenha amado o Scott, mas o elo inquebrável com Frost, como o par de espelhos gêmeos na casa de cada um de nós, me fazia perceber que o nosso laço era eterno.

Suspirei feliz e me deixei levar pelo momento. A árvore piscava no canto, o fogo ardia na lareira. Papel picado, laços, sacolas e caixas estavam espalhados pelo chão. Música de Natal vinha da televisão.

Era um daqueles momentos perfeitos a que a gente se agarrava o máximo que podia. A vida não era um conto de fadas, e depois de toda a perda e devastação por que passamos, as famílias que eu sabia que não passariam o Natal junto com seus entes queridos... eu queria ser grata pelo fato de que quase todo mundo que eu amava estava ali. Mal podia esperar para ver o pessoal, ajudar o Papai Noel com as entregas essa noite e passar a manhã de Natal em Winterland. Mas ali... aquele momento... parecia mesmo um retrato da *vida perfeita*.

Como se Alice estivesse sentindo a mesma coisa, ela entrelaçou a mão com a minha e apertou. No próximo Natal, teríamos um bebê se engalfinhando com o papel.

Scrooge deu a volta no sofá perto de Alice e estreitou os olhos para a árvore.

— O que foi? — Alice ergueu a cabeça, observando-o se aproximar de lá.

— Parece que está faltando um presente. — Ele pegou um embrulhinho em um dos galhos. — Para você. — Ele o entregou a Alice.

— Eu não vou me levantar. — Ela acenou para ele trazer.

STACEY MARIE BROWN

Scrooge sorriu e foi até o sofá. Ele se ajoelhou diante dela e colocou o objeto na sua mão. Ela se sentou ereta.

Minha mãe se empertigou no assento.

— Puta merda! — Meu olhar pousou na caixinha na mão da minha irmã. Alice a fitou, de olhos arregalados, antes de olhar para Matt.

— Eu disse que eu me livraria do "e o" em *Alice e o Chapeleiro* — Scrooge falou.

A expressão da minha irmã era uma mistura de felicidade e surpresa.

— Então, o que me diz, srta. Liddell? Preparada para se juntar a mim nessa aventura? — O canto da boca dele estremeceu. Todo dia em Winterland era uma aventura. — Aceita se casar comigo?

— Ai, meu Deus. — Minha mãe cobriu a boca, o rosto já tomado pelas lágrimas.

— A menos que você ainda não acredite em casamento. — Ele abriu a caixa, revelando um anel lindo, simples e com cara de antigo. O diamante oval não era tradicional, mas combinava muito mais com Alice. — Caso você ainda não veja motivos para se casar.

Dava para ver minha irmã lutando com as emoções, seus olhos brilhavam. Ela pigarreou.

— E, se você se lembra, eu também disse que não sou contra. — A garganta dela estremeceu. — Que a vida me avisaria quando chegasse a hora.

Ele tirou o anel da caixa.

— Ela já avisou?

Ela assentiu, uma lágrima rolou por sua bochecha.

— Sim. — A mão tremia quando Matt deslizou o anel em seu dedo. — Sim!

Eu ouvi minha mãe e meu pai vibrarem com Alice e Scrooge, que se levantaram e se abraçaram com força, os hormônios fizeram minha irmã chorar e soluçar, o que não era do feitio dela.

Só percebi que também estava chorando quando Frost secou o meu rosto. Meus pais se levantaram e abraçaram e parabenizaram os dois. Assim que surgiu uma brecha, eu estava abraçando minha irmã com força.

— Estou tão feliz por você. — Scrooge já era da família para mim, então quase não fazia diferença, mas nossos pais estavam no céu. — Espera só até eles descobrirem a outra novidade — murmurei no ouvido dela. — Ah, e a outra outra novidade…

Alice soltou um longo suspiro. Nós duas sabíamos que nossa mãe ia pirar quando ficasse sabendo do bebê. O primeiro neto seria muito mimado, mas a atenção constante levaria Alice à loucura.

Eu não queria nem pensar em como eles reagiriam quando ficassem sabendo de Winterland.

— Ok, me deixa ver. — Peguei a mão da minha irmã. Diamantes incrustrados em torno da pedra maior pareciam uma moldura em volta do espelho, o que me lembrou do espelho que Alice costumava ter no quarto daqui e que agora estava lá em Nova York. Um ligeiro movimento captou a minha atenção, e eu pisquei várias vezes. Quem olhasse com atenção, veria que nevava dentro daquele diamante.

— É perfeito. — Meu sorriso arqueou a boca. — Então, qual vai ser, Hatter ou Scrooge?

Alice me puxou para outro abraço.

— Eu meio que tenho orgulho de ser uma Liddell. Nós somos brabas.

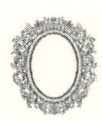

Levamos mais uma hora para ir embora, mesmo Matt tendo recebido um monte de mensagem – infelizmente, nós os apresentamos aos celulares –, dizendo que Dee estava em pé de guerra, e que havia rumores de motim.

Nós quatro fomos para o meu apartamento. Não fazia sentido ter carro em Nova York, então Alice deixava o dela aqui. Passamos pelo outro espelho gigante que eu tinha em casa e que nos levava tanto para Nova York quanto para o chalé do Papai Noel em questão de segundos. Meu apartamento tinha dois espelhos de três metros, uma cama, uma mesa de cabeceira, um sofá pequeno e uma mesa de centro.

Um dos espelhos tinha sido presente de Alice, e eu pensava nele como um passe livre. O objeto me levava a um monte de lugares, enquanto o outro me levava direto para casa.

— Já era hora! — Lebre gritou, saltando da minha cama no momento que entramos. — Vou deixar bem claro desta vez: Eu. Me. Demito!

— Lebre… — Alice revirou os olhos.

— Ela é insuportável — Lebre exclamou.

— Ah, meu Deus, ela é uma tirana. — Um lamento dramático veio do espelho prateado. PB saiu de lá, fazendo drama, com o braço sobre o rosto. — O que eu fiz para merecer isso? Já não sofri o suficiente? — Ele apontou para o ponto da perna em que nunca mais cresceria pelo, mas que dificilmente era um ferimento de guerra.

— Deixa ver… o que será que foi dessa vez? Ela não te deixou entrar na cozinha para não comer mais os doces das crianças? — O tom de Frost era firme e seco.

— Sou um prisioneiro em uma guerra. Ela é cruel, uma selvagem! — PB rosnou, rolando de um lado para o outro.

— Ela está descontrolada. — Lebre brandiu a espátula. — É impossível trabalhar sob essas condições. Perco toda a inspiração. E artistas precisam de tempo para criar… para desenvolver e explorar suas criações.

Abaixei a cabeça, tentando não rir.

— Melhor voltarmos antes que ela comece mesmo um motim.

— Tarde demais — Lebre bufou. — Happy já está no bar, Dum está escondido na sala de embrulhos e Bea, Dash e Pen estão decorando Chip e Dor como se eles fossem cookies enquanto cantam "Brilha, brilha, estrelinha!".

— Cacete. — Frost abaixou e cobriu o rosto com a mão, embora eu pensasse que era mais para esconder a risada.

— Mas olha só o que ela está fazendo comigo. — PB se deitou de costas, movendo os braços, a gordura e o pelo se expandiram tanto que eu não sabia nem como ele tinha conseguido atravessar o espelho. — Está me matando de fome! Olhe para mim, estou desaparecendo! Um completo desastre! Com os sentimentos em frangalhos, e acho… acho que estou *morrendo*.

Cerrei os lábios, mas a vontade de rir do drama de PB e de Lebre fez risadinhas escaparem.

— Srta. Alice! — Pen apareceu pelo espelho, com o rosto pintado com corante alimentício e confeito. — Você voltou! Não estou bonito?

— Está, sim. — Ela se inclinou e o pegou no colo. Alice já era uma boa mãe. — Igualzinho a um enfeite.

Pen se remexeu feliz nos braços dela e começou a cantar "Pretty Paper".

Scrooge e Alice foram até o espelho, levando PB e Lebre de volta. Dei um passo para me juntar a eles, mas Frost segurou a minha mão, me detendo.

— A gente já vai — ele falou para Scrooge.

No último ano, os dois ficaram mais próximos. Scrooge assentiu antes de seguir a futura esposa, levando o resto da tropa junto.

Franzi as sobrancelhas ao me virar para ele.

— O que foi?

Os olhos de Frost não encontraram os meus, ele empurrou os ombros para trás.

— Ei. — Segurei o seu queixo, puxando-o para mim. — Fala comigo.

Ele moveu os lábios.

— Falar. — Ele bufou. — Não é muito do meu feitio.

Não era, mas, comigo, era necessário.

Ele se moveu de novo, sem me olhar direito.

— Desembucha. Você está me deixando nervosa. — Eu puxei o queixo dele.

— Eu te disse que eu não era normal... Não sou o tipo de cara com quem você compra uma casa e leva uma vida comum.

Abaixei a mão e inclinei a cabeça.

— Eu sei.

— É só que... — Ele apontou para onde Scrooge e Alice estiveram. — Se for isso que você quer... casamento e filhos... eu não sou o cara certo. Eu te falei...

Meus dedos roçaram a boca dele, detendo o resto da frase.

— É o que você acha que eu quero?

— E não é? — Ele ergueu os braços. — Algum dia?

— Não sei. — Dei de ombros. — E, pela primeira vez na vida, gosto de não saber o que o futuro reserva. Vivi tempo demais fazendo planos e listas, agindo como se fosse bem mais velha do que sou. Tenho vinte e um anos, e estou bem longe da posição em que Alice e Matt estão. E não quero estar nela. Quero explorar e viver. — Eu me aproximei dele, enfiei a mão por debaixo do seu casaco e da blusa de frio. Os músculos se contraíram ao meu toque, fazendo-o sugar o ar. — A única coisa que sei — inclinei a sobrancelha — é que qualquer que seja o caminho, será ao seu lado. — Fiquei na ponta dos pés e meus lábios roçaram os dele. — Aonde você for, eu vou.

Um ronco vibrou em seu peito.

— Você disse para eu não me prender em caixas, então não se ponha nelas também. — Meus dedos foram rápidos ao abrir o jeans dele e deslizarem até envolvê-lo. Frost ficou ofegante, o peito se moveu mais rápido. — Vamos deixar a vida decidir o caminho. — O polegar se moveu na ponta de sua ereção, espalhando o líquido que saiu de lá. Continuei o movimento, meu corpo estava rijo, pronto para ele, eu doía.

STACEY MARIE BROWN

— *Di-nah...* — ele rosnou, as mãos seguraram meus quadris e me jogaram na cama. Em um piscar de olhos, ele arrancou as minhas botas e o jeans, me deixando nua. Então abriu as minhas pernas e se abaixou, fazendo sua boca correr pelo interior da minha coxa.

— Ah, Deus. — Arqueei as costas quando ele me lambeu. Essa era outra parte de Krampus que não o tinha deixado por completo: a longa língua da fera podia me levar a outros reinos.

— Porra, pequenina... você é tudo o que eu quero provar pelo resto da vida. — Suas mãos seguraram a minha bunda, me puxando para mais perto. Meu corpo se curvou e convulsionou enquanto ele chupava e mordiscava. Sua fome por mim era brutal, selvagem e me dava um tesão do caramba.

— Frost! — Cravei as unhas nele, desejando-o tanto que quis gritar. Meus gemidos só o deixaram mais feroz. Eu conseguia ouvir meus gritos ecoando pelas paredes, a explosão dentro de mim arrancou o ar dos meus pulmões. O orgasmo não tinha nem passado e ele já estava nu, subindo pelo meu corpo.

— Eles podem se virar sem a gente por mais um instante. — Frost ergueu o meu joelho e meteu. Arquejei, arranhei suas costas, tentando entender onde eu estava. A onda de estar com ele me fez me perder. Às vezes, eu pensava que meu coração fosse explodir, sobrecarregado demais com as sensações que esse homem me causava.

Ele prendeu meus braços para cima e entrou com tudo. Eu gritei enquanto a cama batia na parede. Nossos corpos se moviam juntos, reivindicando, exigindo, tomando, dando e possuindo um ao outro.

Em breve, estaríamos com nossos amigos, ajudando o Papai Noel a espalhar alegria pelo mundo. Frost e ele ainda tinham dificuldade para se relacionar, o que era complicado, mas o fato de tentarem já me dava esperança. Amanhã de manhã, celebraríamos com um baita café da manhã, uma mesa cheia de amigos e familiares, e Dee já estaria preparando a lista para o ano seguinte. No entanto, a ausência de Blaze seria sentida. Era um assento vazio ao lado de Frost.

Ele ainda lutava com o que acontecera ao irmão, se culpava, mesmo tendo sido escolha de Blaze. Uma parte de Frost estava com saudade do gêmeo, e jamais pararia de procurar por ele.

Mas isso ficaria para depois.

Sentindo cada fagulha quente e fria que esse homem lançava na minha corrente sanguínea, era no aqui e agora que eu estava vivendo.

O espírito do Natal presente.

FROST

Dois anos depois

A luz do luar me banhava, fazendo brilhar a neve e o rio abaixo da minha sacada. Meus pulmões sugavam o ar frio, embora eu não sentisse nada além de calor correndo por minhas veias. Meus dedos se curvaram no corrimão de pedra, pedaços dele se desfaziam sob minha mão quando me inclinei e puxei o ar mais uma vez. Meus músculos doíam sob a minha pele.

A necessidade.

Ainda estava lá, na minha pele, coçando para sair. Estava sempre em mim, mas nessa época era pior.

Krampus me chamava, me incitando a me soltar, sussurrando no meu ouvido as duas feras poderosas que poderíamos ser. O instinto de fazer isso nunca ia embora, e eu conseguia sentir quando meu irmão estava perto; o empuxo era quase insuportável.

Não saía mais correndo para ir atrás dele. Ele nunca se mostrava nem me deixava encontrá-lo com facilidade, já que conseguia sentir quando eu estava perto. Eu o caçava com mais sutileza. Batedores me passavam informação. Mas, mesmo depois de dois anos de Krampus escapulir para as terras do Halloween, ainda não tinham conseguido encontrá-lo.

Eu conhecia a mente de Krampus. Halloween poderia até ser seu lar pelo resto do ano, mas, na época do Natal, seu lugar era aqui. A história dele estava escrita, seu conto marcado até os ossos deste reino.

A ponta dos meus dedos apertaram o parapeito com mais força, suor pontilhava a minha testa. Puxei o ar mais cinco vezes, devagar, tentando me acalmar. Era algo com que Dinah me ajudara: me centrar quando a sede de sangue aparecia.

Dei uma risada amarga e balancei a cabeça pensando no quanto aquela mulher tão pequena tinha mudado o meu mundo. Se alguém me dissesse que eu estaria meditando e fazendo tai chi em um treino constante para controlar a raiva, eu teria rido até cansar. Mas muita coisa na minha vida havia se transformado. Coisas que eu teria refutado até um ano atrás.

— Oi, amor! Cheguei! — A voz me alcançou lá de dentro, me acalmando na mesma hora. Dinah era o meu cerne. Meu coração. Meu mundo. Só a voz dela já era capaz de acalmar a fera dentro de mim. Um toque e ela transformava o monstro em um gatinho ronronante... bem... talvez em um cão no cio.

Olhei mais uma vez para a floresta escura ao meu redor, sentindo olhos em mim, me endireitei e girei os ombros.

Em alguns dias, parecia que Krampus ainda me mantinha em uma longa coleira que ele poderia puxar a qualquer momento, me forçando a dar as costas para essa vida e ser "livre". Mas ir para Nova York ou visitar os pais dela já estava ficando mais fácil. Eu não me sentia mais como um elefante numa loja de porcelana, como se o mundo deles fosse pequeno demais para mim. Bastava olhar para Dinah, e sabia que estava livre. Talvez fosse ela quem me mantivesse na coleira... Mas eu não ligava.

Onde ela estava... eu estava também.

Ao passar pelas portas de vidro, não contive o sorriso curvando meus lábios.

As pernas de Dinah estavam enganchadas sobre o braço do sofá de couro. Ela estava deitada lá, como se tivesse se jogado por conta da exaustão. Chip estava sentado em seu joelho, sinalizando freneticamente, colocando a conversa em dia. PB e Dor tinham se esparramado no tapete perto do fogo, e tiravam um cochilo depois de devorar metade da cozinha.

Por um instante, reparei no modo como o fogo se refletia em seu cabelo. Caramba, ela era linda. O cabelo castanho sedoso agora passava dos seus bíceps, e eu amava ter mais no que me segurar. Eu era obcecado pelo cabelo dela. Bem, eu era obcecado por ela toda.

Fazia dois anos que ela praticamente morava comigo, embora nenhum de nós tivesse admitido. Engraçado, porque havia traços dela por toda a parte. Não se podia negar que Dinah era mais parte desse lugar do que eu. Passei tanto tempo me punindo, odiando a mim e a essa fortaleza, que mantive tudo estéril e sem graça, sem vida nem amor, como eu achava que merecia. Agora, todos os cômodos eram aconchegantes. Ela havia pendurado os quadros que eu tinha escondido, decorado paredes e prateleiras com fotos de nós, de nossos amigos e família. O lugar estava cheio de tapetes e mobília confortável, enfeites e travesseiros, livros nas prateleiras e cortinas aquecendo o espaço. Todas as coisas com que os caras dizem que não se importam, mas que, na verdade, traziam paz e conforto. Traziam a sensação de ter um *lar*, não só um lugar para descansar a cabeça.

Dinah também enchia a fortaleza de risadas, música, calidez, amor e muitos gemidos e gritos, que agora poderiam ser ouvidos por toda a parte, pois nos mudamos para o quarto de cima, que tinha uma bela vista para o rio e as montanhas. A gente ainda acabava lá embaixo, na biblioteca... *e muito*. Frequentemente, ela me encontrava lendo ou fazendo pesquisa, o que deixava a minha nerdzinha com um tesão do cacete.

Eu já estava duro. Ela virou a cabeça para mim, o sorriso mais lindo curvou os seus lábios, o que quase arrancou o ar dos meus pulmões.

— Oi. — Voraz, ela reparou no meu peito nu, desceu até a calça de moletom cinza que eu usava e mordeu o lábio.

— Oi — respondi, indo até ela. Meu desejo insaciável por essa mulher era insano. Não tinha limites. Pode acreditar que eu tentei impor limites várias vezes, mas só conseguia o efeito inverso: desejava-a mais.

— Parece que você ficou ocupado hoje. — Ela olhou para Chip, e sinalizou para ele.

Se Dinah e eu terminássemos, eu nunca mais veria aquele rato. Ele estava cem por cento do lado dela.

Sorrindo para ele, sinalizei: *"dedo-duro"*.

Ele deu de ombros, e me lançou aquele olhar de *eu te jogaria na frente de um ônibus se ela pedisse*.

— É, sei bem de que lado você está — sinalizei e falei.

Dinah riu e ergueu as sobrancelhas.

— Rato esperto.

Chip saiu quando me sentei ao lado de Dinah. Com a cabeça dela no meu colo e uma mão acariciando sua nuca, eu me inclinei e rocei os lábios nos seus.

— Como foi o seu dia? — murmurei em seus lábios.

— Bom. — Ela estreitou os olhos e roçou a minha boca, um sorriso se curvou ainda mais em seus lábios. As rajadas de quente e frio atacaram os meus nervos. Senti-la era a melhor das sensações. Talvez fosse por isso que meu desejo por ela só crescia. Prová-la, tocá-la... me fazia me sentir vivo. Não um monstro frio e mortífero.

— Só bom? — Mordi de levinho seu lábio inferior e me afastei, ergui as sobrancelhas. Hoje era um dia importante para ela.

— Foi incrível. — Seus olhos brilharam.

Porra. Ver a minha garota tão feliz era uma das melhores coisas.

— Ver tudo vindo virtualmente à vida... — Ela se sentou, borbulhando

STACEY MARIE BROWN

de animação. — Não consigo nem te explicar. Foi incrível, parecia que eu estava lá.

— E está. — Dei uma piscadinha para ela, meu braço apontou as portas de vidro que davam para a floresta.

— Engraçadinho — ela debochou.

Ela ainda não tinha nem se formado quando o professor, o sr. Cogsworth, perguntou se podia mostrar os desenhos e as ideias dela para um amigo. Mal sabia Dinah que o tal amigo era um figurão dos games em Nova York. O cara ficou maluco com a ideia e quis comprar a história para um jogo virtual que estavam fazendo. A oferta que fizeram foi substancial, qualquer um teria aceitado na hora.

Mas a minha garota não era qualquer uma. Disse que eles só poderiam comprá-lo se ela fosse contratada para trabalhar nele, tivesse toda a influência criativa naquela história e nas que viriam. Eles barganharam, mas, no fim, Dinah ganhou.

O presidente da empresa viu as ideias e exigiu que a contratassem imediatamente. Disse que era como se a magia tivesse tecido a história, sugando-os para dentro de um mundo de fantasia cheio de esquilos comedores de carne, perus com asas de morcego e soldadinhos com cara de Frankenstein. Muitos ficaram abismados e admirados com a imaginação dela e com a quantidade infinita de histórias que poderiam surgir depois.

Ela largou o emprego de programadora e agora trabalhava e morava em Nova York, no apartamento ao lado da irmã e de Scrooge. Embora o imóvel fosse mais uma formalidade, ela amava estar perto deles, ajudando com a loja, a confeitaria ou tomando conta do bebê quando era preciso. O andar de cima era cheio de espelhos e de vida. Mesmo eu me via envolvido com a energia de lá. Mas só conseguia suportar doses medicinais antes de voltar para cá e relaxar.

— Estou tão orgulhoso de você — sussurrei, puxei sua cabeça e a beijei. Um gemido gorgolejou em sua garganta, e suas mãos deslizaram pelo meu peito até a cintura da minha calça.

— Você a vestiu de propósito, né? — Dinah lambeu os meus lábios, com a voz baixa e rouca. — Você sabe o que essa calça faz comigo.

— Não queria que você esquecesse o que a espera em casa, enquanto estava lá na cidade grande. — Abri um sorriso travesso.

— Pode acreditar, sei o que espera por mim… mas não custa receber um lembrete.

— Será um prazer... — murmurei, tão desesperado para deixar essa mulher nua e dar um trato nela bem ali, que não me importei que Dor e PB estivessem a poucos passos.

— Foi mal, ninfos, mas trepar pela centésima vez no dia de hoje vai ter que esperar. — A voz de Alice veio da entrada da sala.

— Eu preciso dar um jeito de trancar aquele espelho — resmunguei, brincando, mas não muito, quando Dinah me empurrou com um gritinho e foi correndo para a irmã.

— Me dá! — Dinah estendeu a mão para a sobrinha de cinco meses. A bebê fez barulhinhos felizes, reconhecendo a tia e estendendo os braços para ela. Sua mãozinha segurava um bichinho de pelúcia que Dinah lhe dera: um gatinho velho e amado que ela nunca soltava. Bolota encontrou seu verdadeiro lar e estava felicíssimo com a nova dona.

Noelle Liddell Hatter, também conhecida como Elle, era idêntica a Alice, mas tinha os olhos azuis gelados e os cílios pretos e volumosos de Scrooge. Mesmo eu, que ainda ficava cauteloso perto de crianças, estava hipnotizado pela garotinha. Ela era toda fofinha com bochechas rosadas de anjo, e eu tentei evitá-la durante seus primeiros dois meses de vida, até o dia em que Alice a largou chorando nos meus braços.

Ela estava sem dormir, exausta, quase perdendo o juízo, e tinha que terminar um chapéu. Eu estava lá por acaso. Acho que fiquei congelado por um minuto inteiro, com medo de me mexer ou respirar, até que notei que Noelle tinha parado de chorar. Ela me encarou com aqueles olhos azuis gigantes e me achou cativante. Eu me senti estranho, desconfortável, e torci para Alice pegá-la de volta. Mas, desde aquele dia, a pequena Elle manda em mim com um movimento daquele dedinho gordinho, igual faz com o pai.

Scrooge estava encantadíssimo com suas meninas, e ele estava aproveitando cada segundo da sua segunda chance de ser pai.

— Oi. — Scrooge bateu no meu ombro, com o rosto relaxado, mas cansado. — Por favor, diga que tem hidromel aqui.

Bufei e apontei o queixo para a cozinha.

— Estoquei hoje. — Enquanto minha mulher trabalhava, fiquei me preparando para o grupo imenso que encheria a minha casa naquele dia, outra coisa que há um ano eu teria recusado prontamente. Mas, como eu disse, as coisas mudaram. Eu tinha mudado.

Em algum momento, Scrooge e eu nos tornamos irmãos. No começo,

STACEY MARIE BROWN

as irmãs nos faziam passar bastante tempo juntos, mas aí começamos a nos encontrar só nós dois. Certa noite, antes de Noelle nascer, tentávamos montar o berço dela, e ficamos tão chapados que Alice e Dinah nos encontraram desmaiados no quarto, com o berço montado pela metade e minhas pernas e pés saindo de uma caixa, como se eu tivesse rastejado para lá em busca de abrigo.

Elas tiraram fotos... e nos atormentavam o tempo todo com isso.

Não preencheu o vazio que eu sentia por causa da ausência de Blaze. A gente podia nunca ter sido próximo, mas, depois de tudo o que aconteceu, eu queria meu irmão de volta. Meu gêmeo estava em algum lugar, e eu não descansaria até Krampus ser expurgado dele.

Papai Noel também queria encontrá-lo, mas sabia que não deveria insistir até Blaze estar preparado. O homem era nosso pai, o que foi difícil para o meu cérebro entender. Eu ainda lutava para aceitar. Ele estaria ali hoje, e seria estranho, porque nenhum de nós sabia bem como mudar nosso relacionamento nem se precisávamos fazer isso. Estava ficando um pouco mais fácil, mas Dinah continuava me lembrando de que não era algo que mudaria de uma hora para outra, talvez nem em alguns anos, mas quem sabe ficaria natural algum dia.

Observei Dinah. Suas bochechas estavam rosadas enquanto ela fazia cosquinhas em Elle, a risada da garotinha era tão pura que iluminava a sala inteira.

— A mãe e o pai vão chegar no apartamento daqui a uma hora. — Alice prendeu o longo cabelo escuro. — O trem atrasou.

— Aff. — Dinah jogou a cabeça para trás. — Por que eles não usaram os espelhos?

— Eu me ofereci para ir pegá-los. — Alice revirou os olhos. Todos fomos para a cozinha, que estava cheia de comida e bebida, pelo menos do que PB e Dor não tinham devorado. Chip já estava no balcão, mordiscando queijo. Essa noite, faríamos a ceia cedo em família para que pudéssemos nos reunir, inclusive o Papai Noel e Dee. — Mas você sabe como eles são. Teimosos demais. Ainda ficam aflitos, mesmo depois de mais de nove meses.

Seria exagero dizer que Carroll e Lewis levaram numa boa descobrir que as filhas eram parte de um mundo que eles pensavam ser fantasia. De início, achei que eles até que encararam bem, mas acho que é porque ainda estavam em negação.

Eles ficavam tensos e piravam às vezes, mas a bebê os fez superar. Saber que as filhas e a neta estavam felizes bastava para eles sorrirem e fingirem que um pinguim dançando pela mesa e cantando cantigas de Natal, um coelho cozinheiro, um imenso urso polar reclamão se movendo pela sala e um rato que gostava de fazer chaleiras de banheira era algo totalmente normal.

— Ah, merda. — Alice se largou na cadeira que ficava no imenso balcão da cozinha, esfregando a cabeça, exausta. — Esqueci as bandejas de tortinha e de biscoito na confeitaria.

— Não esquenta. Eu pego. — Dinah fez algumas gracinhas para Noelle. — Sua mamãe precisa ficar aqui e relaxar, não é? Ela está com uma cara péssima.

Alice bufou, a mão de Scrooge massageou as costas dela. Havia muitas pessoas dispostas a ajudar e ficar com Noelle. Nunca vi uma criança tão amada e querida. Mas, ainda assim, eu sabia que eles estavam exaustos. Alice me fez ficar com a menina por uma hora, e acho que cheguei em casa e dormi o resto do dia.

Dinah colocou Elle no colo do pai.

— Mais alguma coisa enquanto estou lá?

Alice abraçou uma garrafa de hidromel como se estivesse no céu.

— Não, estou de boa. Obrigada, maninha.

— Como se fosse um grande esforço. — Dinah bufou e saiu.

— Estão pesadas — Alice gritou.

— Eu vou ajudar. — Eu precisava pelo menos pegar uma camisa de qualquer jeito. Além do que, ainda estava com um tesão do cacete, e gostei da ideia de o apartamento estar vazio.

Dinah me deu uma olhada, vendo bem o que aquela generosidade significava.

— O que foi? — sorri. — Consigo ser rápido.

Ela bufou.

— Você não faz nada rápido.

— Talvez essa seja a primeira vez. — Eu me ajustei quando fomos para o espelho do quarto, o gêmeo ficava no outro apartamento. Peguei uma camisa e fui atrás dela; em instantes, entrei no nosso apartamento em Nova York, e logo a puxei para mim.

— Não. — Ela sorriu, batendo nas minhas mãos. — As sobremesas primeiro.

Eu rosnei, e nós fomos até o primeiro piso; a confeitaria estava agitada. Era sempre assim. A popularidade do chef misterioso só aumentava. Mal

STACEY MARIE BROWN

sabiam eles que o babaquinha branco, no momento, devia estar se esfregando no mesmo fogão em que preparava todas essas coisas.

— Ei, Joy, Alice esqueceu alguma bandeja? — Dinah cumprimentou a loura com cara de fada que trabalhava lá. A mulher abriu um sorriso caloroso para ela, que logo sumiu ao me ver. Todo mundo que trabalhava ali era de Winterland, o que deixava nossas idas e vindas mais seguras e nos dava liberdade para sermos quem éramos.

— Srta. Liddell... sr. Miser... — Ela tropeçou nas palavras, com os olhos fixos em mim. — Estão na geladeira perto da vitrine.

É... a maioria ainda estava bem desconfiada de ter um ex-monstro que costumava caçar e comer todo mundo circulando pelo local de trabalho deles.

— Pode me chamar de Dinah, por favor. — ela tocou no ombro da mulher ao passar, seguindo em direção à geladeira perto da delicatéssen.

— Lebre acabou de enviar cheesecake de caramelo e rum amanteigado, se vocês quiserem dar uma olhada.

— Ah, mas é claro. — Dinah se desviou da geladeira e foi até a vitrine como se estivesse em uma missão, o que me fez rir baixinho.

Ela não se continha mais, e se deixava desfrutar das coisas que amava. Eu estava gostando demais daquelas leves curvas. Ela ainda corria o tempo todo e malhava comigo na academia, então a mudança foi pouca. Ainda mais considerando a quantidade de sexo que fazíamos... ela poderia comer a confeitaria inteira, e queimaria tudo em dois dias.

É, éramos mesmo ninfomaníacos.

Atravessei a cortina, sem esperar que ela estivesse congelada no lugar. Meu corpo atingiu o seu, passei a mão por sua cintura, impedindo-a de cair. Mas ela nem notou, o foco estava fixo em uma mesa. Eu a senti respirar fundo quando acompanhei seu olhar.

Na mesma hora, soube quem era, a possessividade tomou conta de mim. Eu já tinha visto muitas fotos daquele otário na casa dos pais dela antes de começarem a substituí-las por fotos nossas.

À mesa perto da vitrine estava o ex dela, Scott. O cara com quem tenho certeza de que Lewis ainda desejava que ela estivesse. O cara cuja memória eu sentia estar sempre lutando contra na casa dos pais dela.

Ao lado dele, estava uma garota. Vestida de modo simples e com um sorriso fofo. Ela o encarava como se ele fosse o céu, o que a deixava linda para o homem que adorava. Ela ergueu a mão e limpou uma migalha do rosto dele, e algo brilhou em seus dedos.

Porra. Uma aliança. E ainda mais surpreendente, havia uma criança sentada na perna dele, mordiscando um biscoito. Um garotinho que era a cara de Scott e que devia ter pelo menos uns dois anos... o que significava...

— Ei? — Eu a puxei para mim e rocei a boca em seu ouvido. — Tudo bem?

Ela assentiu e se virou para me olhar.

— Sim.

— Vem, vamos pegar as bandejas e dar o fora daqui.

— Não. — Ela se soltou do meu braço. — Preciso fazer uma coisa.

— Fazer o quê? — Eu a segurei, sentindo a fera dominante pairar logo abaixo da minha pele. — Pensei que isso tivesse acabado.

Ela se virou para olhar para mim.

— Scott não era só meu namorado... era meu melhor amigo.

Meus músculos se retesaram com aquela declaração. Eu sabia. Gostava? Nem fodendo. Eu ainda queria socar aquele otário? Com certeza.

— Para. — Ela esfregou o meu braço, veias e músculos relaxaram sob seu toque. — Ele era... não é mais. Mas isso não apaga o fato de que eu me importo com ele. O modo como ele foi embora... só queria um final melhor para nós dois.

Um rosnado vibrou no fundo da minha garganta.

— Espero que seja mesmo um final.

Um sorriso repuxou a boca de Dinah, que ficou na ponta dos pés, a mão deslizou discretamente entre nós, e ela roçou a minha calça. Meu pau ficou atento na mesma hora.

— É só *você* que eu quero. Você é o meu melhor amigo agora. O meu futuro é seu. Ele foi o meu passado, e se você não matar meu ex no meio da confeitaria da minha irmã e espalhar sangue por toda a parte, talvez consiga um final para você também. — Ela roçou um beijo nos meus lábios. — Que será bastante feliz. — Ela me apertou antes de se virar e sair andando com a cabeça erguida, sabendo muito bem o que tinha feito.

Cacete. Essa mulher tinha me fisgado pela boca. Sério. E eu a usaria nela sempre que quisesse.

Um gemido substituiu o rosnado. Esfreguei a nuca, tentando pensar em algo que fizesse passar o latejar na minha calça.

— Ah, foda-se. — Sem nem esconder como ela me afetava, eu a segui até a mesa. Scotty-cara-de-cocô veria de quem Dinah era agora.

— Scott? — A voz saiu suave, mas ainda havia firmeza nela.

O cara ergueu a cabeça de supetão, os olhos se arregalaram.

STACEY MARIE BROWN

— Dinah. — Ele parecia impressionado. Quase tive pena. O homem pareceu perdido por um instante, como se vê-la tivesse feito seu mundo tremer.

Eu conhecia a sensação.

— Leanne. — Dinah se virou para a garota do lado dele. — Bom ver vocês.

— Dinah… — Os olhos de Leanne estavam arregalados, mas ela manteve no rosto um sorriso que eu não sabia se era sincero. Ela exalava insegurança. E muita. — Bom te ver também.

— Eu… eu não achei que fosse esbarrar com você aqui… nós… nós viemos visitar a tia de Leanne e fazer as compras de Natal. Eu não parava de dizer a Lea o quanto as coisas daqui eram gostosas. — O pobre imbecil tropeçava nas palavras, ainda encarando Dinah com medo e fascínio, como se tivesse sido pego traindo uma das duas, mas ainda não sabia qual.

— Eu moro lá em cima e ajudo às vezes. — Dinah estava tranquila e calma. — E eu entendo você querer vir aqui… todo dia eu desço escondido para comer alguns doces. — Ela se inclinou para a criança no colo dele. — Parece que você está gostando muito.

O garotinho assentiu freneticamente, com chocolate derretido cobrindo o rosto.

— Esse é o Andrew. — Scott balançou o filho na perna.

— Como o seu pai — Dinah respondeu.

— É. — Scott sorriu. — Quis homenageá-lo.

Leanne se remexeu no assento. A insegurança dela só crescia. Eu não sentia maldade, só um ciúme comum pela ex do marido, ainda mais uma que ficou com ele por tanto tempo.

— Parabéns. — Dinah apontou para o anel de Leanne.

— Obrigada. — Ela olhou para o diamante. — Vai fazer dois anos em julho.

— Dois anos… — Dinah repetiu. Não era uma insinuação direta, mas estava lá.

Scott afastou o olhar, a garganta se moveu.

— Não foi… — Ele engoliu em seco de novo, e apontou a cabeça para a criança. — Ele só veio depois que a gente terminou. Não fiquei nada bem na época, mas durante esse tempo Leanne e eu… nos apaixonamos.

— Estou feliz por você… pelos dois. Sério. Acho que sempre soube que vocês foram feitos um para o outro.

— Sério? — Leanne se empertigou, a insegurança se transformou em um sorriso verdadeiro.

— Sério. — Dinah sorriu também. — Acho que tudo estava destinado a ser assim. — Ela olhou para mim por um segundo, o sorriso mais lindo ergueu os seus lábios. Ela não estava me chamando para protegê-la, e não precisava. Ela estava confiante e satisfeita. A mulher era uma rocha e podia cuidar de si mesma.

Mas eu era babaca. E não tinha nenhum problema com isso. Passei o braço em torno do seu corpo pequeno e a puxei para mim, então rocei a boca na sua cabeça.

— Oi. — Inclinei o queixo para Scott.

Pelo canto do olho, vi o queixo de Leanne cair, os olhos dela se arregalaram, o olhar foi para a minha metade inferior antes de dispararem para cima. É, esse tipo de calça não escondia porra nenhuma, e eu estava em posição de sentido. Dava para sentir os olhos de todo mundo ali em mim, a maioria lutando entre sentir fascínio, desejo ou estar escandalizado.

Scott cerrou os lábios. Ele sentia o exato oposto da esposa, agora era o sabor da sua insegurança que borbulhava como um vulcão. O rosto ficou contido, o queixo projetado para fora.

— Oi.

Dinah suspirou, sabendo o que eu estava fazendo, e apontou para mim.

— Scott, Leanne, esse é o Frost.

— Frost. — Scott franziu as sobrancelhas, como se tivesse ouvido o nome antes.

— Que nome diferente. — As bochechas de Leanne estavam muito vermelhas, e o pescoço estava corado como se ela estivesse babando por uma celebridade. Minha falta de resposta a fez mudar logo de assunto. — Estão juntos há muito tempo?

— Há uns dois anos — Dinah respondeu, o tom me dizendo para deixar por isso mesmo.

E eu deixei? Como disse, eu sou um babaca.

— Mas nos conhecemos desde crianças. — Meu olhar se moveu por ela, sem esconder um pingo do meu desejo. — Eu a amo desde sempre.

Ao passo que Leanne se derretia, Scott se sentia ainda mais confuso.

— *Sério?* — Ele inclinou a cabeça, o olhar feio foi para Dinah.

— Ele se mudou. — Ela apertou a minha mão, torcendo para que eu me calasse, o que só me encorajou a falar.

— Humm… não é exatamente o que eu me lembro… — Deslizei o nariz pela lateral do pescoço dela, que estremeceu quando passei por um

STACEY MARIE BROWN

lugar bem sensível, e meus braços a apertaram com mais firmeza. — Foi algo mais na linha de você ter me transformado numa fera e fugido…

— Bem, foi um prazer ver vocês. — Dinah me interrompeu, as unhas cravaram mais fundo. — Sério, estou feliz por vocês, e o Andrew é uma gracinha.

Um sorriso feliz curvou os lábios de Scott, a mão afagou as costas de Leanne enquanto ele embalava o filho na perna e passava a mão pelo cabelo do menino. Naquele momento, percebi o quanto ele estava apaixonado e feliz. O homem gostava da vida certinha, o que não era mais a praia da Dinah. Na verdade, nunca foi, mas ela precisava deixar para trás o medo e ver que gostava da loucura.

Scott e Dinah podiam ter um passado juntos, uma amizade e respeito que vinha pelos anos que se conheciam e por terem sido melhores amigos, mas eles não estavam destinados a ficar juntos para sempre. E fosse Scott ou qualquer outro cara, eu ainda assim daria um jeito de encontrá-la. Os espelhos eram reflexos de nós. Ela era *minha* companheira.

— É melhor a gente ir. A família toda está esperando. — Eu a beijei na testa de novo. O que não me impediu de deixar claro para Scott que ela era minha.

Dinah franziu os lábios e revirou os olhos para mim. Eu sorri para ela, gostando demais da situação toda.

— Seus pais estão aqui? — Scott tinha um olhar quase saudoso no rosto, como se quisesse vê-los ainda mais que a Dinah.

— Aqui? Bem, é… — Dinah não soube o que dizer.

— Na *nossa* casa. Jantando em *família*. — Eu me intrometi, e senti a cotovelada que ela me deu nas costelas. Cacete, eu estava me divertindo demais.

— Ah. Tudo bem… bem, diga que eu mandei oi. — Scott parecia um pouco triste. Eu cheguei a sentir pena do otário? Não. Nem um pouco.

— Pode deixar — Dinah respondeu, as mãos tocando minha cintura em um gesto para irmos. — Não queria atrapalhar a tarde de vocês, só dizer um oi. É melhor a gente ir. Foi realmente bom ver vocês.

Eu tinha certeza de que Scott queria se levantar e abraçar a minha garota, mas uma olhada minha o fez ficar onde estava e acenar com a cabeça para ela.

— É, foi bom ver você também. — O sorriso dele foi genuíno.

— Por favor, não sumam. — Dinah apontou para a confeitaria. — Os doces aqui são bons demais.

Não, que se foda. Sumam, sim.

LOUCURA FEROZ

Dinah acenou para Leanne e Scott, a mão entrelaçou a minha quando saímos de lá.

— Foi divertido — suspirei.

— Eu vou matar você. — Ela apertou a minha mão, com a voz falsamente meiga enquanto abria a geladeira.

— Ah, isso, sim, parece divertido. — Dei uma piscadinha enquanto ela colocava as bandejas nos meus braços, me virava e me empurrava para o corredor. — Eu te falei, pequenina... você jamais vai me fazer me comportar.

Ela tentou disfarçar o sorriso, mas o calor em seu olhar me mostrou que ela gostava do fato de que eu nunca seria domesticado. Eu era uma fera... essa parte de mim sempre lutaria para vir à superfície. E eu sabia que ela amava isso.

— Obrigada, pessoal — ela gritou para os funcionários antes de me seguir até o apartamento.

— Então... *nossa* casa, é? — Ela tentou manter a voz firme, sem insinuar nada.

Virei a cabeça e dei uma piscadinha para ela.

— É? — Ela pigarreou.

— Você está falando do lugar em que você deixa quase todas as suas coisas e em que passa todas as noites?

Começamos a subir as escadas. Ela pigarreou, parecendo um pouco tímida.

— Sim, mas a gente nunca falou disso.

Eu parei e me virei para ela.

— A gente não precisa. — Meu olhar foi para onde seus dentes mordiscavam o lábio, deixando minha voz rouca e baixa. — Você é minha, pequena Liddell. Sempre. Aonde você for, eu vou.

As bochechas dela coraram. Desejo, alegria e amor emanavam dela em ondas, que quase me derrubaram. Porra, eu precisava daquela mulher.

Eu me virei e subi correndo. Coloquei as bandejas na cômoda e a peguei no momento que ela pisou no quarto. Eu a empurrei para a porta, meus quadris a prenderam e esfreguei minha ereção nela.

— Alguém está se sentindo um pouco possessivo? — Ela tentou soar forte, mas sua voz saiu ofegante. As unhas cravam nos meus braços quando rebolei nela de novo, abri seu jeans e deslizei a mão lá dentro.

Ah, caramba...

— Molhada pra caralho... — rosnei. Por mais que ela fingisse irritação,

STACEY MARIE BROWN

meu lado alfa a deixava com tesão. Muito tesão. Um arquejo rouco se arrancou de seus pulmões quando eu enfiei meus dedos bem fundo. Minha outra mão deslizou por sob sua blusa de frio, brincando com o mamilo.

— Eu te falei. Sou dono de cada pedacinho seu. Sua boceta é minha.

— É mesmo, porra. — Ela rebolou na minha mão, com os lábios entreabertos.

— Por que ele disse o meu nome daquele jeito? — Enfiei o polegar nela, movendo-o do jeito que ela gostava. — Como se o soubesse.

A cabeça dela bateu na porta, as costas arquearam.

— Me diz. — Comecei a me afastar.

— Porque… — ela gaguejou. — Eu costumava sonhar com você… chamar pelo seu nome enquanto dormia.

Ah, cacete. Eu precisava entrar nela. Agora. Possuí-la tanto quanto ela possuía a mim. Eu a peguei no colo, suas pernas me envolveram enquanto eu nos movia para a janela. Ela respirou fundo quando as costas atingiram o vidro frio, pisca-piscas brilhavam pelo quarto. Eu puxei seu jeans para baixo.

— Qualquer um consegue ver a gente — ela falou, mas o tom estava tão cheio de desejo, que acho que a ideia lhe deu mais tesão.

— Eu sei. — Puxei a calça para baixo da bunda e libertei a ereção.

— Agora, Frost… — Ela tentou escalar o meu corpo.

Eu a pressionei com mais força na janela, e dobrei os joelhos o bastante para conseguir meter nela.

— Porraaa! — Nós gritamos. A necessidade era pura e violenta. A fera em mim precisava mostrar qual era o lugar dela, trepar com tanta força que ela estaria arruinada para qualquer outro macho que não eu.

A paixão de Dinah também me desafiou, como se ela precisasse me provar a mesma coisa.

— Mais forte! — ela gritou, o vidro rangeu quando seu corpo bateu lá. Eu estava longe de ser bonzinho. Mas, com Dinah, quanto mais eu me soltava, mais ela amava e mais queria. Ela descobriu que estava longe de ter gostos comuns.

Consegui sentir o orgasmo apertar as minhas bolas, me deixando ainda mais duro, o quarto se encheu com gemidos e gritos. Se eu pudesse passar o resto da vida bem ali dentro dela, eu passaria.

— Frost! — ela gritou, a boceta se fechou ao meu redor com tanta força que um rosnado voou no meu peito, mordi o ombro dela quando gozei. Foi tão bruto que eu parei de respirar, minha visão borrou, as palmas da minha mão foram para a janela para me manter erguido.

Então vi Scott e família na calçada. Como se sentisse o meu olhar, ele encarou a janela. Consegui ver a mudança quando ele percebeu que era eu... e que a bunda nua pressionada na janela era da ex dele.

Cruzamos olhares.

É isso mesmo, otário, eu a estou comendo gostoso. Nada de sexo sem graça aqui.

Vi um quê de algo que não consegui identificar antes de ele virar a cabeça e cerrar a mandíbula. Então, passou o braço pela esposa e caminhou com o filho rua baixo, em direção à vida perfeitinha deles.

— Filho de um quebra-nozes... — Dinah suspirou, voltando minha atenção para ela e me fazendo esquecer do menino que costumava dizer que ela era dele. Mas, de certa forma, acho que ela sempre foi minha, assim como eu sempre fui dela.

Eu a beijei com vontade, coloquei-a no chão e me ajeitei enquanto ela vestia o jeans.

— Parece que não diminui nunca, né? — Ela soltou um suspiro carregado.

— O quê? — Um sorrisinho convencido inclinou o canto da minha boca. — A vontade de trepar? — Eu me inclinei e a beijei de novo. — Não, e já te aviso desde agora que a tendência é só melhorar.

— Como é possível? Eu já estou viciada.

— Ao ponto de ficar babando e se esfregando nos cantos. — Deslizei o polegar por sua boca. — Ooops, tarde demais.

— Cala a boca. — Ela me empurrou, arrumou o cabelo e foi até o espelho. — Isso vai impedir que a fera de dentro da sua calça assuste os convidados pelo resto da noite.

— Amor, com você por perto, não vai durar quinze minutos. A fera dentro e fora da minha calça sempre está em alerta.

Ela me lançou um olhar caloroso antes de pisar no espelho.

Aquela garota era uma fera sob a superfície. Eu a amava tanto. Mesmo que a palavra amor ainda parecesse pouco quando eu pensava nela. O que éramos, o que eu sentia, ia além disso, e mudou muito do que eu costumava acreditar sobre mim mesmo.

Eu estava bem mais aberto do que há um ano quanto ao que o futuro nos reservava, mas, no momento, estávamos felizes. Na verdade, quanto mais cuidávamos de Elle, mais Dinah queria esperar para sequer *pensar* em ter filhos. Nós queríamos nos encontrar. Curtir a vida. Ela ainda era jovem.

Eu estava começando a formar laços com o meu genitor, precisava

STACEY MARIE BROWN

encontrar Blaze e ajudava Scrooge e Alice com os negócios. Tínhamos uma eternidade para decidir as coisas. Deixaríamos a vida nos mostrar o caminho, em vez de criar mapas.

Eu estava prestes a atravessar o espelho de moldura dourada para ir atrás dela quando um arrepio desceu por minha espinha, fazendo minha nuca formigar.

— *Irmão...* — Aquilo soou como uma rajada de vento se infiltrando pelas frestas, sibilando para mim.

Virei a cabeça, meu olhar disparou para a janela que dava para a rua em Greenwich. A calçada estava vazia, os pisca-piscas brilhavam no escuro. Meus olhos buscaram, mas não viram nada. Eu ainda sentia alguém me olhando, as sombras silenciosas me chamavam.

Vi a porta da cafeteria se abrindo, pessoas saíram conversando, interrompendo a quietude sinistra como se aquilo nunca tivesse acontecido.

Balancei a cabeça e me dirigi até o espelho.

Não era possível que Blaze fosse deixar Krampus vir para este reino. Na verdade, Krampus não podia vir. Papai Noel havia se certificado disso.

Deixei para lá e atravessei o espelho que me levava até uma fortaleza que antes era fria e sem vida, mas agora estava cheia de familiares, amor, risadas e carinho.

Onde estava a mulher que tinha o poder de me deixar de quatro.

E que havia domado a fera.

Um super obrigada aos meus leitores. Sua opinião é muito importante e ajuda outros a decidirem se devem comprar o meu livro. Se você gostou da história, por favor, deixe uma resenha no site em que o comprou. Ficarei muito feliz. Obrigada.

STACEY MARIE BROWN

SOBRE A AUTORA

Stacey Marie Brown ama mocinhos fictícios problemáticos e gostosos e mocinhas destemidas e sarcásticas. Ela também ama livros, viajar, séries de TV, fazer trilha, escrever, desenhar e tiro com arco e flecha. Stacy jura que é meio cigana, e tem a sorte de poder viver e viajar pelo mundo.

Foi criada no norte da Califórnia, onde corria pela fazenda da família, cuidava de animais, montava cavalos, brincava de pega-pega e transformava fardos de feno em fortes bacanérrimos.

Quando não está escrevendo, está fazendo trilha, passando tempo com amigos ou viajando. Ela também faz trabalho voluntário com animais e é amiga da natureza. Para ela, todos os animais, pessoas e meio-ambiente deveriam ser tratados com gentileza.

AGRADECIMENTOS

Obrigada por terem apoiado e amado tanto essa série maluca. Desde o momento que escrevi sobre Alice, Scrooge e a galera, soube que seria mais do que um texto curto. Aquele mundo me encheu de vida e tomou conta tudo. De Alice a Dinah, eu amei criar essa história, e ainda que este seja o último livro... talvez não seja o fim. Obrigada mais uma vez por dar uma chance a essa história doida!

Kiki, Colleen e a galera da Next Step P.R., obrigada pelo trabalho duro! Eu amo tanto vocês.

Mo da Siren's Call Author Services, você salvou a minha vida! Obrigada!

Hollie, "a editora", sempre maravilhosa e solícita, é um sonho trabalhar com você.

Jay Aheer, acho que essa é a minha capa preferida. Amo você e o seu trabalho!

Judi Fennell da formatting4U.com, sempre rápida e certeira!

Para todos os leitores que me apoiaram: sou grata por tudo o que vocês fazem e pela forma como ajudam autores independentes com o seu amor pela leitura.

Para todos os autores independentes/híbridos que estão aí fora inspirando, desafiando, apoiando e dando um empurrãozinho para que eu melhore cada vez mais: eu amo vocês!

E para qualquer um que escolheu o livro de um autor independente e deu uma chance a um autor desconhecido: OBRIGADA!

STACEY MARIE BROWN

LEIA TAMBÉM

Conheça a história de Alice e Scrooge nos dois primeiros livros da série Winterland:

Compre o seu em:

A The Gift Box é uma editora brasileira, com publicações de autores nacionais e estrangeiros, que surgiu no mercado em janeiro de 2018. Nossos livros estão sempre entre os mais vendidos da Amazon e já receberam diversos destaques em blogs literários e na própria Amazon.

Somos uma empresa jovem, cheia de energia e paixão pela literatura de romance e queremos incentivar cada vez mais a leitura e o crescimento de nossos autores e parceiros.

Acompanhe a The Gift Box nas redes sociais para ficar por dentro de todas as novidades.

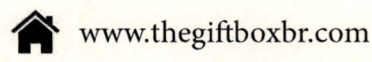 www.thegiftboxbr.com

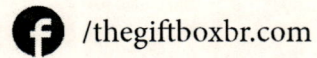 /thegiftboxbr.com

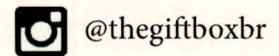 @thegiftboxbr

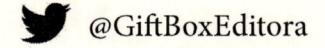 @GiftBoxEditora